本专著是国家社会科学基金一般项目
"19—20世纪俄苏文学的叙事空间转向与俄国现代性研究"
（项目编号：15BWW032）的结项成果

本书受到云南省哲学社会科学学术著作出版专项经费资助

孔朝晖 著

火车上的安娜
19—20 世纪俄罗斯文学
城乡叙事的现代性

生活·讀書·新知 三联书店

Copyright © 2023 by SDX Joint Publishing Company.
All Rights Reserved.
本作品版权由生活·读书·新知三联书店所有。
未经许可，不得翻印。

图书在版编目（CIP）数据

火车上的安娜：19—20世纪俄罗斯文学城乡叙事的现代性／孔朝晖著．—北京：生活·读书·新知三联书店，2023.6
ISBN 978-7-108-07339-6

Ⅰ．①火… Ⅱ．①孔… Ⅲ．①俄罗斯文学－文学研究 Ⅳ．① I512.06

中国版本图书馆 CIP 数据核字（2021）第 264248 号

责任编辑	吴思博
装帧设计	康　健
责任印制	张雅丽
出版发行	生活·讀書·新知 三联书店
	（北京市东城区美术馆东街22号 100010）
网　　址	www.sdxjpc.com
经　　销	新华书店
印　　刷	三河市天润建兴印务有限公司
版　　次	2023年6月北京第1版
	2023年6月北京第1次印刷
开　　本	880毫米×1230毫米　1/32　印张 15
字　　数	305千字
印　　数	0,001-3,000册
定　　价	87.00元

（印装查询：01064002715；邮购查询：01084010542）

曾昊 绘

曾昊 绘

目　录

推荐序　审美现代性：俄国文学的城乡书写　1
自　序　火车上的安娜　8
导　言　现代性与城乡书写　15

上　编　19世纪俄国文学中的城乡对立与现代性思辨　1

第一章　现代化的先声
　　俄罗斯民族国家意识兴起与现代报刊业发展　5
第二章　19世纪上半叶
　　果戈理——从乡村"诗意经验"到都市"震惊体验"　33
第三章　19世纪中期
　　冈察洛夫——城乡之间多余人的衰亡与新人的崛起　60
第四章　19世纪中后期
　　托尔斯泰——乡村的终极救赎　104

第五章　帝俄末期

　　契诃夫——市民阶层与乡村的现代性考察　164

下　编　20世纪俄国文学的城乡范式与现代性冲突　199

第一章　别雷、勃洛克

　　象征主义的彼得堡与审美现代性　205

第二章　马雅可夫斯基

　　未来主义的莫斯科与工具现代性　235

第三章　阿克梅派的彼得堡

　　乡愁与信仰　265

第四章　20世纪初的"新农民"与乡村"意象"

　　叶赛宁的田园悲歌　308

第五章　乌托邦的找寻与反思

　　20世纪俄国城乡的现代化镜像　383

余　论　俄国城乡现代性的文学表现及对中国的观照　425

主要参考文献　430

推荐序 |

审美现代性：俄国文学的城乡书写

刘文飞

俄国作为欧洲一个在文明和文化上相对后起的国家，始终把如何追赶西欧诸国、成为列强之一当作民族抱负和国家重任，由此而来的结果，既有它东突西进、此起彼伏的扩张欲望，也有它左顾右盼、瞻前顾后的道路焦虑，既有它愤世嫉俗、慷慨悲壮的自省精神，也有它孤芳自赏、抱守残缺的弥赛亚意识。别尔嘉耶夫等俄国哲学家归纳、总结出的俄罗斯民族性格的矛盾性和极端性，既是这种集体意识或集体无意识的结果，反过来又成了这种集体意识或集体无意识的推进剂或助燃剂。

俄国境内外均有许多人士认为，俄国从来都不是一个真正意义上的现代国家，因为促使欧洲国家现代化转型的几场重大运动，如文艺复兴、新教改革、工业革命和启蒙运动等，均未能波及俄国，俄国从此与西欧拉开距离，"俄国与欧洲"从此成为一个相互对立的命题，两者之间横亘着一条巨大的鸿沟。但是，如果我们不把现代化等同于工业化和资本化，而视为一个趋向理性、公正和合理的动态过程，那么，在俄罗斯国家的现代化历程中我们还是可以找到许多关键节点的。比如，公元988年的罗斯受洗，使俄罗斯民族融入基督教大家庭，基本确立了俄国文化的欧洲属性；17世纪的彼得一世改革，是一场向欧洲诸强看齐的大动作，也的确使俄国挤入了欧洲强国的行列；1812年抗击拿破仑战争及其胜利，使俄国首次成为"欧洲的救星"；1825年的十二月党人起义，是俄罗斯民族，尤其是俄罗斯民族精英强烈的现代民族意识高涨的结果；1861年的农奴制改革，应被视为俄罗斯国家现代化进程上的最醒目路标，之前人们在谈论俄国农奴制改革时，总喜欢说这是一场"不彻底的改革"，殊不知"彻底的改革"，也就是革命，其过程和结果往往都是很难与其愿望和设计相吻合的，甚至相去甚远。俄国农奴制改革在时间上其实早于美国总统林肯发布的《解放黑人奴隶宣言》（1862），农奴制改革后的俄国社会，其实是社会的上下层、左右翼、皇权和神权等相互关系最为融洽的时期；1917年的十月革命，当然也是一场史无前例的现代化运动，把人类由来已久的"大同"理想付诸实践；而始自戈尔巴乔夫、经叶利钦再到普京的俄国社会重构，其实始终暗含着一种构建现代国家的内在冲动。由此不难看出，建立一个真正意义上的现代国家或曰现代化国家，数百年来一直是俄罗斯民族的不懈追求。

那么，在俄罗斯国家和民族追求现代化的进程中，俄国文学发挥过怎样的作用？与国家和社会的现代化问题密切相关的现代性、现代意识等因素，在俄国文学中又有着怎样的渗透和律动？这便是《火车上的安娜：19—20 世纪俄罗斯文学城乡叙事的现代性》这部专著所诉诸的问题。作者在俄国文学研究中再次显示出她独具的慧眼，在这部新著《火车上的安娜：19—20 世纪俄罗斯文学城乡叙事的现代性》中，通过对俄国文学的城市书写和乡村书写的对比，她敏锐地发现了在俄国历史发展进程中或隐或显的现代性问题，一如她在先前那部题为《"兄弟"的隐喻——苏联〈真理报〉的中国形象建构》的专著中，借助对苏联《真理报》的中国报道的分析，找到了中国形象在当时苏联的建构路径。

通过对果戈理、冈察洛夫、托尔斯泰、契诃夫、别雷、勃洛克、马雅可夫斯基、曼德尔施塔姆等阿克梅派诗人，叶赛宁、布尔加科夫等反乌托邦作家之创作的分析，该书敏锐地呈现出了这些作家创作中城市书写与乡村书写的对峙和对立，并尝试解读这种对峙和对立之中所蕴含着的作家的心理动机、写作的审美逻辑以及文学的社会立场。作者得出一些饶有兴味的学术发现，比如，西方派与斯拉夫派的文学论战，"多余人""新人"的思想变化轨迹是在城乡叙事之间完成的；果戈理有意无意地成了俄国文化现代性思考和叙述的始作俑者；普希金的奥涅金、莱蒙托夫的毕巧林和屠格涅夫的罗亭，都是"城里人下乡"，却并没有在田园中找到诗，而冈察洛夫的亚历山大、奥勃洛摩夫和赖斯基，都是"乡下人进城"，也没有在都市中看到真正的现代神话；车尔尼雪夫斯基和陀思妥耶夫斯基的城市叙事代表了大改革之后俄国思想界城市观的两极；托尔斯泰的小说中存在着截然不同的城乡叙事策略；契诃夫的写作是一位典型的平民知识分子对祖国后发的、外源性的现代化进程的综合考察，是一名出生在外省的小市民作家对现代市民阶层与介于宗法制和资本主义之间的乡村状况的现代性批判，如此等等，都很精彩。但是，这部著作最大的价值，在我看来，仍在于它有可能会使我们意识到以下这样几个问题：

首先，是现代性与现代化的张力。所谓"现代性"，是一个十分复杂、无比含混的概念，它关涉不同领域，既有国家和社会的现代性，政治和经济的现代性，也有文化和思想的现代性；它有着不同的呈现方式，既有"可见的现代性"，或曰"显见的现代性"，也有"隐蔽的现代性"，或曰"隐在的现代性"；最为重要的是，现代性自身就有可能是矛盾的、悖论的，即所谓"审美的现代性"和"工具的现代性"的辩证统一关系，如本书作者所言："一个国家的近现代文学与其祖国的现代化进程之间的关系，是共谋和冲突的紧张关系，也是工具现代性与审美现代性之间共生与对抗关系的表征。"现代性和现代化原本就是一种既共生又对抗的关系，如果说现代化主要体现在物质文明层面，那么现代性就主要存在于精神层面；如果说现代化是一种使人类社会不断走向趋同和一统的宏大潮流，那么现代性往往就是个体用来捍卫自由和差异的最后武器。

其次，是在面对俄国的现代化追求和现代化历程时，俄国文学体现出的触目惊心的矛盾性。俄国文学就总体而言是服务国家的，是弘扬民族精神的，我在一篇题为《俄国文学与俄罗斯民族意识》的文章中曾说，即便是19世纪的批判现实主义文学，在面对官方和现实时的态度也是"小骂大帮忙的"。俄国文学从19世纪中期开始崛起，从普希金到托尔斯泰，最终登上世界文学的巅峰。俄国文学的崛起既是俄国国家现代化进程的一个必然结果，反过来，崛起的文学又极大地促进了俄国社会的发展，俄国文学因此成为俄国一张亮丽的国家名片，"文学中心主义"由此成为俄国文化中一道独特的风景。俄国科学院通讯院士巴格诺教授就曾把俄国文学的崛起时间定位在1880年左右，因为在这一年相继发生了许多重大文学事件，如俄国第一座文学家纪念碑——普希金纪念碑在莫斯科的落成，托尔斯泰的长篇小说《安娜·卡列尼娜》单行本的出版，以及陀思妥耶夫斯基的去世。到此时，整个世界才突然意识到俄国文学的伟大成就，并进而像陀思妥耶夫斯基在他的《普希金演说》中所言的那样，也意识到了俄罗斯人伟大的创造能力和创造精神，换句话说，俄罗斯民族的现代意识，俄罗斯国家的现代化进程，都借助俄国文学的形式和途径展示给了整个世界。但是，在世界各主要语种文学中，俄国文学面对现代化进程及其结果的态度似乎又是最为矛盾的，俄国文学中始终贯穿着的城乡叙事的并立和对立，自身就构成一个明证。面对作为现代化结果的城市、铁路、机器等以及随之而来的种种变化，俄国作家们大多流露出了程度不等的戒备甚至恐惧。甚至可以说，处在城市书写和乡村书写两者对峙之间的俄国文学往往是反现代化的、反城市化的、反商业化的，对作为城市化和商业化之社会和心理结果的"市民气"和"庸俗"的揭露和抨击，一直是俄国文学中贯穿的主题。但是，俄国文学在城乡叙事的对立、互动和转换中所体现出的对于人性的珍视，对于人的自由精神的呼唤，对于更合理的生存环境的憧憬等，无疑又是最具有现代性和现代意识的情感和思想,是作为人学的文学的最高体现之一,是作为伟大人道主义者的俄国作家们的思想现代性的最佳艺术显现。

最后,通过对大量这一时期俄国文学文本的细读,作者发现了俄国文学中一种城乡书写之间的对峙,发现了俄国文学在对于现代化所持的态度上、在现代性的表达上所具有的矛盾性。这并不构成一种关于俄国文学的道德判断或价值判断,却只会让我们更为深刻地意识到俄国文学自身的丰富性和复杂性。可以断言,人类历史上任何一位大作家都是富有现代性的,俄国所有的大作家也不例外;同样可以断言,人类历史上任何一位大作家都是对人类的物质发展抱有警觉的,对人的精神发展抱有信念的,俄国所有的大作家也同样不例外。从审美现代性的角度介入俄国文学,我们或许能得到一个新的、更大的阐释空间。审美的现代性,是一种最合理的现代性,是艺术家把握世界的一种合理方式,也是让我们换一种角度、从审美的角度观察和打量我们的存在历史、存在状态和存在意义的一种方式。

在结束这篇小序的时候,我想把本书作者写在书中的一段话提到全书的最前面来,以便大家更早地感觉到本书写作和出版的意义和价值:

> 若在俄国现代性的总体视域下,以19—20世纪俄苏文学从乡村叙事到都市叙事的空间转向为研究客体,将更好地厘清这两百年间俄国文学对俄国充满矛盾的现代化进程的观察史和思

辨史。从文学叙事的空间转换来追踪俄国文学中的现代性思想发展脉络，对于更深入研究俄国文学，在更广泛的视域中理解俄国思想和文化，乃至政治经济战略，都具有十分重要的当代意义。

祝贺《火车上的安娜：19—20世纪俄罗斯文学城乡叙事的现代性》出版！作者今年又成功申报了一项国家社科基金项目，我们已经开始期待她的下一部专著了。

2021年8月31日
于京西近山居

自序 |
火车上的安娜

2016年9月底，我坐火车从圣彼得堡去莫斯科。这趟车我坐过多次，沿途风景似乎已不再有吸引力，于是我打开电子书。彼时我正在重读《安娜·卡列尼娜》，刚好读到第1部第29章。不知怎么，一个以前数次阅读都从未留意的细节突然吸引了我："她那双灵巧的小手把那只红色小提包打开又锁上……"，等一下，为何这只红色小提包如此陌生又眼熟？果然，在小说第7部第31章，我又找到了它：

> 第一节车厢已经开到她面前，她想要倒在这节车厢的正中央，但是她从手臂上取下那只红色小提包时耽搁了一下，已经来不及了；那个中心点她错过了。还得等下一节车厢。一种恰似从前游泳时准备下水的感觉支配着她，她画了个十字。这种画十字的象征性的习惯动作在她心头唤起了一连串少女时和孩

子时的回忆，于是突然，遮盖住她一切的那片黑暗被冲破了，生命，连同它往昔一切光辉灿烂的欢乐，刹那间呈现在她的眼前……

啊，托尔斯泰的细节！他的匠心！每次重读都会有新的惊喜。但这并不是我当时的全部情绪，这个秘密细节促使我重新审视第 1 部第 29 章。于是我发现，安娜在这趟火车上完整地经历了爱情的觉醒和内心的挣扎：

> 她感到，她的神经，好像一根弦，在一些拧牢的小柱子上愈绷愈紧。她感到，她的眼睛睁得愈来愈大，手指和脚趾都在痉挛地蠕动，身体内有个什么东西在压迫着她的呼吸，而在这晃动着的昏暗之中，一切的形象、一切的声音都变得特别地鲜亮，令她惊异。她不停地一阵阵在怀疑，火车是在向前开呢，还是向后退，还是根本就没有动。

昏暗的车厢里一切变得令人惊异地清晰，像是生活的迷雾突然散开。她对火车的怀疑像是对自己的质问：是打算向前走，还是向后退，或是维持一种暧昧的现状？

> 然而接着一切又都含混不清了……这个穿长腰身外套的农民去墙上啃着什么东西了，那位老太太把腿伸得有整个车厢长，

弄得到处乌云密布；接着有个东西怕人地轧轧响起来、敲打起来，好像把什么人碾得粉碎；接着一片红色的火光耀得她睁不开眼，接着一切都被一堵墙给挡住了。安娜觉得，她在往下沉。

这不就是安娜命运的预言图景吗?！红色的火光像是卧轨瞬间喷出的鲜血，伸长了腿的老太太就是充满谣言的保守的上流社会，敲打铁皮的人是死神，她的生活最终被堵死。于是她沉入了铁轨和地狱。

而那只红色小提包，绝不是巧合。一个爱美的贵族女性，几年来都拎着同一个包？不，那是一颗滚烫的心脏啊！它曾在主人觉醒的初期被反复地敲开与闭合，最终还是在犹豫后被放弃了：

然而她两眼紧紧盯住滚滚而来的第二节车厢的车轮。恰好在前后车轮的正中央对准她的那一瞬间，她把红色的提包一扔，头往两肩里一缩，两手着地扑进车厢底下，又一个轻微的动作，仿佛想要马上站起来似的，她双膝跪倒下去。

安娜在火车上觉醒的这一章与在火车站自杀的一章竟有如此多而缜密的呼应！我激动地从电子书上抬起头来，看向车厢，想要随便找一个什么人对视一下，来分享这个阅读的喜悦。

并没有人跟我对视。在这趟名为"游隼号"的，只需四个小时便可从莫斯科到达圣彼得堡的高速列车上，人们都在安静地自处。即便是俄罗斯人，也未必会想到这是祖国的第一条铁路。1837年，俄罗斯第一条铁路从圣彼得堡铺向皇村；1851年，圣彼得堡—莫斯科之间的铁路通车，这两件事成了19世纪帝俄现代化发展的典型象征。大约20年后的一个冬天，托尔斯泰让安娜·卡列尼娜在圣彼得堡坐上了火车，去莫斯科帮她的哥哥调解家庭纠纷。在莫斯科的火车站，她遇见了沃伦斯基，而沃伦斯基看到了火车轧死人的场景。故事的过程和结局便提前写在了这个站台上。

最后一次同沃伦斯基争吵后，她冥冥中又走向火车站。在那里睁开的眼睛，也将在那里闭上。安娜终未能摆脱世俗的牢笼，让自己的人生觉醒在莫斯科火车站形成了一个悲剧性闭环。

而"火车上的安娜"，则是一个想要去追求自主的爱情和人生的现代女性。她觉醒、思考、害怕，并在犹豫中前行。这时她并不知道，传统的婚姻、稳定的家庭和社会关系，都将因为她在火车上觉醒的现代意识而崩溃，正如铁路破坏了俄国封闭的宁静生活和传统的贸易方式一样。站台上等着她的，是丈夫卡列宁和她爱的沃伦斯基。这两个人会分别告诉她："一切固定的僵化的关系以及与之相适应的素被尊崇的观念和见解都被消除了，一切新形成的关系等不到固定下来就陈旧了。一切等级的和固定的东西都烟消云散了，一切神圣的东西都被亵渎了……"——马克思在《共产党宣言》里对资本主义做出的这个判断，被安娜的命运完整地证实了。

从19世纪到20世纪，经历着跌宕曲折的现代化历程的俄罗斯，就像是火车上的安娜：眼里蕴含着"压抑不住的盎然生气"；身上有某种力量要从沉重的传统华服上"满溢出来"；她在读一本英国小说，但读不下去，想要自己去亲历一番；她不知道自己乘坐的这个现代化交通工具会把自己带向何处，但预见到了周围的重重阻力……

安娜坐在火车上的时候，列文回到了乡村。如果说往来于两大都市的安娜识破了俄罗斯贵族精英的现代化谎言，那么深耕于乡村的列文，则从俄罗斯农民的身上看到了落后、忠诚和生命力。车上车下，都市乡村，那些主动或被动卷入国家现代化进程中的俄国，都在与周遭的传统势力和内心的软弱进行搏斗。

现代性的体验，永远伴随着自我意识的觉醒和惰性的阻滞、创新的激情与旧势力的围攻、个人的反抗与毁灭或妥协的结局。这种体验在现代化后发的俄罗斯尤其激烈而矛盾，在19—20世纪的文学中表达得尤其充分。上车之前的安娜、火车上的安娜、下车后的安娜、铁轨上的安娜；与农民共同耕作的列文、思考农业改革的列文、焦虑地游走于城乡之间的列文，在土地和农民中找到根基的列文，是很多俄国现代人的影子。

2006年和2016年，我两次踏上俄罗斯的土地，分别在莫斯科和圣彼得堡访学。而这两个首都也分别在20世纪和19世纪成为后发现代性国家最典型的两种现代化发展模型的中心。圣彼得堡对欧洲资本主义徒有其表的模仿和莫斯科对欧洲共产主义终入极端的创新，都让俄罗斯在现代化发展之路上历尽坎坷。而土地和农民问题，更是三百年来不得其法。这都是为什么？十几年来萦绕脑际的疑问在前后两年的俄国之旅和对俄罗斯文学的阅读中不断被强化。

从沙皇专制到资本主义再到社会主义，俄国知识分子如何理解国家现代化发展之路上每一次急剧的政治转弯和走走停停的经济发展？流淌着东正教信仰和文学艺术天赋的俄罗斯血脉，又如何面对和表达他们的苦难和困惑？俄国的都市与乡村（城市化与土地变革）在19—20世纪的文学中作为十分醒目的主体和客体，怎样承载着作家对现代性问题的反复思辨？……归根结底，俄国的现代性问题是如何在它享誉世界的文学作品中被提出和解答的？我试图从城乡叙事的角度梳理出一条清晰的线索，为更多的人去做更深入的研究抛砖引玉。

火车马上就要进入莫斯科了，车窗外极美的俄罗斯乡村秋色已变成工厂和楼房。安娜的红色小提包被关进电子书，我要暂别她，去寻找更多的文学秘密了。一位老师说，俄罗斯就像初恋。是啊，俄罗斯对我来说也像初恋，命运让我遇到它，爱上它，又因为它性格太矛盾太极端而烦恼，可还是深深迷恋于它的艺术天赋与长久苦难共同造就的独特气质。很多年以后，我都会想起第一次踏上俄罗斯土地的那个大雪纷飞的冬夜。

这本书从准备到最终完成花了近六年的时间。感谢家人的包容和帮助，感谢云南大学给予的各种支持，感谢刘文飞老师、刘亚丁导师对我这项研究的肯定，以及同行叶琳、邓鹏飞，研究生王晓倩、王铃对课题和书稿的思想贡献。还有很多中国与俄罗斯的师长同行曾为我答疑解惑，在此一并致谢。没有你们，我很难坚持到现在。才学精力所限，本书一定有不少疏漏谬见，请各位方家不吝赐教。

是为序。

2021 年 8 月 22 日

于昆明

导言

现代性与城乡书写

何为现代性？

"现代性"是一个极具争议性、包容性和含混性的概念。从"现代"这个概念出现，就已经彰显了它的弹性和模糊的边界。但也恰恰是因为这种开放、争议和含混的特点，使得只有"现代性"方能涵盖近三百年来那发源于欧洲，从意识形态到物质生活都深刻改变了我们的，充满生机、紧张、诱惑、矛盾和反抗的精神特质。也正是出于这种解释的不确定性，思想界对它的讨论经久不衰。

溯其词源，早期中世纪拉丁文中，为了区别基督教与罗马异教，出现了以"modo"（现在、此刻、很快）为词根的形容词"modernus"，以"描述任何同现时（包括最近的过去和即至的将来）有着明确关系的事物。

它同'antiquus'（古代）相对"[1]。可见"现代"概念自古有之，意在"当下""革新"，是对传统的挑战。但"现代性"——对"现代"性质的理解和反思——则将"现代"的边界缩小为同中世纪决裂的文艺复兴和宗教改革，及其之后的启蒙运动和资本主义兴起与全球化蔓延。

诗人、艺术家波德莱尔说："现代性就是过渡、短暂、偶然，就是艺术的一半，另一半是永恒和不变。"[2]波德莱尔从审美角度出发，既指出了现代性的不确定和有限性，也指明了它挑战传统和永恒的对立姿态。

社会学家安东尼·吉登斯（Anthony Giddens）说："现代性指社会生活或组织模式"，它是一个复杂的结构系统，本身具有积极和消极的两面性。

政治层面的现代性，是遵从社会契约的世俗化现代国家概念的确立；经济层面的现代性，是商品经济的爆炸性增长和自给自足的庄园经济的崩溃，国家从农业社会向工业社会转变，农村和传统文化凋敝，现代大都市飞速发展。在哲学层面，笛卡尔的唯理主义奠定了现代哲学的基础，拥有理性的主体成为自然身体和自然世界的对立面。黑格尔紧随其后，认为现代性原则即主体性原则。因此，理性成为现代性的核心观念。[3]哈贝马斯认为，黑格尔根据其现代性原则即主

---

[1] 卡林内斯库，《现代性的五副面孔》，顾爱彬、李瑞华译，商务印书馆，2010年，第1页。
[2] 波德莱尔，《波德莱尔美学论文选》，郭宏安译，人民文学出版社，1987年，第439—440页。
[3] 详见汪民安《现代性》，南京大学出版社，2012年，第3—4页。

体性原则的观点,同时阐明了现代世界的优越性与危机、进步与异化的共存特征。

而英国社会学家斯图加特·霍尔(Stuart Hall)则认为,现代性是在政治、经济、社会和文化四个主要社会进程的交互作用中被建构(be formated)出来的。这四个过程各自独立又彼此影响,而谁也不具有建构现代性的优先权。每一个因素在现代化进程中的利弊,它们彼此之间的正负影响都合在一起,才是现代性的总体特征。

被卷入现代性的进程,既成了推动现代化的主体,又成了被现代化的对象的人,叫作"现代人"。现代生活激发出现代人前所未有的复杂体验和矛盾态度。这种"既是主体又是对象的复杂关系,便是现代性体验产生的根源"[1]。汪民安总结道:

> 物质性的现代性进程、被这种进程席卷而去的现代人,以及这二者之间敏感而丰富的经验关系,最后,贯穿在现代时期的对这个进程推波助澜或者相反的冷嘲热讽的各种哲学观念和时间意识;所有这些,构成了现代性的核心内容。[2]

怎样表达这种核心内容,成为现代文学的主要任务,也是我们研究文学现代性问题的方向。

---

[1] 周宪主编,《文化现代性读本序言》,南京大学出版社,2012年,第9页。
[2] 汪民安,《现代性》,南京大学出版社,2012年,第8页。

俄罗斯现代性的特点

关于俄罗斯现代化进程的起点，学界的认识也并不完全一致。

主要观点认为彼得一世改革开启了俄国现代化的步伐。普列汉诺夫在《俄国社会思想史》中指出，俄罗斯的现代化进程得从彼得大帝的改革开放算起，西欧的现代思想早就进入了俄国知识界。[1]我国历史学家钱乘旦也同意这一观点："从18世纪开始，俄罗斯就走上了艰难的现代化里程。"[2]

苏联史学界似乎更倾向将俄国现代化进程从1861年农奴制改革算起。涅奇金娜（М. В. Нечкина）认为1861年改革是"由封建农奴制社会制度进向资本主义制度的一大转变"[3]；潘克拉托娃（А. М. Панкратова）说："（19世纪）60年代的资产阶级改革虽然维护了地主的利益，同时也为俄国资本主义的发展开辟了广阔的道路。沙皇俄国已经向资产阶级君主制度转变的道路迈出了最初的几步。"[4]北京

---

[1] 普列汉诺夫，《俄国社会思想史》（第2卷），孙静工译，商务印书馆，1999年，第1—3页。
[2] 钱乘旦，《〈现代化的特殊性道路〉序》，载王云龙《现代化的特殊性道路》，商务印书馆，2004年，第1页。
[3] 米·瓦·涅奇金娜，《苏联史》（第2卷第2分册），生活·读书·新知三联书店，1959年，第64页。
[4] 安·潘克拉托娃，《苏联通史》（第2卷），生活·读书·新知三联书店，1980年，第422页。

大学俄国史专家刘祖熙也认为:"俄国现代化的进程始于1861年的农民改革。"[1]

严谨地说,俄国自19世纪初进入资本主义商品经济和工业化、城市化快速发展的阶段,农奴制的桎梏性和农民的贫困日渐变成社会最尖锐的问题。1861年的农奴制改革(史称"大改革")便是在这样的历史语境中出现的。它将俄国带入了国家现代化的正轨,开始正式地、全面地进行政治、经济、社会、文化领域里的资本主义改革。但是,代表着现代性起点的理性启蒙和都市主义,却是由彼得一世在俄国倡导和推动的。

然而,俄国的现代化进程和由此表现出的现代性,却始终伴随着动荡、反复、曲折和思想冲突。彼得改革是这种动荡和冲突的一大动因,但他的行为并非横空出世,而有着深厚的历史渊源。追根溯源,俄国在每一个历史的关键点上,都与欧洲现代化发展产生了错位。

· **信仰的错位**

公元988年,基辅罗斯大公弗拉基米尔选择东正教作为国教,从大局看,这的确"加速了基辅罗斯封建化的发展,拉近了基辅罗斯

---

[1] 刘祖熙,《改革和革命——俄国现代化研究(1861—1917)》,北京大学出版社,2001年,第3页。

与拜占庭和西欧各国的距离"[1]。而微观上看,这次信仰上的选择也是导致日后俄罗斯与西欧在政治思想文化领域出现较大差异的源头。

其一,西欧的天主教与拜占庭的东正教在政教关系上有很大差异。西方天主教会相对独立于王权,"经1075年至1122年的历任教皇的不断努力,政教终于分离,各成体系"[2]。而此前不到一个世纪的时间,基辅罗斯公国才刚刚将东正教确立为国教,西方政教分离的时候,罗斯正处于东正教信仰最纯洁,国家政权与教会结合最紧密的时期。况且,依赖世俗政权始终是东方正教教会的特质之一。马克思就曾说道:"正教不同于基督教其他教派的主要特征,就是国家和教会、世俗生活和宗教生活混为一体。"[3]政教分离和国家世俗化是西方国家走向文艺复兴和启蒙运动的思想与体制变革的起点,而东罗马帝国长期的中央集权统治对东正教的控制,以及东正教教会对巩固王权做出的巨大努力,使得后来的东正教国家均倾向于集权化的统治模式与政教合一的关系。这种政教关系的差异对日后西欧和俄罗斯在国家体制上的选择有着重要影响,自然而然埋下了双方持续思想冲突的隐患。

其二,公元10世纪末11世纪初,东正教已在走向衰落。仅仅在古罗斯确立东正教为国教的半个世纪之后,公元1054年罗马帝国东

---

[1] Т. С. 格奥尔吉耶娃,《俄罗斯文化史——历史与现代》,焦东建、董茉莉译,商务印书馆,2006年,第28页。
[2] 宋盼盼,《中世纪天主教和东正教组织体系差别及原因》,载《开封教育学院学报》2018年第1期,第248页。
[3] 马克思、恩格斯,《马克思恩格斯全集》(第10卷),人民出版社,1962年,第141页。

西分离，基督教也随之分裂为天主教和东正教。此后随着其中心拜占庭被伊斯兰教渗透，东正教逐渐式微，甚至差点被罗马教皇与天主教会合并。公元1453年，君士坦丁堡被土耳其人攻陷，拜占庭帝国灭亡，除俄罗斯之外的主要东正教教区都笼罩在异教徒控制的阴影之中："君士坦丁堡牧首区处在土耳其人统治之下，安提阿牧首区处在叙利亚人的统治之下，亚历山大里亚牧首区处在埃及人的统治之下，耶路撒冷牧首区处在以色列人和约旦人的统治之下。"[1] 尽管此时俄罗斯教区挺身而出，自称为"第三罗马"，以其纯正的信仰和统一的宗教环境为优势承担起保卫东正教的使命，但东正教在全世界的大规模衰落已不可逆转。而自基督教分裂以来，天主教作为西欧主要国家的国教，却得到快速发展和壮大。罗马公教（天主教）在西方世界的深远影响使得东正教教会所属国家逐渐被排挤出西方的阵营。

坚守着东正教信仰的俄罗斯一边力图追随西方的脚步，一边却以"第三罗马"自居，离天主教的欧洲越来越远。"基督教化之后的俄国与西欧国家之间还是保持着很大的距离，在某些方面，甚至于反而导致了基辅罗斯地区乃至于尔后的俄罗斯与西方的疏离。"[2]

信仰的错位让俄罗斯第一次主动疏离了西方思想进程的主流。

---

[1] 张百春，《俄国东正教会独立之路》，载《俄罗斯文艺》2006年第1期，第48页。
[2] 冯绍雷，《20世纪的俄罗斯》，生活·读书·新知三联书店，2007年，第8页。

·政治经济发展的错位

公元 12—15 世纪，西欧处于从中世纪向文艺复兴过渡的阶段，亦是资本主义的发生时期。庄园经济衰落，农奴制度日渐消亡，国家凝聚力在远交近攻中逐渐增强，社会制度从封建向中央集权制度转化，城市自治出现，资本主义开始萌芽，小农经济向商品经济过渡，为日后的地理大发现和文艺复兴运动打下了坚实的基础。而俄罗斯却恰在此时落入蒙古的野蛮专制统治。即便 15 世纪末伊凡三世开始民族复兴，并在 16 世纪初结束了蒙古金帐汗国的统治，但蒙古人留下的政治遗产——专制制度和户籍制度——却对俄罗斯产生了至今无法磨灭的影响。经济发展缓慢且极不平衡，文化停滞、农业落后。虽有如诺夫哥罗德和普斯科夫等极少数未被鞑靼占领而得到发展的商业城市，但彼时绝大部分俄罗斯城市都非欧洲中世纪式的以商业、手工业为中心的自治城市，而"基本上属于行政、军事与庄园的中心"[1]。

16 世纪之后，经历了地理大发现和宗教改革的西欧国家，包括曾经落后的德国，都进入全面发展资本主义的阶段，国内政治经济变革和海外贸易与殖民活动齐头并进。而彼时的俄国还是个固守着东正教的内陆国家。不但如此，伊凡四世自立为"沙皇"，确立了统一专制的王权国家。虽说俄罗斯民族国家的发展以此为起点，但这种借助贵族力量征服封建领主的方式又一次与西欧封建制度的走向背道而

---

[1] 冯绍雷，《20 世纪的俄罗斯》，生活·读书·新知三联书店，2007 年，第 17 页。

驰。在西欧农奴制从衰落到消亡,并开始了农村资本主义化的这个世纪里,俄罗斯的农奴制反而在兴起。[1]

我们看到,在西欧资本主义的各个必要因素从顺利起步到高速发展的这几百年间,俄罗斯由于政治经济制度发展的错位,城市和乡村的发展滞后而扭曲。蒙古金帐汗国的统治拉开了俄罗斯与西方在政治经济制度上的认识差距,城市没有自治的意识便不可能出现欧洲式的市民社会和中产阶级,而这两者本应是国家现代化变革中的中坚力量。农奴制的兴起又使俄国农业发展速度远远落后于资本主义化之后的欧洲农业。俄罗斯的历史第二次被动地远离了西方从前现代社会走向现代社会的高速发展期。

· **资本主义改革的错位**

18世纪始,西欧进入启蒙运动时期,开始了具有广泛民间基础的、正式的以"科学"和"理性"为思想核心的国家现代化发展。此时刚登基不久的彼得一世为了争夺出海口并将内陆国家转型为海洋国家而决定迁都圣彼得堡。他取法荷兰,在沼泽地上建起了一座完全西化的国际都市,也开启了无法脚踏实地的西化改革。但与此同时,"彼得在完成其改革的过程中取得了东方专制君主的无限权力,而且广泛地使用了这一权力。……为了欧化俄国,彼得使居民在对国家关

---

[1] 沙皇为了争取贵族来对抗封建割据的各领主,将大量的农民变为贵族的奴隶。在此基础上产生的带有奴隶制特征的制度被称为"农奴制",兴起于16世纪,形成于17世纪。

系上的无权地位，达到了逻辑的极端"[1]。

从选择国教开始，俄罗斯每一个历史节点上的重大变革都是专制君主"自上而下"的决定和强制性推广。这与基督教和启蒙思想在欧洲"自下而上"的传播属性及合法化过程均背道而驰。19世纪俄国思想家卡维林（К. Д. Кавелин）就指出："在欧洲一切是自下而上做起，而在我们国家一切则是自上而下。"[2]这种以独裁和强制的手段传播仁爱、平等和自由观念的方式本身充满悖论。到了彼得和他的继任者那里，这个悖论变成了农奴制与启蒙、君主专制与资本主义改革等不可调和的矛盾。这使得俄国的现代化进程从一开始就先天具有悖谬的特征。

无法改变专制体制的彼得一世利用王权推动的俄罗斯现代化进程，只能是纯粹的"器物性现代化"。他亲自考察西欧、学习西方先进的工业技术；推行官阶制度，培养了俄罗斯第一批近代化的官吏；发展现代教育、创建学校和科学院，奠定了俄国近代自然科学研究的基础；甚至改革了国家管理制度，建立了参政院和部委，推动地方自治管理……但彼得改革的性质仍然是"剪胡子"的隐喻：剪掉胡子穿上西装说着法语，只能是占俄国极少数的上流社会贵族改变了生活方式，教化出了一个人数极少且影响力十分有限的贵族知识分子阶层。

---

[1] 普列汉诺夫，《俄国社会思想史》（第2卷），孙静工译，商务印书馆，1998年，第31—33页。
[2] Киреева Р. А., *Государственная щкола: историческая концепция К.Д.Кавелина и Б.Н. Чичерина.* Москва: ОГИ, 2004, с.79.

而绝大多数的农民、农奴和城市贫民既看不到改革的前景，也享受不到改革的成果。

叶卡捷琳娜二世的"开明专制"亦是如此：既充满启蒙主义理想，也严格维护中央王权。她推行的政治、经济、法律、文化等领域的改革，依然只是在"器物"层面收效显著。军事力量迅速壮大，领土不断扩张；大学拔地而起、妇女地位提高；传播启蒙思想、讽刺刊物流行，培植"中间等级"……而所有这些"全面深入的改革"都是"通过王权的引导"，也都是以强化农奴制、继续牺牲广大下层人民，尤其是农民的利益来实现的。叶卡捷琳娜二世时期的俄国社会文化，还奇特地将 17 世纪法国古典主义与 18 世纪启蒙思想结合起来，让专门歌颂君主和王权的"颂诗"与针砭时事的讽刺刊物共处一世。沙皇俄国就在这样的"上（层）下（层）矛盾"和"左（专制）右（民主）矛盾"中走向了下一个世纪："19 世纪，正当西欧从开明专制步入议会宪政之时，俄国却渐渐地从启蒙主义向扩充无限王权的方向滑行。"[1]

无法放弃独裁专制的俄罗斯在欧洲现代化大幕正式拉开之时，带着想要走向舞台中央的梦想，却由于"开明"和"专制"的终极错位而第三次被边缘化了。

充分、完整的现代化过程，是经历了文艺复兴、基督教改革、17 世纪工业革命、18 世纪启蒙运动的全部洗礼的过程。英、法、德等

---

[1] 冯绍雷，《20 世纪的俄罗斯》，生活·读书·新知三联书店，2007 年，第 19 页。

西欧国家的现代化进程可以被视为充分完整的。它们面对现代性问题时，是阅尽千帆后的自我质疑。但对于俄国来说，整个现代化进程是残缺而先天不足的，所以当现代化的种子刚刚从西方吹落俄国土地时，首先遭遇的不是运作体制的问题，而是根本的合法性的问题。

因此，俄国的知识分子对本国现代化进程的反思尽管角度各异，但究其本质都是指向其合法性的根源的：俄国人的宗教信仰是否具有与新教一样的伦理和资本主义精神？俄国的农村是继续保持传统的村社制度还是进行资本主义化的农村改革？俄国的城市化进程是不是在真正的工业革命基础上形成的？当一切物质现代化表征都笼罩在沙皇专制体制之下时，俄国民众的启蒙应该如何进行？

两种现代性与两派论战

笔者认为，若在前人研究的基础上将现代性概念分为"可见的现代性"和"隐蔽的现代性"两个层面，将会相对清晰地厘清文学现代性的研究思路。"可见的现代性"是指观察可见的"许多不同进程和历史凝缩的结果"[1]，包括政治层面上遵从社会契约建立世俗化现代国家和自由民主政体的确立；经济层面上机器化的工业主义、市场化的资本主义的兴起和自给自足的庄园经济的崩溃；社会层面上农业社会

---

[1] 霍尔，《现代性的多重建构》，吴志杰译，收入周宪编《文学现代性读本》，南京大学出版社，2012年，第54页。

向工业社会转变、农村和传统文化凋敝、现代化大都市飞速发展、权力和理性计划配置而成的社会组织不断出现和完善,以及上述所有的功能联系。现代文学的叙事空间从传统乡村转向现代都市恰恰是对前述诸特征的综合反映,俄罗斯文学也不例外。

"隐蔽的现代性"则可被认为是支持或质疑"可见的现代性"的一组对立观念。后者是启蒙思想家强调的现代性精神的核心"理性""秩序"和"求新",进入现代性就是进入理性支配的统一的社会和文化;这种现代性观念认为,"越是新的,就越是现代的。它为一种进步主义和发展主义欲望所主宰"[1]。当这种观念成为"霸权"的时候,它就背离了真正的理性。于是与之对抗的现代性观念(隐蔽的现代性)对举而生,即"本质上属论战式的美学现代性",它"以各种文化上反动的(往往是极端保守的)传统主义的形式出现,或者在更高的哲学层次上说,以一种对现代性的悲观主义甚至是虚无主义批评的形式出现"[2]。现代文学即为美学现代性的表现形式之一,它以现代性体验为表现对象,以传统宗法制乡村的衰落和资本主义工业化都市的兴起为历史语境,来呈现现代人对各种现代生活的可能性与危机的感受和反思。这正是"隐蔽现代性"中的对立观念在书写"可见现代性"时的互搏。

可见的现代性问题愈是复杂和纠结,隐蔽的现代性层面就搏斗

---

[1] 汪民安,《现代性》,载《国外理论动态》2006 年第 12 期,第 61 页。
[2] 卡林内斯库,《现代性的五副面孔》,顾爱彬、李瑞华译,商务印书馆,2010 年,第 343—344 页。

得愈是激烈，其文学表现就愈是富有张力和吸引力。19 世纪的俄国文学正是以其对本国尤其复杂和纠结的现代性的深刻思辨与论战吸引了全世界的目光。经历了文艺复兴、基督教改革、18 世纪的工业革命和启蒙运动等完整现代化思想洗礼的西欧国家在面对现代性问题时，主要是作为主体的自我批判。而现代化后发国家则首先面临着在现代性的"正果"与"负果"同时涌入的强烈冲击中，自身传统价值体系和社会运行规范解体的危机。"正是由于这种现代化本身的欠发达性加之俄国知识界立场的复杂性，使得现代性观念进入俄国语境时与传统文化思想产生了一系列异常尖锐的冲突"[1]，这一冲突因为 1836 年恰达耶夫发表的《哲学书简》被迅速激化。

恰达耶夫提出的俄罗斯"会因与西方相像而感到幸福，会因西方迁就地同意将我们纳入其行列而感到骄傲"[2]的主张全盘西化的观点，正式拉开了斯拉夫派和西方派两大阵营旷日持久的论战大幕。西方派主张俄国效法西欧，全盘走向资本主义现代化，工业革命与城市化成为他们歌颂的对象；斯拉夫派则肯定俄罗斯的村社制度，认为村社的共同生活方式和劳动组合都是理想俄国社会的原型，其思想根基恰在于维护乡村的本质。两派论战的文学实践成为俄国古典主义之后主要的文学活动；论战的思想倾向构成了俄国现代性叙事的思想基础；文学上则体现出明显的对城市与乡村的各自侧重。而这种在城乡

---

[1] 孔朝晖，《从乡村到城市：果戈理的现代性叙事》，载《俄罗斯文艺》2015 年第 4 期，第 11 页。
[2] 恰达耶夫，《哲学书简》，刘文飞译，作家出版社，1998 年，第 197 页。

叙事策略和美学倾向上表现出来的差异则成了俄国文学现代性思辨的典型表征。

城乡叙事与俄国现代性的关系

卡林内斯库（Matei Calinescu）说："在重构现代性历史的过程中，有趣的是探讨那些对立面之间无穷无尽的平行对应关系——新/旧，更新/革新，模仿/创造，连续/断裂，进化/革命，等等。"[1]现代文学中的城市书写和乡村书写就是这样一组"有趣的平行对应关系"，应当成为文学现代性研究中的重要一环。"文学的力量不仅在于见证了现代化的发生及其所带来的空间变换，而且在于文学参与了现代化的进程，参与了地理和空间的重建"[2]，作家们的视线从乡村转向城市，再从城市回顾乡村，这种视线移动所呈现出的，绝不仅仅是地理空间的变化，更多的是寄托于其上的情感经验的变化："一边是即将过去的丰美人生，一边是逗人而可能落空的未来。"[3]

作为美学范畴的现代性不仅再现了客观的历史巨变，也是现代人对这一巨变的特定体验。现代化进程中的各种冲突和矛盾给现代人

---

[1] 卡林内斯库，《现代性的五副面孔》，顾爱彬、李瑞华译，商务印书馆，2010年，第2页。
[2] 刘英，《文学力量：在空间变换中诠释现代性》，载《中国出版》2018年第12期，第71页。
[3] 伯林，《俄国思想家》，彭淮栋译，译林出版社，2003年，第221页。

带来的"震惊"体验和反思亦深刻地表现在近现代文学叙事空间从乡村到城市的转向中。19世纪的俄国文学对本国现代性的观察、记录和思考也都是以宗法制乡村的衰落和资本主义都市的兴起为历史语境的。西方派与斯拉夫派的文学论战,"多余人""新人"的思想变化轨迹正是在城乡叙事之间完成的。

在列斐伏尔(Henri Lefebvre)的《空间的生产》编后记中,大卫·哈维(David Harvey)指出:"城市化与空间生产是列斐伏尔思想中两个交织叠合的主题。列斐伏尔向我们展示了城市化如何改变了城市的空间生产,并将全球与地方、城市与乡村、中心与边缘以全新的方式联系起来。列斐伏尔对空间问题的重新思考是在城市化背景下进行的。"[1]

城市化进程与空间生产是诸多关注国家现代性问题的思想家们讨论最多的两个核心话题,亦是各国关注现代性体验的文学作品中交织叠合的主题。社会学家们已经指出了国家的现代化进程与现代人的空间体验之间的关联,这种关联也充分地体现在文学叙事中。或隐或显,或有意或无意,但都能相当及时地反映彼时的现代性体验。这其中,城市的快速发展和乡村的变化对于现代人来说是最为切身的体验。从乡村转向城市,再从城市回顾乡村,作家们的视线移动所呈现出的,绝不仅仅是地理空间的变化,更多的是寄托于其上的情感经验

---

[1] Henri Lefebvre, *The Production of Space*, New Jersey: Blackwell Publishing, 2011, pp. 430–431.

的变化。现代人被城市的光声色影和乡村的自然质朴日益剧烈地撕扯着。贵族们一方面想冲向城市成为官僚机构中的一员，一方面又怀念乡绅懒散诗意的寄生生活；平民知识分子们则在先进而冷漠的城市文明与落后而温暖的乡村生活之间挣扎。当这两类人成为文学作品的主要生产者的时候，现代性的焦虑就集中地从城乡叙事转换中浮现出来。

因此，若要深入研究19—20世纪俄苏文学对国家现代性的体验和思辨，对文学中空间转向问题的研究就成为十分重要的一环。在笔者看来，研究19—20世纪俄国文学中的现代性问题，当然要研究都市，尤其是莫斯科和彼得堡叙事；但弄清楚俄罗斯国家现代化进程中的乡村叙事与传统的乡村叙事的区别，及从乡村叙事到都市叙事的空间转换中呈现出的俄罗斯特有的现代性问题，则是首要前提。

19世纪的俄国文学经历了农奴制的"乡村夜话"到半资本主义的"都市神话"的重要转变。这种转变表现了资本主义文明在俄罗斯乡村与城市急徐悬殊的发展过程，暗示了俄罗斯国家在现代性进程中的欠发达性。而20世纪的俄（苏）文学则在叙事空间转换上表现得更为复杂：在社会主义现实主义的文学规则之下，一方面俄国传统的农业和乡村文化随着苏维埃一系列打击富农的政策而极度萎缩，"夜话"已被土改和集体化话题取而代之；另一方面"都市神话"变成了关于苏维埃革命、卫国战争和共产主义政治经济的神话。与此同时，从未泯灭的"俄罗斯良心"们则在"地下"进行着对乡村和都市两个空间的反乌托邦叙事。这些都从不同角度反映了20世纪俄罗斯扭曲的、未完成的现代性。

西方学者对俄苏文学的现代性研究，大多是循着空间视域展开的，而且更倾向于专门研究"俄罗斯城市文学与现代性"问题，尤其是"彼得堡"与俄国现代主义的关系。

美国著名马克思主义文化研究学者马歇尔·伯曼（Marshall Berman）一直关注文学空间叙事中的现代性思想。在研究了果戈理、陀思妥耶夫斯基和别雷等人的彼得堡叙事后，他将19世纪的俄国（帝俄晚期）的现代主义称为欠发达的现代主义：一方面，俄国毋庸置疑地出现了资本主义工业文明和现代主义思潮；另一方面，"从19世纪20年代一直到苏联时代，落后与欠发达所负载的苦痛在俄罗斯的政治与文化中发挥着主要作用。……我们可以把19世纪的俄罗斯视为正在浮现的20世纪第三世界的原型"[1]。伯曼将19世纪俄罗斯现代性的文化表现总结为三个方面：1. 在几乎不到两代人的时间里创造了世界级伟大文学的一个分支；2. 创造了一系列极具震撼力量的、经世耐久的现代性神话和象征，如"小人物""多余人""地下人""先驱者""水晶宫"等；3. 在整个19世纪，帝国首都彼得堡最清晰地表现了俄罗斯土壤的现代性。这座城市与这种环境激发出了一系列卓越的关涉现代生活的探索。而这三个方面显然提醒我们想到普希金、果戈理和陀思妥耶夫斯基。伯曼的研究成果代表了欧美学界对此问题研究的主要方向。

---

[1] 马歇尔·伯曼，《一切坚固的东西都烟消云散了——现代性体验》，徐大建、张辑译，商务印书馆，2004年，第225页。

此外，欧美诸多著名高校的斯拉夫院系或研究中心也发表了不少相关研究成果，如美国当代著名学者哈罗德·布鲁姆以现代性视域主编了一套文学地图丛书，其中一册便是《圣彼得堡文学地图》，用空间理论研究了普希金、果戈理、陀思妥耶夫斯基、曼德尔施塔姆等人的"彼得堡叙事"，为这一课题添上了浓重的一笔。但是，依我们有限的资料显示：借用当代空间理论批评方法，研究19—20世纪俄罗斯文学从乡村到都市的叙事空间转向与现代性思辨的关系，似乎国外学界也颇为少见。

反观俄罗斯国内对现代性问题的研究，却并未呈现系统化和专门化。俄语原生词"Современность"（现代、现代性）从未在"Modernity"（现代性）这个意义上被讨论过。虽然自19世纪以来，俄国学界一直在两派论战中紧紧围绕"俄罗斯向何处去"来探讨俄国现代化之路的问题，出现了以陀思妥耶夫斯基、车尔尼雪夫斯基等作家为代表的文学作品，"水晶宫"和"怎么办"是两位作家对俄国现代化之路的两极化思考，"多余人"和"新人"形象则是19世纪俄国文学对"现代人"的想象和追问。拉吉舍夫、别尔嘉耶夫、索罗维约夫、梅列日科夫斯基等哲学家相继推出对"俄罗斯思想"之传统和进化的深入思考；当代俄罗斯也有诸如《俄罗斯现代化之路——为何如此曲折》[1]等史学著作，但笔者目力所及，俄国的文学研究界对现代

---

[1] 米格拉尼扬，《俄罗斯现代化之路——为何如此曲折》，徐葵等译，新华出版社，2002年。

文学的研究似乎仍未与国家现代性问题联系起来。

中国学术界对俄国现代化相关问题的研究，多集中于历史学界。研究工作开始得较早，成果丰厚。标志性著作有刘祖熙《改革和革命——俄国现代化研究（1861—1917）》[1]、张建华《俄国现代化道路研究》[2]《帝国风暴：大变革前夜的俄罗斯》[3]、王云龙《现代化的特殊性道路——沙皇俄国最后60年社会转型历程解析》[4]、左凤荣和沈志华《俄国现代化的曲折历程》[5]、陆南泉《俄罗斯转型与国家现代化问题研究》[6]等。但历史学者的研究对象多为俄国政治、经济和社会的现代化历程，很少涉及文学。从研究方法上看，史学研究更偏重于宏观的、历时性的大格局研究，较少从俄国民众的现代性体验和俄国知识分子的现代性思辨着眼。而国内文学研究界对近现代俄国文学的研究却又倾向于具体作家作品，或文学史本身的不断细化、新化，很少在大的历史语境中去思考文学作品对国家现代性问题的持续关注和思辨，也较少有人专门以文学现代性为视角去整合俄国近现代文学史，这不能不说是国内学术界的一项缺憾。

---

[1] 刘祖熙，《改革和革命——俄国现代化研究（1861—1917）》，北京大学出版社，2001年。
[2] 张建华，《俄国现代化道路研究》，北京师范大学出版社，2002年。
[3] 张建华，《帝国风暴：大变革前夜的俄罗斯》，北京大学出版社，2016年。
[4] 王云龙，《现代化的特殊性道路——沙皇俄国最后60年社会转型历程解析》，商务印书馆，2003年。
[5] 左凤荣、沈志华，《俄国现代化的曲折历程》（上、下），社会科学文献出版社，2012年。
[6] 陆南泉，《俄罗斯转型与国家现代化问题研究》，中国社会科学出版社，2017年。

文学活动是世界历史进程中不可或缺的一部分，它不仅是对生活的模仿和再现，更是以其与时俱进的对话语秩序的建构来介入和推动历史。研究近现代文学史，亦不能只看到文类史、文体史和启蒙史，更要在思想史和社会史的范畴中挖掘它的现代主体意识和在此基石之上的启蒙与反启蒙思辨。一个国家的近现代文学与其祖国的现代化进程之间的关系，是共谋和冲突的紧张关系，也是工具现代性与审美现代性之间共生与对抗关系的表征。

若在俄罗斯现代性的总体视域下，以19—20世纪俄苏文学从乡村叙事到都市叙事的空间转向为研究客体，将更好地厘清这两百年间俄国文学对俄国充满矛盾的现代化进程的观察史和思辨史。从文学叙事的空间转换来追踪俄国文学中的现代性思想发展脉络，对于更深入研究俄国文学，在更广泛的视域中理解俄国思想和文化，乃至政治经济战略，都具有十分重要的当代意义。

上编 |

19世纪俄国文学中的
城乡对立与现代性思辨

俄罗斯的"民族国家"可以从伊凡四世自立沙皇开始算起,但"民族国家意识"在俄罗斯却长久未能出现。从彼得一世改革发展西式教育,培育了贵族知识分子阶层起,上流社会形成了"走西方道路"和"以俄国传统为走向"的对民族国家向何处去的矛盾体认。而中下层民众依然处于懵懂阶段,只看到自己当下的生活,没有精神和物质的储备,也没有权利去参与民族国家发展的讨论。1812年俄法战争之后,乘胜追击到巴黎的俄国精英贵族看到了启蒙的状态和效果,社会中逐渐形成了秘密社团,开始对国家发展变革做有计划有理论的思考。以别林斯基为代表的平民知识分子也于19世纪30年代登上公共舆论的阵地,影响日隆。

19世纪40年代起,随着资本主义经济和两个大都市(莫斯科与圣彼得堡)的发展,亦作为对西欧资本主义国家文学中"城市主义"的模仿,俄国文学中的城市书写也日益蓬勃。各阶层知识分子们一边热衷于对现代化排头兵的彼得堡进行各种倾向的精神体认,一边频繁地将彼得堡与莫斯科做西方–斯拉夫、现代–传统等二元对立式的比较。这一过程中穿插着密集的、共时性的乡村书写。

以1825年十二月党人起义、1848年欧洲革命、1861年农奴制改革和19世纪70年代的民粹派运动为时间节点,19世纪俄国文学中呈现出的城乡面貌不断发生着变化,也保留着某些恒定的特征。城市所代表的进步主义和现代化在与专制统治和官僚体制的畸形混搭中,其蓬勃向上的精神和自由的气质被掩盖了;乡村所代表的宗法制田园诗意又被农奴制和大改革之后农民依然贫困落后的现实撕得粉碎。资本主义与宗法制、机器生产与田园诗、贵族与贫民、商人与地主、平民知识分子与农民等种种对立，被反复而渐变地呈现在城乡书写中，既表达着不同时代的作者们对祖国现代化道路的不同态度，也体现着俄国知识分子们对走向自由的共同期待。

第一章

现代化的先声

俄罗斯民族国家意识兴起与现代报刊业发展

民族国家意识的兴起是俄国现代化道路正式开启的先声,而普通民众的民族国家意识则是通过思想界的论战来激发的;"明枪"式的政论文章与"暗箭"式的文学作品都首先会出现在由民间资本创办的定期出版物上。正是"民间资本""定期出版物"以及"出版人"——这三种城市特有的现代"公共领域"标志物,重新构建了精英知识分子与大众的关系,扩大了俄罗斯知识界的话语权和干预政治的方式。俄国现代报刊业的发展依赖于彼得一世正式创办报纸、叶卡捷琳娜二世提倡创办讽刺杂志和印刷技术的现代化,是俄国现代化绝对的布谷鸟。

俄国报刊:帝俄时代的"公共领域"

"戊戌变法之议兴,国人宣传刊物日繁,学校制度既定,复须新课本以资用,胥赖印刷为之枢机。"[1]

霍克海默(M. Max Horkheime)和阿道尔诺(Theodor Adorno)在论述启蒙的概念时,认为是"称得上伟大发明的印刷术引起了学识的变化"[2]。新式印刷技术的引进导致的印刷革命开启了文化生产的工业化时代。现代教育机构的创办、出版社的出现、新式媒体的诞生都与印刷革命有着密不可分的关系。18世纪的俄国贵族尚主要依靠外来文化的单向输入获得新知识,因此与无法通过同样渠道获得知识的普通百姓之间产生了巨大的思想鸿沟和隔膜。19世纪初,印刷从宫廷走向民间,走进了一个现代企业生产的新时代。"1802年,开始允许建立私营印刷厂,当时所出版的杂志使持有不同政见的各派力量走在了一起。……到1813年,俄罗斯境内已经拥有印刷厂66家。"[3]印刷和出版业在俄国的快速发展开辟了改造社会的新战场,这既是资本主义商业的萌芽,也是针对上层与中层社会的教育和启蒙运动。现代出版物重新构建了精英知识分子与社会大众的关系,改变了俄国社会大众的思维方式和思想基础,教育和"生产"了大批的新人。

生产技术和生产力的变革,使得印刷品的大规模生产成为可能,新式出版物和新的知识传播形态得以出现,这既是19世纪以降俄国

---

[1] 庄俞,《鲍咸昌先生事略》,收入《商务印书馆九十年》,商务印书馆,1987年,第6页。
[2] 霍克海默、阿道尔诺,《启蒙的概念》,曹卫东译,收入汪民安编《现代性基本读本》(上),河南大学出版社,2005年,第168—194页。
[3] T.C.格奥尔吉耶娃,《俄罗斯文化史——历史与现代》,焦东建、董茱莉译,商务印书馆,2006年,第301页。

启蒙思想的重要载体，更是启蒙思想和文化本身的表现形式。印刷现代性可视为文化现代性或思想现代性的先声。

> 印刷和出版不只是一种文化，而是具有"物质"力量的文化生产，是达恩顿（Robert Darnton）所理解的"历史中的一股力量"。……在达恩顿看来，18世纪发生在欧洲的启蒙思想和运动不仅是一种思想和精神的传播过程，还是一个物质的生产过程，是一个由各种各样的清流思想、腐败官僚、革命反革命者、有知识者没文化者、清教徒、贩夫走卒等各色人等，在流通、消费过程中为追逐利益而共同"生产"的"文化产品"。
> ……
> 其时的文化形态因此也呈现出巨大的转折性变化。精英的古典的文化逐渐为大众的时尚文化所取代。印刷能力的扩大所产生的改造社会的能量为注重"实学"的敏感的知识群体所认识，大机器生产衍生出的巨大的商业利润和市场也吸引了更多资金和技术的支持，具有"现代"意义的印刷出版机构因此而得以出现。印刷能力的扩大打开了更大的文化生产空间。众多中小型出版团体随之跟进，各种各样的文化因子由此而得以滋生。在这样的文化生产逻辑下，新的读者基础、作者群体得以产生。这就使得研究这一时期印刷技术何以现代、如何展开，当时的知识群体如何看待和应对这些技术变化，这些变化与社会文化生

产到底发生了怎样的联系等问题变得特别有意义。[1]

在电子影像和互联网出现之前,社会舆论的改造主要以纸质出版物为载体。无论是知识分子的文学创作与政论,还是对域外进步思想的译介,都要借助纸质出版物展开。而出版物的定期化(报纸和期刊)与批量化(书籍的大量发行),均离不开印刷技术和出版业的现代化。对于19世纪俄国现代思想文化的发生而言,印刷技术的现代发展不仅为新思想的传播提供了更便捷的条件,而且引发了整个社会思想观念的转变,形成了从生产到再生产的完整的运行机制。印刷出版的生产实践在俄罗斯最直接的产物就是定期出版物,以及其上发表的连载文章结集出版的著作。它们与俄国现代思想的发生过程相互缠绕,推进了俄国思想界现代性论战的发生和发展。印刷(出版)的现代化进程成为国家现代化的先声,为现代性思辨提供了重要空间和扩散动力。

> 一方面,这种新的文化组织机构是印刷技术所蕴含的现代性展开的结果;另一方面,印刷技术又通过这一机构和它的文化产品全方位地渗透和展开,复杂地呈现出它的逻辑力量。……新式报刊、大量图书的普及,造就了新文化产生的机制,形成了与传统文化生产和运作不一样的时间和空间关系,也形成了一

---

[1] 雷启立,《印刷现代性与上海启蒙文化》,收入许纪霖、罗岗等著《城市的记忆:上海文化的多元历史传统》,上海书店出版社,2011年,第67、68页。

个新的社会文化基础。印刷技术的现代展开为新的民族-国家、文化建设的想象和建构开辟了另外的空间。[1]

"……在这个'现代'展开的逻辑中,技术、资本、生产、消费、市场与知识群体对于社会理想、民族-国家、文化建设的意义和价值的理解夹缠在一起,既围绕着新的出版机构的运作来进行,又深刻地渗透到社会文化生活的各个领域。"[2]正是在18世纪的思想变革和启蒙文化的传播过程中,彼得堡站到了俄国历史和时代的潮头。

自19世纪初,俄国知识分子如何开创各种新的文化和政治批评的公共空间?作为当时俄国知识分子代言人的别林斯基在其评论中数次提及的"公众",应当就是公共空间的重要参与者。19世纪初的俄国民间报刊业与帝俄官方的报纸不同,它们已不再是专制政府的法令或官方意识形态的传播工具,而逐渐演变为"社会"的声音,这种新的"公共"的声音所表现的园地,就是"公共空间"。

"从19世纪50年代下半叶起,即亚历山大二世继位时起,报刊成为反映社会舆论的首要手段。"[3]正是在这个时候,社会舆论成为一个通俗的概念,而且,无论是政府还是社会都认为报刊是反映社会

---

[1] 雷启立,《印刷现代性与上海启蒙文化》,收入许纪霖、罗岗等著《城市的记忆:上海文化的多元历史传统》,上海书店出版社,2011年,第86—87页。
[2] 雷启立,《印刷现代性与上海启蒙文化》,收入许纪霖、罗岗等著《城市的记忆:上海文化的多元历史传统》,上海书店出版社,2011年,第107页。
[3] 鲍·尼·米留诺夫,《俄国社会史》(下卷),张广翔等译,山东大学出版社,2006年,第260页。

舆论的主要渠道。亚历山大二世也成为比他之前历任沙皇都更关注报刊和社会舆论的人。尽管这种监督方式还很不完善，但已是彼时"公共声音"最响亮的时候了。陀思妥耶夫斯基就在日记中写道："我们的社会舆论真是糟糕，各唱各的调，但有时候人们又有一点怕它，因为它是一种力量，而且这种力量也能管用。"[1]

· 公民社会与公共舆论

哈贝马斯在其代表性著作《公共领域的结构转型》中，以18世纪欧洲主要国家（法、英、德）的现代化进程为背景，得出了一个马克斯·韦伯式的理想类型，分析了"公共领域"（public sphere）这一国家现代化进程中重要思想空间的产生、发展和转型。哈氏认为："资产阶级公共领域首先可以理解为一个由私人集合而成的公众的领域；但私人随即就要求这一受上层控制的公共领域反对公共权力机关自身，以便就基本上已经属于私人，但仍然具有公共性质的商品交换和社会劳动领域中的一般交换规则等问题同公共权力机关展开讨论。"[2] 这种"讨论"方式，哈氏称之为"公开批判"，其"最典型的机制"，就是报刊。

在谈及启蒙时代的公共领域首先在贵族中产生的问题时，哈贝

---

[1] Биография, писма и заметки из записной книжки Ф.М. Достоевского. СПб.,1883, С. 356.
[2] 哈贝马斯，《公共领域的结构转型》，曹卫东、王晓珏、刘北城、宋伟杰译，学林出版社，1999年，第32页。

马斯以18世纪的法国为例："在已经崛起的知识分子的帮助下，在没有经济和政治职能，却有显赫的社会地位的寄生贵族的城堡中，一个属于具有政治批判意识的公众的领域已经发展起来了，现在它明确地变成了市民社会通过反思亮明自身关怀的场所。"[1] 由此可见，尽管哈氏关于"公共领域"之启蒙作用的思考是以资本主义充分发展的西欧国家作为模型的，但其原理仍然适用于那些现代性进程曲折迂回，却已出现了资本主义经济、市民阶层和公众舆论的国家，尤其是其政治制度和社会结构直接受法国影响的俄罗斯。

俄国当代文化史学家米留诺夫对俄国公民社会的形成做了较为详细的梳理。他认为17世纪的俄国还没有公民社会的因素，这一时期及之前，俄国的"舆论界"指的是神职人员、军役人员和城关工商区居民。但这些人都处于从属和依附地位，没有监督权利。因此，如果"我们把那些居民社会群体、社会和阶层的组织与机构（这些社会群体和阶层的组织与机构具有特殊的、独立的社会舆论的力量，这种力量在某种程度上虽与国家对立，但在当时又是合法的，为社会和国家所承认，并对官方政权产生了一定的影响）看作公民社会的胚胎"，那么伴随着知识分子以及不依赖于官方观点而存在的社会舆论的出现，俄国公民社会的产生不早于1770—1800年这个范围。因为从这一时期起，"俄国知识分子社会思潮开始源源不断地产生。而此前的

---

[1] 哈贝马斯，《公共领域的结构转型》，曹卫东、王晓钰、刘北城、宋伟杰译，学林出版社，1999年，第80页。

两个十年为这一时期做了充分的准备"[1]。

别林斯基则给出了公民社会开始出现的更具体的时间点——1812年俄法战争——"1812年自始至终都在使俄国震撼着",它不仅"带来了对外政策上的伟大与辉煌,而且在公民意识及其形成方面也取得了成就。所有这一切都促进了作为社会舆论发端的公开性的诞生"。[2]米留诺夫认为,从1812年之后,俄国社会改革的思想就开始从最上层转向知识分子阶层。这一阶层中既有贵族也有平民,如别林斯基。他们"已经成为推动最高政权进行社会政治改革的力量:一些人专门批评专制制度脱离民族传统,另一些则抨击专制制度的欧化政策缺乏连续性"[3]。米留诺夫清楚地说明了西欧派和斯拉夫派成为俄国最初形成的公民社会组织的情况,而两派的论战则是最早产生重要影响力的社会舆论。

·公共舆论的载体——民办定期出版物

在俄罗斯,具有新闻功能的报纸产生于彼得大帝时代,杂志则是18世纪初才开始出现。热衷于法国启蒙思想的叶卡捷琳娜二世亲自创办讽刺杂志,开了风气之先;作家、杰出出版人诺维科夫(Н. И. Новиков)和寓言家克雷洛夫(И. А. Крылов)紧随其后,分别创办

---

[1] 米留诺夫,《俄国社会史》(下卷),张广翔等译,山东大学出版社,2006年,第269、270页。
[2] Белинский В.Г., Полн., Собр. Соч. М., 1955.Т. 7, с. 446–447.
[3] 米留诺夫,《俄国社会史》(下卷),张广翔等译,山东大学出版社,2006年,第270页。

了讽刺杂志《雄蜂》和《观众》，批判矛头直指俄国农奴制。定期出版物开始逐渐成为启蒙本国公众最重要的思想阵地。俄法战争和法国大革命更是在此基础上直接催生了俄国贵族知识分子群体的形成。

18世纪末19世纪初，随着保罗一世政治政策的日趋保守化和资本主义经济的兴起，俄国贵族自由主义者们对民主制度的想象和对封建专制的批判都与日俱增，他们意识到"开明专制式的"启蒙终究遮蔽了本质问题，而官办的讽刺刊物只能隔靴搔痒。于是大量的民间资本投入到出版业中来，各种形式的文学作品与民间报刊纷纷出现。卡拉姆津（Н. М. Карамзин）的《莫斯科杂志》与《欧洲导报》代表了19世纪初启蒙杂志昙花般的短暂灿烂。1812年俄法战争、1825年十二月党人起义失败和此后到来的尼古拉一世的黑暗统治，逐渐使得伴随着彼得改革出现的俄国思想界"西化"与"俄化"之争终于发展成为明确的"西方派"与"斯拉夫派"的思想论战。而专制制度下的思想论战很难通过议会、政党和选举等方式实现，只能寄托于文学类出版物。因此，19世纪30年代前后，以《祖国纪事》《北极星》《涅瓦观察家》《望远镜》等为代表的，由兼具思想性和影响力的作家借助贵族投资创办的高水平政治-文学刊物纷纷登场。

"我国由作者独创的杂志，到18世纪末发展到了一个较高的水平（诺维科夫和卡拉姆津），在出版物（大量丛刊的出现）向专业的、大部头杂志的形式发展，并广泛吸收了作者意见和读者的阅读期待后，于19世纪30年代中期开始转向社会-文学模式。专业的文学创作、与历史更替的根本原因相关的社会生活的剧变、对社会问题的理解和预见,都在要求用新的眼光看待定期出版物的特殊性与任务。"[1]

由此可见,19世纪初的俄国,具有真正批判意识的公共领域,直接针对农奴制改革和君主专制的"公众舆论",已经开始在彼得堡和莫斯科那些具有"显赫的社会地位的寄生贵族"中形成。著名文学史家米尔斯基(D. S. Mirsky)也特别指出:"1825—1834年这10年的重要性便在于,俄国期刊业于这一阶段开始了其不间断的历史。尽管这是一个书刊检查非常严格的时期,这10年以及接下来的20年间的期刊人仍体现出勇敢的独立姿态,即便不是政治上的独立,亦至少是一般文化问题方面的独立。仰仗他们的努力,社会舆论开始形成。"[2]前面提及的刊物都以不同的政治姿态和文字格局发挥着现代报刊所应有的"典型机制":与公共权力机关(沙皇政府)就国家现代化进程中各个领域的问题进行"公开批判"和"讨论"。这其中,普希金创办的《现代人》[3]最具代表性。

在俄国19世纪群星闪耀的文学史中,《现代人》杂志成为一连串如雷贯耳的伟大名字的幕后推手。没有它,果戈理、屠格涅夫、托尔斯泰、费特、丘特切夫、涅克拉索夫(Н. А. Некрасов)、冈察洛夫、

---

[1] Фрик Т.С., *«Современник» А.С.Пушкина как единый текст*. Томск: Изд-во Томского политического университета, 2009, С.6.
[2] 米尔斯基,《俄国文学史》(上卷),刘文飞译,人民出版社,2013年,第166页。
[3] 本文中凡涉及《现代人》杂志的内容而没有注明参考文献的,都来自杂志本身,藏于俄罗斯圣彼得堡俄罗斯文学研究所("普希金之家")资料室。

赫尔岑、车尔尼雪夫斯基、杜勃罗留波夫等人的星光或许不会如此耀眼。其30年的存在史记录了19世纪俄罗斯思想界从贵族自由主义时期到革命民主主义时期的每一个关键时刻；它既非近代俄国的第一本文学杂志，也非寿命最长和发行量最大的杂志，却以其文章之原创特色、发掘作家之独到眼光和始终引领时代风潮之思想倾向，成为同时代众多文学刊物中的翘楚；它的诞生、论战、转型和退役，都是极具现代意义的文化事件。在变动不居的时代大潮中，它并不是屹立不动的灯塔，而是勇于前行的冲浪者。它让自己成为祖国艰难曲折的现代性进程中的见证人和支持者，而不是仆人和敌人。所有这一切精神内核，都体现在它的名字上："现代人"（Современник）。

《现代人》杂志的创办

文学季刊《现代人》1836年由普希金创刊，1866年停刊。俄语 современник 有两层含义："同时代人"和"现代人"。普希金将杂志以此词命名，也取了这双关之意——既表明了刊物关注当下问题的时代感，彰显了刊物文章的"现代文风"，还预约了读者的性质：具有现代意识的同时代人。"'现代人'作为刊物的名称，既明确了办刊战略，也是统领杂志的核心要素，更使这本普希金的刊物成为一个符号：时代的'同义词'和'对培养新型读者的期待'。"[1]

---

[1] Фрайман И.О., *Заглавии пушкинского журнала Русская филология*. 14: Сб. Науч. Работ молодых филологов. Тарту, 2003, с.60.

尽管诗人生前只出了四期，但俄罗斯学界并未忽略这份刊物在本国文学史和新闻史上的价值及其在普希金文学活动中的重要地位。从刊物诞生到苏联时代再到现在，对"普希金的杂志活动"和"《现代人》杂志"的研究都未曾中断，最近十年还有复兴的迹象。什克洛夫斯基（В. Б. Шкловский）和艾亨鲍姆（Б. М. Эйхенбаум）就曾说："……（普希金的）杂志现在仅仅作为特殊的文学形式就能够存在。它不应只作为文学的一部分被研究，我们应研究它与整个文学进程的关系。"[1]

而中国学界关于19世纪俄国文学的研究成果虽汗牛充栋，却远远没有重视当时的文学定期出版物（报纸、杂志）与作家和作品成长的密切关系。对于普希金，我们也多将目光集中在他的文学成就上，几乎忘记了他创办的《现代人》"在俄罗斯社会生活中获得了不可改变的光荣地位，成为俄罗斯最优秀的刊物之一"[2]。

普希金对文学事业具有的"野心"和对国民启蒙具有的深切责任感无须赘言，每一位读者都可从他那些经典诗歌、小说和文艺评论中深切体会到。他创办杂志也源自这种"野心"和"责任感"，因为他认为"报纸杂志能够引领俄国公众的思想"[3]。从19世纪20年代

---

[1] Шкловский В.Б., *Журнал как литературная форма.* Шкловский В.Б. *Гамбургский счет.* СПб.,2000.Тынянов Ю.Н. *Пушкин и его современники,* М.:Наука, 1969,c.226.
[2] Лотман Ю.М., *Александр Сергеевич Пушкин: Биография писателя,* СПб.Азбука-Аттикус, 2016, с.269.
[3] Современник, *литературный журнал А.С.Пушкина,* М.: Советская Россия, 1988. Полн.собр.соч.: В 10т.-л.1977–1979, с.258.

开始，普希金周围就团结了一批有着共同理想和远大抱负的自由主义贵族，他们都致力于通过创办文学刊物呈现祖国与人民的真正面貌，充分表达文学与政治理念。"（普希金）一直致力于组建一个思想一致的作家小组，并使之成为文学进程中的领袖，因为他明白，文学的发展与杂志的发展直接相关。"[1] 19 世纪 20 年代初，"普希金文学圈"（Пушкинкий кружок）基本成形，诗人茹可夫斯基、维亚泽姆斯基（П. А. Вяземский）、杰里维格（А. А. Дельвиг）、克拉耶夫斯基（А. А. Краевский）、奥多耶夫斯基（В. Ф. Одоевский）和普列特尼奥夫（П. А. Плетнёв）等都为普希金提供了文学和生活上的巨大支持。

19 世纪 30 年代的俄国首都彼得堡，垄断报刊市场的是被称为"三驾马车"的报纸《北方蜜蜂》[2] 的主编和发行人布尔加林与格列齐，以及杂志《读者文库》的主编森科夫斯基。这两种报刊是至今俄罗斯学界都公认的庸俗之作，它们一边以奴上媚下的姿态赢得大量订户，一边排挤真正有作为的年轻人。生于 20 世纪、侨居英国的米尔斯基在其《俄国文学史》中严肃论及布尔加林："他是一位聪明但非常庸俗的杂志人。他的报纸销量最大。他利用其影响打击所有年轻、独立

---

[1] Фрик Т.С., *«Современник» А.С.Пушкина как единый текст*, Томск: Изд-во Томского политического университета, 2009, с.16.
[2] 布尔加林（Ф. Булгарин）与格列齐（Н. И. Греч）于 1825 年在圣彼得堡创办了政治-文学报纸《北方蜜蜂》（*Северная пчела*），1825—1831 年之间每周三期，1831—1859 年变成日报，发行量很大。沙皇第三厅是二人的幕后支持者，报纸实为沙皇的忠实眼线。报纸以庸俗的文学作品和拥护封建专制的政论文章取悦保守贵族、官僚、商人和小市民，且商业气息浓厚，遭到普希金为代表的贵族自由主义者们的鄙视。

的天才人物。普希金、果戈理、别林斯基、莱蒙托夫以及40年代的自然派均轮流做过他的敌人，为打击这些敌人，他不惜采用公开或隐蔽的一切手段。"[1]

祖国文学报刊出版的混乱局面促使普希金坚定了创办一份优秀杂志的决心。他不能忍受这些御用文人的阿谀和庸俗，更不能容忍低劣的文学作品和浅薄的评论成为公共领域的主流："森科夫斯基的事业取得的惊人成绩说明，会说俏皮话且有时厚颜无耻的布拉姆别乌斯男爵[2]完全正确地看清了社会需求……"[3]就连起初并不十分看好《现代人》杂志的别林斯基也高度评价普希金的追求："普希金创办《现代人》完全不是为了跟《读者文库》攀比，而是为了俄罗斯能够拥有哪怕一份出版物，能够让才华、知识、坚韧和独立于商业目的之外的文学思想找到一席之地！"[4]

1831年普希金在文章《评论中的评论》中直言不讳："报纸撰稿人的集团是我国那些想要控制公众思想的人的温床。这些人以自己的不负责任、反复无常、贪得无厌或厚颜无耻在公众眼中自我贬低。……但愚蠢或中庸并不能左右杂志的垄断，而没有真才实学的人也经受不

---

[1] 米尔斯基，《俄国文学史》（上卷），刘文飞译，人民出版社，2013年，第167页。
[2] 森科夫斯基常以这个杜撰的假名和头衔发表文学作品，以轻松笔调和浅薄技巧博取读者喜爱。
[3] Современник, *литературный журнал А.С.Пушкина*. М.: Советская Россия, 1988. Полн.собр.соч.: В 10т.-л.1977–1979, с.276.
[4] Громова,Л. П., *История Русской журналистики XIII - XIX веков*.Изд.СПБ. Санкт-Петербургского Университета, 2003, с.276.

住出版杂志的考验。"在回答"报刊的使命"这个问题时,普希金并不承认俄国官方报刊做了正确的努力:"我倒要问问:《北方蜜蜂》凭什么操纵俄国大众的公共思想?这'北方的墨丘利[1]'里能有什么声音?"[2]可见,普希金清楚地认识到,当时占据最大市场份额的俄国报刊里并没有出现"公开批判"的声音,只是官方愚民政策的操盘手。

"出版自己的杂志的想法在普希金头脑里是慢慢形成的,这想法与他复杂的文学活动条件(同布尔加林和格列齐的斗争)密切相关。但在19世纪30年代初,随着他文学活动的发展变化,创办杂志对普希金来说已经成为必须要完成的事业了。"[3]几乎整个19世纪20年代,普希金都在流放状态中,出版杂志的理想无法实现。1832—1833年,普希金、茹可夫斯基、维亚泽姆斯基共同向政府提交了一个出版杂志的方案,但未被批准。普希金仍未气馁,他认真比较各类外国与本国新型刊物中的"商业倾向"与组织者、结构、选题等诸多专业问题。1835年12月31日,普希金第三次向宾肯多夫伯爵[4]提出创办刊物的申请:

---

[1] 墨丘利:Меркурий,罗马神话中的神使。普希金用此比喻,取其"能言善辩,见风使舵"之义。
[2] Современник, *литературный журнал А.С.Пушкина*. М.: Советская Россия, 1988. Полн.собр.соч.: В 10т.–л.1977–1979, с.258.
[3] Тынянов Ю.Н. , *Пушкин и его современники*. М. Наука, 1969, с.165.
[4] 宾肯多夫:Александр Христофорович Бенкендорф(1783—1844),俄国国务活动家、伯爵、帝国办公厅三厅厅长,负责全俄书刊审查。

> 有一小事相烦大人：卑职想于明年，即 1836 年，出版四卷纯文学（如小说、诗歌等）、历史性、学术性作品，以及国外文学评论，类似英国的《评论》季刊[1]。卑职没有参加一家杂志的工作，没有收入；出版上述作品，可为卑职提供再次自立之机，同时也使卑职得以把已经动笔的著作写下去。如能遂愿，这将是陛下赐予的又一洪恩。[2]

这份充满着乞求和谦卑的申请终于得到批准，但评审委员会提出了不许出"政治栏"的条件，且该杂志除接受普通检查外，还要经过军事、宗教、外交和宫廷四个检查机关的审查。尽管被批准出版很令其意外，但此前普希金对杂志栏目、编辑团队和组稿计划都已经有了成熟的设想。1836 年 4 月 11 日，《现代人》第一期正式出版。

普希金主编的《现代人》杂志共出版了四期，1837 年年初的第五期也由他亲自主编，文章都已选好，却因诗人在决斗中意外离世而中断。

---

[1] 这一点非常有趣：哈贝马斯认为在新闻检查制度废除之后，公共领域发展到一个新的阶段，理性批判精神进入报刊，使得报刊变成影响政府决策的有力工具的典型代表。而他最为推崇的报刊，正是英国作家笛福出版的季刊《评论》(*Review*)。他认为笛福是第一位职业报刊撰稿人，他第一次真正把"党派精神"变成"公众精神"。（哈贝马斯，1999：70）普希金在如此谦卑的申请书中，对自己杂志的描述，却恰恰是"类似英国的《评论》季刊"，这是怎样的勇气和智慧？！

[2] 普希金，《致 A. X. 宾肯多夫（1835.12.31 于彼得堡）》，吕宗兴、王三隆译，收入沈念驹、吴笛编《普希金全集》（第 9 卷），浙江文艺出版社，2012 年，第 425 页。

《现代人》的办刊理念与特色

普希金曾说:"《现代人》杂志出版人从未就自己的杂志发表过任何纲领",因为"'文学期刊'一词已经包含了足够的解释"。[1]的确,从他为《现代人》设计的栏目与整个四期的选稿来看,文学性是最重要的考量标准。

首先,杂志中既有德高望重的名家,也推出生龙活虎的新人。这里既可以看到茹可夫斯基、屠格涅夫、果戈理、维亚泽姆斯基等作家的大名,也可以看到彼时初涉文坛却极有天赋的丘特切夫。普希金能够在创刊号上同时刊发新老两代作家的作品,既说明了他本人在俄国文坛的影响力,也证明了他发现新人的好眼光。

其次,《现代人》的文章绝大多数为俄国作家原创,这是与同时代国内外刊物相比最显著的特色。以英文杂志《爱丁堡评论》和《评论》为代表的外国刊物多是"纯粹的评论。所有的内容仅仅是把一本本书和一篇篇文章摞在一起"[2]。而国内的文学刊物又往往以译文为主:《读者文库》和《北方蜜蜂》甚至大量引用外国报刊文章。反而是在仅仅四期的《现代人》里,我们看到了更多的对艺术文学的贡

---

[1] 普希金,《普希金全集》(第6卷),邓学禹、孙蕾译,浙江文艺出版社,2012年,第515页。
[2] Казанский Б. В., *Западные образцы Современника*, Пушкин, Временник Пушкинской комиссии. 1941. Т. 6, С.376.

献——散文、诗歌、回忆录和题材独特的文章。"[1]与不敢肯定其文学影响力和市场价值的新人作品相比，刊登欧洲经典作品译文和评论显然更能保证销量和书刊审查通过率，但这不是普希金的胆识和文学理想。他就是想以俄国最优秀的原创作品向俄国的"现代人"展示俄语的魅力、俄国作家的价值、俄国人的思想、祖国和世界。

再次，杂志十分注重散文的技巧和思想。众所周知，普希金本人的散文与诗歌语言，最显著的特色是"简明清晰""深沉明朗""尖锐犀利"。1822年他在《论散文》中写道："准确而简练——这就是散文的首要特点。散文要求有思想，思想——没有思想的华丽辞藻是什么用处也没有的。……如果老是沉溺于对已逝青春年华的回忆，我们的文学是很难向前发展的。"[2]这些对散文语言的技巧、思想性和论战性的要求，全都被普希金贯彻在自己的杂志中。于是，经过一年的积累，普希金的《现代人》杂志为整个俄国散文创作的快速发展与巨大成就做出了奠基人和旗手般的贡献："19世纪30年代俄国文学中散文的比例得到了增长，散文的体裁和语言的边界得到了相当大的扩展，这些进步在很大程度上都是由《现代人》发表的作品来引领的。"[3]

---

[1] Казанский Б. В., *Западные образцы , Современника*, Пушкин, Временник Пушкинской комиссии. 1941. Т. 6, с.376–377.

[2] 普希金，《普希金全集》（第6卷），邓学禹、孙蕾译，浙江文艺出版社，2012年，第10页。

[3] Гиллельсон М. И., *Пушкинский , Современник*, «Современник» литературный журнал издаваемый Александром Пушкиным, приложени к факсимильному издйнию, Книга, 1987, с.14.

虽然普希金的《现代人》只分了三个专栏:"诗歌""散文"和"新书",表面看去的确是一本纯文学杂志,但细看目录就可发现编辑的匠心:"诗歌"一栏中长诗、短诗、抒情诗、叙事诗精心搭配;"散文"一栏则显示出杂志的综合性,亦看得出出版人对国情、历史、西欧社会科学与自然科学的前沿动态的关注。每期都会有游记、笔记、科学通讯、传记、短篇小说和文学评论,如创刊号中的《巴黎游记》《巴黎数学年鉴》和《论 1834 和 1835 年杂志文学运动》,第二期中的《拿破仑传》《俄罗斯科学院》《法国科学院》等;作为同情十二月党人运动的自由贵族,普希金还在自己的杂志中延续了十二月党人刊物的传统——关注 1812 年俄法战争,发表了不少战争亲历者的日记。"新书"一栏更是《现代人》的特色,致力于推介社会生活各个领域的最新作品,甚至涉及机械和医学领域。

普希金为《现代人》选择的文章,不仅具有相当高的艺术水准,还具有文献性、新闻性、政论性和批评性。1812 年俄法战争和十二月党人运动的意义;国家的发展变革与农民问题、教育问题、妇女问题;俄国文学中的极端浪漫主义、市井庸俗习气与官僚主义……这都是普希金《现代人》的主题,也正是民族国家现代性进程中最核心的问题。

1836 年创刊号上的文章《论 1834 和 1835 年杂志文学运动》[1]明

---

[1] 文章未署名,实为果戈理所写。

示了《现代人》的办刊理念,在俄国思想界影响极大。文章指出:"杂志文学是一种生动的、新鲜的、广开言路的、反应敏锐的文学。"它的声音应当是"整个时代和世纪的各种意见的忠实代表"。针对当时俄罗斯众多杂志缺乏明确的办刊方针和文学理念的状况,文章还专门提出文学刊物应当有明确的调子和权威,并特意指出编辑的精神核心作用:"编辑应该是一位著名人物。整个杂志的信誉建立在他的身上,建立在其独创的文体,人人能理解的生动有趣的语言,及其固定不变的朝气蓬勃的活动上。"[1]正是将普希金这样的文学觉悟、眼光和时代责任感作为贯彻始终的办刊宗旨,《现代人》杂志才会成为19世纪俄罗斯文学经典作家和经典作品的聚宝盆。仅是1836年一年(共四期),就出现了普希金的中篇小说《上尉的女儿》,果戈理的《鼻子》《马车》和《公务员的早晨》等传世之作。

创刊号上还发表了 А. И. 屠格涅夫的游记《巴黎简史》(后三期连载)。历史学家屠格涅夫以一个俄罗斯贵族知识分子和政府官员的视角,十分细致敏锐地了解和观察了他那个时代西欧的生活:法国国务活动家们的特点,戏剧创作情况,文学沙龙场景,夏多布里昂、雨果等作家的最新作品,并介绍了巴黎新出版的杂志和书籍。尽管被书刊审查员删掉了几乎所有的政治内容,普希金仍称赞其为给俄国读者

---

[1] Гоголь Н.В.,*О движении журнальной литературы в 1834 и 1835 году*, Современник, 1(1836), с. 192.

启蒙所"提供生机的氧气"[1]。此类通讯-游记后来成为《现代人》一大特色，也成为同时代游记的榜样。

普希金为《现代人》杂志花费了巨大的心血。很难想象当时深陷毁谤和屈辱的诗人仍然能够呈现出完美的文学作品和高质量的四期杂志。[2]《现代人》杂志是1836年俄国文学编年史中最重要的文化事件。短短一年内，它的指导方针、编辑体例、文章质量与思想性就使之卓然屹立于俄罗斯报刊界。"每一篇发表在《现代人》上的普希金的政论文和艺术作品，都成为刊物立意的标杆和领头羊。普希金的《现代人》在呈现问题的深度与意义方面，在文体的多样性和批评的敏感度方面，都做在了涅克拉索夫接手杂志之前。"[3]

1837年1月普希金去世，他的"圈"中好友茹可夫斯基、维亚泽姆斯基和普列特尼奥夫等人立刻接替他办了一年《现代人》。1838年，普列特尼奥夫正式成为杂志的常任编辑和出版人，将《现代人》原先固定的三个栏目"诗歌""散文"和"新书"细化为至少八九

---

[1] Гиллельсон М. И., *Пушкинский, Современник*, Современник литературный журнал издаваемый Александром Пушкиным, приложени к факсимильному издфнию, Книга, 1987, c.15.

[2] 1836年一年，普希金自己也在《现代人》上发表了文学评论、政论、推荐书目等共计二十余篇，他还为接下来的刊物准备了十余篇文章；而他的私人生活却深陷沙皇监视、债务和情感危机的泥淖之中。

[3] Громова Л.П., *История Русской журналистики* XIII–XIX *веков*. СПБ. Санкт-Петербургского Университета, 2003, c.279.

个栏目,其中常设栏目有"当代大事记""批评""新书""现代笔记""中篇小说与短篇小说"和"诗歌"等。1841年起又新推出了"历史""民族志""壮士歌""天文学""性格与风俗"等不定期栏目。栏目虽多却少了调性,选稿也缺乏明确的主题。加之普希金去世后主动给《现代人》供稿的重要作家越来越少,刊物不得不增加对外国文学的翻译和评介。这样,《现代人》原有的原创性、现代性特色变得日渐模糊,文学水准直线下降。几年间唯有1842年总第27卷上发表的果戈理的长篇小说《死魂灵》和短篇小说《肖像》成为最大亮点。1843年,普列特尼奥夫将《现代人》改为月刊,编辑体例更加凌乱,出版时间亦不准时,杂志越发走向下坡路,进入了近4年的维持期。

1846年10月,诗人涅克拉索夫和巴纳耶夫(И. И. Панаев)高价租下了《现代人》刊名,接手杂志的出版和主编工作,并很快邀请到别林斯基加盟。涅克拉索夫和别林斯基重新确立了刊物的特色与品位,将凌乱的栏目设置整合为"文学""科学与艺术""批评与书目""杂谈"与"时尚"五个常设栏目,编辑逻辑十分清晰,内容亦重归对国家重大社会问题的关注。屠格涅夫的《猎人笔记》、赫尔岑的长篇小说《谁之罪?》、冈察洛夫的长篇小说《日常生活史》[1]等分别围绕农村问题、城市贫民、封建制度改革与资本主义经济发展等国家现代性问题,开始在1847年的《现代人》上连载,引发了极大的社会反响,并埋下最终走向革命民主主义道路的思想线。很快,《现

---

[1] 中译本也作《彼得堡之恋》。

代人》开始复兴，发行量逐月上涨。

1848年欧洲爆发革命浪潮，帝俄书刊检查机关加强了对杂志的监视；同年5月，别林斯基去世，《现代人》又进入第二次低潮期。1852年9月，《现代人》发表了托尔斯泰的《童年》，成为这位19世纪俄国最伟大作家的第一个伯乐。此后托尔斯泰和屠格涅夫、费特、安年科夫等人一起成为《现代人》最重要的撰稿人，与杂志一起互相成就彼此：作家成为大师，杂志则重回俄罗斯思想界的前沿。

1854年车尔尼雪夫斯基成为《现代人》的编辑和作者。他以自己尖锐的、急风骤雨式的文学批评和空想社会主义倾向的小说，及一元化的编辑思路，很快将杂志风格社会政治化。他的强势引发了《现代人》编辑部老一代合伙人德鲁日宁、波特金、格力高洛维奇和屠格涅夫的强烈不满。作为贵族自由主义的代表人物，他们本身就对平民知识分子车尔尼雪夫斯基的文学-美学观和政治思想持有异议；而后者也在努力引进自己的同道中人，排斥自由贵族。1856年德鲁日宁率先离开《现代人》，并很快在《读者文库》上同革命民主主义文学批评展开论战。1857年，杜勃罗留波夫应车尔尼雪夫斯基之邀加入编辑部，负责"批评与书目"栏目。同为平民知识分子的杜勃罗留波夫比车尔尼雪夫斯基更加激进，他的空想社会主义的篇篇檄文严重挤压了自由贵族的文学作品，加剧了自由贵族与平民知识分子的紧张关系。1858年，编辑部里所有的自由贵族：波特金、安年科夫、托尔斯泰、冈察洛夫、费特、屠格涅夫和格力高洛维奇先后退出了《现代人》杂志。他们都"将位置让给了领导者的同道中人：米哈伊洛夫、舍尔共诺夫、安东诺维奇、叶里赛耶夫等，这些人以其平民知识分子的出身获得了优先地位"[1]。尽管自由贵族作家们的离开是《现代人》的巨大损失，但具有敏锐政治嗅觉的涅克拉索夫没有勉强挽留，他已经看到了贵族自由主义思想大势已去，由平民知识分子引领的革命民主主义思想更符合帝制改革呼声高涨的19世纪50年代末的新国情。

1858年，《现代人》已经由最初的以"文学性"为核心的刊物，变成了以"社会政治性"为核心的刊物，其重心更加偏离了文学，转向政治、经济、哲学和历史的主题，成为平民知识分子思想的中心。杂志的文学观和政治观转向反而使其影响达到了历史最高点。1859年订阅量已经涨到5000份（1847年低潮期时不到2000份），1860年6000份，1861年7000份。

但1861年也是杂志由极盛转衰的一年。9月编辑米哈伊洛夫被捕，11月杜勃罗留波夫去世，次年2月，刊物官方发行人巴纳耶夫去世。此外，随着民意党人的革命恐怖活动逐渐增多，《现代人》编辑部又被加强监管，并于1862年6月因"有害思想倾向"被勒令关停8个月。同年7月，车尔尼雪夫斯基被捕，《现代人》开始急剧衰落。1863年2月，《现代人》复刊，涅克拉索夫邀请著名讽刺作家萨尔蒂科夫-谢德林加盟。然而一年后谢德林也被迫离开了《现代人》编辑部。

---

[1] Громова Л.П., *История Русской журналистики* ⅩⅢ-ⅩⅠⅩ *веков*[M]. Изд. СПб. Санкт-Петербургского Университета,2003.

1866年4月4日,沙皇亚历山大二世被民意党人暗杀,这一事件成为压垮《现代人》的最后一根稻草。政府认定《现代人》杂志就是革命民主主义运动和思想的最中心。1866年5月号上,《现代人》杂志宣布:"根据最高指示,'由于有害的思想倾向,该刊按规定无条件停刊'。"《现代人》就这样走完了它整整30年历史。

哈贝马斯认为杂志作为对报纸的补充,并不在于其传播新闻的功能,而在于其主要刊载文艺批评和政治评论文章。很显然杂志是同启蒙思潮同期发生的,它是国家现代性进程发展到新阶段的标志。它以其大容量、长效性和综合性的特点,在启蒙运动中承载了与报纸不同的政治和教化功能:"通过对(杂志中)哲学、文学和艺术的批评领悟,公众也达到了自我启蒙的目的,甚至将自身理解为充满活力的启蒙过程。"[1]

无独有偶,民族学家本尼迪克特·安德森(Benedict Anderson)又从现代性民族构想的角度重提了报刊的作用。他在《想象的共同体》中提出:一个新的民族国家在兴起之前和立国之后,都有一个想象的过程。这种公开化、社群化的对国家现代性进程的想象依靠两种非常重要的媒介:小说和报纸。因为"这两种形式为'重现'民族这种想象的共同体,提供了技术上的手段"。每一个共同的单位时间内,

---

[1] 哈贝马斯,《公共领域的结构转型》,曹卫东、王晓珏、刘北城、宋伟杰译,学林出版社,1999年,第46页。

"报纸的读者们在看到和他自己那份一模一样的报纸同样在地铁、理发厅或者邻居处被消费时,更是持续地确信那个想象的世界就植根于日常生活中,清晰可见。……虚构默默而持续地渗透到现实之中,创造出人们对一个匿名的共同体不寻常的信心。而这就是现代民族的正字商标"[1]。

也就是说,报刊出版后,人们都会在几乎同一时间读到同样的故事、新闻、传记、政策和评论,而这些内容都关乎对民族国家的想象。正是经过这种共时性的阅读,互不相识的人们就会在同一个时空中找到思想一致的人,成为一个读者群,一个对现代国家拥有共同想象的社群。反过来,报刊的创办者对国家现代性有着什么样的期待和理解,既反映在文章和撰稿人的选择上,也反映在他们对目标读者群的设定上。拥有共同想象的社群与思想一致的印刷媒体之间形成的合力,成就了一个个不同倾向的思想场域。

俄国的现代性进程由彼得一世启动,到叶卡捷琳娜二世的"启蒙运动"(开明专制)发展到了高潮。但这种由专制君主自上而下强制推行的现代化变革从一开始就带有"空心"的特征:彼得大帝和叶卡捷琳娜二世对西欧现代科学和现代器物的拿来主义态度与刻意忽略西方民主制度的政治思想形成了鲜明的对比。所以俄国民众对于"现代民族国家"的认识,就如他们的统治者所希望的那样,大多停留在

---

[1] 本尼迪克特·安德森,《想象的共同体:民族主义的起源与散布》,吴叡人译,上海世纪出版集团,2011年,第23、32页。

"器物"的层面，停留在资本主义经济、西方自然科学所带来的"光晕"之中，精神（思想文化政治）层面的现代性则相当滞后。要经过专制君主漫长的自我启蒙之后，在政治和教育等思想领域中开始真正传播西方启蒙思想精髓时，俄国公众才会在精神层面上真正思考和主动参与国家的现代性进程。

于是，俄罗斯社会各阶层各领域对现代民族国家的想象都经历了一个从"器物"到"精神"的漫长的时间差。从彼得一世时期开始创办第一份官方内部传阅的手抄报到单纯发布外交、商业信息的政府公报，再到叶卡捷琳娜二世时期的官办讽刺刊物流行，再到19世纪20、30年代莫斯科和彼得堡民办报纸和杂志"井喷"，这个过程就是俄国报刊业从消息载体走向思想场域的历史；是其作为"公共领域"，引领"公众舆论"，构建"民族想象"的功能从无到有的历史。

别林斯基说："如果存在时代的精神，那么就存在时代的形式。"[1]《现代人》杂志由民间资本支持，由全俄最有影响力的作家、诗人普希金主编和发行，由自由贵族精英团体（普希金文学圈）供稿，又刚好诞生于"19世纪30年代中期"。19世纪30年代到60年代，正是俄国思想界从贵族自由主义向平民革命民主主义转变的30年，也是整个19世纪俄国从君主到知识界思想变化最激烈的30年；杂志从1836年创刊到1866年停刊，从创刊时期的强调思想性与文学性，到

---

[1] Белинский В. Г., *Полное собрание сочинени: В13 т.*, М., Изд-во АН СССР, 1953. Т. 2, с.276.

40年代陷入折中和平庸，再到50、60年代鲜明的政论体文风，恰恰是尼古拉一世、亚历山大一世、亚历山大二世到亚历山大三世四任沙皇"保守—摇摆—开明—保守"的政局风向标。而这份刊物的命运也完全是俄国知识界思想激烈冲突，俄国官方意识形态和政治路线剧烈动荡，社会矛盾日益激化的典型写照。

《现代人》以"时代的形式"完美诠释了"时代的精神"，为觉醒的俄国公众营造出良性的、可充分想象和构建现代民族国家的公共领域。"杂志为整个一代俄罗斯人建立了思想体系。它不仅是俄罗斯历史进程中重要层面之一的19世纪中期的代言人，更是那个时代内在意义的创造者。"[1]

---

[1] Прозоров Ю., *Современник и современность: К стопятидесятилетию выхода в свет первого номера «Современника»*. Нева, 4(1986), с.151.

第二章

19世纪上半叶
果戈理——从乡村"诗意经验"到都市"震惊体验"

乡村代表着已逝的宗法制田园诗和精神总体性；城市则代表着正在到来的资本主义工业文明和精神裂变。19世纪上半叶的俄国文学经历了农奴制的"乡村夜话"到半资本主义的"都市幻景"的重要转变。这种转变表现了资本主义文明在俄罗斯乡村与城市疾徐悬殊的发展过程，暗示了俄罗斯国家在现代性进程中的欠发达性。在这一时期的主要作家笔下，乡村仍是诗的存在，而城市则在现代化的表征下呈现出虚幻性和无根性。普希金和果戈理的城乡叙事代表了19世纪上半叶的主要成就和典型特征。

19世纪俄国文化的分期与果戈理的典型意义

首先来界定本书对19世纪俄国文学的分期问题。俄国文学是俄国思想与文化发展的反映，时间上基本同步。关于19世纪俄国思想文化发展的分期，学界有不同看法。有的将1848年欧洲革命失败导致俄国知识分子开始反思西欧化的弊端，并全面走向俄国传统文化复兴作为一个时间节点，再将1861年农奴制改革作为第二个节点，并将19世纪末作为第三个节点，由此把19世纪俄国知识界思想变化分为四个发展阶段。有的则以统治者的治理时间划分，将19世纪俄国分为亚历山大一世、尼古拉一世、亚历山大二世、亚历山大三世和尼古拉二世统治时期五个阶段。鉴于文学发展有其时间上的延展性，对每一个重要的历史阶段和事件都有反思与创作的时间差，故笔者认为，以具体的某一次革命或统治朝代为文学分期是不合理的。纵览俄国历史和文学史书籍，笔者决定采用俄国文化史学者Т. С.格奥尔吉耶娃（Т. С. Георгиева）的分期方法。

在极具学术影响力的《俄罗斯文化史——历史与现代》这部著作中，格奥尔吉耶娃将19世纪的俄国文化史延续到1917年十月革命之前。她认为这是俄国资本主义集中发展的一个时期。19世纪之前，俄国并未走上真正的资本主义经济发展道路，许多重要的资本主义因素都没有出现。十月革命之后，俄国走向了社会主义道路。因此书中有如下划分：

> 俄罗斯文化在资本主义时期的发展可以分为三大阶段：
> 第一阶段：19世纪上半叶。这是俄罗斯资本主义经济的形成阶段，在这个时期，贵族在农奴解放运动中出现了革命性，俄罗斯民族主要特点的形成过程已经完结。这一时期的俄罗斯

文化已经作为民族文化得以发展。

第二阶段：19世纪下半叶（大致是从50年代末—90年代中期）。在这个阶段里，资本主义的社会和经济演进已获得胜利：在农奴解放运动中，这是一个平民知识分子时期，或叫作资产阶级民主时期。在资本主义社会的典型特征——社会矛盾日益激化的情况下，资产阶级民族得以顺利发展，这种发展自然会在文化特点中表现出来。

最后，第三阶段：从19世纪90年代中期到1917年10月革命。从19世纪90年代中期开始，在俄罗斯革命运动和革命思想的发展过程中，无产阶级阶段也随之产生了。[1]

依照上述观点，本章的研究时域就定为：19世纪上半叶（19世纪初到50年代中期）。这一时期俄国文学发展的第一个特征是完成了浪漫主义的高度发展之后，又成功过渡到现实主义。普希金和果戈理均在这两大文学思潮中做出了重要贡献。第二个特征是思想界的西欧派与斯拉夫派两大阵营在"拉吉舍夫事件"之后正式形成。鉴于尼古拉一世时期严苛的书刊审查制度，两派都将文学作为思想宣传和斗争的最主要阵地。俄国文学呈现出日益繁荣的局面，影响力也随着文学杂志的不断涌现与发行量日益扩大而深入到俄国社会更多的阶层

---

[1] Т. С. 格奥尔吉耶娃，《俄罗斯文化史——历史与现代》，焦东建、董茉莉译，商务印书馆，2006年，第298页。

中去。

近年来，中国学术界关于现代性、文学中的空间转向和果戈理等问题，都有丰硕而新颖的研究成果，但关于俄罗斯文学的现代性叙事，俄罗斯文学的空间转向和果戈理与前两者的密切关系却鲜有深入的研究。

在西欧派与斯拉夫派的论争中，19世纪以来的俄国作家基本上都站在其中一方的阵营里，哪怕其作品表现出的立场并非明确坚定。唯有一个异数，他的数部代表作从问世起就像坐上了过山车，命运跌宕起伏、摇摆不定。两个阵营都有人把他捧上天，也都有人把他推入深渊。他在反复抗争、出逃、迂回、辩解的人生旋涡中最终选择了沉默。这个人就是果戈理。其早期的乡村创作引起了俄罗斯人集体共鸣，中期的彼得堡都市创作得到了西欧派的激赏，《钦差大臣》和《死魂灵》第一部则引发两派激烈论战，最后的《与友人书简选》和别林斯基的回信将他推向风口浪尖。果戈理矛盾的价值观和文学表现不仅引发了俄国精英知识分子的自由论战，也是他本人作为一个敏感的俄国19世纪早期"现代人"的典型精神危机的表征，这一现象本身就极具现代意义。它关涉到民族国家的认同，自我意识和个体尊严的找寻，信仰的断裂和对现代化的追求与质疑。

果戈理之前，甚至身后的相当一段时间内，还没有哪一个俄国作家如此自我分裂和备受争议。因此我们可以认为，果戈理有意无意地成了俄罗斯文化现代性思考和叙述的始作俑者。果戈理和他的拥趸与批评者们共同完成了帝俄晚期对现代性的初步想象。在中国各版本的俄国文学史中,一直按照别林斯基—高尔基—鲁迅的思路,将果戈理定性为俄国"自然派"的奠基人,俄国批判现实主义的旗手。然而仔细阅读他的小说、戏剧和书信、论文,会发现他的文学立场,远没有批判那么简单;他的创作手法也绝非现实主义那么单一。微观地看,他对俄罗斯民族劣根性的精确描绘,对官僚体制的辛辣讽刺,对信仰裂变的忧思,都通过其独特的怪诞风格和狂欢话语表达出来;宏观地看,果戈理具有追踪俄罗斯现代人精神历程的自觉性:从《狄康卡近乡夜话》到《密尔格拉得》里那些紧贴俄罗斯土地的,淳朴、自然,使得日常生活充满质朴意义的旧式地主一直追踪到他们的下一代——那些从乡村到城市,离开了土地和祖先的、"游荡"[1]在城市里的"现代人"。

果戈理十分推崇彼得改革的力量、气度和成果:

> 我们的民事结构是在……整个国家的巨大动荡中产生的,这种动荡是由一位沙皇改革家来完成的,上帝的意志启示他把自己年轻的子民领进欧洲各国的圈子,并且使他们一下子便了解到欧洲人在经过多年的血腥争斗和苦难之后才获得的一切成果。俄罗斯人民需要一个急剧的转折,而欧洲的启蒙思潮则是

---

[1]"游荡者",是本雅明在谈及现代性问题时经常使用的概念,主要指经常出现在城市大街上,最能够看到城市的隐秘之处和体验城市特点的现代人。

一把火镰,应该用它来敲击已经开始沉睡的我们的民众。……整个国家的这种急剧的变革本身,这种由一个人推动的变革——况且此人是沙皇本人——本身便是一件令人喜悦的事情。……俄罗斯突然获得了国家的尊严,犹如雷鸣一般发出了自己的声音,并对欧洲的科学闪耀起反光。在年轻的国家中,人人欢欣鼓舞,发出惊喜的呼声,就像野蛮人看到从远方来了一大批闪光的宝物时那样。这种喜悦之情也反映在我们的诗歌中,或者说得更好一点——正是这种感情创造了诗歌。[1]

启蒙运动是欧洲国家现代性进程的开端,是现代性思想的起点。果戈理看到了启蒙思想对俄国的冲击,看到了俄罗斯在彼得改革之后作为年轻的民族国家的崛起和民众高度的国家认同感。这就是果戈理的现代性意识。果戈理认为俄罗斯现代诗歌的精神来源之一就是彼得大帝的改革,于是敏锐地将现代文学的任务与民族国家的认同联系在一起。因此,作为一个时代嗅觉极强的作家,他已经清楚地意识到俄国的发展现状亟待作家们应时而作。在《狄康卡近乡夜话》和《密尔格拉得》大获成功之后,果戈理并没有继续陶醉在田园诗的回忆中,而是迅速开始了城市书写。然而真正进入了对城市的深入体验之后,他的《彼得堡故事》却并没有表现出对都市现代性进程的喜悦。他意

---

[1] 果戈理,《俄罗斯诗歌的本质及其特征究竟在哪里》,收入《果戈理全集》(第6卷),河北教育出版社,2002年,第161页。

识到当下的俄罗斯无论政治、经济还是思想仍然处于过渡阶段,若只把目光对准城市,就只能看到俄罗斯现代人和现代生活中的表面症候。于是他又开始了乡村和城市之间的穿行与比较观察,这种穿行和比较最终形成了长篇小说《死魂灵》。

从乡村到城市:果戈理的文学空间转向及意义

本节将重温果戈理的创作轨迹,看看从乡村叙事到都市叙事,果戈理是如何展现19世纪俄罗斯的现代性进程和现代人的心路历程的。

在现代性这个视域中,乡村永远代表着已经逝去的宗法制田园诗和精神总体性;城市则代表着正在到来的资本主义工业文明和精神裂变。"如果我们把19世纪的巴黎作为研究的开端,我们可以看到小说是如何展示城市生活感觉之变化的。变化的中心就是'现代性'(modernity)这个概念,它是产生于工业化的情感结构(a structure of feeling)。城市因不断扩展而大得让人无法了解。……在乡村,人们熟悉彼此的工作、经历和性格,世界也相对来说成了一个可预知的世界……在现代城市里,人们彼此陌生化的现象说明了城市生活已不再受社区支配,城市因此变成了一个陌生人的世界。城市里,相互来往的人互不了解,这就是从乡村到都市的转变。"[1] 迈克·克朗(Mike

---

[1] 迈克·克朗,《文化地理学》,杨淑华、宋慧敏译,南京大学出版社,2005年,第48—49页。

Crang）在《文化地理学》中对空间转化中的现代性特征的表述以法国文学转向19世纪的巴黎为例，但果戈理文学创作从乡村到都市的空间转化过程中体现出的现代性意识也充分印证了克朗的观点。

在果戈理的时代，似乎还没有哪位作家像他那样在乡村书写与城市书写中展现了态度迥异的美学表征。早期的普希金笔下也出现了大量城市与乡村题材的创作，但并没有对两个空间进行美学上的区分，同样表达的是自然、友情、爱情和政治激情。19世纪中叶之后，托尔斯泰的人物游走于城市与乡村之间，但展现的是宫廷贵族与庄园贵族的身份和政治思想的差异。陀思妥耶夫斯基的大部分小说都发生在彼得堡，而像《卡拉马佐夫兄弟》这样以乡村生活为背景的小说，其注意力也并不在乡村生活经验本身。只有果戈理的创作在从乡村转向城市时表达了明确的空间差异性及其对宗法制田园生活与资本主义发展中的城市生活几乎相反的态度。

从乡村书写到城市书写，果戈理的文体也从民间故事讲述逐渐转化为怪诞现实主义，这使得俄罗斯现代性文化的缔造得以在小说中显现出来。如果我们审视19世纪的俄罗斯小说，只要涉及现代的问题，几乎每部小说的背景都在彼得堡。而彼得堡的时空性不是在果戈理的涅瓦大街和衙门里，就是在陀思妥耶夫斯基的干草街和贫民窟里。

在其早期的乡村书写（《狄康卡近乡夜话》和《密尔格拉得》）中，果戈理始终带着怀旧式的经验描绘一个共同的家园：美丽的自然景色，质朴热情的民风，乌克兰乡间（地主和农奴均）紧贴土地的田园

牧歌式的生活与整体化的、笃信宗教、乡邻熟稔的精神面貌:

> 至于讲到花园,就更不用提啦:在你们的彼得堡,一定找不到这样的花园。(《索罗庆采市集》)[1]

> 嘹亮的歌声像河水似的泛滥在某村的街上。这时候,由于白昼的工作和劳碌而疲倦了的青年和姑娘们吵吵闹闹围成一圈,浴着清澄的夕辉,用永远带有哀愁的调子倾吐着自己的欢乐。沉思的夕晚如梦如幻地拥抱住深蓝的天空,把万象融化成朦胧的远景。天色已经薄暮,但歌声还没有停息。(《五月的夜》)[2]

而他的城市书写却呈现出完全不同的阴郁色调。比彼得堡冬长夏短、阴冷潮湿的气候更重要的,是都市那割裂了大地的街道、楼房、衙门,冷漠的人际关系,异乡人孤独的生活,官僚职员们的空虚无聊和整个城市散发出来的鄙俗气……都市里各个阶层的生活都具有类似的品质:碎片化、感官刺激、物质性、丰富性、瞬间性和易逝性。这种品质恰是现代性的独特品质,也恰恰是"在同非现代和前现代的乡

---

[1] 果戈理,《索罗庆采市集》,满涛译,收入《狄康卡近乡夜话》,人民文学出版社,2006年,第7页。
[2] 果戈理,《五月的夜》,满涛译,收入《狄康卡近乡夜话》,人民文学出版社,2006年,第60页。

村生活的强烈对比中浮现出来的"[1]。

值得注意的是,果戈理并非是在乌克兰乡村生活时创作了《夜话》和《密尔格拉得》,这些作品是在作家怀揣理想奔向彼得堡却过着抄写员无聊生活的幻灭时期写就的。因此这种理想化的怀旧式情绪给他的乡村书写罩上了一层神话般的光晕。正如伯曼所说:"现代的环境和经验将我们所有的人都倒进了一个不断崩溃与更新、斗争与冲突、模棱两可与痛苦的大旋涡。……这种感受产生了数不清的痛失前现代乐园的怀旧性神话。"[2] 将乡村书写作为怀旧式的经验也是现代人的标志之一。

本雅明在论述现代人与现代社会的相互关系时,曾区分了一组词语:"经验"(Erfahrung)与"体验"(Erlebnis)。本雅明认为:"经验的确是一种传统的东西,在集体存在和私人生活中都是这样。与其说它是牢固地扎根于记忆的事实的产物,不如说它是记忆中积累的经常是潜意识的材料的汇聚。"[3] 经验是传统社会的产物,是传统文化心理结构的积淀。生活在传统社会的人们所感受和体验的外部世界基本上是和谐整一的,传统社会中的社群集体与生活在其中的人们充溢

---

[1] 汪民安,《现代性》,南京大学出版社,2012年,第27页。
[2] 马歇尔·伯曼,《一切坚固的东西都烟消云散了——现代性体验》,徐大建、张辑译,商务印书馆,2004年,第17页。
[3] 本雅明,《机械复制时代的艺术作品》,王才勇译,中国城市出版社,2002年,第126—127页。

着温情脉脉的相生相契的关系。人们处身于相应的文化传统之中，文化记忆、道德规范与社会秩序同人处于自然的互生状态中，不会让人感到有外在的疏异感，使人如鱼饮水而不自知。在这个充满和谐宁静的古典田园诗般的牧歌世界中，人们的经验来自日常生活积淀下的无意识。但是进入现代社会以后，这种经验却逐步消失贬值。现代社会的人更汲汲于外部世界的开拓与对物质产品的占有，追名逐利成为人们生存的目标，那种灵性的情感交流被人们视如弃履搁置一边。我们看到果戈理的乡村书写和城市书写体现出了非常明显的从描绘传统的农村生活经验向叙述都市生活体验的转变。

我们只消随意拿果戈理《夜话》中普通村民养蜂人鲁得·潘科与《外套》中的阿卡基·阿卡基耶维奇对日常饮食的态度做个对比，就可以感受到在果戈理看来，远离祖产奔向都市的人们的精神世界不是更丰富，而是更贫瘠了：

> 如果你们光临寒庄，我们将飨以好吃的甜瓜，你有生以来可能从来没有吃过；至于蜂蜜，我敢赌咒，在别的村子里再也找不到比这更好的。我的老伴儿还会拿给你们多么好吃的糕饼啊！先生们，你们喝过含有荆果的梨汁汽水或者葡萄干和李子的混合果酱没有？或者，你们吃过浇牛奶的菜粥没有？……[1]

---

[1] 果戈理，《索罗庆采市集》，收入《狄康卡近乡夜话》，满涛译，人民文学出版社，2006年，第7页。

> 他回到家里，立刻便坐到桌旁，三口两口地喝起菜汤，再吃块葱炖牛肉，根本没吃出它们的味来。随着这些饭菜，他把苍蝇以及其他老天爷在这时送到嘴边的东西一起都咽到了肚里。看到肚子开始鼓胀了，他就从桌旁站起来……[1]

马歇尔·伯曼在评价卢梭的小说《新爱洛依丝》时认为，主人公圣普乐去爱洛依丝家当家庭教师，是"从农村到城市"的主题，"这对未来几个世纪的千百万年轻人来说都是一个原型"，请看圣普乐刚到城市时的印象：

> 我开始感到这种焦虑和骚乱的生活让人陷入的昏乱状态。由于眼前走马灯似的出现了如此大量的事物，我感到眩晕。[2]

无独有偶，中国现代作家茅盾在《子夜》中一开始就写到吴老爷子被上海的现代化场景惊吓过度而死：

> 从桥上往东望，可以看见浦东的洋栈像巨大的怪兽蹲在暝色中，闪着千百只小眼睛似的灯火。向西望，叫人猛一惊的，是高高地装在一所洋房顶上而且异常庞大的霓虹灯电管广告，

---

[1] 果戈理，《肖像》，刘开华译，解放军文艺出版社，2005 年，第 31 页。
[2] 马歇尔·伯曼，《一切坚固的东西都烟消云散了——现代性体验》，徐大建、张辑译，商务印书馆，2004 年，第 18 页。

射出火一样的赤光和青磷似的绿箭。Light, Heat, Power。[1]

这与果戈理在《涅瓦大街》中的描绘何其相似:

> 人行道在他的脚下疾驰,马车连同飞奔着的马儿似乎凝住了,桥变长了,在其拱弧处断裂了,房屋翻了个个儿,岗亭朝着他倒了下来,哨兵的斧钺和招牌上的烫金字以及画上去的剪子仿佛就在他睫毛上闪闪发亮。

马克思早已揭示出工人在现代工业生产下发生的人与人、人与自我、人与自然、劳动者同机器与劳动产品之间的疏离异化关系。随着资本主义生产力的发展,尤其在19世纪出现了 D. 贝尔(D. Bell)所指的两种巨大的社会变化:剧烈的现代社会变迁及其带来的感觉与自我意识的强烈变化。城市的崛起,大众社会的产生,通信与运输等科技革命所带来的声、光、电、运动、速度等给人们带来巨大的刺激,万物倏忽而过,影像摇曳变幻,新事物不断涌现,传统的时空秩序与整体意识被打破,人们陷入对新时空的震惊、迷惘与错乱之中。那是一个"不适于人居住的令人眼花缭乱的时代"[2]。

圣普乐、吴老爷子和涅瓦大街上的军官,经历的就是这种相同的

---

[1] 茅盾,《子夜》,湖南文艺出版社,2011年,第2页。
[2] 本雅明,《发达资本主义时代的抒情诗人》,张旭东、魏文生译,生活·读书·新知三联书店,1989年,第126—127页。

瞬间感受：本雅明所说的震惊体验。这种体验使得往日田园诗般的生活光晕彻底消失："五光十色的人群使他心慌意乱，他觉得，好像有一个魔鬼把整个世界砸成了无数个碎块，又把这些碎块毫无意义、毫无条理地搅和到一起。"[1]这个魔鬼，就是帝俄时代那欠发达的现代性。涅瓦大街上呈现出来的人物和场景，实际上涉及了各类现代人的形象：妓女、赌徒、官僚、职员和闲逛的大众，这些令人眼花缭乱的辩证意象，被拼贴成瓦砾般的现代性碎片，每个碎片都埋藏着整个俄罗斯的秘密，"宛如一片叶子展开所有植物的丰富经验世界一样"[2]。

西美尔（Georg Simmel）在《大都市与精神生活》中断言："都会性格的心理基础包含在强烈刺激的紧张之中，这种紧张产生于内部和外部刺激而持续的变化……瞬间印象和持续印象之间的差异性会刺激他的心理。"[3]果戈理笔下的涅瓦大街也精确地描绘了种种瞬间印象和这些印象的反复性与持续性。"正是这种瞬间印象对人的持续作用，使现代都市人同乡村人迥然有异，后者置身于一种稳定、惯常和缓慢的节奏中，前者培育出了一种独特的器官使自己免于这种危险而瞬即的都市潮流的意外打击，因此，这种器官必须麻木不仁。这就是冷漠、厌世和对对象的惊人的不敏感。"[4]旧式地主们缓慢而享受的

---

[1] 果戈理，《肖像》，刘开华译，解放军文艺出版社，2005年，第141—146页。
[2] 弗里斯比，《现代性的碎片》，卢晖临等译，商务印书馆，2003年，第296页。
[3] 西美尔，《时尚的哲学》，费勇、吴燕译，文化艺术出版社，2001年，第186—187页。
[4] 汪民安，《现代性》，南京大学出版社，2012年，第22页。

生活节奏(《旧式地主》)和两个伊凡漫长而极具喜感的吵架与众人的热情调节(《两个伊凡吵架的故事》)同彼得堡人的快速生活节奏、瞬息万变的遭遇(《涅瓦大街》《肖像》)、孤独的生活和冷漠的人际关系(《外套》)正是对西美尔论断的精确注解。或许我们可以再补充一句:如果这种现代都市人的"器官"没有变得麻木不仁,他们就会被都市潮流打击得发了狂(《狂人日记》)。

果戈理还借乞乞科夫父亲的遗嘱表明了乞乞科夫所接受的"现代意识":关于买卖、货币和资本的思想:"要节省每一个戈比:世界上只有钱这东西最可靠。同学和朋友都会欺骗你,遇到祸事马上就出卖你,可是钱这玩意儿不论遇到什么灾难都不会出卖你。在世上只要有了钱,什么事都办得成,什么路都打得通。"[1]对此,梅列日科夫斯基评价道:"这就是所有世纪中最积极的世纪以及渗透了其整个文化的工业资本主义和资产阶级制度的最积极的思想。"[2]

另一个值得注意的特点是:不同于陀思妥耶夫斯基、曼德尔施塔姆和别雷等生长于斯的彼得堡本土作家,果戈理作为一个"小俄罗斯(乌克兰)人",在其彼得堡叙事中始终保持着一种"他者"目光,或边缘化的意识。这亦是一种空间意识和地理想象,它形成于既定权力和官方文化核心之外,但作为一个生性极其敏感的作家和头脑机敏的观察家,果戈理又十分清楚地理解彼得堡权力中心的运作方式和彼得

---

[1] 果戈理,《死魂灵》,王士燮译,译林出版社,2000年,第220页。
[2] 梅列日科夫斯基,《果戈理与鬼》,耿海英译,华夏出版社,2013年,第27页。

堡人在权力旋涡中将会遇到的危险和各种可能性。正像索亚[1]形容列斐伏尔在巴黎的"中心—边缘"的感受那样，果戈理在彼得堡也是"能够在其中驻留，却又带着异乡人的那种批判性的左右逢源：是有意选择置身局外的当局者"[2]。兼具中心与边缘双重特性的果戈理因此具有了全局性的视野。如果说陀思妥耶夫斯基是站在彼得堡的中心反思作为一个纯粹的人的信仰和本质的话，那果戈理就像是在彼得堡上空俯瞰俄罗斯的民族性：那些游走在涅瓦大街上的科瓦廖夫和阿卡基·阿卡基耶维奇们都像这个城市所具有的本源性特质——带着一种先入为主的庸俗和缺少成长目标的空虚。

·城市特有的官僚体制

除了对都市生活的碎片化体验，果戈理还十分关注城市的官僚体制。从《钦差大臣》到《彼得堡故事》，再到《死魂灵》，果戈理淋漓尽致地展现了俄罗斯的官场现形记。而历来的研究者们总是只把这一现象和果戈理自己谈到的俄罗斯的鄙俗气联系在一起，却很少有人发现其作品中"官气十足"的官僚制度恰恰是现代性进程之初级阶段的典型表现。

《涅瓦大街》首先呈现了帝都彼得堡各级官员的不同面貌："整

---

[1] 即爱德华·索亚（Edward W. Soja），又译"爱德华·苏贾"，美国学者，著名的空间诗学理论家、批评家。著有《后现代地理学》《寻求空间正义》等。
[2] 索亚，《第三空间——去往洛杉矶和其他真实和想象地方的旅程》，陆扬、刘佳林、朱志荣、路瑜译，上海教育出版社，2005年，第37页。

条街上挤满了穿绿制服的官员们。饥肠辘辘的九等文官、七等文官及其他高级文官们竭力加快自己的脚步。年轻的十四等文官、十二等文官和十等文官还匆匆忙忙地抓紧时间在涅瓦大街上多溜达一会儿，他们装出那样一副神气，就好像他们根本没有在机关里坐了6小时。但是，年老的十等文官、九等文官和七等文官们垂着头，走得很快：他们没心思去打量来往的行人，他们还没有完全摆脱掉自己的操心事，脑袋里乱糟糟地塞满一大堆已开了头、还没做完的事。他们看不见招牌，眼前长时间地晃动着公文箱或者办公室主任肥胖的面孔。"[1]

《鼻子》中的八等文官科瓦廖夫专门从高加索到彼得堡去"跑官"，在大街上发现丢失的鼻子后，他瞬间的反应竟不是面部器官失而复得的惊喜，而是惊讶于鼻子高于自己的官衔，官阶的差异甚至导致他无法开口向鼻子提出回到自己脸上的要求；《钦差大臣》则充分展示了帝俄后期官僚体制严格的权力等级和官场腐败。下层官僚相互勾结，利用职权欺压百姓、贪赃枉法，却对京城官场一无所知，对钦差大臣的权力敬畏有加；《死魂灵》中的乞乞科夫游走在某城各级官僚之间，看到了俄国省级政府机构各类官员的嘴脸，与死亡的农奴相比，这些俄国官场上的寄生虫才是真正死掉的灵魂。

塔尔科特·帕森斯（T. Parsons）认为现代社会的早期阶段出现在政府、金融界和市场的官僚政体中，而官僚政治是现代社会演进的

---

[1] 果戈理，《肖像》，刘开华译，解放军文艺出版社，2005年，第137页。

普遍特征:"(官僚主义)的主要特征是政府机关权威的制度化。这意味着无论是政府官员个人,还是,也许更重要的是,官僚组织本身,其行为都要为组织而'官气十足',或者说'以组织的名义'而运作,否则组织将没有必要存在。在严格分析意义上,我将把这种行为能力,或者更宽泛地说是指定或颁布某些决策的能力,称为权力。"[1]果戈理在他并不多产却持续整个后半生的创作中既全方位地描绘了代表着俄罗斯现代社会组织构成的官僚体制,也抓住了这个阶层"官气十足"的权力特征。

尽管俄国的政治现代化进程相当缓慢,政治体制与西方的差异远比经济发展模式大得多,官僚体系也常被视为极权制度的产物,但从彼得大帝建立"官阶表"开始,俄国近代官僚体系的最初意义就是制衡大贵族特权和宗谱体制。削弱贵族势力,本身就是政治现代化的早期特点:"1722年1月24日颁布的'官阶表',对公职人员施行新的分类、分级法。一切新成立机构的职别(除了极个别的以外,全部借用拉丁和德国的职称),可以按表排成三类平行的官阶,即军职、文职和宫廷职;每一类又分14个等级。这种经过改革的俄国官阶的立法文件,把官位等级、功绩和服役期限置于出身的贵族等级和贵族家谱之上。"[2]

---

[1] 塔尔科特·帕森斯,《社会发展的普遍特征》,收入汪民安主编《现代性基本读本》(上),河南大学出版社,2005年,第12—13页。
[2] 克柳切夫斯基,《俄国史教程》(第4卷),刘祖熙、李建、郝桂莲、张爱平、陈新民译,商务印书馆,2013年,第88页。

到18世纪末，帝俄官僚体系已经基本全面取代了贵族机关，成了"新的政府工具……由于贵族阶层特权地位被削弱，官吏成了政府的主要直接工具"。官吏取代了贵族成为政府直接管理工具，这就意味着政治现代化在俄国正式开始了。然而从彼得一世到亚历山大一世，官僚体系的改革始终不彻底，对贵族阶层的权力制衡也由于无法废除农奴制而流于表面。从欧洲学来的官阶表上依然挤满了无所事事的贵族，导致俄国政府机构过于膨胀却效率低下。到了19世纪中期，官僚体系已经从具有现代性构想的政体改良风向标变质为俄国现代化进程中最大的绊脚石。"1796—1855年间可以叫作我国历史上官僚制度统治时期，或者称作官僚制度急剧发展时期。"[1] 俄国官僚体系除了助长歪风邪气、解决裙带关系、培养人的"鄙俗"（пошлость）之外，几乎没有正面力量。官僚体系和它的衍生物也成了19世纪俄国城市叙事中最重要的元素。八等以上官员的贵族化，小公务员的贫民化；贵族化官员颐指气使草菅人命，贫民化的小公务员唯唯诺诺奴性十足……而所有这些都是"从果戈理的《外套》中走出来的"（陀思妥耶夫斯基语）。

由此我们基本可以得出结论：从乡村到城市，从宗教生活到世俗生活，从家族权威到物质主义，从总体性到碎片感，从农民到职员，从村社组织到官僚政体，都是果戈理在他的文学叙事空间转向中

---

[1] 克柳切夫斯基，《俄国史教程》（第5卷），刘祖熙、李建、郝桂莲、张爱平、陈新民译，商务印书馆，2013年，第181页。

着意展现的，或许他自己认为此举仅仅为了表现俄罗斯人的鄙俗的劣根性，却无意中完成了对俄罗斯前现代性到初步现代性的考察。

回归总体性：果戈理对现代人的救赎方案

果戈理用他敏锐的眼睛捕捉到了俄罗斯早期现代性的种种特征，或许他并未充分意识到这是国家在现代化进程中从封建主义向资本主义过渡时的典型特征，却看到了这过渡时期思想对撞的汹涌波涛中泛起的沉渣和俄罗斯人在现代生活中前所未有的迷茫和无序：

> 大家多少都同意将现在称作是过渡时期。现在大家比以前某个时候都更多地感觉到，世界正在途中，而不是靠着码头，甚至也不是在宿营地，不是在临时站头或者在休养。一切都在寻找着什么，已经不在外部寻找，而是在自己的内心里寻找。道德问题重于政治问题，重于科学问题，重于任何别的问题。无论是剑，还是大炮的轰鸣都不能占据世界。到处都或多或少地流露出内心构建的思想：一切都期待着某种更加和谐的秩序。无论是构建自己还是构建别人的思想都变成了一个共同的思想。所有卓越的站在别人前面的人都发生了内心世界的某种巨大变化，这种变化有些人甚至是在这样的年代发生的，在这样的年代里人的转变和完善迄今为止从来是不可能的。每个人多多少少都感到，他并不处在自己该处的那个状态，尽管不知这种所

期望的状态究竟是什么。[1]

过渡、新思想的构建、国家命运与个人前途的不确定性等，这些都是现代性的重要特征，晚期的帝俄并不例外。梅列日科夫斯基很早就看出了果戈理的思想与现代性的关系，并借评论他的小说谈到了俄罗斯与西欧在19世纪现代精神方面的相似性，以及俄罗斯"现代人"的精神状况与整个欧洲"现代人"精神状况的相似性。俄罗斯并未因其现代主义的"欠发达性"而保持宗法制田园生活的精神状况。"这难道不是经乞乞科夫之口说出了整个欧洲19世纪的文化最内在的实质？生活的最高意义，人在世上的最终目的'还没有确立'。……往昔时代一切哲学的、宗教的期待，它们对无始和无终，对超感觉实质的激情，按照孔德的界定，都只是'形而上学的'和'神学的'妄想，是'年轻人自由主义的不切实际的幻想'。"[2]

在果戈理看来，资本主义文明有它光明的一面，但俄罗斯绝不能盲目效仿西方。想要追求现代生活的光明未来，必须先扫清自身传统中落后的东西，这才是他要做的、想做的和毕生为之努力的方向。因此，果戈理一边在论文和随笔中大力肯定彼得改革的价值，推崇启蒙思想和国家现代化，一边在文学创作中不遗余力地表现随着这一过程逝去的优良传统和浮现出的民族劣根性。正是这一点让他饱受诟

---

[1] 果戈理，《作家自白》，吴国璋译，收入《果戈理全集》（第6卷），河北教育出版社，2002年，第247—248页。
[2] 梅列日科夫斯基，《果戈理与鬼》，耿海英译，华夏出版社，2013年，第26页。

病，但他认为只有充分认识到俄国的本质特征，发现病根，才能让这三套车顺利地奔向现代化国家的康庄大道。在生前并未发表的《作家自白》中，针对西欧派对他的保守思想的批评，果戈理的辩解全面深入地谈到了他对俄罗斯现代化进程的态度和自己写作的终极目的：

> 依据我将我们俄罗斯的特点鲜明地展示出来这一点便得出结论，似乎我否定欧洲启蒙的需要并认为俄罗斯人不需要知道人类完善的整个艰难道路，这也是令人奇怪的。无论是过去还是现在，我都觉得俄罗斯公民应当知道欧洲的事。但我始终深信，如若在这一味夸奖渴求知道外国的东西的情况下你忽视了自己的俄罗斯的原理，那么这些知识就不可能带来善，反而会使思想迷失方向，变得混乱，并以思想的分崩离析来替代思想的凝聚集中。无论是过去还是现在我都相信，需要十分清楚十分深刻地了解俄罗斯自己的本质，相信只有借助于这一知识才可能意识到，我们应当从欧洲拿取和借鉴的究竟是什么，欧洲自己是不会告诉你这一点的。我始终觉得，在引进某种新东西之前，需要不是马马虎虎地而是彻底地了解旧的东西，不然对科学中最有益的发现的应用也将是不顺利的。怀此目的我所以谈的主要是旧的东西。[1]

---

[1] 果戈理，《作家自白》，吴国璋译，收入《果戈理全集》（第6卷），河北教育出版社，2002年，第228页。

因此，果戈理救赎俄国现代人的第一步就是挖掘沉淀在现代性各种症候之下的"旧东西"，我们已经看到，这些"旧东西"在从乡村走向城市的时候反而表现得更加严重和明显。

果戈理的第二步是希望俄国人借助回归对基督教最纯粹的信仰而回归精神的总体性，以对抗资本主义倡导的自由导致的人类与上帝的疏离、灵魂的死亡和心灵的迷茫。如果说果戈理的早期文学转向是从乡村到城市的空间转向的话，那么他中后期的文学转向则更趋于精神转向：从现代性的断裂和碎片感中转身回到上帝的怀抱。

总体性的丧失，肉体与灵魂、灵魂与信仰的割裂，是现代人的标志之一，果戈理早就指出了这一点："基督教没有走进生活，生活也没有走进基督教——它们相互割裂，并且日益各自渐行渐远。基督教似乎成了生活最大的否定，生活成了基督教最大的否定。……整个现代欧洲人被这一矛盾撕裂着。"[1]因此他强调文学的任务应该从战斗的号角变成教堂的钟声："不应该重复普希金的道路。不，现今不是由普希金和任何别的人来充当我们的表率：时代已经不同了。……现今的诗人应该接受基督教的，最高尚的教育。对诗歌来说，现今要承担起另一些任务。就像在各个民族的童稚年代它要号召人们投入战斗，鼓动起好斗的精神那样，现今它得号召人们投入到另一种高尚的战斗中去——那已经不是为了我们一时的自由、权利和特权，而是为

---

[1] 梅列日科夫斯基，《果戈理与鬼》，耿海英译，华夏出版社，2013年，第98页。

了我们的灵魂。"[1]

梅列日科夫斯基亦从《钦差大臣》和《死魂灵》中看到俄罗斯现代人的特征:"果戈理的两个主要人物——赫列斯塔科夫和乞乞科夫——是现代俄罗斯两种面孔的本质,是永恒的、全世界的恶——'人的永恒的鄙俗'的两种位格。"[2]可见梅列日科夫斯基已经把果戈理所自认为的俄罗斯民族劣根性上升到了"敌基督"的高度:全世界、永恒、恶、鄙俗。

即使并未像马克思或本雅明那样明确地使用和叙述"现代性"这个概念,果戈理也同样对这种碎片式的现代生活带来的信仰缺失和灵魂分裂进行了有力批判:"记住,世上的一切都是错觉、骗局,一切呈现给我们的都不是它实际的样子……我们的处境不妙,处境艰难呀,因为忘记了每时每刻我们的行为都将受到那个人的审视——凭你什么东西也收买不了那个人。"[3]所以他的作品和书信反复表达了与德国现代主义者们一样的观点:"救赎,正是要用总体性来恢复现代性的分裂。"[4]就这样,果戈理的救赎方案终于在其小说和论文的间隙中浮现出来:回归真正的基督教信仰,只有上帝的爱和宽恕才能避免灵魂在敌基督的诱惑中死去。

---

[1] 果戈理,《果戈理全集》(第6卷),冯玉律译,河北教育出版社,2002年,第208—209页。
[2] 梅列日科夫斯基,《果戈理与鬼》,耿海英译,华夏出版社,2013年,第5页。
[3] 果戈理,《致N.F.的信》,冯玉律译,收入《果戈理全集》(第6卷),河北教育出版社,2002年,第7页。
[4] 汪民安,《现代性》,南京大学出版社,2012年,第34页。

梅列日科夫斯基应该是最早认识到果戈理这种精神转向意义的人，他用了一部专著来表达这个观点："在果戈理身上体现了俄罗斯文学、整个俄罗斯精神不可避免的转向，这一转向当今在我们身上正彻底实现着，整个俄罗斯文学，整个俄罗斯精神正从艺术转向宗教，从伟大的意识转向伟大的行动，从话语转向实践。"[1]

从现代性的视域中去看待果戈理的一切，或许是真正理解他矛盾思想和曲折一生的一把钥匙。

从《狄康卡近乡夜话》到《彼得堡故事》，果戈理的城乡书写几乎可以代表同时代所有作家和精英知识分子的城乡观念。他们在城市和乡村之间，在现代化和田园诗之间，在资本主义与宗法专制之间反复和纠结。

作为19世纪上半叶俄国文学的旗手，普希金在其小说创作中已经敏锐观察到城市与乡村在人们共同观念与私人体验中的巨大差异，并将这种差异清晰地表现出来。长诗《青铜骑士》中，"小人物"叶甫盖尼先是爱着"彼得兴建的城"，却紧接着经历了大洪水。在末日般的灾难景象中叶甫盖尼看到"一切都漂浮在街上，人民眼见上苍的愤怒等待死亡"。然而彼得改革的思想已经不可逆转，这位"骑士""骑着快马，一面以手挥向高空，一面驱赶他这可怜的疯人"……最终，叶甫盖尼在恐惧和幻觉中死去。一个统治者创建西化城市的伟

---

[1] 梅列日科夫斯基，《果戈理与鬼》，耿海英译，华夏出版社，2013年，第54页。

大构想、脱离俄国传统文化根基的"沼泽"式危机以及小人物深陷时代"洪水"的茫然失措构成了俄国现代化发展的困境"铁三角",它们彼此冲突,无法和解。这种冲突和困境以不同的隐喻在普希金之后的帝俄文学中持续而深入地展开来。

而另一位贵族叶甫盖尼,则在乡间遇到了他并没有珍惜的友情和爱情。在乡村,叶甫盖尼闻到了泥土的味道、食物的香气和洁净的空气,感觉到了城市生活不曾赋予他的精神活力。但他的种种积极作为却并不被传统地主和农民理解;同时,他也没有理解达季亚娜和连斯基。贵族叶甫盖尼在乡村背弃了友谊、放弃了爱情、消磨了土地改革的激情之后返回了城市。所有在乡村中经历的真善美,再也无法重拾。普希金并没有给《叶甫盖尼·奥涅金》一个明确的结尾,人们都愿意相信失踪的叶甫盖尼投身了革命,但语焉不详的原稿恐怕更能表现普希金的矛盾。

两个分别在城市和乡村遭遇幻灭的不同社会等级的人,都叫"叶甫盖尼",这显然不是巧合,而是作者的"双重人格",是其在面向贵族和面向平民、面向城市与面向乡村时的不同表情和思想。"叶甫盖尼"遇到的问题,是那个时代每一个人都会遇到的典型问题。

以普希金和果戈理为代表的作家将19世纪上半叶俄国贵族的城乡生活与矛盾心理传达得精准到位。总的来说,这一时期文学作品中的乡村是诗意的,城市是失意的;乡村是真诚的,城市是虚假的。但人们不约而同地更重视对城市的表达。经由彼得一世和叶卡捷琳娜二世的创建和发展,到了19世纪初的亚历山大一世时期,圣彼得堡的城市建设、资本主义经济和西式教育发展成熟而繁荣，大都市姿态已然确立。城市里自豪、好奇、茫然等复杂矛盾的"震惊"心态成了作家们最感兴趣的描写对象；每一个阶层的人都会在城市中遇到在乡村不曾觉察到的身份焦虑问题。因此，以城市平民叶甫盖尼（《青铜骑士》）和阿卡基·阿卡基耶维奇（《外套》）等为代表的"小人物"和以在城乡之间活动的觉醒贵族为代表的"多余人"成了19世纪上半叶最典型的"现代人"；圣彼得堡则从此成为百余年俄国文学中都市书写的主角。

第三章

19 世纪中期
冈察洛夫——城乡之间多余人的衰亡与新人的崛起[1]

1847 年至 1869 年,是俄国思想界从斯拉夫派与西欧派的论战大幕正式拉开到民粹主义思想风生水起的 22 年,在这样的历史语境中,以回应彼得大帝改革所造成的创造性破坏为焦点,以启蒙哲学精神、资本主义伦理与科学技术为内涵,以探索属于俄罗斯的现代之路为目的,文学界对俄国现代性的思考得以全面展开。普希金时代的贵族青年们都喜欢从城市回到乡村,想在庄园变革中摆脱空虚;而 19 世纪 50、60 年代的庄园贵族们,却从乡村冲向城市,想在官衔和金钱中实现自我价值。他们都在城乡价值观无法弥合的夹缝中失去了原有的理想和未来的方向。不同之处在于,30 年代的奥涅金还可以从乡村重新回到城市,去寻找其他机遇;50 年代的奥勃洛莫夫却再也无法

---

[1] 本章析出的论文见王晓倩,《冈察洛夫小说城乡叙事中的现代性意识》,2019 年硕士学位论文,及孔朝晖、王晓倩,《"奥勃洛莫夫性格"的序曲:〈平凡的故事〉中的现代性批判》,载《俄罗斯文艺》2020 年第 2 期,第 80—88 页。

从城市返回乡村，只能无为地死在城乡结合部的某一张沙发上。

"多余人-贵族"衰亡的精神废墟上，"新人-平民"发了芽。经历了克里米亚战争失败和农奴制改革风潮的平民知识分子开始表现出他们的力量。尽管屠格涅夫和车尔尼雪夫斯基以各自的阶层视角为新人们立了传，但冈察洛夫的长篇小说三部曲，无疑将多余人衰亡和新人崛起的过程描绘得更全面、更具动态效果。他以城市和乡村的对立为文本的结构形态，用三部长篇小说——《平凡的故事》[1]《奥勃洛莫夫》《悬崖》——记录、构想和评论了19世纪俄国政治、经济、思想发展的转折期，并把这个动态的过程用三个连续性的、彼此相似又有所发展的主人公呈现出来。

因此，唯有还原这个三部曲产生的动态历史语境，以冈察洛夫在城乡对立观念基础上的现代性批判为视域，才能看到作为过渡性人物的奥勃洛莫夫究竟以怎样的精神特质成了多余人的典型代表，他与"父辈"和"子辈"的命运又怎样构成了19世纪中期俄国贵族的现代性体验。

"奥勃洛莫夫性格"的序曲：《平凡的故事》

1859年，时任《现代人》杂志编辑的杜勃罗留波夫在冈察洛夫

---

[1] 该作品的中文译本有两种，一种为《平凡的故事》，周朴之译，上海译文出版社1980年出版；一种为《彼得堡之恋》，张耳译，中国友谊出版社2014年出版，上海三联书店2015年再版。本文采用《平凡的故事》这个译本。

的小说《奥勃洛莫夫》甫一问世，便发表了评论文章《什么是奥勃洛莫夫性格？》，为奥勃洛莫夫做了盖棺论定式的评价："奥勃洛莫夫的同类特征，在奥涅金身上就已经找得到了，后来，在我们那些最好的文学作品中，好几次碰到他们的再现……奥勃洛莫夫性格的主要特征……是在于一种彻头彻尾的惰性，这种惰性是由于对一切世界上所进行的事物都表示冷淡而发生的。"[1]

杜勃罗留波夫这一论断成为日后奥勃洛莫夫研究的主流方向。在中国，各时代权威外国文学史教材至今沿用着杜氏观点，使用一套极为相近的话语评价奥勃洛莫夫形象："这些受过西欧文明熏陶的先进贵族终于失去作用，变成了躺卧不起的废物奥勃洛莫夫"[2]；"这个'多余人'形象表明，以往的先进贵族已经成了躺卧不起的废物"[3]；"《奥勃洛莫夫》塑造了俄国文学史上最后一个'多余人'奥勃洛莫夫形象……这个人物身上表现出来的懒惰、优柔寡断、好空想的特点，被称为'奥勃洛莫夫性格'……说明贵族知识分子在19世纪50年代后的俄国已丧失了进步性"[4]……

一个多世纪以来，《奥勃洛莫夫》和它的主人公就这样作为一种

---

[1] 杜勃罗留波夫，《杜勃罗留波夫文学论文选》，辛未艾译，上海译文出版社，1984年，第11—12页。
[2] 杨周翰、吴达元、赵萝蕤，《欧洲文学史》（下卷），人民文学出版社，1979年，第214页。
[3] 朱维之、赵澧、崔宝衡，《外国文学史》（欧美卷），南开大学出版社，2004年，第245页。
[4] 郑克鲁，《外国文学史》（上），高等教育出版社，2006年，第236页。

单一的刻板印象,在中国读者的脑海中"躺卧不起"。然而,在系统地阅读了冈察洛夫的小说三部曲之后,我们发现,"奥勃洛莫夫性格"绝不是出于"对一切事物的冷淡"而产生的"懒惰",而是传统的乡村贵族生活赋予他的善良和懒散,被现代城市生活的紧张、算计和实用主义催化成了不知所措和自我放逐。这个形象的丰富性和悖论性也远不是"最后一个多余人"就可以概括的,而是特定时代语境中知识分子个体矛盾、游移心态的表征,更是冈察洛夫对俄国现代性问题长期思考的过渡性成果。冈察洛夫在给陀思妥耶夫斯基的一封信中曾说:"典型是由长时期多次的重复、现象与人物的沉淀而形成的"[1],奥勃洛莫夫的意义,也正是在三部曲的整体思路和动态政治语境中生成的。

·三部曲的整体思路与共同结构:现代性批判与城乡对立

在《平凡的故事》中,主人公亚历山大经历了清晰的乡村—城市—乡村—城市的空间活动轨迹和新旧价值观反复冲撞的过程,并最终选择了城市;《奥勃洛莫夫》从主人公奥勃洛莫夫躺在彼得堡的床上开始,又以其死在维堡区的普舍岑尼太太家的沙发上结束,乡村空间只出现在书信和回忆中;《悬崖》的空间叙事思路则更加明确:故事以主人公赖斯基赴莫斯科学艺未成开局,以其返回故乡马陵诺夫卡的乡村创业结束。我们看到,城乡空间的转换成为冈察洛夫三部曲推

---

[1] 冈察洛夫,《奥勃洛莫夫》,陈馥译,人民文学出版社,2008年,第5页。

动情节的共同方式，乡村贵族是三部曲主人公的共同身份，城乡价值观的冲突是他们面对的共同问题，但他们却做出了截然不同的选择。

《平凡的故事》构思于1844年，并于1847年正式发表。小说描写一个外省小农奴主的儿子亚历山大为了"崇高的事业"来到彼得堡投靠极端理性、冷酷务实的四品文官兼工厂主叔父彼得。在经历了两次失败的恋爱和事业的挫折后，亚历山大抛弃了自己的浪漫幻想；而以理性和盘算为核心人生观的彼得却因妻子生病而悔悟，变卖家产陪妻子去意大利治病；故事以亚历山大官至六品，并娶得一位富有的女继承人而结束。小说发表当年，别林斯基便在《1847年俄国文学一瞥》中评论道："《平凡的故事》的作者在我们文坛上完全是一个新人，但是他已经在那里占据了一席最显著的位置了。"[1]

故事并不惊艳，但出彩之处在于其中城市与乡村、理智与情感、现实与浪漫、发展与异化等与国家现代化密切相关的若干组二元对立价值观的博弈：显性的情节是亚历山大从领地格拉奇村来到彼得堡后久经磨难和挫折，取得了成功，融入了城市生活。毫无疑问，这象征着城市对乡村的征服，理智对情感的征服，务实态度对浪漫情调的胜利，它最终驯化了来自旧世界的"主人公"，让他变成了新世界的"英雄"；而在光鲜的城市生活和精致圆融的实用理性背后，却是所有人曾经坚守的价值观都崩塌了。亚历山大曾尖锐地批判城市的官僚体系

---

[1] 别林斯基，《别林斯基文学论文选》，满涛、辛未艾译，上海译文出版社，2000年，第713页。

和机器生产对人性的异化,却最终成了一个官僚;曾满怀激情地歌颂爱情和诗歌,却还是为遗产娶了一个不爱的女人;叔叔彼得自认为完全通过理性的"盘算"掌控了人生,最后却放弃了精致利己主义,去挽救即将破碎的婚姻;婶婶丽莎的命运则让我们看到了温柔真诚、热爱家庭的传统俄国女性美德怎样被城市生活毫不留情地扼杀。这种博弈伴随着整个故事的发展,它不断地提示读者:不论你的价值观属于传统乡村式的浪漫情调还是进步城市式的务实与功利,最终都面临着幻灭。笔者认为,这是《平凡的故事》与同时代俄国小说最大的区别和研究价值所在。

19世纪40年代,正当西欧派和斯拉夫派论战如火如荼的时候,冈察洛夫却用自己的第一部长篇小说表明了中立的立场。代表着西式进步主义新神话的城市像石头一样冷漠而结实,代表着俄国传统保守主义童话的乡村则像木头一样温暖却易朽。与之相应,冈察洛夫的城乡认知也都各自有着清晰的正负两面。在正负两种力量的相互抵消中,城里人和乡下人都产生了深深的无力感。这种无力感在《平凡的故事》中,是每一位主人公与现实的妥协;而到了20年后的《奥勃洛莫夫》,就演变成了奥勃洛莫夫的自我放弃和施托尔茨的成功。

·乡村:田园生活中的饕餮与匮乏

《平凡的故事》一开头便以亚历山大的母亲,旧式女地主安娜·巴甫洛芙娜的浪漫视角展示出了格拉奇村优美的田园风光:

从住宅一直到远处,是一座大花园,长满古老的菩提树、茂密的野蔷薇、稠李树和丁香丛。树木中间盛开着五色缤纷的花朵,曲径向各方蜿蜒伸展,再远些,湖水潋滟,轻拍着湖岸。

这是一道温和无害的美景,不具有任何侵略性,其中没有任何能够被作为上帝的惩罚的灾难存在。人们似乎并不需要付出劳动的辛苦,庄稼就已经被预订了丰收的前景。富裕的庄园不是来自农奴的血汗,而是上帝馈赠的礼物:

老天爷给我们的地装扮得多美呀!你瞧!光是那黑麦田我们就能收五百石,还有小麦和荞麦……树林子可长得密匝匝的!真了不起,老天爷的能耐多绝呀!我们地段上的木材少说也能卖一千。还有野味呢,野味又值多少钱!……鲈鱼、鳜鱼和鲫鱼可真是多得不得了,尽够我们和佣人吃。[1]

美丽景色和丰裕物产会让人恍惚以为俄国的农庄就是伊甸园,贫困的农奴和艰苦的农业劳动被完全过滤掉了。安娜·巴甫洛芙娜的视角就是俄国传统地主的价值观:如果新生代贵族仍然留在庄园里,伊甸园的景象就可以世代维持;俄国人永远不会遇到"失乐园"的危机。

---

[1] 冈察洛夫,《平凡的故事》,周朴之译,上海译文出版社,1980年,第11—12页。

雷蒙·威廉斯（R. Williams）在《乡村与城市》中指出19世纪的英国乡土小说有一个最大的弱点："作为一种防御性反射，它们排斥了除自己地域之外的一切，不仅排斥了其他地方，而且也把其内部十分活跃的深层的社会和人性力量排除在外。"[1]也就是说，为了反击城市文明对传统和人性的戕害，英国乡土小说在本国资本主义文明发展到盛期的时候，成了一则刻意营造的寓言，这寓言里有着城市里所没有的平衡的生态、淳朴的人性和传统的习俗。

这种特征也出现在19世纪上半叶俄罗斯文学的乡村书写中。尽管此时的俄国资本主义发展刚刚起步、趔趄虚弱，但城市化的速度之快、人心变化之剧，即便是反对农奴制的进步贵族和精英知识分子也感到不安。他们在关于乡村的叙事中表达了对宗法制田园生活的怀念和诗意化的赞美，忽略了落后的社会制度和悲惨的农奴生活。果戈理的"乌克兰乡村小说"和屠格涅夫的《猎人笔记》便具有此类明显倾向。由此表现出来的观念是，乡村是一个自足自洽的世界，只要服从自然界春播秋收的规律，就能产出满足人类需求的所有产物。格拉奇村的人满足于祖祖辈辈沿袭下来的生产与生活习惯，人格构型单一，感官的满足就是最高的追求，衣食无忧就是人间天堂。

于是饮食成了旧式地主们的主要生活内容："不管是痛苦或欢乐，都不妨碍他在每家每人一天吃四顿"，在中午大吃大喝了一顿后晚饭

---

[1] 雷蒙·威廉斯，《乡村与城市》，韩子满、刘戈、徐姗姗译，商务印书馆，2013年，第254页。

时又吃掉了不少白汁烧童子鸡和烧火鸡、乳猪，"他把差不多半只乳猪放到了盘子里"。[1]

《平凡的故事》作为《奥勃洛莫夫》的序曲，已经表达出了一种十分客观的乡村认知：19世纪上半叶的俄国农奴制田园生活里的确有"诗"，更多的则是"眼前的苟且"，却唯独没有"远方"。

启蒙现代性产生于唯物主义对宗教、自然科学对教条这两组思想冲突之中，它虽然催生了将财富和资本视为支配社会和亲情关系的价值观，但也激发了反传统反权威的批判精神。正是启蒙精神使人类得以创造出一个更加丰富多元的世界，继而更加深刻地认识自我，然后再反过来批判现代化。这种现代性的意识是乡村中最缺乏的，但智慧树上的果子总会被发现，"失乐园"的故事在青年地主亚历山大身上重演："没有任何事情惊扰他；无牵无挂，无所忧虑，他却又觉得无聊极了！"[2]他在美不胜收的景色中唯独凝视着那条通往彼得堡的小路，一心向往着城市的历险，想要进入卡西尔所说的现代人的发展阶段："即使在实践领域，人也并不生活在一个铁板事实的世界之中，并不是根据他的直接需要和意愿而生活，而是生活在想象的激情之中，生活在希望与恐惧、幻觉与醒悟、空想与梦境之中。"[3]无知的幸福和智慧的痛苦，正是随着一代新人从乡村到城市而徐徐展开的悖论式现代性体验。

---

[1] 冈察洛夫，《平凡的故事》，周朴之译，上海译文出版社，1980年，第372页。
[2] 冈察洛夫，《平凡的故事》，周朴之译，上海译文出版社，1980年，第368页。
[3] 卡西尔，《人论》，甘阳译，上海译文出版社，2004年，第33—34页。

· 城市：新神话的扭曲和幻灭

与乡村景观表现出来的单一审美感受不同，亚历山大初入彼得堡，就被城市大街引发了两种截然不同的情绪："走到街上，一片熙熙攘攘，大家急匆匆走着，只顾忙着自己的事情，偶尔也望望过路人，那不过是免得碰鼻子……这些千篇一律的石头房子，就像一座座大坟墓，接连不断地延伸开去……四面八方团团围住，人们的思想和感情似乎也都给围住了。"而当他站在海军部广场，凝视着代表俄国现代化之路的彼得塑像（青铜骑士）时，他又感觉到"新生活向他张开双臂，使他向往着某种不知道的东西。他的心怦怦地跳动。他向往着高尚的劳动和崇高的志向，在涅瓦大街上昂首阔步，俨然是个新世界的公民……"[1]

而作为一个乡村来的"他者"，亚历山大又很快看到了城里人已浑然不觉的"异化"。衙门像工厂："跟我叔叔的工厂里一模一样……呈递公文的人会死去，而公文却万世长存……每时每刻，日复一日，十年百年，官僚主义机器平稳地运转着，不停顿，不间歇，仿佛不是人在办理公事，而光是一些齿轮和发条。"职员像机器："这样的人在街上看不到，在光天化日之下不露面；仿佛他们诞生在这里，成长在这里，死守住自己的位置，连死也死在这里。"长官则"俨然是雷神朱庇特；他一开口，胸前挂铜牌子的使神立刻奔上前来；他伸出一只

---

[1] 冈察洛夫，《平凡的故事》，周朴之译，上海译文出版社，1980年，第44—48页。

拿文件的手，马上就有十只手伸上前来接过去"[1]。

19世纪上半叶俄国最发达的工业城市彼得堡就这样呈现在亚历山大面前：人们在高楼、工厂、政府机关之间来来往往，近到摩肩接踵，又远到不闻不问；似乎充满机遇，却又只见工作不见理想。亚历山大看到的城市生活，冷漠、机械与不确定、人的异化和焦虑，都是典型的现代性特征。神与人的秩序被置换为官僚机构里人对人的统治，"朱庇特"的譬喻亦是对启蒙现代性最深刻有力的批判：人们从教堂走向了大学，接受了启蒙教育，摆脱了对神的盲目崇拜，却并没有获得真正的精神自由。机械化的官僚机构与资本主义的机器大生产重合在一起，消灭了人与人之间、人与物之间最后的温情。

菲力浦·杨在评价海明威时曾说，一切美国故事里最伟大的主题是"天真遇上经验"，即"我们起初本来笑嘻嘻的，对全世界全人类都有好感，我们觉得自己像个天真善良纯洁简单的男孩子，迫切，充满了希望。但是我们到外面的世界里，不知道怎么一来，我们在路上被打倒了，从此以后，我们很难把自己拼起来，回复原状"[2]。美国文学的传统其实就是资产阶级成长的传统。所以这个主题契合于任何一个国家现代化过程中"乡下人进城"的主题，因为这些"乡下年轻人"都面对着一个从精神信仰到社会现实都反转过来的现代世界，这个现代世界有着相似的新信仰："相信成功的神话，相信进步的神话，

---

[1] 冈察洛夫，《平凡的故事》，周朴之译，上海译文出版社，1980年，第73—74页。
[2] 吴晓东，《从卡夫卡到昆德拉》，生活·读书·新知三联书店，2003年，第146页。

相信技术进步一定为人类造福的神话。"[1]他们在这里遭受到的挫折境遇是相似的，只不过，"天真遇上经验"是美式成长小说的模式，它看重主人公历险之后成为英雄的结果；但冈察洛夫看到的却是"英雄"成长背后，理想破碎的过程。"乡村贵族青年的城市历险"作为那个时代"平凡的故事"，在冈察洛夫笔下成了马克思主义社会历史批评的样本。

被科学技术、工业机器改造后的城市新神话，是科学主义、工业主义和功利主义。在《平凡的故事》中，这样的新神话在亚历山大和叔叔彼得各种对立的价值观的激烈冲突中展开。

叔叔彼得·伊凡内奇是新人类中的佼佼者和上层代表。他钱权兼备，摆脱了底层官僚和工业流水线上的劳动，在社会的丛林食物链中站到了顶端。他的哲学只有一项原则：务实求利。正如利奥·斯特劳斯所说："在现代性的开端处，站着的是政治性的诡计多端的马基雅维利。"[2]现代都市的居民主动放弃了浪漫理想，极尽所能去获得实在的利益。在叔叔彼得看来，只要能够有效地达到目的，便无所谓高尚与正义，这些空洞的词语对于自由的现代人不再具有任何约束能力。

亚历山大一来到彼得堡，彼得就告诫他："你首先得丢开这些神圣不可侵犯的情感，实实在在地看待一切事，愈实际愈好，那样你说

---

[1] 吴晓东，《从卡夫卡到昆德拉》，生活·读书·新知三联书店，2003年，第147页。
[2] 汪民安，《启蒙现代性》，收入赵一凡编《西方文论关键词》，外语教学与研究出版社，2006年，第414页。

话也会更实际些。"〔1〕城里人将对彼岸世界的追求转化为对此岸世界的建设，在实际的地上事务中"没有对上帝和神律的严肃假设"〔2〕，新世界的法则是将一切问题简化为金钱和物质的匮乏，将一切情感解释为生理的需求和社会性的活动，将一切精神困境视为无用的感伤主义，正像是亚历山大对叔叔彼得的描述那样："他的灵魂仿佛给捆锁在地面上，永远不能摆脱尘世间俗事而进入一个澄清纯洁的人的精神世界。他的天堂离不开尘世。"〔3〕在这个过程中，一切思想都向着统治和维持着城市运转的经济形态所靠拢，要么为其服务，要么就迎来不可避免的消亡，叔叔彼得激烈地反驳亚历山大对于艺术和技艺的区分，在新世界里，牛顿、古腾堡和瓦特是可以比肩莎士比亚和但丁的艺术家，因为他们的创造力更具有现实的价值。

彼得俨然是启蒙现代性的发言人，从神圣到世俗，从上帝到理性，从神学到科学，从祈祷到发明，他用自己的行动践行了启蒙运动的信条。在他的实践中体现着一个简单的逻辑推论：既然理性已经在自然科学领域取得了令人满意的成绩，那么在其他人类知识领域也应是如此，而"一旦这种方法生效，不合理的、压迫人的法律制度及经济政策就会一扫而光。取而代之的理性统治将把人们从政治和道德的不公正及苦难中解救出来，使他们踏上通往智慧、幸福和美德的康庄

---

〔1〕 冈察洛夫，《平凡的故事》，周朴之译，上海译文出版社，1980年，第52页。
〔2〕 以赛亚·伯林，《反潮流》，冯克利译，译林出版社，2002年，第44页。
〔3〕 冈察洛夫，《平凡的故事》，周朴之译，上海译文出版社，1980年，第54页。

大道"[1]。

初入彼得堡的亚历山大却带有浓郁的"维特"式浪漫主义情怀。他鄙弃庸俗浅薄的人和事，追求诗意的生活与爱情，这是典型的审美现代性体现。然而浪漫主义情怀总会被现实主义需求所取代。资本主义经济的核心精神被马克斯·韦伯归纳为工具理性，即用量化和预测的手段来衡量人的行为及后果是否合理，最终目的是要达到物的最大化效益："所有的美德只有当它们对个人具体有用时才算是美德"[2]，这也是叔叔彼得的人生指南。

别林斯基认为《平凡的故事》"将给社会带来巨大的益处！它对浪漫主义、耽于幻想、感伤情调和外省作风是个可怕的打击"[3]。这个著名论断就像杜勃罗留波夫给《奥勃洛莫夫》一锤定音一样，为小说定下了反浪漫主义的基调，亚历山大也成了浪漫梦想家的反面典型。诚然，别林斯基实际上指出了亚历山大身上的"外省作风"正是"奥勃洛莫夫性格"的序曲，但反过来想，不浪漫主义、不爱好空想、不温情感伤的城里人叔叔彼得，就真正成功了吗？

浪漫主义的核心就在于对冰冷的工具理性的反叛和对人类情感、意志与欲望的回归。这样的回归在文学中选择的空间正是乡村，它从外在的自然景观和内在的精神生活都与作为工业生产的场所和结

---

[1] 以赛亚·伯林，《反潮流》，冯克利译，译林出版社，2002年，第2页。
[2] 马克斯·韦伯，《新教伦理与资本主义精神》，康乐、简惠美译，广西师范大学出版社，2010年，第29页。
[3] Белинский, В. Г.,*Избранные письма*: В 2 т. - Москва : Гослитиздат, 1955. – 2 т.,с.311.

晶的城市背道而驰，表达出对欣欣向荣的新世界的质疑与批判。但是亚历山大在经历了城乡空间的反复转换后还是回到了彼得堡，适应了这个他曾认为窒息心灵的环境，成了被城市所认可的成功人士。亚历山大对城市的归顺就是城市对乡村的彻底征服。城市站在进化链的最前沿，就像是站在衙门里的朱庇特一样的部长，有着万神之主的权威，哪怕它以吞噬亚历山大这样纯真无害的心灵为生，以将工人和底层职员异化为机器的零部件来维持自己的运转。但在进步主义[1]旗帜和利润的光芒面前，乡村中没有变化的自然风光与停滞的和谐关系的确已经丧失了吸引力。

由乡村空间孕育出的孩子亚历山大最终从维特变成了拉斯蒂涅。从这个角度看，别林斯基是对的，《平凡的故事》的确是反浪漫主义的，但不再空想和感伤的城里人却永远失去了纯真的幸福。亚历山大与叔叔彼得在小说中的反复冲突与辩论，正是19世纪上半叶工具现代性与审美现代性在俄国冲突的精准隐喻。在这样的冲突中，没有真

---

[1] 进步主义（progressionism）是一种在启蒙运动中被提及与认可的线性历史发展观念。孔多塞在《人类精神进步史表纲要》中发展了杜尔哥"人类社会的大方向是向着完美前进的"观点，以繁荣发展的科学技术、自由平等的政治理想、唯理主义哲学的精神启蒙为标准，得出人类最终必将走向真理、幸福与美德之路的结论。汪民安也认为现代性的核心观念可以表述为："越是新的，就越是现代的。它为一种进步主义和发展主义欲望所主宰。"（汪民安，《现代性》，南京大学出版社，2012年，第6页）本文借用这一概念同马克思、本雅明对进步史观的批判立场一致，认为城市化与工业化并不是解决人类精神与物质需求的完美方案，这一现代化过程反而加剧了阶级的鸿沟；将历史进步视为必然的过程更会架空任何实际改革的合法性［参见汪民安、陈永国、张云鹏编《现代性基本读本》（上），河南大学出版社，2005年，第152页］。

正的胜利者。正如马歇尔·伯曼所说,现代性就是觉察到自己所身处的世界"允许我们去历险,去获得权力、快乐和成长,去改变我们自己和世界,但与此同时它又威胁要摧毁我们拥有的一切,摧毁我们所知的一切,摧毁我们表现出来的一切"[1]。

其实,《平凡的故事》的主人公是由亚历山大和彼得共同构成的,如果他们所代表的19世纪40年代斯拉夫派与西欧派的激烈论战,还各有千秋、寸长尺短的话,那么到了《奥勃洛莫夫》,奥勃洛莫夫和施托尔茨这一对同样从乡村走向城市的好朋友,他们的退缩与勇进、失败和成功,就表明19世纪50年代,"俄德混血"的资本家和城市工商业已经彻底取代了纯粹俄罗斯血统的乡村贵族和日暮西山的乡村经济,成为俄国现代化的中坚力量。

启蒙现代性对于理性所不能解释的一切精神现象的遏制与压抑是俄国保守主义思想家批评的焦点之一:"在否定国家,并与之进行斗争的同时,知识阶层驳斥它的神秘主义。其目的并非旨在任何其他形式的神秘主义或宗教基础,而是旨在合理的、经济主义的基础。"[2]与司徒卢威对虚无主义的反思相互呼应的是,冈察洛夫也在《平凡的故事》中对这一思潮在19世纪上半叶的俄国所实现的胜利提出了隐蔽的质疑,他要求所有读者正视这一发展的后果,正视被城市和进步

---

[1] 马歇尔·伯曼,《一切坚固的东西都烟消云散了——现代性体验》,徐大建、张辑译,商务印书馆,2003年,第15页。
[2] 司徒卢威,《知识阶层与革命》,彭甄、曾予平译,收入《路标集》,云南人民出版社,1999年,第144页。

主义历史车轮碾过的灵魂。在表面的成功背后，隐藏着深刻的终极价值质疑。在这样的宏观视域中，我们才能领会《平凡的故事》在冈察洛夫对俄国现代性问题整体思考中的导语性作用，也才能看到"奥勃洛莫夫性格"背后最完整的语义场。

《奥勃洛莫夫》：城乡夹缝间"最后一个多余人"

《奥勃洛莫夫》是冈察洛夫小说三部曲的第二部，也是他最为知名的作品。主人公奥勃洛莫夫甫一出世，便成为"心地善良的懒人"（杜勃罗留波夫语）的代名词，由杜勃罗留波夫开始，便被评论家、文学史定性为典型的、"最后一个多余人"。

但是在三部曲系列中起到过渡作用的奥勃洛莫夫，又有着其特殊性和丰富的意味：不同于多余人系列中的从城市来到农村的叶甫盖尼·奥涅金、毕巧林，奥勃洛莫夫是一个定居彼得堡的农奴主，通过他的视角，农村生活的丰富细节和复杂内涵得以一一呈现；不同于《平凡的故事》中的亚历山大和《悬崖》中的赖斯基，奥勃洛莫夫的城市探索是一出更加彻底的悲剧，他以躺在床上的形象出场，又在睡梦中安详去世。

"最后一个多余人"的评论锁住了人们的目光，忽略了作者在乡村与城市这两个空间上倾注的匠心。两个空间各自代表着二元对立的生活方式与文化现实：一种是以食物与身体为核心形象所构筑的旧俄乡村的挽歌；一种则是对在彼得堡生存的三种典型城市居民生存处境的展现，其结果则是以施托尔茨为代表的出路：乡村与城市两条道路相会合。在时间上，城市空间渐渐取代乡村空间成为俄国现代性的具体表征，新的价值与文化取代了旧的，正是在这个过程中，奥勃洛莫夫和他的懒惰得以被关注和书写。

·乡村空间：食物与身体的写作

在现代化的进程中，乡村与城市不仅是平面展开的地理分区，还具有时间的隐喻，它们往往代表了两个阶段：乡村是前现代社会的综合遗迹，而城市则由商品贸易、工厂机器、法庭议会等各种国家机构这些新形象所塑造。正如滕尼斯（Ferdinand Tönnies）所说的，乡村这样的共同体是"一个自然意志主导的礼俗社会，都市则是一个理性意志主导的法理社会"[1]。

冈察洛夫从1849年开始创作《奥勃洛莫夫》，1859年发表，经历了十年时间。小说所反映的也是历史同期一个农奴主奥勃洛莫夫在彼得堡的生活。在小说里存在着明显的乡村-城市的空间模式，二者的生活方式与价值观念都是截然对立的：前者是田园牧歌中人与空间的统一性、安全富足的物质条件与一元化的道德伦理规范结合而成的，是俄国村社的一种现代变体，具体的物质表征是食物与对人的肢体的刻画；后者则是由人和空间的分裂性、危险贫穷的物质条件与被虚无

---

[1] 滕尼斯，《礼俗社会与法理社会》，严蓓雯译，收入汪民安、陈永国、张云鹏编《现代性基本读本》（上），河南大学出版社，2005年，第57—69页。

主义和奥勃洛莫夫性格所占据的精神状态,三者所构成的欠发达的资本主义社会。在实际的地理分布上,乡村和城市空间糅合在一起:乡村空间除了包括奥勃洛莫夫庄园,还涵盖着彼得堡郊区维堡区的房东普舍岑尼太太家——在这一时期,大多数城市郊区还保留着乡村生活的特质;而城市空间则占据着离奥勃洛莫夫田庄五俄里远的施托尔茨贵族子弟学校、施托尔茨与奥莉加相遇的巴黎,以及俄罗斯最具现代特色的城市:彼得堡。

在《奥勃洛莫夫》中,最突出的是对身体、口舌之欲详尽的直观表达。奥勃洛莫夫的乡村首先是作为对危险不安、饥饿贫穷的城市刺激的一种应激反应而存在:每当奥勃洛莫夫对在城市的生活体验感到紧张和无所适从的时候,他就会创造出一个与城市相对应的乡村空间进行心灵的避难——或是在梦中回忆,比如第9章《奥勃洛莫夫的梦》;或是逃匿进城市中的乡村,比如在与奥莉加的恋情失败后在彼得堡维堡区的房东太太家一蹶不振。

《平凡的故事》已经开始关注乡村的饕餮风俗,而到了《奥勃洛莫夫》,这种风俗又被淋漓尽致地加以展现,甚至被提炼为民间传说神话原型,成为乡村生活的某种本质。奶妈对小奥勃洛莫夫说,在一个遥远的时代里,有一个陌生的地方,那里"没有黑夜,也没有寒冷,天天可以看到神迹,蜂蜜和牛奶流成河,人们终年逍遥自在,只知道玩乐"[1]。就在这个地方,一个老实、本分的懒汉通过善良女巫的

---

[1] 冈察洛夫,《奥勃洛莫夫》,陈馥、郑揆译,人民文学出版社,1997年,第120页。

魔法娶得一个绝世美女。这个故事奥勃洛莫夫从小听到大,就像是他的父亲、祖父一样,而他们也就真的都长成了故事里那个"懒汉"。这个统治了奥勃洛莫夫家族的故事当中的蜂蜜、牛奶与绝世美女,都变成饕餮大餐的食物意象和以"胳膊肘"为代表的身体意象在小说的乡村空间中反复再现。

在奥勃洛莫夫的梦里,他回忆着小时候的家乡生活,其中饮食是最重要的一件事:"为了一年一度的那些节日养着多肥的小牛犊啊!……果酱腌菜、饼干点心,更是不计其数。奥勃洛莫夫田庄的蜂蜜又有多么香甜,克瓦斯饮料多么可口,蛋糕多么诱人啊!"[1]在奥勃洛莫夫的视角下,繁重辛苦的农业劳动都化成了一道风景,因为田庄的土地似乎拥有神奇的力量,不用费太大力气,土地就长出足够供养人类的农作物。不管是庆祝什么节日、事件,甚至是奥勃洛莫夫离家上学,都穿插着对各种食物的详尽描述,好像即使有天大的困难,这片土地都能为人提供最后的退路,不至于饿死流浪,困难也不会变成不可收拾的威胁。而在普舍岑尼太太家,奥勃洛莫夫又能够重温这种熟悉的安全感——"房东太太家的餐桌上有上等小牛肉、琥珀鳇鱼、白松鸡","在储藏室里,火腿、干酪、糖块、干鱼、一袋袋干蘑菇和从芬兰人那里买来的干果都挂在天花板下面,以免老鼠来糟蹋。地板上是一桶桶的食油,好几个带盖大钵装着酸奶油,还有一筐筐的鸡

---

[1] 冈察洛夫,《奥勃洛莫夫》,陈馥、郑揆译,人民文学出版社,1997年,第114页。

蛋——那里什么东西没有啊!"[1]食物挤占着几乎所有的乡村空间,在这里生活的人们也便不再需要其他的东西。

对食物与繁殖的需求是人最基本的生理性需求,这也构成了奥勃洛莫夫乡村空间生活里的两个最重要的元素。在19世纪俄国严格的书报审查制度的制约下,冈察洛夫对身体部位——胳膊肘的描写已经是作品里最大胆的性暗示。奥勃洛莫夫对房东太太的胳膊肘情有独钟,这也是他曾经在自己的梦中出现过的少女所拥有的性感带:"她的丈夫是一位小官吏,可是她的胳膊肘儿却长得不比哪一位伯爵夫人的逊色,还带着小窝儿呢!""她的胳膊肘敏捷地画着圆圈,使他眼花缭乱""奥勃洛莫夫欣赏着她的两只圆圆胖胖的胳膊肘",等等描写数不胜数。只要普舍岑尼太太出现,她的胳膊肘儿必然入镜。与此形成对比的是,奥勃洛莫夫从来没有以如此狎昵的态度——"开玩笑地轻轻抓住她的胳膊肘儿"来对待奥莉加。这意味着奥勃洛莫夫将房东太太当作了生理意义上的配偶:丰富充足的食物的提供者和富有经验的繁殖伙伴,二人也最终育有一子。普舍岑尼太太更适合在奥勃洛莫夫的乡村空间中扮演女主人的角色,这也就是奥勃洛莫夫可以终老于普舍岑尼太太家的原因。奥莉加所要求的智识与精神的交流,是奥勃洛莫夫力所不及的,他对此既不感兴趣也缺乏相关的能力。

此外,乡村空间被自然规律的时节、季候所主宰,其重要的结果就是稳固单一的生活生产秩序,这种生活方式一成不变,周而复始,

---

[1] 冈察洛夫,《奥勃洛莫夫》,陈馥、郑揆译,人民文学出版社,1997年,第510页。

日复一日,直到它的子民完全适应。在此意义上,奥勃洛莫夫是一个最纯粹不过的乡村人,他惧怕事物的任何改变和发展。"睡梦中的奥勃洛莫夫也依次看到了一幕幕活生生的场景,起初是人生三场大戏,出生、婚嫁、发丧,在他家里或者亲戚朋友家里,做法都一样。接下去是一连串五花八门或喜或悲的小戏,诸如受洗、命名、家庆、斋前宴、斋后宴、盛宴、亲族团聚、问候、道喜、礼节性的微笑和眼泪。"

乡村空间中是没有时间和历史可言的,也没有任何自由意志、独特个性的痕迹,包括年幼的奥勃洛莫夫曾经展现过的个性也很快在双亲的溺爱、风俗的浸染下荡然无存。人们全部都在重复着祖祖辈辈的工作,这些工作在祖辈之前就已经被重复了很多遍,除此之外,别无选择。这里的人们也不企图去过精神生活,唯一识字的老奥勃洛莫夫也只是随便读读报纸,几年不拿笔,写字歪歪扭扭,其他人更是"不拿任何弄不清楚的思想或道德问题为难自己,所以他们总是健康快乐"[1]。

奥勃洛莫夫在小说里被奥莉加所爱慕、被施托尔茨所保护,两个人都坦言自己在奥勃洛莫夫身上找到了一种久违的温柔与纯真的美德。然而,道德被评价为高尚的前提是它首先应该存在,然而道德的存在又只能是自由意志的产物。如果奥勃洛莫夫的选择根本不能被称为选择,而只是千百年来固定的无意识的反应,那么又如何能够赞扬

---

[1] 冈察洛夫,《奥勃洛莫夫》,陈馥、郑揆译,人民文学出版社,1997年,第125、126页。

其品德高尚？在他被施托尔茨和奥莉加极力称赞的纯真美德的背后，是冈察洛夫对渐渐崩塌的乡村空间的苦苦挽留。通过召唤一种不存在的美德，冈察洛夫想要赋予这个乡村世界一种更加诱人的色彩，证明这个世界对于逐渐步入现代化的俄国来说仍有意义。

比奥勃洛莫夫稍晚一些出现的尼采认为，上帝"死后"所留下的19世纪是这样的："在这里，除了一些新的'理由'之外别无他物，也不再有任何共用的公式；在这里，出现了一种新的对误解和相互不尊重的效忠；在这里，腐败、罪恶和最自负的欲望可怕地彼此相关，种族的精神从丰富多彩的善恶中涌现出来；在这里，春天与夏天注定同时出现。"在这个奉行社会达尔文主义的丛林里，个体需要他自己的各种技能和计谋得以求生和自我保护、自我觉醒、自我提高，"我们的本能现在能够向所有各个方向返回；我们自己就是一种混乱"[1]。

摆在个体面前的是无数条道理，就像是伊万·卡拉马佐夫所说的，"上帝死后，没有什么不可以"。但是现代人拥有了更多的选择和自由，却反而更加难以行动。并非每个人都像施托尔茨一般生来便被准备好面对这个现代世界，更多的人，像奥勃洛莫夫一样的人，他们并未强大到具有保持人格尊严的同时又衣食富足的能力，更不要说以高高在上的姿态伸张正义、保护朋友；也没有坏到成为金钱和算计的奴隶，心安理得地同流合污。他们，奥勃洛莫夫们，唯一的出路就像

---

[1] 马歇尔·伯曼，《一切坚固的东西都烟消云散了——现代性体验》，徐大建、张辑译，商务印书馆，2013年，第24页。

是尼采所指出的那样:"他们解决现代生活之混乱的办法无非是,企图根本就不生活;对他们来说,'成为平庸'是唯一讲得通的道德。"

冈察洛夫曾经在一篇文章中自白,如奥勃洛莫夫一样的这些人身上"保存着斯拉夫-俄罗斯精神、民族的道德力量和历史的个性"[1],终将会同来自欧洲的实干简洁的"德国精神"交汇到一起,铺就一条只属于俄国的道路。冈察洛夫所赞同的就是这样一条二者兼顾的、中庸的现代之路,虽然他将同情的目光投给了奥勃洛莫夫,让这个无法容身于现代社会的多余人在普舍岑尼太太家这个乡村空间中,按照田庄人一贯的方式于睡梦中死去,获得了最后的平静。但是理智上,兼备俄罗斯民族性格与西方实干技术能力的施托尔茨和奥莉加才是被冈察洛夫所认可的现代人。

·城市空间:空间分裂的三个层次

即使冈察洛夫对奥勃洛莫夫的描写含着脉脉温情,但是也不能忽略奥勃洛莫夫这类人,即现代社会的贵族、地主,已经渐渐失去他们赖以生存的条件。这从小说里乡村-城市空间的分布上便可以看出:乡村空间要么出现在奥勃洛莫夫的梦中,要么出现在彼得堡维堡区城乡接合部一个小小的家庭之中,其在现代生活中的比重已经大大萎缩了。

---

[1] 冈察洛夫,《冈察洛夫、屠格涅夫、陀思妥耶夫斯基、柯罗连科文学论文选》,张蕙、冯春译,上海译文出版社,1997年,第63页。

城市生活的现实场景在小说中是由三种不同阶层的人物完成的：旧式贵族、小市民与新兴资产阶级。在统一的城市空间中却出现了迥然不同的三个层次，这既是现代生活中丰富经验的来源，又是人与人之间彼此隔绝的象征。奥勃洛莫夫与奥莉加的婶娘是旧式贵族的代表，他们体面优雅但是空虚无聊，行将就木；塔兰季耶夫和穆霍雅罗夫等人则被描述为既没有土地资本也没有经营才智的小市民，百无禁忌地追逐金钱；而施托尔茨作为冈察洛夫描绘俄国城市空间的另一条动线，在他身上，资本主义工具现代性与文化现代性得到了完美结合。

资本主义的发展特征和行动延宕、得过且过的奥勃洛莫夫精神格格不入。它离不开新教伦理的滋养与配合，"作为经济形态的资本主义，其根源驻扎在宗教改革中"[1]。在马克斯·韦伯看来，新教伦理就是勤劳节俭、计划生产、规避风险，是促使加尔文教徒在世俗事务中寻求禁欲理想，"克服自然状态，让人摆脱非理性的冲动与人对俗世和自然的依赖，使人服从了有计划的意志的支配之下"[2]。

施托尔茨的母亲是俄罗斯小地主，爱好弹奏赫尔兹的乐曲，在她的影响下，施托尔茨也信仰了东正教；但他的父亲却是个典型的德国人。其父身世在小说中被介绍为"农艺师、技师、教师……在萨克森的一些工厂里学了工艺技术，又在离家最近的一所拥有约四十位教

---

[1] 赵一凡编，《西方文论关键词》，外语教学与研究出版社，2006年，第417页。
[2] 马克斯·韦伯，《新教伦理与资本主义精神》，康乐、简惠美译，广西师范大学出版社，2010年，第100页。

授的大学里,获得了传授那四十位智者向他讲解过的学科的本领"[1]。根据马克斯·韦伯对德国巴登地区1895年较高阶层教育机构里不同宗教信仰的毕业生的统计来看,在非义务教育阶段的实业高中、高级技校毕业生中,新教徒占据多数;而萨克森地区的工厂更是马克斯·韦伯笔下背井离乡者脱离传统来到新教伦理统治区域而被剥削的范例[2],由此可以推断出,施托尔茨的父亲很可能是一名新教教徒。这也更加能够解释他的教育理念:教导施托尔茨理性而有风险意识地计划生活而非享受纵乐;灌输给施托尔茨开拓进取精神,使他的活动范围和眼界不局限于小小的村子。在施托尔茨成年后离家远行,奔赴彼得堡谋求出路时,他的德国父亲给了施托尔茨一百卢布,叮嘱他到了彼得堡找到一位熟人用马和他交换三百五十卢布,以供施托尔茨生活所需。本应伤感的父子离别情景和马匹交易结合在一起,就是对现代世界里商业伦理与血缘亲情共生互存的最好诠释。

施托尔茨从根本上象征着冈察洛夫对俄国现代化的探索是西化与本土并重的:他首先是为现代城市生活而诞生的理想新人,在变化多端的城市里凭借自己的能力一帆风顺,坦坦荡荡地施展经营的才能。他乐观地面对挑战,永远不丧失进取的决心。作为一个进出口贸易商人,施托尔茨经常处在从俄国到西欧不断旅行的过程中,这也隐喻着只有在俄国和西方的交流和沟通之中,才能激发出俄国现代性的

---

〔1〕 冈察洛夫,《奥勃洛莫夫》,陈馥、郑揆译,人民文学出版社,1997年,第167页。
〔2〕 马克斯·韦伯,《新教伦理与资本主义精神》,康乐、简惠美译,广西师范大学出版社,2010年,第19页注1。

活力。更重要的是，虽然施托尔茨的事业建立在交易计算上，但他关爱朋友，富有正义感，不失为一个具有高尚品质的好人。这和他的俄国母亲的影响有关，在东正教的感化、赫尔兹的音乐、老房子里悬挂的油画这种种事物的影响下，施托尔茨没有被关进理性的铁牢笼之中，变成工具理性的奴隶。

俄国的现代化进程发展到了奥勃洛莫夫所处的19世纪中叶已经形成了不可逆转的时代潮流，来自西欧科学技术的革命持续不断地催化着资本主义经济的发展："手摇纺车为机械纺锤所代替，印刷板为铁质圆筒形印刷机所代替，手工织机为机械织机所排斥……"[1]资本主义原则和科技的推广既是施托尔茨事业的良田沃土，其功利主义的一面又催生着奸诈阴险、毫无道德可言的塔兰季耶夫和穆霍雅罗夫们；而在俄国上流社会文化生活空间中占据重要地位的艺术活动，即歌剧、绘画、博物馆也兼具两方面的活动功能：欧化贵族的无聊消遣的象征和对资产阶级现代性的反叛与拯救。

施托尔茨带领着奥勃洛莫夫走进城市空间的另一面：脱下睡衣穿上皮靴和礼服，去参加上流社会的舞会、与金矿老板一起用餐，直到深夜才回家。一刻也不停息地进行活动，这与静止的重复循环的乡村空间形成鲜明的对比，但是形式上的匆忙充实并不代表着有意义的生活。对于衣食无忧的上流社会来说，城市生活也只不过是另一种毫

---

[1] 泽齐娜、科什曼、舒利金，《俄罗斯文化史》，刘文飞、苏玲译，上海译文出版社，1999年，第165页。

无意义的游戏,流于表面的礼仪与社交活动表征了城市空间中的轻浮空虚。

奥勃洛莫夫对施托尔茨表达了自己对城市生活的真实看法:

> 人们争先恐后地跑个没完,都是卑污的七情六欲在作怪,尤其是贪欲。他们互相争夺,造谣中伤,搬弄是非,暗中作梗,见了谁都要从头到脚打量一番。

> 人人都拿自己的焦虑、烦恼去传染别人,都在痛苦地求索。如果他们是在为自己和他人求索真理,求索福利,那倒也好。问题是一看到自己的朋友取得成功,他们就恨得脸色发白……心里只有一个愿望,就是把对方打倒,在对方倒下的地方建起自己的豪华大厦。[1]

彼得大帝开启的现代化之路,其最重要的分裂在于形式与内容的脱离:器物技术层面的移植过程被剥除了作为内核的启蒙精神,僵硬地照搬西方的语言、礼仪和生产模式,试图以此取代整体的有机生活,从而丧失了俄国本土的道德精神、审美经验和宗教信仰。作为其后果,城市人物要么如塔兰季耶夫一样无所不用其极地攫取

---

[1] 冈察洛夫,《奥勃洛莫夫》,陈馥、郑揆译,人民文学出版社,1997年,第185—187页。

利益，异化为金钱的奴隶；要么如奥勃洛莫夫一样，动或不动都找不到在繁华富足的物质生活表象下的任何意义。冈察洛夫在描写出城市空间中的两种病症之后，也尝试着通过施托尔茨与奥莉加的结合对其提出治疗的方案：来自艺术和自然的美的体验与情感的融合交流。

·矛盾的解决方案：半城半乡的乌托邦——克里木

施托尔茨和奥莉加最后也并未在彼得堡生活，而是选择在克里木南岸定居。在小说第三部第八章的描写中可以看到，克里木是一个乌托邦，是冈察洛夫在这一创作时期为俄国未来社会找到的完美答案，在这里，文化现代性与工具现代性取得了一种假定性的调和。克里木是一个半乡村半城市的空间，充盈着自然万物——大地、天空、海洋的形象，这些景色都使"他们常常默然惊叹……用同样的眼睛和同样的灵魂心心相印地领略着光辉的创造"[1]。与此同时，二人也常常在这里进行思想的碰撞交流、通过信件处理工厂的事务。

来自艺术和自然的永恒美是曾经拯救过奥勃洛莫夫的药方，奥莉加演唱舒伯特的歌声和彼得堡郊区的优美景色一度让他振作起来，走出自己的公寓，进出博物馆、书店和画展；取代了城市中贵族青年们在剧院池座中夸夸其谈的是这样一座私人收藏博物馆：在施托尔茨与奥莉加的新家中摆放着画、发黄的旧书、古瓷器、玉石、古钱币，

---

[1] 冈察洛夫，《奥勃洛莫夫》，陈馥、郑揆译，人民文学出版社，1997年，第492页。

"在最尊贵的地方摆着一台有镶嵌装饰的闪着金光的埃拉尔钢琴",行家见了"眼睛里会一次次闪出艳羡的光芒"。

而也是在克里木南岸,两人也找到了治疗"奥勃洛莫夫性格"的药方。在奥莉加也陷入苦闷慵懒的时候,施托尔茨先是用一套套带有理性科学色彩的话语来解释其原因,而"精神失调的征兆""心灵的谵语""生命力过于充沛的表征"这些冷冰冰的词语无法缓和奥莉加的痛苦,而当他发自肺腑地说出"但是迷惘、烦闷、疑惑、问题难道就能夺去我们的幸福、我们的……",奥莉加"发疯般地投入他的怀抱,用两手搂住他的脖子一动不动,像酒神的狂女一样在狂热中忘掉了一切"。[1]而后,奥莉加和施托尔茨的生活空间又归于和谐。这短短数行对奥莉加、施托尔茨情感爆发的描写虽然仅仅是隔靴搔痒,但也已经隐喻着以浪漫主义思潮为代表的文化现代性,对理性介入、分析人类情感世界和心灵反应所进行的反叛和挑战。

但是,乌托邦这个词语的本义即为"不存在的乐土"[2],克里木空间和施托尔茨身上暴露出了冈察洛夫现代性思想的缺陷,这条理论先行的救赎之路缺乏可行性,所以这两个形象也不能在文学的层面上说服读者。对于施托尔茨,杜勃罗留波夫就评论这样的人物"还不曾在

---

[1] 冈察洛夫,《奥勃洛莫夫》,陈馥、郑揆译,人民文学出版社,1997年,第501页。
[2] 王一平,《思考与界定:"反乌托邦""恶托邦"小说名实之辨》,载《四川大学学报》(哲学社会科学版)2017年第1期,第55页。

我们的社会生活中出现"[1]，冈察洛夫本人也承认施托尔茨"写得不好，苍白无力，表现得太赤裸裸了"。其次，资产阶级现代性作为一种社会现象，也必然应该在社会空间中得到解决。但是反观小说中对克里木的描写，除了施托尔茨和奥莉加，全无其他人物出现。克里木就像是一个真空的环境，在这里，冈察洛夫进行了一场不可能再复制的实验。最后，冈察洛夫从血统上就设置了施托尔茨俄国-德国混血的基因，并且着重强调他跟随母亲信仰了俄国东正教。但是东正教延承自俄国原始多神教中的神秘性、非理性因素却全然没有对施托尔茨产生影响，他反而是用理性和科学的方法对一切情感、精神现象进行祛蔽、消解神秘化。而这些存在于东正教中的信仰力量反而可能是通向解决资产阶级现代性中功利主义对人的异化和阉割的通衢大道；也可能正是在这条道路上，完整人性中的道德精神能够得以复苏。

在小说中，奥勃洛莫夫的儿子小安德烈，被施托尔茨和奥莉加接去抚养，象征着"奥勃洛莫夫性格"有望得到根本的治疗，他和他的乡村世界也无可避免地要走向灭亡。这或许意味着一种更加深刻的悲观主义：一种新的、有活力的生活只有在奥勃洛莫夫死后才可能实现，它的出现既代表着新生，也代表着消亡。而"奥勃洛莫夫性格"与奥勃洛莫夫这个人之间并不能完全画上等号，在后者的懒惰与冷漠之外，冈察洛夫还用奥勃洛莫夫的眼睛看到了：在城市中，旧式的贵

---

[1] 杜勃罗留波夫，《杜勃罗留波夫文学论文选》，辛未艾译，上海译文出版社，1984年，第53页。

族沉溺于昂贵无聊的晚会玩乐,阶级特权决定了他们无须学习知识、进行劳动,丰富多元的人性被生活的流程所斩断,他们看似忙碌体面,但在本质上与奥勃洛莫夫大同小异;而被植入俄国的现代性正在对市民阶层的道德精神进行着不容忽视的破坏,以塔兰季耶夫为例,奥勃洛莫夫看到在人们追逐利益和财富的过程中,美与道德最先成为牺牲品。

而与此同时,施托尔茨成了未来俄国的出路。传统的德国式教育给了他理性与实用主义;俄国艺术与俄式家庭(母亲与妻子)使他的理性不至于发展为功利主义,让他成为一个情、理并具,物质追求与精神修养并重的人。这恐怕是冈察洛夫所能想到的最好的改良之路:在与西方的结合之中,寻找一条属于俄国现代化的路。

《悬崖》:乡村道德的拯救与解构

《悬崖》是作为冈察洛夫对于生活与创作经验的总结而出现的,他想要描写奥勃洛莫夫去世后的下一时代的故事,想要探索一个觉醒的奥勃洛莫夫能够走到哪里,这就是赖斯基这个人物的意义,也是小说的现代性价值所在。在小说开始的时候,赖斯基首先带领读者再次走进了彼得堡。

·城市空间:从游戏到洞穴的虚拟历险

城市空间随着主人公赖斯基的经历而被分为两个部分,第一部分是赖斯基在莫斯科的求学经历，第二部分则是小说开始时随着赖斯基和安雅诺夫展开的彼得堡城市生活，两人与巴霍津家族的交往是这部分的主要内容。第一部分通过赖斯基的回忆穿插在第二部分的中间，又正是这种紧密的连接凸显出：在赖斯基的视角下，无论在哪个部分，占据着城市空间的主要成分都是相似的活动，它们变成了赖斯基所玩耍的游戏，其中缺乏任何一种目的，所以也不会实现任何程度的成长。

其原因或许正如冈察洛夫所说的："谁要是不贫困，他就不会刻苦钻研……赖斯基们的这些才华并不是生活的内容和目的，只是愉快地消磨时间的手段罢了。"[1]赖斯基在城市的20年本质上只是将一天重复了七千多遍，这使得具有历时性的一个人的生活历程无限扁平化，成为一张静止的图像；但是这句话又点明了，这终归是一种乐趣横生的生活，赖斯基游玩于城市里，从来没有遇到过真正的值得忧虑的困难，生活于他来说只是一种随时可以脱身的游戏，学业、职业都只是其中的不同场景而已。不管他在这里遇到什么样的挫折，在一个真正的现实里他仍然可以保持金刚不坏之身。

赖斯基淋漓尽致地表现出了"奥勃洛莫夫的儿子"的特征，他们两人正是一个统一的整体。赖斯基虽然离开了床、沙发和长睡衣，但仍然处在茫然于寻找值得为之奋斗和牺牲的人生目标的生存状态。

---

[1] 冈察洛夫，《迟做总比不做好》，张蕙、冯春译，收入冯春编《冈察洛夫、屠格涅夫、陀思妥耶夫斯基、柯罗连科文学论文选》，上海译文出版社，1997年，第66—67页。

他既担任过公职又做过士官生，不过两样职业都无疾而终；他完成了大学学业，又去美术学院学习，但不论是写诗还是绘画也都未能坚持下来。就像是他所画的赫克托耳与安德罗马赫像一样，手不会画便搁置，背景也"等到以后再画！"当美术学院的教授叮嘱他仔细学习，赖斯基却振振有词：他不想勤奋学习，他要立竿见影！

奥勃洛莫夫精神并没有消失而只是有另外一种表现形态，从床上站起来的奥勃洛莫夫并没有真正地站立在真实的社会生活之中。这一陈旧的状态本是不值得作家付出如此笔力再三重申的，尽管冈察洛夫再三说明自己是将小说三部曲当作一部来写作的。在城市中理想幻灭了的亚历山大、用食物与休憩麻痹自己的奥勃洛莫夫以及从床上爬起来却仍然浮躁空虚的赖斯基，他们代表了一个俄国贵族人生的三个阶段，揭示出了俄罗斯走向现代的最大阻碍：冷漠无能的既得利益者，安全地生活在自己的安乐乡之中，不悲不忧不怒不喜，将社会里的冲突看作娱乐身心的游戏。在冈察洛夫笔下的俄罗斯社会里，唯一的问题就是能够解决问题的人认为没有问题。

而在城市空间的第二部分里，赖斯基的朋友安雅诺夫成了彼得堡的代言人，他是一个更具代表性也更为成功的游戏玩家，他补充出了另一个游戏副本——若赖斯基坚持下去，在官场中出人头地又会怎么样？这个出生、成长到老年一直都没有离开过这座城市的三等文官的活动轨迹向我们展示出了这个游戏的规则和深层结构。他揣摩上司和上司夫人的心思进行巧妙的附和，游荡在商场和牌场中打听消息再四处散播（比如在给赖斯基的信中冷漠地讲述巴霍津家的变故），他的游戏就是隐藏起自己的性格和真实面目，从而能够把自己塑造为权势者喜爱的样子进而获得成为权势者的资格。安雅诺夫爬上官位的方式也是通过一种游戏：打牌，在牌场中安雅诺夫有着良好的声誉，从不出错牌，"牌桌上'兢兢业业地辛勤劳动'，他又晋升为三等文官"。

《悬崖》这部小说里的城市空间常被赋予一种无我感，人物只在和他者的交往中出现而几乎不独处：赖斯基在同学老师的簇拥之中炫耀自己的才华，毕业后和士官生们一起去寻花问柳，安雅诺夫在商场之中游荡又紧接着出现在嘈杂的牌桌上……在这部小说的第一部（在第二部里已经完全是对乡村的描写）中，人物的独处场景仅出现在第15章中赖斯基为苏菲娅作画时，而还没有画上两笔赖斯基的思绪又开始涣散，最后干脆又以邀请朋友们来看画而告终。

这样的空间特质映射出来的首先是城市化进程中城市人口的集中，这也与在《平凡的故事》中刚来到彼得堡的亚历山大的心理描写相吻合；同时，这又是城市人物热烈追逐群体性活动的写照。在现代性的社会分工中，人口密集的大规模工厂取代了独立的手工业作坊，而这种特质也渐渐辐射到城市生活中的方方面面，人们自觉或者不自觉地牺牲了自己的隐私空间来换取更低廉的生活成本（合租房屋）或者更加便捷的生活手段（公共交通），又或者仅仅是为了逃避培育自身精神力量的责任。这种人类主体性的丧失在冈察洛夫的前两部小说中已经得到了表现，但是在《平凡的故事》中这一现象仅发生在工人和低等文官之中，而在《奥勃洛莫夫》中奥莉加和施托尔茨也各自产生过富有思辨性的自我独白，恰恰是在以贵族为主要描写对象的《悬崖》中，自由的人格遭到了最严重的破坏，他们再也无法不依附于他者而生存。城市将每个人冷漠又不可分割地捆绑在了一起，每个人都丢弃了对自身的把握而将一种人物设定当作了自己本身：赖斯基先是沉迷于宣传自己的天才形象又在苏菲娅面前扮演着启蒙者，哪怕他事实上食利于自己阶级与性别双重身份；安雅诺夫则是一个优雅和善的好好先生，而实际上这只是逢场作戏，他对于除了可以帮助自己赚钱升官以外的任何人事都没有热情。

从赖斯基这个人物的身上最集中地体现出了自省和自觉的匮乏，一种隔靴搔痒的庸俗批判精神，一种深入骨髓但又隐而不显的优越感。赖斯基把自由与平等当作挂在口边的座右铭，但又与此同时心安理得地享受着阶级身份、性别身份带来的红利。这种种特质汇集起来构成了一个新旧混杂的晚期帝俄贵族知识分子的素描，他们脱胎于奥勃洛莫夫，挣扎着脱离于奥勃洛莫夫，但是最后也会完结于奥勃洛莫夫。

赖斯基反映出来的是一个现象：19世纪的俄国知识分子在理解启蒙思想的时候，常失之片面与肤浅。他们评论时事时慷慨激昂，毫不留情地批判落后的、阻碍俄罗斯前进的农奴制度，批判封建家长对于青年精神的束缚，他们可以批判一切——只要对象既不是他们自己，也不会对他们的舒适生活造成任何影响的话。然而这已经从根本上与启蒙精神差之千里，康德三大批判的立足之处正是对于主体理性的批判，《纯粹理性批判》的中心"论证先天综合判断何以可能"就是对人类掌握具有普遍必然性的新知的能力的批判，而这种理性精神从彼得大帝改革时就已经悄悄被置换为实用主义，在《平凡的故事》中已经对此展开了描写，在《悬崖》里赖斯基对苏菲娅长篇大论的说教发展了这个线索。

他试图用自己在学校和社会中所习得的时髦理论解读苏菲娅高贵典雅但冷漠疏远的言行举止，他看似关心表妹，喋喋不休地痛惜她白白消逝的大好年华，但是实际上却对苏菲娅一无所知，也并不想了解："她除了长得漂亮，受过良好的教育，出身于名门世家，风度娴雅之外，没有什么需要了解的。"他向苏菲娅灌输他自己也难以做到的自由思想，来树立一个启蒙者高高在上的姿态，确立起对自身智力超群和思想开放的认知与自恋。但是在面对造成这种对人性的禁锢、毁灭了苏菲娅自由生命的现实状况时，赖斯基又表现出惊人的无知和软弱：在小说的最后，当苏菲娅真的执行了赖斯基的教条，和法国伯爵偷情而被上流社会抛弃，被赖斯基批判过的陈腐伦理所毁灭的时候，赖斯基漠不关心，作壁上观。

《悬崖》这部小说原本名为《艺术家》，赖斯基自诩为艺术家，醉心于诗歌、散文和小说创作，而这些又何尝不是一种关于文字的游戏呢？但是城市的游戏与文学的游戏有着根本上的不同，前者剥夺了主体的自由而后者帮助主体实现自由。赖斯基渴望在诗歌的游戏里享受对于词语的支配而因此放弃了对于现实的权力的追逐，但是在城市中的赖斯基同时丧失了两者。赖斯基艺术创作失败的根本原因在于：他根本没有回到现实的生活之中，他已经渐渐被自己设计出来的游戏所控制，丧失了为人的自由。

在忽然意识到自己可以回到乡村的时候，赖斯基如释重负，他又立即将新鲜感，另一种想象出来的游戏场景对他的刺激当作了久违的自由感："有幽静，于健康有益的空气，卫生的饮食，有善良、温柔、聪明的女人的亲切情意；还有两个小妹妹，两个我不了解的、陌生的、同时又是亲近的妹妹……"这样的乡村完全是他臆造出来的，他又一次在自己的脑海中生成了一场游戏。正是在这个背景下，他离开了彼得堡，回到了马陵诺夫卡，在那里他的游戏遇到了一个强有力的对手：薇拉。

·乡村空间：好地主与快乐农奴

1849年，冈察洛夫还尚未完成《奥勃洛莫夫》的创作。离乡多年的他有了一次回到伏尔加河畔探访亲友的机会，这次故乡之旅使他萌发了新的创作欲望："我看到了尚未消失的传统的风尚，同时也看到了新的萌芽，新和旧的混合物。花园、伏尔加河、伏尔加河岸的悬崖、故乡的空气、童年的回忆——这一切都深深地印入我的脑海……"[1]强烈的创作新作品的欲望使得他几乎不能完成《奥勃洛莫夫》的写作，但是由于公务缠身和作家本人的奥勃洛莫夫习性[2]，一直到20年以后《悬崖》才得以问世。

---

[1] 冈察洛夫，《迟做总比不做好》，张蕙、冯春译，收入冯春编《冈察洛夫、屠格涅夫、陀思妥耶夫斯基、柯罗连科文学论文选》，上海译文出版社，1997年，第52页。
[2] 朱建刚，《十九世纪下半期俄国反虚无主义文学研究》，北京大学出版社，2015年，第188页。

冈察洛夫在《悬崖》中描绘出了一个风景秀丽的世外桃源马陵诺夫卡。即使一度因为伏洛霍夫这个人物使小说饱受争议,但是这些风景描写仍然是公认的亮点。赖斯基一回到这里,以往在城市中因人口稠密、激烈的游戏竞争而带来的不适感便被自然中种种令人心旷神怡的形象所取代:"屋顶上的烟囱飘出袅袅的炊烟;白桦树和菩提树的早生的新叶,绿茵茵的一片,掩映着作为栖身之所的老房子的瓦屋顶;银带一般的伏尔加河,在绿树间闪烁,时隐时现。从河岸边飘来一股新鲜的空气——他很久没有呼吸到这样有益于身心健康的空气了。"[1]不同于在《平凡的故事》中让亚历山大一心逃离的乏味无趣的乡村和在《奥勃洛莫夫》中死气沉沉的奥勃洛莫夫庄园的景色,在这部小说中的乡村所极力呈现出来的是一幅健康、生气勃勃的景象。这也正是田园诗的必备要素,正如雷蒙·威廉斯所说,乡村在如赖斯基和冈察洛夫一般的观察者的眼中,因为视角的过滤和筛选而成了一道景观,"有一种许多人都熟知的习惯,那就是把过去,把那些'过去的好日子'当作一种手杖,来敲打现在"[2]。

在马陵诺夫卡除了如画的风景,还有一种在城市里被遗忘了的乡间淳朴的人情风俗,这个由奶奶达吉亚娜管理运营的小王国在表面上看起来是一个要素完备的"家",家庭成员和每个客人在这里都能感受到宾至如归的温暖。经历了感情和世界观双重失败后的女主角薇

---

[1] 冈察洛夫,《悬崖》(上册),翁文达译,上海译文出版社,1983年,第198页。
[2] 雷蒙·威廉斯,《乡村与城市》,韩子满、刘戈、徐珊珊译,商务印书馆,2013年,第15页。

拉通过和奶奶彻夜谈话、相互依靠,最终放弃了危险的自由恋爱而归顺传统家庭和伦理。

乡村之所以能够这样令赖斯基、薇拉、伏洛霍夫以及读者感到轻松和愉快,原因是这个空间温和地满足了所有人对于饥饿、贫困和不安全感的补偿心理,在这个空间中可以得到一种虚构的幸福,足以平衡奥勃洛莫夫和赖斯基这对"父子"在城市生活中所受到的挫折。它在物质上的富裕和充足在小说中被极力渲染——在马陵诺夫卡没有一个穷人,即便有,如科兹洛夫或伏洛霍夫,也立即被收纳在奶奶或赖斯基的保护下衣食无忧。也许这部小说越是能够令我们感觉愉快,也越是能够说明这样的空间离我们的现实处境有多遥远。

在冈察洛夫进行小说创作的 19 世纪中后期正是俄国社会矛盾日趋激烈而流血冲突频仍的时代:沙皇亚历山大二世曾经八次遭到民意党人的刺杀,民粹主义和无政府主义指导下的恐怖活动屡见不鲜,而在《悬崖》中的世界里,赖斯基们仿佛与这一切绝缘,他们赋诗作画,谈情说爱,享受着衣食富足的田园生活。甚至 1861 年废除农奴制这个历史性事件也在这位认为自己描绘出了时代"新生活"的作家的笔下未见丝毫端倪。若是将这部小说与陀思妥耶夫斯基于 1871 年开始连载的作品《群魔》进行对比,这一特点便更加突出了。

《悬崖》尽力地取悦着读者,为他们献上乡村生产出的最为富庶充裕的成果,又对这背后的压迫一笔带过。冈察洛夫很熟悉旧俄乡村,但是他的观察是透过一副温情脉脉的眼镜来进行的,只有在小说里的边缘人物,农奴的身上才能浮光掠影地捕捉到平静叙述中的变调,粗略地看到支撑着达吉亚娜的庄园这样一个小王国的底层农奴的生存——血腥、残忍和日复一日的辛劳。

在《悬崖》这部中译本长达 73 万字的鸿篇巨制中,光是描写赖斯基猜测与薇拉秘密通信的人是谁便用去了 200 页;而对于住在地窖中,"像个地神"一样的女农奴乌丽塔,作品只象征性地用了 100 余字投去了无关紧要的一瞥。而这 100 余字告诉我们,这个繁华富庶的小王国的地下世界,住着一个"衣服总是潮湿的,鼻子和脸颊常常冻坏,头发乱蓬蓬的……在地窖深处只看得见她的冻得又青又紫的脸"[1]的女农奴,沉默地整理、保护着主人的地窖和酒窖。她会在达吉亚娜的命名日和小姐玛芬卡的婚礼时像个幽灵一样出现在地表,献出她的祝福,随即又消失不见。

玛琳娜则是另一类农奴的代表,他们聪明能干,凭借自己的某一方面的能力在庄园里立足,而又因为其性格同奴隶伦理产生冲突而遭受到严苛的惩罚。玛琳娜是薇拉的贴身侍女,伶俐聪明,喜欢结交异性。她遭到丈夫毒打,却以逆来顺受大笑回应,而善良的奶奶和自由主义的赖斯基也无动于衷。原来新世界的自由原则并非人人都有资格享用,被解放的受害者只能是苏菲娅、玛芬卡、薇拉这样的年轻贵族女性,主人与农奴之间的界限不仅不能消失,反而需要加倍巩固——与此正相反的是,赞成废除等级制、解放农奴的伏洛霍夫被描写成了一个用偷苹果来反抗农奴主的可笑的漫画形象。玛琳娜重复着

---

[1] 冈察洛夫,《悬崖》(上册),翁文达译,上海译文出版社,1983 年,第 437—438 页。

自己被毒打的命运，同时又受到来自主人和其他农奴轻蔑的对待，作者借男性贵族主人公之口，对没有财产、没有基本人权和社会保障的农奴女性的不幸命运投以轻蔑的嘲笑，而对造成这种不幸的真实原因又抱持含糊其词的态度。

《悬崖》创造了一种奇特的伦理，生理上的疼痛能够带来快乐和幸福，它所描绘的世界也因而是一个没有穷人和丑陋的世界。在这里，城市有城市的愉快，乡村有乡村的愉快。老爷和夫人们可以愉快地吟诗作画，农奴也有被殴打和被剥削的消遣。每个人（包括农民）仿佛都自得其乐，因为作者和读者都是透过地主的眼睛观看（欣赏）着他们，这一道残酷的审美距离隔绝了真实的苦难，也让我们可以站上一个虚拟的王位，和贵族获得某种共情，他们的纯真和高尚似乎合理化了现实世界里的所有压迫，但是这只是一种想象的幻景。雷蒙·威廉斯的话可以当作对这一想象的有力回击："无论何时，在地位稳固的业主们的身上都不存在纯真，除非我们选择把纯真硬加给他们。在由武力征服、坑蒙拐骗、政治阴谋、宫廷谄媚、敲诈勒索和金钱权力构成的漫长过程中，很少有什么财产所有权能经得起人道主义的调查。"[1]

高尚的地主与快乐的农民，这是冈察洛夫所呈现给我们的乡村田园诗的表层幻象。冈察洛夫企图用奶奶达吉亚娜所遵守的传统道德

---

[1] 雷蒙·威廉斯，《乡村与城市》，韩子满、刘戈、徐珊珊译，商务印书馆，2013年，第71页。

来中和赖斯基、薇拉叛逆的新思想，以使他们不至于滑入虚无主义的深渊，而就小说的结尾来看，她也确实做到了。但是在小说叙事的边缘，在那些只言片语和隐含意义中，传统道德这个词语，它的荒谬和虚伪遭到了比在最激进的后现代思想中都更加彻底的揭露和颠覆。由此让我们看到这一层潜文本同表层的文本之间的鸿沟，后者企图向我们兜售一个新农村的愿景，却欲盖弥彰地在潜文本中现出了原形；它将自身宣扬为新旧道路的交叉和融合，但实际上只是旧世界对新世界的压倒性的教育和征服，而这也注定了它无法成为俄罗斯未来的道路。

亚历山大—奥勃洛莫夫—赖斯基代表了19世纪俄国贵族发展的三个阶段：亚历山大成为彼得堡的上流人士，象征着西方启蒙现代性驯化了俄国本土传统精神；未能从床上爬起来融入城市生活，而老死于乡村空间的奥勃洛莫夫，则是19世纪中期亚历山大二世时期促使俄国资本主义持续发展，农奴制度摇摇欲坠这一时代背景的缩影；赖斯基则代表着贵族地主的觉醒，他从城市的游戏中回归农村，并在传统的道德精神中（自认为）找到了解决俄国社会问题的良方。

冈察洛夫对于俄国现代人——"多余人"和"新人"的考察，是一条与同时代作家相反的思路。普希金的奥涅金、莱蒙托夫的毕巧林和屠格涅夫的罗亭，都是"城里人下乡"，却并没有在田园中找到诗。而冈察洛夫的亚历山大、奥勃洛莫夫和赖斯基，都是"乡下人进城"，也没有在都市中看到真正的现代神话。冈察洛夫为俄国的"多余人"

形象做出的贡献绝不仅仅是提供了"最后一个",而是补充了整整一类。他通过30年间对三代走向都市却都经历幻灭的贵族地主命运的典型化再现,说明了俄国的希望既不能指望宗法制乡村的虚假诗意,也不能依靠被现代化都市曲解了的资本主义,否则从乡村到城市,俄国将遍布各种出身的"多余人"。从彼得到施托尔茨再到杜新,冈察洛夫笔下的"新人"与屠格涅夫和车尔尼雪夫斯基的"新人"相比,也更具有渐进性和多元化特征。最重要的是,他们没有抛弃乡村,而是在经历了官僚主义、实用主义和虚无主义之后,从西化的大都市重新回到了农奴制废除后的乡村。

从《平凡的故事》到《悬崖》,冈察洛夫对于俄国现代性的批判凝结在其对城市和乡村与时俱进的认知中。作为一个贵族、商人、官僚、外交官多重身份融于一身的知识分子,他以高于同时代人的敏锐和客观同时揭开了城市与乡村的美丽面具,呈现了"多余人"与"新人"复杂的现代性体验;通过精心设计的三部小说,冈察洛夫批判了19世纪40年代斯拉夫派与西欧派大论战的长短,兼顾了50年代前后的纯艺术论,甚至展望了60年代萌芽的民粹主义思想。他始终认为,俄国的现代化绝不能将乡村与城市、传统与现代、本土与西方对立起来,进退两难的夹缝才是"奥勃洛莫夫性格"真正的温床。只有将真正的资本主义精神和俄罗斯特有的土地力量充分地结合起来,才是俄国现代化在次生性、外源性的改革前提下所能找到的最佳出路。

第四章

19世纪中后期
托尔斯泰——乡村的终极救赎

  1861年的改革尽管并不彻底,但仍然把俄国推向了资本主义经济发展的快速轨道。一方面是农业经济由于废除农奴制而开始迅速地资本主义化,另一方面是城市化进程和工业革命速度的加快。而俄国思想界对这样的变化却态度复杂。19世纪60年代,以车尔尼雪夫斯基为代表的平民知识分子从城市化和工业革命中看到了未来的乌托邦"水晶宫",并以长篇小说《怎么办?》来详细描绘了理想城市与理想市民的生活蓝图。而陀思妥耶夫斯基却立即在《地下室手记》《群魔》等数部文学作品中直接抨击了"水晶宫"理想,并深化了帝都圣彼得堡的虚幻意象。车尔尼雪夫斯基和陀思妥耶夫斯基的城市叙事代表了大改革之后俄国思想界城市观的两极。

  19世纪70年代开始的民粹运动则极力宣扬俄国乌托邦"村社社会主义"思想。民粹主义者将俄国传统的村社制度和"聚合性"的民族精神与马克思主义关于社会主义的思想结合在一起,认为"由于农民村社(社会主义的基层组织)的建立和村社成员所具有的品质('本能性的革命者''天生的共产党员'),俄罗斯才能直接进入社会主义发展阶段"。[1] 他们主张"到人民中去",实际上是"到农村去"。民粹运动虽然以分裂和走向恐怖主义极端而衰落,但其对俄国农民和农村经济真实状况的文学化反映则成为19世纪后半期俄国文学中最重要最典型的乡村书写。屠格涅夫的长篇小说《处女地》(1877)、乌斯宾斯基的系列特写《农村日记》(1877—1880)、《农民与农民的劳动》(1880)、《土地的威力》(1882)等,是其中最具代表性的文学作品。它们"如实地反映了民粹主义者对宗法制农村现状、农民反对资本主义倾向的美化"[2],和民粹运动各个阶段的发展状况。

在上述观念纠缠的19世纪60—70年代,托尔斯泰步入了自己的文学创作高峰期。与此同时,他的城乡观念也在作品中有了明确而充分的表达。与前述同时期作家各自倾向于城市或乡村的书写相比,托尔斯泰的城市与乡村书写并重,二者以互为"镜像"的方式呈现在作品中,并充分表达了作者对彼时俄国现代性问题的思考和批判。

---

[1] Т. С. 格奥尔吉耶娃,《俄罗斯文化史——历史与现代》,焦东建、董茉莉译,商务印书馆,2006年,第428页。
[2] Т. С. 格奥尔吉耶娃,《俄罗斯文化史——历史与现代》,焦东建、董茉莉译,商务印书馆,2006年,第431页。

与众不同的城乡书写视角

> 我的一生不是在城市度过的……
>
> 以前对于我就是陌生而奇怪的城市生活,现在更加使我厌恶,以致我原先当作快乐的奢侈生活的种种乐趣,现在对我来说成了痛苦。
>
> ——托尔斯泰《忏悔录》

大多数作家在文学创作中涉及城市的,都会简繁适度地描写城市的外部空间,尤其是在要透过城市文明来批判现代性的时候。因为城市里的高大建筑、通衢大道、市政广场、火车站、邮局、剧院等,都是国家现代化进程的典型表征。从文学表现的角度来看,似乎只有将城市外部景观与乡村田园风光相对照,才能更加凸显出城市生活的进步、紧张、机械与不确定性等现代性特征。普希金的《青铜骑士》对彼得堡城市文明的虚弱根基发出的疑问;果戈理在《涅瓦大街》中呈现出来的城市街道的光声色影和纸醉金迷;陀思妥耶夫斯基的"地下室人"在街道上的"游荡"和对权力的冲撞等,这样的城市叙事都会在都市外部景观的映照下,来表现小人物在令人"眩晕"的都市空间中如何形成个体存在意识和身份焦虑。但托尔斯泰的城乡书写,却是整个19世纪俄国文学的例外。

凡是涉及城市的叙事,托尔斯泰都将其集中在家庭、办公室、舞会和其他社交场所，现代化的城市外景在托尔斯泰笔下是找不到的。而当视线转向乡村，则有大量的笔墨和激情来描绘美丽的乡村自然景观、散发着各种自然味道的土壤和农作物、土地上耕作的人群……这一特殊的叙事策略以两种方式隐藏在托尔斯泰几乎所有的城乡书写中，鲜为人觉，但却与其对俄国现代化进程的独特思辨紧密相关。我们首先提炼出这两种隐藏的叙事策略，然后以《安娜·卡列尼娜》为例分析托尔斯泰的城乡书写意识与其现代性思辨的关系。

·美学观：城市里没有真正的生活和美

在系统考察了他的所有文学作品后，我们可以发现，若按叙事空间（场景）分类，托尔斯泰一生的文学创作亦可像巴尔扎克对《人间喜剧》的分类法，分为"乡村生活场景""城市生活场景""城乡场景交错""哥萨克生活场景"等。他的短篇小说基本聚焦于单独的乡村场景或城市场景，其中乡村场景中的自然风光、房舍道路、林木耕地、猪圈马厩等外部空间均是托尔斯泰不吝笔墨的描写对象，如《一个地主的早晨》《暴风雪》等。而一旦叙述转向城市，故事就变成了一幕幕"室内剧"：贵族之家、舞会、剧院、办公室、宫廷……那些城市里宽阔的街景、高大的建筑、大桥、广场、纪念碑、雕塑、画廊、大饭店、小酒馆等在奥涅金、科瓦廖夫和拉斯科尔尼科夫们的日常生活中频繁出现的场景却几乎从未成为托尔斯泰的关注点。如自传体三部曲《童年》《少年》《青年》，如《阿尔倍特》《家庭幸福》《舞会之后》等。而上述中短篇小说城乡叙事视角的特点在其三大长篇巨著

《战争与和平》《安娜·卡列尼娜》和《复活》中,并没有因为篇幅的增长而改观,而是以城乡对立的结构更加突出了"城市无景观、乡村全景画"的特点。

唯有三处"看上去"是例外。一处是《哥萨克》的开头:

> 莫斯科万籁俱寂。冬天的街上难得听到辘辘的车声。窗子里已没有灯光,街灯也熄灭了。但教堂里却传出当当的钟声,钟声荡漾在沉睡的城市上空,报道着黎明的降临。街上空荡荡的。[1]

一处出现在《阿尔倍特》的后半部:

> 阿尔倍特在走过小滨海街时绊了一跤。他猛地清醒过来,看到前面有一座雄伟豪华的建筑物,就继续向前走去。天上没有星星,没有曙光,没有月亮,街上也没有路灯,但各种物体却显得清清楚楚。那座矗立在街头的建筑物,窗内灯火通明,但那些灯火却像倒影似的不断晃动。这座建筑物越来越近,越来越清楚地呈现在阿尔倍特面前。但他一走进宽阔的大门,里面的灯火就熄灭了。[2]

---

[1] 托尔斯泰,《哥萨克》,草婴译,现代出版社,2012年,第157页。
[2] 托尔斯泰,《阿尔倍特》,草婴译,收入《哥萨克》,现代出版社,2012年,第53页。

第三处是《安娜·卡列尼娜》的结尾：

> 天色晴朗。一上午都下着蒙蒙细雨，这会儿刚刚放晴。铁皮屋顶，人行道上的石板，马路上的鹅卵石，车子上的轮子、皮件、黄铜、白铁，——都在五月的太阳下闪闪发光。现在是下午三点钟，街上最热闹的时候。
>
> 两匹灰色马快步疾驰，柔软的弹簧微微颤动着，车厢里很安静，车轮辚辚，窗外清新的空气中一个个景象在迅速地变换，……"事务所和仓库。牙医。对，我要把一切都说给朵丽听。……菲力波夫，白面包。人家说这家店铺把发面团子往彼得堡运呢。莫斯科的水真好。"[1]

而这三处"例外"却与无数的"不例外"有着一致的价值观：城市里没有真正的生活；城市美学是虚假的、人工的美学。我们看到，这三处例外都有一个共同点：它们都出现在主人公要告别现有生活的时候。《哥萨克》中的青年贵族奥列宁厌倦了城市生活，打算离开莫斯科去哥萨克服役，他的目的是："等他离开莫斯科，就将开始一种崭新的生活——过这种生活不会再犯错误，不会再有悔恨，只会有幸福。"[2]《阿尔倍特》中酗酒成性的天才小提琴家阿尔倍特酒瘾发作，

---

[1] 托尔斯泰，《安娜·卡列尼娜》，智量译，译林出版社，2011年，第773页。
[2] 托尔斯泰，《哥萨克》，草婴译，现代出版社，2012年，第163页。

遭到上流社会的集体唾弃。冬季的夜晚，无家可归的阿尔倍特唯一一次注意到了街景，却是他醉死前的幻觉："'瞧你醉成什么样子！你走不到家了。'十字路口有个岗警叫道。"[1]《安娜·卡列尼娜》更是如此，她的视野中只有虚伪的家庭生活和幻灭的爱情，她从未注意过大街上的景观，直到她决定放弃生活，在摆脱生命的路上，才看到了城市的外部空间。然而这外部空间在安娜的眼中，却是所有谎言的浓缩。她的喃喃自语，也像是托尔斯泰为自己的城市观做了总结：

> 这些街道我完全不认识。一座座山似的，全是房子呀，房子……这些房子里全住着人啊，人……有多少人啊，没完没了的人，他们全都在互相仇恨。……为什么他们要说话，为什么他们要笑？一切都是虚假的，一切都是谎言，一切都是欺骗，一切都是罪恶……[2]

由此看来，托翁这三处"例外"的城市景观倒像是为其他被遮蔽掉的景观做了一个解释：城市里没有真正的生活，它充满了假象和造作，正如其建造方式一样，以人工背离了自然。外部景观只值得主人公将要远离它时最后看一眼。对于自己如此迥异的城乡叙事视角，托尔斯泰并没有专门解释过，但我们可以在其前期作品中寻找到蛛丝马

---

[1] 托尔斯泰，《阿尔倍特》，草婴译，收入《哥萨克》，现代出版社，2012年，第54页。
[2] 托尔斯泰，《安娜·卡列尼娜》，智量译，译林出版社，2011年，第780、783页。

迹，比如《卢塞恩》，这篇以抨击资本主义文明著称的故事。

短篇小说《卢塞恩》的副标题是"聂赫留朵夫公爵日记摘录"，可见托尔斯泰有意让此文成为以聂赫留朵夫为主人公的自传体系列之一，其中所见所思自然可以帮助我们理解作者思想。聂赫留朵夫公爵去瑞士小城卢塞恩旅行，自然景观和城市景观在他的眼中围绕着"本地最好的旅馆——瑞士旅馆"展开。起初，他惊叹于"湖光、山色和天宇的美"，但当他看到了旅馆楼下的湖滨街时，感觉立刻反转了：

> 可是这儿，在我的窗前，在这浑然天成的自然美景中，却俗不可耐地横着一条笔直的湖滨街、用支柱撑着的菩提树和漆成绿色的长凳。这些粗劣俗气的人工产物，不仅不像远处别墅和倾圮的古堡那样融合在和谐统一的美景中，而且粗暴地将它破坏了。我的视线老是不由自主地同那条直得可怕的湖滨街相撞，我真想把它推开，毁掉，就像抹掉眼睛下面鼻子上的黑斑那样；可是英国人散步的那条湖滨街始终留在原地。我不得不另找一个看不见它的视角。[1]

以现代人的观点看来，湖光山色围绕着的小城里，有一条掩映在菩提树中的湖滨街，街边有供人休息的长凳，应该是一幅静谧的美景。即使街道是"笔直的"，菩提树"用支柱撑着"，长凳"漆成绿色"，

---

[1] 托尔斯泰，《卢塞恩》，草婴译，收入《哥萨克》，现代出版社，2012年，第4页。

也应该不算是多么"俗不可耐"和"粗劣俗气"。相反,这恰恰是现代城市的景观设计理念:自然与人工融为一体,让人们同时体会城市生活的便利与美。可我们的聂赫留朵夫公爵却认为远处的别墅与倾圮的古堡才能与自然美景和谐统一,直得可怕的林荫道和油漆长凳是对大自然"粗暴的破坏"。

罗札诺夫(В. В. Розонов)在比较托尔斯泰与陀思妥耶夫斯基的艺术观时,就注意到:"托尔斯泰实质上有自己的艺术理论,他就以这种理论与所有其他的理论斗争,这一理论也推动他走向斗争。这种理论确信,没有什么东西比事物的本来面目更好的了……"[1]也就是说,托尔斯泰喜欢一切天然的东西,讨厌绝大部分人工、矫饰的东西,尤其是在艺术视野中。因此,作为托尔斯泰"第二自我"(alter ego)[2]的聂赫留朵夫公爵对城市林荫道的否定等于在告诉读者:城市里的大路、高楼、运河、雕塑,都像这条笔直的滨河街一样,成为"虚假和讨厌的臆造",别人眼中不那么坏的城市景观工程,其实只是低俗的人工产物,不应该成为艺术作品描绘的对象。这些"艺术的黑点激怒了托尔斯泰"[3],于是,在《卢塞恩》之后的城市书写中,他果然把以湖滨街为代表的城市人工景观"推开、毁掉",从作品中抹掉了

---

[1] 罗札诺夫,《陀思妥耶夫斯基启示录——罗札诺夫文选》,田全金译,华东师范大学出版社,2013年,第87页。
[2] 罗札诺夫,《陀思妥耶夫斯基启示录——罗札诺夫文选》,田全金译,华东师范大学出版社,2013年,第156页。
[3] 罗札诺夫,《陀思妥耶夫斯基启示录——罗札诺夫文选》,田全金译,华东师范大学出版社,2013年,第89页。

这些"眼睛下面鼻子上的黑斑"。他果然另找了一个"看不见它的视角":城市无景观、乡村全景画。

托尔斯泰早期中短篇作品中对资本主义文明和现代"理性化美学"的批判,均在其中后期长篇小说中得到了综合的反思。对此,文学史家米尔斯基早就发现了端倪:"后期托尔斯泰创作中许多貌似全新、令人震惊的东西其实已隐含于其早期作品。自一开始,我们便能在他那里看到对生活之理性意义的追寻,对健全思维和个人理智之力量的信赖,对现代文明及其'人为'备增的需求之轻蔑,对国家和社会所有功能和规约的深刻鄙视,对各种约定俗成观点、各种科学和文学'完美形式'的毫不理会,以及显而易见的教谕倾向。但是,这些互不关联地散见于其早期作品的成分,在他思想转向之后却融汇成一种内涵明确、一以贯之的学说,它渗透进每个细节。"[1]

城市景观,无疑是"'人为'备增的需求",是建筑、交通、电力等科学的"完美形式"之展现,而这些要素在托尔斯泰看来恰恰是背离了自然本来面目的虚假产物。于是他选择了"轻蔑""鄙视"和"毫不理会"。

> 对于托尔斯泰来说,首都大"光明"的精神,也是——黑暗的精神,"黑暗的势力"。在他全部作品里,只有俄罗斯农村、土地,只有肉体和俄罗斯黑暗的、自发存在的灵魂。但是,作

---

[1] 米尔斯基,《俄国文学史》下卷,刘文飞译,人民出版社,2013年,第4—5页。

为光明威力，作为新文化和民族意识的精神，对于彼得堡背后的未来俄罗斯城市——尚未展现的俄罗斯的面容和头部的寻求，在托尔斯泰那里全付阙如。[1]

梅列日科夫斯基对托尔斯泰城市观、美学观和民族观的总结，有助于我们从哲学的深度中理解托尔斯泰的现代性思辨。

·固定隐含结构：从负面城市形象开始，以正面乡村生活结束

尽管托尔斯泰刻意遮蔽了城市景观，但对城市生活的着墨却毫不减弱。甚至，作为比较和批判的对象，城市总是其作品中首先亮相的空间，混乱的生活和虚假的人际关系裹挟其中，似乎唯有如此才更便于以宁静的乡村生活结束他那史诗般的故事：《战争与和平》中，以宫廷女官安娜·巴甫洛夫娜的盛大舞会和别祖霍夫公爵去世两个大场景开头，故事所有主人公悉数登场，热闹非凡却各怀心事。《安娜·卡列尼娜》中，以"一切都乱了"的奥博隆斯基家开场，呈现了充满冷漠和欺骗的城市婚姻家庭状况："所有家庭成员和上下老小都觉得，他们大家生活在一起已经毫无意义，每家客店里偶然相聚的人们，也比他们，奥博隆斯基的家庭成员和一家老小更加亲密无间。"[2]《复活》的开场则成为托尔斯泰城市观的著名总结：

---

[1] 梅列日科夫斯基，《托尔斯泰与陀思妥耶夫斯基》，杨德友译，华夏出版社，2016年，第261页。
[2] 托尔斯泰，《安娜·卡列尼娜》，智量译，译林出版社，2011年，第3页。

尽管好几十万人聚居在一小块地方,竭力把土地糟蹋得面目全非,尽管他们肆意把石头砸进地里,不让花草树木生长,尽管他们除尽刚出土的小草,把煤炭和石油烧得烟雾腾腾,尽管他们滥伐树木,驱逐鸟兽,在城市里,春天毕竟还是春天。阳光和煦,不仅林荫道上,就连石板缝里,到处又都长出了青草。凡是青草没有锄尽的地方,都一片翠绿,生意盎然。……唯独人,唯独成年人,却一直在自欺欺人,折磨自己,也折磨别人。他们认为神圣而重要的,不是这春色迷人的早晨,不是上帝为造福众生所创造的人间的美,那种使万物趋向和平、协调、互爱的美;他们认为神圣而重要的,是他们自己发明的统治别人的种种手段。

就因为这个缘故,省监狱办公室官员认为神圣而重要的,不是飞禽走兽和男女老幼都在享受的春色和欢乐,他们认为神圣而重要的,是昨天接到的那份编号盖印、写明案由的公文。[1]

仅在小说里直言这种观点还不够,托尔斯泰还在论文中加强了这一批评:"如果你仔细推敲一下,'在城里谋生'这几个字包含着某种奇怪的象(像)是玩笑的意思。人们怎么会从农村,从那些有森林,有草地,有庄稼,有牲口的地方,从那些有着大地的全部财富的地方,到这样一个既没有树也没有草,甚至连泥土也没有,而仅仅只

---

[1] 托尔斯泰,《复活》,草婴译,上海译文出版社,1990年,第1—2页。

有石头和灰尘的地方来谋生呢?"[1]

再来看结尾的写法:《战争与和平》的结局,是尼古拉和玛丽、彼埃尔和娜塔莎两个家庭都定居乡间,过上了平静、幸福的家庭生活。《安娜·卡列尼娜》的最后十三章也都是乡村场景。最重要的是,当列文失去人生方向想要自杀的时候,是一位农民告诉他,"他是为灵魂活着的,他记得上帝。"列文豁然开朗,"许多模糊不清但却意义重大的思想好像冲破一扇闸门似的一涌而出,全都冲向一个目标,在他的头脑里回旋,放射出让他耀眼的光芒来"。[2]最终列文回到了庄园,在农事活动和家庭生活中获得了精神的宁静和生活的力量。《复活》的最后,也是聂赫留朵夫在陪伴玛丝洛娃流放的西伯利亚乡村中,才领悟到《圣经》的力量和救赎的希望。

现在我们可以很清晰地看到:故事从混乱的城市生活开始,然后城市的一幕幕室内剧和乡村的一首首田园牧歌交错呈现,最终以和谐的乡村生活结束。这个空间叙事排布策略形成了托尔斯泰三大长篇的基本结构,只是《战争与和平》由于叙述宏大、人物关系复杂、场景极多而导致读者容易忽略首尾的空间策略;《复活》则更倾向于主人公的精神复活历程,不易使人在意人物所处的物理空间;唯有《安娜·卡列尼娜》,两条清晰的并行故事线索,使我们注意到了托尔斯泰对城市和乡村的着意书写。但"城—城乡—乡"这样的隐含结构,

---

[1] 托尔斯泰,《那么我们应该怎么办?》,宋大图译,收入《托尔斯泰文集》(第15卷),人民文学出版社,1989年,第127页。
[2] 托尔斯泰,《安娜·卡列尼娜》,智量译,译林出版社,2011年,第814—815页。

仍需细读方可发觉。

《安娜·卡列尼娜》中的城乡书写策略

《安娜·卡列尼娜》创作于 1873—1877 年间，在托翁的文学创作中具有明显的承上启下的特点。它是"托尔斯泰主义"形成过程中作者本人对国家、人性、政治、经济等与民族命运攸关的问题探索最紧张、思辨最激烈的一部文学作品。作家处于矛盾和过渡中的世界观，清晰地表现在安娜和列文分别在城市和乡村的精神探索中。而这两条思想线，表面上通过"拱形结构"呈现出来，实则隐藏着托尔斯泰对 19 世纪 60 年代俄国城市与乡村的关系和现代性问题的深切思考。通过不断的城市与乡村的空间切换和对立的叙事视点，托尔斯泰的主人公们各自截然不同的现代性体验被充分地刺激和释放出来。

艾亨鲍姆（Борис Эйхенбаум）就认为，"正是因为构思中出现了新的人物列文，因此作家不再满足于在小说中描写爱情，而是加入了早就使他激动而又与年俱增的城乡对立问题"[1]。

中国托尔斯泰研究专家陈燊也注意到了托尔斯泰在《安娜·卡列尼娜》中的城乡对立问题："安娜与列文两个主人公的命运是作家对所探索的城乡对立问题的答案：一个在资本主义文明的渊薮——上流社

---

[1] Лев Толстой, *исследования. Статьи Б. М. Эйхенбаум*, СПб.: Факультет филологии и искусств СПбГУ, 2009, c.648.

会的影响和排挤下趋于毁灭；一个则在残存着宗法制遗风旧习的乡村里，在同淳朴的人民交往和共同劳动中找到'出路'。"[1]但他并未谈及城乡对立问题在托尔斯泰作品中的普遍性，也未涉及《安娜·卡列尼娜》中提出的各种问题均具有典型的过渡性这一特征。因此，研究《安娜·卡列尼娜》中的城市书写，可以最集中地看到托尔斯泰城乡观的总体特征。

众所周知，在《安娜·卡列尼娜》的拱形结构中，安娜和沃伦斯基的爱情悲剧占一半弧度（故事的一条线），列文的精神探索占另一半弧度（故事的另一条线），奥勃朗斯基作为安娜的哥哥和列文的朋友与妻兄，成为连接两条线的枢纽，处于拱顶。然而托尔斯泰对作品结构所做的努力显然不止这些。1878年在给友人的信中，他说：

> 您对《安娜·卡列尼娜》一书的见解，我觉得并不正确。相反，我对我书中的结构极为得意——浑然天成，不露痕迹。这一方面，我下的功夫最多。结构的联系不是建立在情节上，也不在人物的相互关系（结识）上，这是一种内在的联系。……我所指的联系，正是在我看来至关重要的东西，这在书里是存在的，您再看一看就会找到。[2]

---

[1] 陈燊，《〈列夫·托尔斯泰文集〉总序》，《列夫·托尔斯泰文集》（第1卷），人民文学出版社，1987年，第19页。
[2] 托尔斯泰，《列夫·托尔斯泰文集》（第16卷），白春仁译，人民文学出版社，1992年，第158页。

那么，托尔斯泰希望读者找到的这种"至关重要的、内在的联系"是什么呢？我们"再看一看"。

于是发现，在《安娜·卡列尼娜》的人物生活经验中，唯有乡村呈现出来的自然才是值得感受的景观和外部空间。城市生活则只是一场场舞会、宴会、赌局、家庭纠纷和官僚事务；城市空间也只是一个个充满囚禁、虚伪和焦虑的室内空间的组合。在乡村世界中，托尔斯泰笔下人物的触觉、视觉、听觉极为广阔和敏锐，他们像是在竭尽所能地吸收大地赐予的精神养料。为此托翁几乎用尽了各种灿烂的形容词，仿佛大自然的一切都是展现在人眼前的珠宝："在列文的庄园里，经过暴风雨洗礼的白桦树叶闪闪发光""天空呈现珠母般的光泽"……而身处城市中的人物却似乎只拥有困于一室的狭窄视觉、人身上的单一味道和干巴巴的人声。

· **《安娜·卡列尼娜》中的城市书写**

安娜绝大部分时间都生活在城市里，常住彼得堡，偶尔去莫斯科。但与托翁之前和之后的作品一样，城市的现代建筑和先进的交通设施几乎从未成为安娜的关注点。安娜和她周围贵族们的城市生活是由舞会、剧院、往返彼得堡和莫斯科的火车以及冷漠的家庭构成的。

铁路和火车站

托尔斯泰写作《安娜·卡列尼娜》的时候，正值俄国铁路网络开始规划建设。当时的俄国铁路部门,是一个"激动人心的全新环境,这是一片发生着经济与社会巨变的天地,这些变革可以归结为不同的名称,叫做'现代化''工业化'或'资本主义发展'"[1]。19世纪20年代,英国开始了全国性铁路运动。不到10年之后的1834年,俄国境内就首次出现了火车,1837年建成了第一条铁路。[2] 1853年克里米亚战争的惨败激发了沙皇政府建立庞大铁路系统的决心,俄国铁路建设进入飞速发展时期。在俄国追赶西方的道路上,铁路走在了前面,几乎成了俄国工业化、城市化和现代化的典型象征。"在19世纪,除了铁路之外,再没有什么东西能作为现代性更生动、更引人注目的标志了。科学家和政客与资本家们携起手来,推动机车成为'进步'的引擎,作为对一种即将来临之乌托邦的许诺。"[3]

但是,即使在资本主义思想起源和全面发展的国家中,对铁路所代表的理性和进步也并不是全票赞成:"反对者们不把有机自然力的消失视作为商业和运输的顺利发展消除了干扰性的妨碍因素,而是视为人与自然之间沟通性关系的丧失。"[4]

---

[1] 西德尼·哈凯夫,《维特伯爵:俄国现代化之父》,梅俊杰译,远东出版社,2013年,第11页。
[2] 《Первый поезд в России: развитие ж/д транспорта с XIX века до наших дней》,https://vokzal.ru/blog/pervyy-poezd-v-rossii-razvitie-zhd-tran.
[3] 特拉赫滕贝格,《〈铁道之旅:19世纪空间与时间的工业化〉序言》,金毅译,收入希弗尔布施《铁道之旅:19世纪空间与时间的工业化》,上海人民出版社,2018年,第2页。
[4] 希弗尔布施,《铁道之旅:19世纪空间与时间的工业化》,金毅译,上海人民出版社,2018年,第29—30页。

铁路是国家现代化进程的重要表征之一，它的出现大大缩短了城乡之间的地理距离，也缩短了人与人之间的时空差距。"铁路对莫斯科的发展起着关键性的作用。所有的铁路干线都在这座城市交汇，这里是东方和西方、以农业为主的南方和以工业为主的北方地理上的中心。"[1] 托尔斯泰在有关莫斯科的叙事中着力描写了火车站上的故事，显然颇有深意。

俄国第一条铁路就是莫斯科-彼得堡铁路，这也正是安娜从传统的家庭生活出发，奔向自由爱情的那条不归路。在到达莫斯科的站台上，安娜首次亮相：

> 这种生气流露在她的脸上，飘移在她闪亮的眼睛和那几乎不可察觉的、只令她嫣红的嘴唇轻轻一翘的微笑之间。仿佛有一种什么从她身上满溢出来的东西正不由自主地时而在那目光的闪耀中，时而在那微微一笑中显现出来。她有意想把她眼睛中的光芒熄灭掉，然而那光芒却事与愿违地又在她隐隐的笑容中闪露出来。[2]

这"不由自主的""事与愿违的"光芒，恰如托尔斯泰对铁路的认识：现代化的进程无法遏止，即使他并不欢迎。钢铁的道路和飞速

---

[1] 费吉斯，《娜塔莎之舞：俄罗斯文化史》，郭丹杰、曾小楚译，四川人民出版社，2018年，第227页。
[2] 托尔斯泰，《安娜·卡列尼娜》，智量译，译林出版社，2011年，第64页。

的火车显然比土路和马车先进,但在托尔斯泰眼中却失掉了泥土的温度和情感。对于沃伦斯基和"生硬的"莫斯科人来说,安娜的到来就像是一列喷着热气的火车。火车的速度和动力正像是安娜那"无法克制的盎然生气"。她身上"满溢出来的东西",就是自我意识,是现代人的标志。这种现代性既成就了安娜卓然不群的气质,也毁了她的平静生活。被火车轧死的人提醒她:这是个不祥之兆。

> 铁路是新世界的象征:它带来一种全新的生活,同时把旧的生活摧毁。[1]

接下来,安娜在从莫斯科回彼得堡的铁路上觉醒了,松弛的神经绷起来,假寐的眼睛张开来,身体里的欲望蠢蠢欲动。这一切身体的知觉和潜意识的流动最后停留在对火车的感受上:

> 她感到,她的神经,好像一根弦,在一些拧牢的小柱子上愈绷愈紧。她感到,她的眼睛睁得愈来愈大,手指和脚趾都在痉挛地蠕动,身体内有个什么东西在压迫着她的呼吸,而在这晃动着的昏暗之中,一切的形象、一切的声音都变得特别地鲜亮,令她惊异。她不停地一阵阵在怀疑,火车是在向前开呢,

---

[1] 费吉斯,《娜塔莎之舞:俄罗斯文化史》,郭丹杰、曾小楚译,四川人民出版社,2018年,第228页。

还是向后退,还是根本就没有动。

此处对安娜自我意识觉醒的象征性非常明显:昏暗的车厢里一切变得令人惊异地清晰,像是生活的迷雾突然散开。她对火车的怀疑像是对自己的质问:是打算向前走,还是向后退,或是维持一种暧昧的现状?

> 然而接着一切又都含混不清了……这个穿长腰身外套的农民去墙上啃着什么东西了,那位老太太把腿伸得有整个车厢长,弄得到处乌云密布;接着有个东西怕人地轧轧响起来、敲打起来,好像在把什么人碾得粉碎;接着一片红色的火光耀得她睁不开眼,接着一切都被一堵墙给挡住了。安娜觉得,她在往下沉。[1]

安娜此时的意识流与她最后自杀的那一段意识,有着惊人的呼应。红色的火光像是卧轨瞬间喷出的鲜血,伸长了腿的老太太就是充满谣言的保守的上流社会,敲打铁皮的人是死神,她的生活最终被堵死。于是她沉入了铁轨和地狱。

火车站在托尔斯泰的笔下更具有特别的提喻性。在这个站台上发生的事件都具有激烈的转折意味。平静的生活将会在这个站台上发生无法意料的变化,就像是无法预料火车和铁路这种现代交通工具到

---

[1] 托尔斯泰,《安娜·卡列尼娜》,智量译,译林出版社,2011年,第102、103页。

底会把人带向何方一样。安娜第一次见到沃伦斯基,和沃伦斯基最后一次见到安娜,都在火车站上。这里既为安娜提供了情欲觉醒的契机,也成了她将其主动熄灭的现场。甚至,列夫·托尔斯泰本人也在离家出走后最终病逝在一个小火车站里。莫斯科的火车站——这个俄国现代化启动的象征,既成了托尔斯泰建构这部小说的开头和结局,也成了主人公悲剧的起点和终点。沃伦斯基第一次和最后一次见到安娜,正是发生在这座火车站上:

> 于是他竭力去回想他第一次见她时的模样,那天也是在火车站上,那时她的模样是神秘的、含情的,好像她正在寻求着幸福,也正想要把幸福带给另一个人,而不像他所想起的那最后一刻见到她时的模样。[1]

安排安娜与火车站同时出现和消失显然不是巧合,而是托尔斯泰对现代人、现代意识的清晰认识:安娜作为俄国上流社会第一批拥有自我意识的女性代表,为了冲破传统婚姻的牢笼、拥有主动去爱的机会,从这一点上看,她是个典型的现代女性。她也曾得到了幸福,但这幸福转瞬即逝,恰如波德莱尔给现代性下的定义:"过渡、短暂和偶然。"现代意识让她失去了家庭、孩子和社交生活。最后时刻,她似乎意识到了城市生活会最终扼杀她可怜的幸福,急速地收拾行李

---

[1] 托尔斯泰,《安娜·卡列尼娜》,智量译,译林出版社,2011年,第801页。

想要去乡下,却被沃伦斯基借故拖延。这个拖延成了压垮安娜的最后一根稻草,她没能去成乡村,也无法再面对城市,只好走向那个城乡连接点——火车站——去结束了生命。

火车在《复活》中继续充当女主人公爱情破碎的助推器:怀孕的卡秋莎听说聂赫留朵夫会乘火车经过此地,就想去乡村火车站追上他并告知自己怀孕的消息。但无论怎样奔跑,都无法赶上火车的速度,眼睁睁地看着聂赫留朵夫与她擦肩而过:

> 火车加快了速度。卡秋莎加快脚步紧紧跟着,可是火车越开越快,就在窗子被打开的当儿,一名列车员一把将她推开,自己跳进了车厢。卡秋莎落在后面了,可是她还一个劲儿地在湿漉漉的站台木板上跑着;后来站台到头了,她好不容易支撑着没有摔倒,从台阶上跑到泥土地上。她还在跑,但是头等车厢已经远远跑到前面去了。在她身旁奔跑的已经是一节一节的二等车厢,然后一节节三等车厢以更大的速度从她身旁驰过,可她还是在跑着。等到尾部带灯的最后一节车厢驰过,她已经跑过了水塔,这里已经无遮无拦,狂风朝她扑来,撕扯着她头上的头巾,吹得衣服下摆从一面紧紧裹住她的双腿。头巾被风吹掉了,可是她还一个劲儿地在跑。[1]

……

---

[1] 托尔斯泰,《复活》,力冈译,译林出版社,2013年,第131页。

"铁路消灭了旧有的空间与时间的观念……传统的空间—时间连续体,是旧式运输技术的特点,在人们的体验中它正在被消灭。"[1]托尔斯泰一定是感受到了这一点,才让聂赫留朵夫坐上了火车。如果他悠然自得地乘着传统贵族旅行用的四轮轿式马车,卡秋莎就可能追上他。当良心未泯的聂赫留朵夫得知她怀孕的消息,也许所有的后续故事都要被颠覆了,托尔斯泰就无法继续"忏悔贵族"的复活之旅。

安娜和卡秋莎的悲剧都跟火车脱不开干系,但时代的变化已然显现。19世纪70年代的安娜们,看到火车迎面而来,那个时代的城市贵族感觉自己是迎头撞上飞速发展的工业化和现代化;而19世纪90年代的卡秋莎们,就已经追不上火车的速度了。乡下底层人眼睁睁看着不属于他们的进步擦身飞过。

两代女性面对相似悲剧也都想过"卧轨自杀"。安娜这样做了,卡秋莎也这样想过:"再有火车开过来,往轮子底下一趴,就完了。"这时卡秋莎心里这样想着……[2]贵族的生命力和农民的生命力在时代悲剧到来的时候,显示出了巨大的差异:两个未成年子女都未能拦住贵族安娜奔向铁轨,而一次胎动就让农民卡秋莎放弃了自杀的念头。

传统的婚姻、稳定的家庭和社会关系,都因为安娜的现代意识而崩溃,正如铁路破坏了俄国封闭的宁静生活和传统的贸易方式一样。

---

[1] 希弗尔布施,《铁道之旅:19世纪空间与时间的工业化》,金毅译,上海人民出版社,2018年,第60页。
[2] 托尔斯泰,《复活》,力冈译,译林出版社,2013年,第131页。

马克思在《共产党宣言》里说，资产阶级时代里，"一切固定的僵化的关系以及与之相适应的素被尊崇的观念和见解都被消除了，一切新形成的关系等不到固定下来就陈旧了。一切等级的和固定的东西都烟消云散了，一切神圣的东西都被亵渎了。人们终于不得不用冷静的眼光来看他们的生活地位、他们的相互关系。"[1]这几乎是托尔斯泰想要通过安娜表达的一切。

舞　会

"舞会"是托尔斯泰城市叙事中最典型的社交空间。它是上流社会的名利场，耀眼的灯光与标准的社交礼仪之下，隐藏着无数的秘密，涌动着稠密的欲望，经营着各种肮脏的交易。在优美的音乐和高雅的舞姿中，我们却只能看到虚假的情感表演。

"才迈出第一步，音乐就突然停止了。吉蒂望着他的脸，这张脸当时离她是那么近。很久以后，过了许多年，她当时望着他的那种充满爱情的目光，那个没有得到他反应的目光，仍在作为一种痛苦的耻辱切割着她的心。"吉蒂迈向爱情的第一步，就在舞会中受挫了。托尔斯泰通过吉蒂的感受，暗示了安娜爱上沃伦斯基的悲剧性。舞会上的相遇和传情，只是上流社会的情欲交易而已。舞会成为吉蒂成长的第一课，"在吉蒂的心灵中，整个舞会，整个世界全都罩上了一层迷

---

[1] 马克思·恩格斯，《共产党宣言》，中央编译局译，人民出版社，2014年，第30—31页。

雾。仅仅只是她受过的严格的教育在支撑着她,迫使她去做那些要求她做的事:跳舞,回答问题,谈话,甚至微笑"[1],也是安娜踏入悲剧的第一步。

美国学者乔治·斯坦纳(George Steiner)认为:"在托尔斯泰的词汇中,舞会具有模糊不清的言外之意;它既是展现优美和高雅的场所,又是典型的人为之物的象征。"[2]

在《战争与和平》《安娜·卡列尼娜》的大量舞会场景中,托尔斯泰是通过一层层表象来传达他对舞会的复杂感受的,但却从未挑明舞会的"言外之意"。后期的短篇小说《舞会之后》中,他已经想清楚了舞会背后的黑暗和不平。对这一场景持续不断的关注,使他得以在晚年深入调查和思考城市贫困现象、观察底层工人生活状况与上层贵族奢靡浮华的享乐方式之后,在长篇政论文《那么我们应该怎么办?》中写出了舞会的本质:

> 我生活在工厂的中间。每天早晨五点钟都会听见一声汽笛响,接着是第二声,第三声,第十声,响了又响。这意味着妇女、儿童和老人开始工作了。八点钟鸣第二遍笛,这是半小时的喘气时间。十二点钟鸣第三遍笛,表示可以有一个小时用来吃饭。晚上八点钟鸣第四遍笛,那是放工。

―――――――――――
[1] 托尔斯泰,《安娜·卡列尼娜》,智量译,译林出版社,2011年,第82、83页。
[2] 乔治·斯坦纳,《托尔斯泰或陀思妥耶夫斯基》,严忠志译,浙江大学出版社,2011年,第75页。

巧得很，除一家离我最近的是啤酒厂以外，周围的所有三家工厂都只生产舞会用品。

附近的一家专制丝袜，第二家做绸料，第三家出香水香膏。

……所有这一切，从马具、车辆、树胶轮子、车夫的呢子大袍，直到袜子、皮鞋、鲜花、丝绒、手套和香水——所有这一切都是那些有的醉倒在卧室的铺板上，有的在夜店里和妓女同宿，有的已被发送到监狱去的人制作出来的。这些赴舞会的人从他们身边驶过，穿的全都是他们的东西，用的也全都是他们的东西，脑子里却不曾想到在他们去参加的舞会和这些正被他们的车夫严厉呵斥的醉汉之间会有什么联系。

这些怀着极其平静的心情，深信自己一点坏事也没有做而是去做一件大好事的人，在舞会上娱乐。他们在娱乐！从夜晚十一点一直娱乐到早晨六点，在最沉寂的黑夜里娱乐，虽然就在同时，那些饥肠辘辘的人正躺在一个个夜店里，有的人正像洗衣女工那样濒于死亡。

这些人的乐趣就在于妇人和少女一个个袒胸露乳，衬起腰垫，把自己弄得不成体统，一个没变坏的少女或妇人无论为了世上什么东西都不愿以这副样子出现在男子面前。就是在这样一种半裸体的状态里，挺着袒露的胸脯，裸到肩膀的手臂，衬着虚假的腰垫，显示着紧包的大腿，在通明雪亮的灯火之下，这些素以知耻为第一美德的妇人和少女就这样出现在许多陌生男子的中间，而那些同样不得体地穿着紧身衣的男子就在令人昏醉的乐曲伴奏下和她们搂在一起转圈。那些经常裸露得像少女一样的老妇也坐着观看，边看边吃些美味可口的食品和饮料。老头们同样如此。……他们用这种娱乐毁掉成千上万人的折磨人的劳动，这不但不是欺负任何人，而且正好是用这娱乐养活穷人。

舞会上也许很快乐。但这快乐是怎么产生的呢？[1]

在道德和经济学这双重层面上，我们看到了托尔斯泰将舞会作为城市堕落生活提喻的秘密：首先，舞会中所有看得见的辉煌，都来自工人的劳动，工人则由虽被解放却更加贫困的农民组成，因此舞会的辉煌皮相归根结底来自对农民的压榨。其次，这种只有上等人才能享受的娱乐，其实是建立在层出不穷的对下层人民的奴役和剥削之上的。而这些上等人自以为拥有的教养和慈悲，其实比穷人的醉酒和嫖妓更加无耻和虚伪。

剧场和观剧活动是典型的城市与城市生活，然而在托尔斯泰笔下，这依然是浓缩了城市中虚伪的人际关系和堕落人性的典型空间。娜塔莎在戏剧中忘记了乡村生活和与安德烈的美好爱情，安娜则在剧院中受到了传统贵族的道德审判。

---

[1] 托尔斯泰，《那么我们应该怎么办？》，宋大图译，收入《托尔斯泰文集》（第15卷），人民文学出版社，1989年，第206—209页。

> 包厢里照例是一些太太们，身后坐着一些军官；照例是一些天知道是干什么的五颜六色的女人，和一些穿军服的、穿燕尾服的男人；顶楼上照例是那些肮脏的人群，……沃伦斯基还没看见安娜，他故意不朝她那边看。但是他从人们目光的指向知道她坐在哪里。……他从他所看见的情况中明白了，尤其是从安娜的脸色上明白了这一点。他知道，安娜正拿出自己最后的力量来把自己所扮演的角色支撑到底。而这种外表上若无其事、处之泰然的角色，她扮演得十分成功。剧场里有些人不认识她和她所在的社会圈子，这些人不会听到那些女人们所说的怜悯、愤怒和惊讶的话，说她竟敢在社交界抛头露面，如此明目张胆地炫耀自己的钩花头饰和自己的美貌，凡是这些人，都对她的娴静和美丽赞赏不已，这些人也不会想到，她正体验着的心情，恰像一个人被钉在了耻辱柱上一样。[1]

乔治·斯坦纳也注意到了剧院（场）在托尔斯泰作品中的特殊意义：

> 托尔斯泰在剧场的物质结构中看到了一种明显象征，它揭示了城市上层阶级人际关系中的趋炎附势和轻浮雅致的现象。更为激进的是，托尔斯泰发现，在作为戏剧表演的核心部分的

---

[1] 托尔斯泰，《安娜·卡列尼娜》，智量译，译林出版社，2011年，第557—558页。

假装做法中，存在着对人们区分真实与虚假、幻觉与现实的能力的刻意扭曲。

……在他的全部小说中，托尔斯泰的观点非常清楚：戏剧是与道德感知的丧失联系在一起的。在《战争与和平》和《安娜·卡列尼娜》中，剧场作为场景，所起的作用只有一个：展现女主角生活中遇到的道德危机和心理危机。正是在剧场包厢这样的场景里，作者展现了娜塔莎和安娜（与包法利夫人类似）引起纷争的矛盾一面。在托尔斯泰进行的分析中，危险来自这一事实：观众忘记戏剧表演的不自然的人为性质，将自己的生活拱手交给舞台表演形成的虚假情感和华而不实的东西。[1]

"偶合式"的城市人际关系

"偶合"的说法来自陀思妥耶夫斯基，意即家庭成员虽有亲缘关系，却彼此疏离、想法各异，甚至相互仇恨，传统的宗法制下和谐的家庭关系已荡然无存。可见，"偶合"的意义也适用于托尔斯泰笔下的城市人际关系。

作品中一共描写了五组城市家庭关系，却没有一组是幸福的：奥博隆斯基与朵丽家、谢尔巴茨基家（朵丽和吉蒂的娘家）、安

---

[1] 乔治·斯坦纳，《托尔斯泰或陀思妥耶夫斯基》，严忠志译，浙江大学出版社，2011年，第102、103页。

娜和卡列宁家、沃伦斯基和他母亲，以及列文和两位亲哥哥。奥博隆斯基与家庭教师偷情被妻子发觉，这个家"混乱了"；妹妹安娜从彼得堡来莫斯科调解哥哥的家庭纠纷，结果遇到沃伦斯基，二人的私情搅散了自己的家庭；谢尔巴茨基家是典型的俄罗斯老式都市贵族之家，两个女儿的婚姻都以地位和财产作为择偶标准；唯一那位以爱情为目的来求婚的乡村贵族列文则遭到了全家的鄙视和嘲讽，直到小女儿被沃伦斯基抛弃，家人才意识到列文的可贵；沃伦斯基一直鄙视其母的放荡生活，却继承了她自私的生活方式。母子之间无亲情可言，儿子只在乎母亲的财产，母亲只看重儿子的仕途；列文的两位兄长都生活在莫斯科，但彼此很少来往。二哥尼古拉搞民粹活动失败，成了贫困潦倒的酒鬼。大哥谢尔盖是高官，谙熟政治和经济理论，却不理解列文的农业实践活动。三兄弟各自不认同对方的价值观，亲情疏离。

托尔斯泰说："不幸的家庭各有各的不幸。"他用五个城市家庭的例子来说明这"不幸"的各种表现。而那"彼此相似"的"幸福家庭"，他只举了一例：列文与吉蒂定居乡村的婚后生活。《安娜·卡列尼娜》这著名的开篇第一句，一旦与托翁的城乡对立观联系在一起，意思就更加清晰了。

奥博隆斯基和列文是好朋友，却代表了截然相反的价值观。一个是典型的寄生贵族，托尔斯泰借助他的视角尖锐讽刺了城市现代化进程中的赘疣——官僚体制：

> ……在这儿大家都明白,一个人应该为自己活着,有教养的人都应该这样过日子。
>
> 公务吗?公务在这儿也不像在莫斯科那样,要你成天没完没了地苦干,而又前途渺茫;在这儿干公家事也挺有味道。见见面,献点儿殷勤,说句恰当的话,善于对各种人施展点儿不同的手腕,——于是一个人便会忽然之间官运亨通……[1]

一个是积极进行土地变革的庄园贵族列文,只要来到莫斯科,就充满茫然和焦虑:他追求吉蒂而不得、他与两个哥哥的互不理解、他和吉蒂婚后在莫斯科的财务危机、他与斯捷潘永远无法达成的生活共识……而当他回到乡下,所有的行动趋向平和而稳定:

> 在乡下,她爱他那种安静的、亲切的、殷勤好客的气派。但是在城里,他却老是好像心神不定,有所戒备,生怕别有谁会来欺负他,特别是欺负她。在那边,在乡下,他显然是如鱼得水一般,从来不必匆忙,也从来没有空闲。在这里,在城里,他成天慌慌张张,唯恐错过了什么,而又成天无事可做。她觉得他真可怜。……她看见,城里的他不是真正的他……[2]

---

[1] 托尔斯泰,《安娜·卡列尼娜》,智量译,译林出版社,2011年,第744页。
[2] 托尔斯泰,《安娜·卡列尼娜》,智量译,译林出版社,2011年,第685、686页。

托尔斯泰直接剥去了都市现代化发展的华丽外衣，让读者看到了无效率的公务、无爱情的婚姻、无诚意的社交和无灵魂的躯壳。从家庭到社交，城市生活充满了疏离而虚伪的"偶合性"。人性并没有随着西式启蒙教育和城市化进程的加快而更加高尚，宽阔的道路和辉煌的灯火也没有让灵魂更加敞亮。只有乡村存在着"真正的、自然的生活"。

· **《安娜·卡列尼娜》中的乡村书写**

雷蒙·威廉斯在《乡村与城市》中指出，19世纪后半期的英国乡土小说有一个最大的弱点："作为一种防御性反射，它们排斥了除自己地域之外的一切，不仅排斥了其他地方，而且也把其内部十分活跃的深层的社会和人性力量排除在外。"[1]也就是说，为了反击城市文明对传统和人性的戕害，英国乡土小说在本国资本主义文明发展到盛期的时候，成了一则刻意生成的寓言，这寓言里有着城市里所没有的平衡的生态、淳朴的人性和传统的习俗。

这种特征也出现在19世纪早期乃至中期的俄罗斯文学的乡村书写中。尽管此时的俄国资本主义发展刚刚起步、趔趄虚弱，但城市化的速度之快、人心变化之巨，即便是反对农奴制的进步贵族和精英知识分子也感到不安。他们在关于乡村的叙事中表达了对宗法制田园生

---

[1] 雷蒙·威廉斯，《乡村与城市》，韩子满、刘戈、徐珊珊译，商务印书馆，2013年，第347页。

活的怀念和诗意化的赞美，忽略了落后的社会制度和悲惨的农奴生活。果戈理的"乌克兰乡村小说"和屠格涅夫的《猎人笔记》便具有此类明显倾向。

在托尔斯泰的早期乡村叙事中，上述特点也是存在的，比如他的自传体三部曲。但从《一个地主的早晨》开始，威廉斯所说的这种弱点就很快消失了。尽管他将所有的正面形象和积极的力量都放在了乡村，但他依然尽力保持了客观和公正。我们在他的乡村叙事中能够看到最真实的俄国19世纪乡村，它的美、它的丑、它的生命力与它的危机。托尔斯泰笔下的乡村是最真切的体验与经验，而不是想象、不是幻觉、不是怀旧，也不是美梦。他既不会为了突出城市的丑恶而刻意遮蔽乡村中的缺陷，也不会为强调田园的淳朴和诗意而忽略它的落后和愚昧。恰恰相反，越是回到乡村叙事，托尔斯泰对"深层的社会和人性力量"的反思与理解越深刻。而且他从未将自己生活的那一小块土地与世隔绝起来，而是将其作为乌托邦一般的理想，期待他的种种努力与实验都能从私人经验变成公共经验。

这种最真切的体验和尽力客观的乡村叙事，托尔斯泰主要是通过贵族对乡村和农业的态度以及乡村贵族的自我认知这两方面的分裂感表现出来的。

《安娜·卡列尼娜》的开篇，列文进城，与奥博隆斯基一起用餐，但他处处感到局促，像是什么东西扼住了他的喉咙："在这家饭店里，在这些带上太太们来用餐的小房间里，在熙攘嘈杂中，他感到不舒服和难受,这种青铜、玻璃镜子、煤气灯、鞑靼人所构成的环境,事事都让他厌烦。他生怕正充满他心灵的东西会受到玷污。"

这"正充满他心灵的东西"是他对吉蒂的爱情。在他看来,爱情是神圣纯洁的,而城市里的熙攘嘈杂、充裕俗气的物质生活是对爱情的玷污。这也暗示了托尔斯泰的价值观:与现代喧嚣城市相对的传统宁静乡村,才会珍惜纯粹的感情。

接下来他和奥博隆斯基就城里人和乡下人开始了小小的争论:

"你试着设身处地站在一个乡下人的观点上想一想,我们在乡下,要尽量让自己的一双手方便干活;所以我们剪掉手指甲,有时候还卷起袖子来。而在这里,人们故意留指甲,留得愈长愈好,还缝上碟子那么大的纽扣,就是要让两只手什么也不能干。"

……"喏,当然是这样,"斯捷潘·阿尔卡季伊奇接着说,"可是教养之目标恰在于此嘛:就是把一切全都变为人的享受。"

"喏,如果目标在于此,那我宁愿做个野蛮人。"[1]

很显然,托尔斯泰在这开篇的小争论中,就明确了他的城乡观念:城里(现代的)人分明在宫廷、机关、法院上班,但都是不劳而获,没有创造任何价值。他们所受到的教养,目标仅在于更好地享受。而

---

[1] 托尔斯泰,《安娜·卡列尼娜》,智量译,译林出版社,2011年,第37页。

乡下（传统的）人虽然被看作没有教养的野蛮人，但用双手劳作，养活所有的俄国人。如果现代化的目标仅仅是把一切都变成人的享受，那宁可回到宗法制的农村去。

在托尔斯泰眼中，乡村代表着大地和它之上的一切生灵——动物与农民——完全融合的情感结构，乡村的律动与大自然的季节变化节奏是完全同步的。在这里，人的生命力旺盛，活动方式规律，休憩充分，一切都同城市里的呆板秩序、人工制定的日常程序形成强烈对比。城市里的上等人呆板却缺乏信仰，乡村的下等人自由而笃信上帝。

> 康斯坦丁·列文清晨离开莫斯科，傍晚前便到了家。一路上在车厢里，他跟邻座们谈政治、谈新修筑的铁路，跟在莫斯科一样，他思路混乱，对自己很不满意，不知为什么觉得有点害臊；然而，当他一路上自己家乡的车站，认出了翻起长外衣领子的独眼马车夫依格纳特，在车站窗子里射出的朦胧灯光下看见自家的铺了毛毯的雪橇、自家的系着尾巴、笼头上饰着铃铛和穗子的那几匹马，当车夫依格纳特一边放行李，一边给他说起村子里的新闻，说包工的人来了，说巴瓦生了小牛的时候，他感到他的思路渐渐清晰起来，那种害臊和对自己的不满也过去了。[1]

---

[1] 托尔斯泰，《安娜·卡列尼娜》，智量译，译林出版社，2011年，第94页。

甚至，尽管乡村资本主义的发展在任何时候都不比城市资本主义发展得更快更充分，尤其在俄罗斯。但认真经营的乡村贵族能够看到每一个戈比的收入和支出，看到每一次努力经营和劳作带来的收获；城里的贵族们却无法看到每天的公务与应酬之后明朗的未来，也弄不清在贪婪和挥霍的背后，自己在资本变化中扮演了怎样的角色。

不过托尔斯泰必须承认，这诗意的乡村意识多多少少来源于他作为进取的、富有的庄园贵族的优越感。很难想象破产的农民会如此描绘自己的乡村生活。米尔斯基早就看出了这一点，他说："对田园风格的追求，自始至终贯穿托尔斯泰的整个创作，这与他那持续不断的道德焦虑构成极端对比。在《战争与和平》之前，这一风格便已弥漫于《童年》；而在他晚年写给比留科夫的自传笔记中，这种田园诗氛围奇异地、令人意外地再度出现。这来源于他与其阶级的同一感，与俄国贵族幸福安逸的日常生活之同一感。"[1]

《安娜·卡列尼娜》也并不例外，但其中的诗意已经发生了变化，托尔斯泰看到了不和谐的地方。

对于托尔斯泰和他笔下的贵族来说，乡村有两种截然不同的意义：有人将它看作逃离城市喧嚣的避难所和世外桃源；有人则视田园与土地为诚意劳作的完美回馈，健康肉体和自由精神的源泉。他在《安娜·卡列尼娜》中以列文和他的哥哥谢尔盖为例写出了这种乡村

---

[1] 米尔斯基，《俄国文学史》(上卷)，刘文飞译，人民出版社，2013年，第356页。

认知差别：

> 对康斯坦丁·列文来说，农村是他生活之所在，也就是他的欢乐、痛苦和劳动之所在；对于谢尔盖·伊凡诺维奇来说，农村一方面是摆脱劳动的休息场所，另一方面，也是一种清除腐败生活影响的有益消毒剂，他很乐意服用它，也承认它的功效。对康斯坦丁·列文来说，农村的好处在于它能够提供劳动的天地，而劳动无疑是有益的事；而对谢尔盖·伊凡诺维奇来说，农村的特殊好处在于那儿可以也应该什么事都不干。[1]

然而列文的哥哥谢尔盖也有他"城里人"的看法："我发现，你有一部分是对的。我们的分歧在于，你把个人利益当作推动力，而我认为，每一个有一定教养的人都应该关心公共的福利。"[2]谢尔盖看到的是有教养的人在社会发展理论方面的关怀，认为庄园贵族做出的实际上的农业实践只是出于个人利益。这一点具有双关意义，既指出了城市知识分子脱离实践空谈理论的问题，也一针见血地点明了列文出于贵族个人的利益进行农业改革的局限性。

列文作为身处农奴改革前后的俄国进步庄园贵族的代表，他的热爱土地、热爱劳动、热爱自然、热爱农民，都是真诚的，然而归根

---

[1] 托尔斯泰，《安娜·卡列尼娜》，智量译，译林出版社，2011年，第245页。
[2] 托尔斯泰，《安娜·卡列尼娜》，智量译，译林出版社，2011年，第265、266页。

结底，这种爱都是受个人利益推动的，是爱自己的产业，爱自己的身体，爱自己的乡村贵族的生活方式。只是当他处于对城市明确的厌恶感和初次求婚失败的沮丧之中时，乡村的静谧与农业劳作的纯粹能够迅速地抚慰他，使他暂时忘却了农业改革中的本质问题：究竟想让哪一类人受益？小说中最典型的事例，是在乡村大路边偶遇吉蒂后，列文对乡村生活的诗意感受、对地主与农民之间存在温情关系的看法立刻发生了转变，他发现自己不可能放弃贵族的身份，也不可能放弃贵族式的家庭生活：

> 回忆起自己要去娶一个乡下女人的幻想，他觉得恶心。只有在这辆滚滚驶去奔向大路另一端的马车里，只有在那里，才有可能解开这段时间以来令他如此苦恼的、他的人生之谜。……
> "不啊，"他自言自语地说，"无论这种生活，这种淳朴的劳动的生活有多么美好，我不可能再回去了。我爱她。"[1]

列文作为托尔斯泰思想史上典型的过渡性人物，他的所思所想，他的城乡观念，也都是托尔斯泰在农奴改革初期极为矛盾、反复变化的表现。与世界观激变之后创作出的《复活》不同，在《安娜·卡列尼娜》中，列文希望俄罗斯在现代化进程中能够保持不变的，并不是传统落后的农业生产方式，而是传统的庄园贵族的生活方式。他对农

---

[1] 托尔斯泰，《安娜·卡列尼娜》，智量译，译林出版社，2011年，第286页。

民的同情和一切关于真善美的思考,都是建立在保留自己的贵族生活与身份的基础之上:

> 他在这种劳动中所体验到的美妙,由此而来的他跟农民的接近,他对他们、对他们的生活所产生的那种羡慕之情,他想要转而去过这种生活的愿望(这种愿望在这天夜晚对他来说已经不是幻想,而是一种真正的意图,他已经仔细考虑过实现这种意图的许多细节),所有这些大大地改变了他对他所经营的农业的看法,让他已经不能在其中发现从前的那种乐趣,不能不看见他跟劳动者之间的那种不愉快的关系了,而这种关系正是整个事情的根本所在。

托尔斯泰清楚地看到了列文的局限性。列文虽然饱读西方的农业著作,甚至还在撰写农业改革的论文,但他依然困惑于地主和农民之间为何存在不可调和的矛盾。在《一个地主的早晨》里聂赫留朵夫回乡改革遇到的困境经过了农奴改革之后还是没有明显的改善,这是为什么?是因为他们仍然没有意识到:正是由于农民没有自己的土地和生产工具,或者还不能通过劳役制得到合理的报酬,所以他们才不会爱惜地主的生产工具,因为他们不能获得合理的利润:

> 他现在清楚地看到,他所经营的农业只是他和这群劳动者之间所进行的一场残酷而顽强的斗争,在这场斗争中,一方面,

他的这方面，总是一心一意要把一切都改造得像十全十美的范例一样好，而在另一个方面呢——则是听天由命，顺其自然。在这场斗争中，他看见，他这方面是极尽其紧张努力之能事，而另一方面则是毫不努力甚至毫无打算，结果是，谁也不能从这份事业中得到好处，那么好的农具，那么好的牲口和土地全都白白地糟蹋了。而最主要的是——不仅花费在这件事情上的精力完全白费了，而且让他如今，当他一旦明白了他的事业的意义时，不得不感觉到，他所为之殚精竭虑的事情是完全不值得的。[1]

德国作家托马斯·曼也正是从列文身上表现出的这种真实性，看到了托尔斯泰的伟大：

> 列文，这部伟大长篇小说的真正主人公是作者多难的道路上辉煌灿烂和摧不毁的里程碑，是一个雕刻家的原初的、熊一般力量的标志性作品，这种力量通过寓于其中的一种良知净化的和对上帝敬畏的酵母催化而得到升华，可同时又被瓦解着，——这个列文就是托尔斯泰，除了他艺术家的身份以外，几乎完全是他本人。他不仅将他外在生活的关键性事实和日期转嫁给这个形象，如他作为农场主的经验，他的爱情和婚姻（完全如自传

---

[1] 托尔斯泰，《安娜·卡列尼娜》，智量译，译林出版社，2011年，第329、330页。

> 一般！）……而且将他的内心生活移植进人物，他的内心痛苦，他关于生活目的和人的使命的思考，使他与城市社会如此疏远的争取善和公理的艰难搏斗，他对文化本身或者那个社会如此指称的东西百思而不得其解的怀疑，这种怀疑使他越来越接近隐遁厌世和虚无主义……[1]

托马斯·曼甚至从托尔斯泰对列文形象的塑造，看出了他的"反社会性"，意指托尔斯泰对俄国社会的批评，批评上流社会的自私、道德良知和思考能力的丧失，批评卫道士们对乡村生活的粉饰。列文的内心充满了矛盾，亦不乏利己主义思想，但他从未停止过对真善美的思考；列文也经历了退让和妥协，但他从未丧失过自我意识。为什么安娜和列文同样具有自我意识，前者自沉铁轨，后者却获得了最终的幸福？因为安娜在爱情的迷雾和城市的舆论压力中，也就是在所谓的"现代社会"中没能保住的自我意识，列文却在传统的乡居生活中坚守住了。托马斯·曼进一步解释道：

> 男主人公完全是与安娜的命运几乎毫无关系的另一个人，他的出场在某种程度上使小说的题材范围发生了转折，它的第一主题几乎退居到第二位：这就是康斯坦丁·列文，这个苦思冥想者，作者自己的形象，正是这个人物通过他的观察和思考，

---

[1] 托马斯·曼，《歌德与托尔斯泰》，朱雁冰译，浙江大学出版社，2013年，第259页。

通过他独具的力量和他对自己批评的良知和执着的坚持，才使这部伟大的社会小说成为一部敌视社会的作品。

……为了成为社会的批评者，人们自己也许必须成为一个社会人；可这个虽然生在俄国上层社会却备受痛苦且性情乖僻的、爱推理的人恰恰做不了社会人。……人们会发现，这个卢梭信徒从根本上将整个城市文明及其一切与之联系在一起的精神和对话的文化活动看成是极其无聊的东西，只有乡居生活才表现出人的尊严，但并非城里人从居高临下的多愁善感的立场认为令人神往的那种乡居生活，而是现实的、严肃的、必须参与体力劳动的乡村生活……，它真正而且理所当然地使人融入自然之中，而来自文明的客人则是出于多愁善感欣赏自然的"美"。[1]

乡村对于托尔斯泰来说，就像是海德格尔眼中的那双农民的鞋。怀着最真实的感情，看到这双农民鞋上的褶皱，鞋底的泥土，久经劳作之后的磨损，这才是最深厚的诗意，才是贴近土地、赞美乡村、融入大自然的最大的诚意。这是一种贯穿终身的现象学体验：唯有在乡村，才能看清每一样事物的本质和运行的过程——劳作、收获、阶级、两性、家庭、生死……现在回到托尔斯泰写给拉钦斯基的那封信中，他说，"您再看一看"，正是想让我们看到：两个分别代表着19世纪

---

[1] 托马斯·曼，《歌德与托尔斯泰》，朱雁冰译，浙江大学出版社，2013年，第264—265页。

60年代的俄国男性和女性、乡村生活与城市生活的贵族,是如何奋力拨开芸芸众生,去追求自己想要的生活的。安娜身边的女人们生活放荡却无人相信爱情;列文身边的男人们花天酒地却都不愿为家庭负责。安娜面对的城市生活是由虚伪麻木的上流社会贵族官僚和贵夫人们组成的。他们享受着国家现代化过程中带来的各种便利,却并不具备现代社会所要求的勤勉、平等和为社会服务的"公共意志"。绝大多数贵族敷衍公务、投机钻营、相互欺骗,空虚无聊;而列文面对的乡村生活是由自然万物的生机、土地耕作的劳碌、健康丰富的食物、生机勃勃的狩猎和淳朴善良的农民组成的。这些元素既构成了永恒的自然美,也意味着落后的生产方式和宗法制的土地关系。

安娜身处的大都市,代表着西方化的上层俄罗斯;列文看到的乡村,代表着东方化的下层俄罗斯。他们都想实现自我意志,想同这个自己又爱又恨的环境搏斗一番。安娜彻底输了,她试图越过世俗婚姻的藩篱,却终未挣脱上流社会的虚伪和麻木,以自杀结束了一场典型的现代城市爱情悲剧,现代化的城市并没有带来真正的理性。列文也并没有赢,他既想进行农业改革,又不愿改变贵族的身份与俄国传统农庄的经营方式,结果既未说服农民,也未说服自己。最终他转向了宗法制的家庭幸福,这是典型的托尔斯泰式的妥协。[1]

原来,读到最后,我们才发现,托尔斯泰所说的那"至关重要的内在联系",是人对爱、对真正的生活的追求。而这追求,在那个时

---

[1]《战争与和平》中的比埃尔和娜塔莎、尼古拉与玛利亚也是回归了这样的"幸福"。

代又伴随着自我意识的觉醒、欲望和激情的迸发、与旧势力的冲突,乃至最终的毁灭或妥协。经历了这种追求的,才是体验了现代性的现代人;这种激烈而矛盾的现代性体验,充分地表现在托尔斯泰以乡村对照的城市书写中。

托尔斯泰写作《安娜·卡列尼娜》期间(1873—1877),正值民粹主义"走到人民中去"运动燎原之时。他并没有明确表达过民粹主义思想对自己的影响,但自己的精神危机却恰在此时产生。他从儿时起对城市和农村那种天然而迥异的态度,从《一个地主的早晨》开始进行的屡败屡战的农奴解放计划和土地改革,从《琉森》开始对资本主义虚伪文明的厌恶,到19世纪70年代的时候,终于积聚到了矛盾的顶点。他把自己时而空虚时而焦虑,在农民与贵族身份之间摇摆不定,生活中的每一项要素都充满矛盾、甚至想要自杀的极端精神状态完全投射在了列文身上。民粹主义运动最终失败了,但其中合理的成分却让托尔斯泰这样倾向于保持俄国传统农业精神的庄园贵族知识分子越来越坚定地将修复传统俄国乡村文明与俄国农民身上的纯粹人性视为祖国复活的希望。

正如刘文飞先生所说:"《安娜·卡列尼娜》不仅是一部文学巨著,同时也是俄国近现代文化崛起过程中一个具有划时代意义的里程碑。我们过去通常是在文学史框架中看待《安娜·卡列尼娜》的,而较少将它置于文化史、思想史和一个民族文化崛起的大背景中去评估其意义,其实,在俄罗斯民族意识和俄罗斯形象的形成过程中,以《安娜·卡列尼娜》等作品为代表的托尔斯泰创作,以及以托尔斯泰为代表的 19 世纪俄国文学,无疑发挥了举足轻重的作用,正是《安娜·卡列尼娜》等俄国小说让整个西方意识到了俄国文学和文化的强大力量。"[1]

托尔斯泰的城乡对立观念与现代性思辨

对于作家来说,时间性(线性)叙事结构更有利于对个体成长的确认;而若以时间为"经",以空间为"纬",尤其当主人公们在时代的变迁中穿行于城市与乡村之间时,我们则能够更清晰更宏观地看到民族国家的现代化进程和个人在其中的自我身份确认。这样的叙事结构和城乡对立意识在 19 世纪的俄国文学中,由果戈理开了先河,但将其完美地运用在长篇小说中的,当属托尔斯泰。

自童年起,城乡对立的观念就已在懵懂的内心萌芽。此后,托尔斯泰终其一生去追问这种观念形成的原因,去反思为什么热爱乡村而厌恶城市。他把这渐进的、矛盾的、日趋成熟的思考以各种方式放在文学作品中。短篇小说基本以城市或乡村的单个空间表达某一种观点,长篇小说的叙事结构则以城市和乡村两个空间的对立,以及人物穿行其间的思想变化呈现出多元而深入的思考。

托尔斯泰有意识地从三个层面来认识和表现其城乡对立观。

---

[1] 刘文飞,《俄国文学的有机构成》,东方出版社,2015 年,第 349 页。

·农村人"种",城里人"收"

城里的人不劳而获,农民却劳而不获。这是托尔斯泰对城乡差别的第一层认识,也是他对俄国资本主义发展的第一印象。他在《那么我们应该怎么办?》里说:

> 我记得成千上万个城里人,有的日子过得不错,有的很穷。我问过他们为什么要来这里,大家无一例外地对我说,他们是从农村到这里来谋生的,说莫斯科人不种也不收,日子却过得很富,莫斯科什么东西都多,因此只要在莫斯科就能得到他们在农村为买粮食、房子、马匹和各种日用品必需有的钱了。可是要知道,只有农村才是一切财富的源泉,只有那里才有真正的财富:庄稼、森林、马匹,等等。究竟为什么要到城里来获取农村有的东西呢?主要的是,为什么要把农村居民需要的东西——面粉、燕麦、牲口从农村运到城里来呢?

这是晚年的托尔斯泰亲自参与莫斯科的城市人口普查时看到的真实状况。这印证了他在文学作品中对城乡经济和价值产生的疑惑:"莫斯科人不种也不收,日子却过得很富""农村才是一切财富的源泉"……然而越来越多的农民却奔向城市,因为他们在农村千辛万苦地种和收并不属于自己:

生产者的财富转到了非生产者的手里,并且聚集在城市里。……农村居民为了满足对他提出的种种要求和摆在他眼前的种种诱惑不得不交出这一切,而他交出自己的财富以后自己却不够用了,因此他必须到他的财富被运往的那个地方去,在那里一方面努力挣回为满足他在农村的第一需要必不可少的金钱,一方面自己也迷恋于城市的种种诱惑,就和别人一起共享聚集在那里的财富。

城市越来越富、农村越来越穷,形成一个巨大的旋涡,将劳而不获的农民从农村吸到城市。结果在城市的官僚和贵族的多重压榨下,他们比在农村时更贫困,只能去当工人、小商贩,甚至成为小偷、乞丐和妓女。在托尔斯泰看来,这不仅是俄国的问题,更是世界性问题:

在俄国各地,并且我认为还不只是在一个俄国,而是在世界各地都发生着同样的情况。乡村生产者的财富转到商人、地主、官吏、工厂主的手中,而获得这些财富的人又希望享用它们。他们只有在城里才能充分享用这些财富。[1]

---

[1] 托尔斯泰,《那么我们应该怎么办?》,宋大图译,收入《托尔斯泰文集》(第15卷),人民文学出版社,1989年,第127—128页。

从资本主义经济学的角度看,城市的富足与发达应该是社会进步的第一表征,城市化程度是国家现代化进程的首要衡量标准;而农村的衰落与农业的凋敝并不是城市发展的后果,而是国家资本主义发展不平衡和农业政策的问题。但托尔斯泰认为,城市的富足和发达建立在剥夺农民的基础上,被剥夺的农民只能进城务工,但又遭到了资本家对工人的压榨,形成了二次贫困,成了城市贫民。城市越来越富、农村越来越穷,而所有的一切都起因于富人们对奢侈享乐的不懈追求:

> 仔细推究了我对之无能为力的城市贫困的性质之后,我看到这种贫困的第一个原因是我夺走了农村居民的必需品并把这一切运到了城里。第二个原因是当我在这里,在城里享用我在农村搜刮来的东西时,我用自己的穷奢极侈诱惑并且腐化了那些为了设法取回他们在农村被夺走的东西而跟着我来到这里的农村居民。[1]

尽管托尔斯泰认为,在"收获"的手段上,贵族和资本家没什么区别,都是未经体力劳动的"不劳而获",城市越富乡村就越穷主要在于这些不劳而获的人的欲望,其实他谈到的"种和收"的经济模型,

---

[1] 托尔斯泰,《那么我们应该怎么办?》,宋大图译,收入《托尔斯泰文集》(第15卷),人民文学出版社,1989年,第132、133页。

正是资本在现代化城市中的聚集方式和城乡居民均被资本重新奴化的过程。托尔斯泰已经看到了现代化进程中资本的城市化和乡村在现代生产中的边缘化,"都市和乡村的二元结构矛盾也越来越激烈,生产与消费之间的有机联系在资本空间的重组中遭到了扭曲,消费的意义不再是传统意义上对需求的满足,而是为了加强新一轮资本的积累"。马克思认为,正是在这一过程中,"人的存在完全隶属于资本,经济的道德取代了人的道德"[1]。我们看到,托尔斯泰将城市和乡村在国家现代化进程中出现的所有问题都归结于人性的堕落,在作品中直接进入对人的形而上的道德判断和价值观重建,似乎忽略了对资本主义经济规律的考察,实际上他的想法与马克思对资本主义的批判思路不谋而合,即从资本主义生产空间批判转移到社会道德空间的批判。

·城市的堕落和乡村的拯救

基于人性堕落导致富人剥削穷人、城市剥削乡村这一认知,托尔斯泰进入了对城乡问题思考的第二个层面。在他看来,城市是道德败坏的沃壤,乡村则是淳朴道德的根基和价值重建的良田。从《战争与和平》到《复活》,尼古拉、列文和聂赫留朵夫分别是经历了1812年俄法战争、1861年农奴制改革和19世纪80年代俄国思想界纷纭动

---

[1] 文吉昌、冉清文,《空间视域下马克思现代性批判的逻辑分析》,载《思想教育研究》2018年第5期,第47—48页。

荡的 19 世纪俄国最典型的三代贵族。而这三代人都没能从城市中受到良好的熏陶。不忠诚的婚姻、利欲熏心的宫廷斗争、奢侈享乐的生活与不作为的官僚机构……这样的城市道德状况居然近一个世纪都没有改观，而乡村生活最终拯救了三代俄国人的灵魂。

《一个地主的早晨》让我们清晰地看到青年托尔斯泰的困惑。他只是本能地感觉到了田园生活的美好和改善农民生活的责任，但年少的懵懂和改革的挫败，让他无法理解俄国的农民本质，无法明确地主的责任，看不到农奴改革的前景。而《战争与和平》里，他开始认识到尼古拉勤勉于农事完全出于个人主义。到了《安娜·卡列尼娜》，进入世界观过渡期的托尔斯泰仍然在农业实践和理论学习中反复思辨而不得其解，列文对地主是应当出于个人主义还是道德公理才进行勤勉劳作、土地改革与改善劳动关系的始终无解，与此相关的论文也没有写成，只能在平静的家庭幸福中找到劳动的意义。直到世界观激变，写完《忏悔录》，他才找到了让自己满意的答案。既然富人的堕落是农民贫困的根源，那么就放弃这种堕落的来源。聂赫留朵夫自愿交出了土地所有权，他的精神就复活了。所以，尼古拉、列文和聂赫留朵夫这三代贵族，他们对农业的认识从纯粹利己主义到在利己主义和道德完善之间徘徊，再到道德自我完善，终于以完整的创作表达了"托尔斯泰主义"形成的曲折历程。

《安娜·卡列尼娜》我们已经分析过，看另外两部：《战争与和平》里的老沃尔康斯基是托尔斯泰心目中美好的乡村贵族典范，他在童山庄园的隐居岁月是"美好生活"的代名词。生长于童山的安德烈和马利亚则是整部作品中道德水准最高、人格最健全的形象。《复活》这最后一部长篇小说中,乡村和城市对人性的影响得到了总结性的呈现。对聂赫留朵夫来说,乡村意味着诚实而有自我牺牲精神、美好的事业、秘密的自然世界、哲学和诗歌以及纯真的爱情;而城市则充满了荒淫放荡、彻底的利己主义、现实的环境、人为的规章制度和赤裸裸的情欲。精神"复活"后的聂赫留朵夫决定彻底放弃城市生活,放弃土地所有权,在西伯利亚乡村的自我流放中清洗兽性,重建道德观:

> "人身上的兽性真是可憎,"他又想道,"不过当这种兽性以赤裸裸的形式出现的时候,你站在精神生活的高度,可以看得清,可以鄙视,所以,不论你招架得住还是招架不住,你还是本来的你;可是,当这种兽性穿起华丽的、诗意的外衣,摆出一副令人景仰的姿态时,你就会对这种兽性奉若神明,就会完全陷入其中,再也分不清好与坏。那才可怕哩。"
>
> 这种事儿现在聂赫留朵夫看得清清楚楚的了,清楚得就像他眼前的皇宫、哨兵、要塞、涅瓦河、木船、市场。[1]

娜塔莎是在乡村长大的,玛丝洛娃也是在乡村长大的。她们身上的那种原始的活力、充沛的生命力、毫不造作的姿态,是城市中的

---

[1] 托尔斯泰,《复活》,力冈译,译林出版社,2013年,第308页。

海伦和米西[1]们完全没有的。彼得堡唯一一个没能藏住自己眼睛里那股原始欲望和生命力的女人，是安娜。这种自然力量既造就了她与众不同的美丽，也彻底摧毁了她。故事隐藏着一条秘密线索：当安娜远离城市的时候，就是她的自我意识、生命力和美表现得最充分的时候，也是她最幸福的时候。但她的悲剧在于：她既不肯放弃都市上流社会的社交生活，又不肯牺牲对爱情的追求。最终，恰是来自都市上流社会的道德审判将她打入了地狱，自然情感与社交依赖这原本背离的二者将她彻底撕毁了。

乔治·斯坦纳说："托尔斯泰使用了意象和暗喻，以便将他最关注的两个层面——农村和城市——的经验联系起来，进行对比。在这一点上，我们触及的可能是他的艺术核心。其原因在于，乡村生活和城市生活之间的区别具有启迪性；对托尔斯泰来说，这是善良与邪恶之间的根本区分，是非自然和不人道的城市生活准则与田园生活的黄金时代之间的区分。这种基本的二元论是托尔斯泰在小说中形成双重或三重结构的动机之一，并且最终在托尔斯泰的伦理体系中得以定型。"[2]

可见，我们前面总结的三大长篇中固定的隐含结构：故事从城市开始，以乡村结束，就是在影射俄国的问题——从城市的堕落开始，希望在乡村得到救赎。这是托尔斯泰对俄国现代化问题的终极思

---

[1] 米西小姐，聂赫留朵夫公爵在城里的情人，贵族。
[2] 乔治·斯坦纳，《托尔斯泰或陀思妥耶夫斯基》，严忠志译，浙江大学出版社，2011年，第74页。

考：俄罗斯民族应该以何种姿态加入到世界的现代化洪流中去？是以其与西欧无异的城市化建设，还是以保留在乡村的村社制度和东正教信仰来重建的民族自信心？显然他给出的答案是后者。

·从卢梭主义到民粹主义

德国著名现代作家托马斯·曼曾说："托尔斯泰的理性宗教与十八世纪的自然神论，比与占据整个十九世纪的陀思妥耶夫斯基神秘主义的无限诚笃的宗教信仰有更多关联。他的道德主义本质上基于一种瓦解性的、消除一切人性的和神性的惯例的理智力量，它更接近于十八世纪的社会批判，而与陀思妥耶夫斯基的深之又深而又更具宗教激情的道德家本质相去较远。他的乌托邦倾向，他对文明的憎恨，他对乡居田园生活，对心灵牧歌般宁静的偏爱——一种高尚的偏爱、一个贵族主人的偏爱——同样可被认为属于十八世纪，即法国的十八世纪。"[1]

"卢梭主义"是托尔斯泰精神架构中的一个重要元素或形成原因，他曾明确承认："我读过卢梭的全部著作，……我对他绝不单单怀有激情，我崇敬他。我对他的几段话非常熟悉，我觉得好像都是我自己写的。"[2] 托马斯·曼将托尔斯泰的自然观与卢梭倡导的18世纪自然神论联系在一起："……对他而言，人化就意味着去自然化，从此，他一生的斗争便是经受与自然的分离，与一切自然的，尤其对于他是

---

[1] 托马斯·曼，《歌德与托尔斯泰》，朱雁冰译，浙江大学出版社，2013年，第19页。
[2] 托马斯·曼，《歌德与托尔斯泰》，朱雁冰译，浙江大学出版社，2013年，第20页。

自然的东西的分离……"[1]以赛亚·伯林也说:"近代作家中,他(托尔斯泰)最喜爱、最佩服的是卢梭的看法。如同卢梭,他排斥原罪之说,相信人生而纯洁,只是被自己的恶劣建制所毁——其中为害尤烈者,即文明人所谓教育。"[2]

人化、去自然化,文明化,就是人变成现代人、乡下人变成城里人的过程,亦是乡村的凋敝和城市现代化的过程。现代化过程中国家对资本积累的追求使得个人对权利和财富的追求成为新的价值导向,而"个人权利的启蒙却无法提供政治共同体所必需的社会德性"[3],于是卢梭追问:"当可以不惜任何代价只求发财致富的时候,德性又会变成什么样子呢?"[4]这个问题迫使他"打算从重建启蒙与道德的关系上寻找突破口。……正是在这一点上,卢梭对现代性发起了第一次攻击"[5]。与卢梭的疑问和意图高度一致的托尔斯泰,便试图从回归自然和乡村来恢复启蒙的本意,重建个人道德与社会德性。他对现代性的攻击并没有回避原初的启蒙精神,而是面对绝对理性化的启蒙后果,以反启蒙的姿态从卢梭主义直接走向了民粹主义。

---

[1] 托马斯·曼,《歌德与托尔斯泰》,朱雁冰译,浙江大学出版社,2013年,第39页。
[2] 伯林,《托尔斯泰与启蒙》,彭淮栋译,收入伯林《俄国思想家》,译林出版社,2001年,第285页。
[3] 王江涛,《现代性的困境与卢梭的意图》,载《中南大学学报》(社会科学版)2019年第1期(vol.25),第156页。
[4] 卢梭,《论科学与艺术》,何兆武译,世纪出版集团,2007年,第43页。
[5] 王江涛,《现代性的困境与卢梭的意图》,载《中南大学学报》(社会科学版)2019年第1期(vol.25),第156页。

1848年欧洲革命的失败使"西欧派"核心人物赫尔岑告别了"西化"梦想,将俄国希望转到了传统的村社制度上。他分析了俄国村社的优越性:每个社员都有土地,土地属于社会,村社内部自治,并相信"俄国农民公社已经寓有一个公道且平等的社会",在此基石上建成的自治联盟才是真正具有俄国社会"最深的道德本能与传统价值"[1]的自由民主的社会制度。赫尔岑的思想影响了两代俄国知识分子,1861年农奴制改革之后,遍布全俄的民粹主义运动开始。民粹主义者既反对斯拉夫派以维持沙皇专制统治为前提的保守化改良方案,亦看清了启蒙运动一个世纪之后西欧资本主义工业化暴露出的种种弊端,他们"认为俄国经济制度具有独特性,特别是认为农民及其村社、劳动组合等有独特性。……农民村社被看作比资本主义更高更好的东西"[2]。俄国民粹主义寻求的是一条超越斯拉夫派和西欧派主张的,将民主主义与社会主义结合的道路,"而这条社会主义道路的现实基础和可行性则必须在俄国社会内部中寻找,从俄国的特殊性中寻找,其答案就是尚未瓦解的农民村社"[3]。民粹主义的思路与托尔斯泰的城乡观念不谋而合,他终于意识到俄国村社制度才是真正可以安放自己信仰的"宗教",在给表弟的信中他说,"这就是我生命的全部,

---

[1] 伯林,《俄国民粹主义》,彭淮栋译,收入伯林《俄国思想家》,译林出版社,2001年,第252—253页。

[2] 列宁,《列宁选集》(第1卷),中共中央马克思恩格斯列宁斯大林著作编译局编译,人民出版社,1972年,第136页。

[3] 刘北成,《俄国民粹派和民粹主义的再评价》,载《战略与管理》1994年第5期,第22页。

这就是我的修道院,是我能逃离焦虑,远离生命中的疑虑和诱惑,寻求平安的庇护所"[1]。

托尔斯泰对西方启蒙思想和本土民粹运动的认识,绝不是出于个人体验和私人价值观,而是经过了对基督教神学,黑格尔、康德、叔本华等人的哲学以及当时流行的西欧社会学、经济学著作的认真研究,并结合深入的社会调查之后的深思熟虑。在他看来,基督教的传播、启蒙思想家的研究成果都掩饰了对人类不平等根源的本质认知。千百年来,不同时代的非体力劳动群体先后总结出了以上三种为国民洗脑的"教义":基督教以上帝的旨意为名义,古典哲学以存在即合理为名义,实则都是掩盖了强权对弱势的奴役与暴力的谎言。之后,托尔斯泰将怀疑的目光投向理性、科学启蒙、资本主义与现代化——这种"目前占统治地位的教义",他指出:

> 目前为我们时代的国务界、工业界、科学界和艺术界的先进分子们的辩护词充作基础的东西,乃是一种科学的教义。但这里的科学二字并不是简单地意味着一般的知识,而是指一种在形式上和内容上都十分特殊并被称为科学的知识。在我们的时代,使得游手好闲的人看不到他们已背叛自己的使命的辩护词主要是依靠这种新的教义才能存在。[2]

---

[1] Tolstoy. A, "Tolstoy and the Peasants", in *Russian Review*, 2(1960), p. 151.
[2] 托尔斯泰,《那么我们应该怎么办?》,宋大图译,收入《托尔斯泰文集》(第15卷),人民文学出版社,1989年,第225—226页。

托尔斯泰认为，现代化的过程就是更多的人脱离体力劳动，用更加具有隐蔽性的手段去奴役和剥夺体力劳动者的过程。这无疑正是城市与乡村对立的根本原因。他将城市化过程中产生的新兴资产阶级视为既不依靠体力劳动，也不依靠宗教机关、政府机构和国家暴力机关的"游手好闲的人"。而正是这些"游手好闲的人"将自然科学、启蒙哲学和资本主义经济学变成了这个时代新的信仰。这些思想看上去似乎比基督教神学和形而上的黑格尔哲学更"进步"，其实却是比前两者更为巧妙地在为脱离体力劳动而辩护，为新的剥削方式寻找新的合法性。

要彻底改变这种奴役和剥削，就不能再寄希望于为奴役和剥削辩护的资本主义制度及其主要空间载体——城市，而是要在先进知识分子的领导下回归乡村，改良村社制度。这正是俄国民粹主义的核心观念："由先进知识分子领导农民，避开或者说跳过资本主义，在村社的基础上建立社会主义。"[1]在《给中国人的一封信》[2]中，他总结道：

> 宪法、保护关税、常备军队，所有这一切把西方民族变成了现在的样子：抛弃农业，与农业疏远，在城市，工厂里生产大部分并不需要的产品，被派到军队去干形形色色的暴行和掠夺。他们的状况初看起来无论怎样耀眼，其实是没有出路的。只要

---

[1] 刘北成，《俄国民粹派和民粹主义的再评价》，载《战略与管理》1994年第5期，第21页。
[2] 这是托尔斯泰给辜鸿铭的回信。

他们不改变目前的以欺骗、腐化和掠夺农业民族为基础的生活制度，他们就免不了毁灭。……我们必须而又可能做的只有一件事，并且是最简单的事：过和平的、农耕的生活，忍受可能施加于我们的暴力，不以武力对抗暴力，也不参与暴力。[1]

历时性地看，从1812年俄法战争、1825年十二月党人起义、1848年欧洲革命和俄国克里米亚战争惨败，到1861年俄国农奴制改革、19世纪70年代民粹派运动，到19世纪80年代马克思主义传入俄国，以及贯穿了整个19世纪的俄国资本主义经济发展，所有发生在西欧和祖国的重大事件都引发了托尔斯泰对城市化进程和农业变革举步维艰的沉思。从个人的思想路径看，托尔斯泰本人对乡村和大自然与生俱来的热爱与亲近、他深入血液的东正教信仰、对西方思想史的研读和对东方哲学的兴趣，甚至原生家庭给予他的物质财富和道德影响，都使他在对待资本主义文明、理性、科学以及任何流行的政治观念时，保持了坚定的美学观、道德观和人性观。如此历时性思想变迁和共时性坚定信仰在文学作品中结合在一起，就形成了一张张力十足而底线明朗的大网，几乎能够捕捞起整个19世纪俄国的现代化进程、各阶层知识分子的现代性思辨以及他本人的现代性体验。

托尔斯泰的读者常常会迷失于他清晰的"故事"与复杂的"思想"

---

[1] 托尔斯泰，《给中国人的一封信（1906年9月）》，朱春荣译，收入《托尔斯泰文集》（第15卷），人民文学出版社，1989年，第525—526页。

之中。但由上述梳理便可发现,"城乡对立"是他小说文本的"任督二脉",以"隐蔽的现代性"为"气"将这二者打通,便有豁然开朗之效:原来"托尔斯泰主义"的核心内容,正是在他对俄国的现代性问题反复思辨和持续的城乡书写中最终形成的。

作为现代性后发的国家,俄国知识分子往往更能够以西欧现代化进程中已经出现的负面问题为戒,在资本主义还未在俄国发展成熟的时候,就先注意到它的缺陷;而作为农业人口占十分之九的国家,俄国思想界也总是会去乡村寻找出路。托尔斯泰就是他们中的代表,他更清楚更宏观地意识到"城市现代化并未真正实现美好生活的愿景,未真正为人们提供具有价值和尊严的栖居,反而消化掉了人的主体性"[1]。城里的富人成了金钱的奴隶,穷人成了富人的奴隶,乡下人成了城里人的奴隶,所有的人都丧失了主体性。托尔斯泰反对的并不是城市本身,而是以城市为代表的现代化进程中出现的人性危机。他肯定的也不是停滞落后的农业现状,而是俄国传统农业国优势和农民式的道德根基。若在废除农奴制之后将传统村社制度完善至理想境界,那么在自足的农耕生活中,俄国人不但会获得丰厚的物质回报,更会经历"勿以暴力抗恶"—"道德自我完善"—"博爱"这一社会整体道德的重建,俄国民族的"聚合性"精神将得以修复。到那个时

---

[1] 刘庆申、车玉玲,《现代城市的二重性:现代性的空间展现》,载《东吴学术》2018年第1期,第48页。

候，城市也终将改变"以欺骗、腐化和掠夺农业民族为基础的生活制度"，重新确立它的使命。

托尔斯泰以其宏观的社会观察视野、多元化的哲学政治经济理论接受、反复深入的思辨和厚重的文学实践，集中反映了19世纪中后期俄国各界对国家现代性的态度。在城市工业化与废除农奴制等城乡资本主义改革的道路上，俄罗斯人将如何重新面对土地、宗教、家庭、金钱和人际关系？现代性的罪与罚，要到乡村去寻求救赎和复活，这就是托尔斯泰与陀思妥耶夫斯基时代的主流思想。

第五章

帝俄末期

契诃夫——市民阶层与乡村的现代性考察

> 契诃夫的生命之谜何在？他的深刻的现代性何在？为什么它能让生活在同一个时代，但是思想感情、宗教信仰、道德规范、生活习惯殊异的人都能感到亲切？
>
> ——伊·爱伦堡（Илья Эренбург）

民粹派运动失败之后，亚历山大二世曾推行的全面资本主义改革遭遇亚历山大三世和尼古拉二世两代沙皇的保守阻滞。意识形态的高压，加之议会改革和土地改革均屡屡失败，使得整个社会走向精神低潮。贵族官僚陷入幻灭，市民阶层唯唯诺诺，庄园地主大势已去，农民依旧贫困愚昧……19世纪最后20年，帝俄政治经济现代化走向穷途的真实境况，都表现在契诃夫的"外省—乡村"叙事中。

安东·巴甫洛维奇·契诃夫（А. П. Чехов，1860—1904），被公认为俄国文学"一位承上启下的过渡式人物"，他在短篇小说叙事文体和戏剧革新方面表现出的种种现代意识,足以使他成为20世纪俄国文学走向现代主义的奠基人,但纵观他对帝俄末期的外省与乡村、市民阶层与农民的描绘,对时代主要问题的批判思路,仍然"显得更像是19世纪传统的收尾,而非新世纪的开端"[1]。

关于契诃夫创作的研究,学界大多集中于两个主要方面,一是他对"市侩"(小市民习气,мещанство)和这一阶层"庸俗性"(бездарность)充分的文学表现;二是对其现代意识的关注。但对第一个方面,学界又多止步于研究契诃夫批判市民阶层的庸俗、无为、冷漠、自私等道德观念;而对第二个方面,人们则更关注其小说语言或戏剧艺术的现代主义风格。近年来随着启蒙反思与民族国家发展的独特性问题日渐成为后发现代性国家的研究热点,契诃夫小说与启蒙和俄国现代化的关系等问题也得到了关注[2],但研究视点却往往分散于契诃夫对俄国工业现代化的表现,如自然科学、铁路、电力甚至其对未来的科学展望等,研究者们普遍认为他"坚定不移地相信科学知识的力量、人类智慧的威力,因此也相信人。这样他就作为俄国启蒙主义思想和传统的继承者步入了文学界"[3]。

以上的确都是契诃夫文学创作的核心要素,但却很少有人将它

---

[1] 科尔米洛夫编,《二十世纪俄罗斯文学史》,赵丹、段丽君、胡学星译,南京大学出版社,2017年,第1页。
[2] 童道明,《契诃夫与现代化》,刘文飞、文导微编《文学俄国》(第1辑),人民文学出版社,2014年,第258—277页。
[3] 别尔德尼科夫,《契诃夫传》,陈玉增等译,黑龙江人民出版社,1988年,第91页。

们结合在一起，去思考这样一个问题：契诃夫穷一生之力创作刻画的"市民阶层"众生相，他表现在每一部小说和戏剧中的"契诃夫情绪"（Чеховское настроение）[1]，他对启蒙精神的肯定和对俄国工业现代化的嘲讽，以及他对乡村生活的诗意、停滞、愚昧与贫困的真实反映等这些要素之间，是否存在某种有机的联系？

爱伦堡发现了这个有机的联系："在写于80年代末和90年代的作品中，契诃夫描绘了俄国知识分子的思想探索，揭露了小市民心理、民粹主义的幻想、托尔斯泰主义、资产阶级自由主义……他现实主义地展示了城乡资产阶级的生产关系的成长、农民的贫困化和地主贵族阶层的分化。"[2] 同一篇文章中爱伦堡也提到了契诃夫"深刻的现代性"[3]，但他并未更进一步挑明契诃夫创作的上述诸要素与现代性的具体关系。笔者认为，契诃夫的写作，正是一位典型的平民知识分子对祖国后发的、外源性的现代化进程的综合考察；是一名出生在外省的小市民作家对现代市民阶层与介乎于宗法制和资本主义之间的乡村状况的现代性批判。

先天不足的俄国"市民阶层"

石元康先生曾就中国的现代性问题谈到市民社会的意义："市民

---

[1] 米尔斯基，《俄国文学史》（下卷），刘文飞译，人民出版社，2013年，第187页。
[2] 爱伦堡，《重读契诃夫》，童道明译，北京燕山出版社，2018年，第8页。
[3] 见本章卷首语，出处同上，第6页。

社会的出现是现代化革命中的一个环节。如果我们对它的基本精神掌握住的话,也就是掌握了现代性的一个面向。"[1]

自从有了城邦,"市民"与"市民阶层"的概念便出现了。但这仅是从人类学和社会学的角度而言。文艺复兴之后,随着资本主义生产方式的形成,逐步从市民中分化出一个特殊的阶层——资产阶级。这一阶级很快成为市民阶层的中坚力量。

分工推动着社会发展与现代市民社会的建构。物质劳动与精神劳动最大的一次分工表现为城乡分工,这是资本与地产的分离。在此基础上,才出现了商人阶层。商人阶层的形成推动了商品生产与交往的扩大,推动着手工工场的产生,形成了现代市民社会。

而市民阶层出于个体消费和私有财产的保护需求而形成的有组织的联合,就是现代市民社会形成的前提。黑格尔在《法哲学原理》中给"市民社会"下了一个定义:

> 市民社会,这是各个成员作为独立的单个人的联合,因而也就是在形式普遍性中的联合,这种联合是通过成员的需要,通过保障人身和财产的法律制度,和通过维护他们特殊利益和公共利益的外部秩序而建立起来的。[2]

---

[1] 石元康,《从中国文化到现代性:典范转移?》,生活・读书・新知三联书店,2000年,第214页。
[2] 黑格尔,《法哲学原理》,范阳、张企泰译,商务印书馆,1961年,第174页。

黑格尔指出"市民社会是在现代世界中形成的"[1]，而"布尔乔亚"（德语：bürgerliche，英译：bourgeois）正是市民社会中的市民，"他们都把本身利益作为自己的目的。"[2]"黑格尔所谓的市民社会是一个与资本主义社会等同的东西，它因而也是现代世界的产物，古代世界中并没有出现过市民社会。"[3]而对黑格尔思想批判性继承的马克思，在写《资本论》的时候，已经基本将对市民社会的批判替换成了资产阶级社会批判。

在俄国，最广泛意义上的市民被称作"мещанство"，正是契诃夫常说的"小市民、市侩"。权威词典的完整解释是："1. 从 1775 年至 1917 年，该词指由城市小商人、手工业者、下层服务人员、小业主及其他市民代表组成的等级；2. 市民阶层；3. 市民的心理和行为；庸俗习气。"[4]

18、19 世纪的俄国统治阶层与贵族知识分子并不重视对这一阶层的认识和考察，这与俄国资本主义发展的不充分从而导致市民阶层本身缺少话语权有很大关系。对此，普列汉诺夫曾在《俄国社会思想史》中以别林斯基所言的"中间等级"加以评论：

---

[1] 黑格尔，《法哲学原理》，范阳、张企泰译，商务印书馆，1961 年，第 197 页。
[2] 黑格尔，《法哲学原理》，范阳、张企泰译，商务印书馆，1961 年，第 201 页。
[3] 石元康，《从中国文化到现代性：典范转移？》，生活·读书·新知三联书店，2000 年，第 196 页。
[4] Гл. редактор Кузнецов, *Большой толковый словарь русского языка*. С.А. С.-Пб.: Изд. Норинт, 2000, с.540.

在十七世纪，我们在知识界的鼻祖当中，却完全没有看到有人出身于商人和小市民。在其后的两个世纪里，商人和小市民虽曾有代表置身于知识界的行列，但直到十九世纪六十年代出现非贵族出身的知识界时止，他们在知识界中只占少数。这就是俄国知识界同法国知识界的差别：别林斯基称为中等阶级，而法国则称为第三等级的那个等级的人们，早就占了多数。……我们往下便可看到，这一为俄国历史过程的相对特殊性所制约的俄国知识界社会成分的相对特殊性，怎样影响了俄国社会思想的往后发展过程。[1]

1861年亚历山大二世的资本主义改革之后，城市化进程加快，市民阶层人数迅速壮大，其中的平民知识分子开始显露他们影响舆论的力量，并有了革命的明确意识。现代市民社会似乎很快将在俄国成形。然而随着亚历山大二世遇刺，亚历山大三世忌惮变革的力量会动摇专制体制，便转向了保守和反动。刚刚有了自主意识的俄国市民阶层又退回到了远离政治的日常（庸俗）生活中。

尽管黑格尔的学说早已传入俄国，文学界已将主人公从贵族转向了市民（如陀思妥耶夫斯基和萨尔蒂科夫-谢德林），马克思主义也在19世纪80年代正式抵达，但俄国思想界似乎一再错过对"市民

---

[1] 普列汉诺夫，《俄国社会思想史》（第1卷），孙静工译，郭从周校，商务印书馆，1996年，第302—303页。

阶层"的意识形态研究。于是文学界的"主人公转向"也就无法引起思想界的足够重视,更遑论在市民阶层读者中的影响。

直到无产阶级革命的时代,市民阶层作为潜在的革命力量才引起了列宁的注意。在《司徒卢威著作中民粹主义的经济内容及批评》一文中他写道:"我对'Мещанский'一词的使用并不在于其通常意思,而是这个词的政治经济内涵。商品经济体系中的小生产者——这里包含'小资产者'和'小的,或者某种市民'两个指向。这样一来,农民和小生产者也适用于这个概念。"[1]

当代俄国学者涅斯捷罗夫(А. И. Нестеров)指出:"在欧洲国家完成资本主义民主革命之后,'мещанство'一词已与'中产阶级'的概念联系起来。该词通常用于形容现代资本主义社会中,中产阶级在经济政治方面的小资产阶级特征。"[2]涅斯捷罗夫基于该词在西欧资本主义政治经济语境中的使用和列宁对此的俄国化解读,得出了这样的结论:"'мещанство'(小市民)和'мелкая буржуазия'(小资产阶级)这两个概念在社会经济语境中没有任何区别——二者都是指小私有者的社会,因此小资产阶级常常又被称作小市民。"[3]

由上述概念的爬梳我们可以看出,19—20世纪俄国文化思想领

---

[1] Ленин В.И. *Экономическое содержание народничества и критика его в книге г. Струве*. П.с.с. в 55 т. М.: Гос. Изд-во политической литературы, 1958–1965 Т.1, 413.

[2] Нестеров А. И., *Этимология термина «мещанство»*, Экономика и экологический менеджмнт, 4 (2013).

[3] Нестеров А. И., *Этимология термина «мещанство»*, Экономика и экологический менеджмнт, 4 (2013).

域中常用的"小市民"与"市民阶层"的说法，已经具有了"私有者""资产者"等现代资本主义的性质。从人类学和社会学的角度来看，以"мещанство"为词根的"мещанское сословие"（市民阶层）的确也是指形成现代市民社会的主要力量。也就是说，尽管作为黑格尔《法哲学原理》的核心观念之一，并为后人继承的"市民社会"（德语：bügerliche geseeschaft，英译：civil society）概念，俄语被译为"гранжданское общество"——"公民社会"，但"мещанство"与黑格尔所言的"布尔乔亚"（bürgerliche）却基本是一个层面的意思。

俄国当代社会历史学家米留诺夫（Б. Н. Миронов）在其巨著《俄国社会史：个性、民主家庭、公民社会及法制国家的形成》中，专辟章节谈俄国"公民社会"（гранжданское общество）[1]的形成：

> 公民社会的基本含义为：此乃这样一种制度，在这种制度下，个人、社会组织和国家在平等的基础上构成一个稳定的共同体；在这种制度下，社会秩序不是建立在统治与服从的基础上，而是建立在合理的内部纪律，建立在其内部有机的条理性，建立在社会妥协、协调和相互利益的基础上；各种冲突不是通过有产者的暴力，而是通过法律和政治手段、国家政权来解决，国家政权也要依据它所制定的法律行事。由此可见，公民社会意味

---

[1] 此书的中译本始终将"гранжданское общество"译为"公民社会"，见鲍里斯·尼古拉耶维奇·米留诺夫《俄国社会史：个性、民主家庭、公民社会及法制国家的形成》（下卷），张广翔等译，山东大学出版社，2006年。

着各个社会主体之间有发达的经济、文化、政治和社会联系,社会成员拥有广泛的政治权利,具有全国性的社会组织、政党和代表制的机关;换言之,公民社会不是各种公社的聚合体,而是自由的、理性的、积极的以及代表他们利益的组织和团体的聚合体。因此,建立公民社会的前提条件是:公社已发展成为社会型组织,如农场、合作社、企业等;个人摆脱了宗法制度下邻里、家族关系的束缚,已经意识到必须参加社会和政治组织,通过代表制的机关在国家面前捍卫自己的利益。公民社会的形成过程是所有社会主体(个人、组织和国家)和主体彼此之间的关系同时发展变化的过程。所谓主体彼此之间的关系,是指人与人之间、个人与组织之间、组织与组织之间、组织与国家之间的关系。在这些变化过程中,产生了公民社会及公民利益的代表机构——议会,因为直到帝国末期在占全国85%的农村最主要的社会组织形式还是公社。城市公社也刚刚解休,还未彻底消失。全国性的社会和政治组织在19世纪末才出现,并且只有少数居民参加。所以说,直到1917年,俄国的公民社会还处于形成阶段。[1]

可以看出,米留诺夫的观点是在西方马克思主义理论指导下,

---

[1] Миронов Б.Н., *Социальная История России Периода Империи(XVIII-начало XX в.)*, Т.2, СПб.: Изд-во "Дмитрий Буланин". 1999 г. c.290.

在黑格尔、马克思和葛兰西的继承和发展的市民社会理论基础上形成的。

从黑格尔到马克思,对市民社会的共同观点是成熟的市民社会必须有三个深层结构:需要的体系、司法、警察与行业工会。而在俄国,尽管亚历山大二世的资本主义改革促进了俄国市民阶层的迅速壮大,为市民社会的形成提供了一定的前提条件,资本主义经济发展也为其建立了"需要的体系",但无法改变的君主独裁政权却让"司法、警察与行业工会"形同虚设。必需的三个深层结构有两个得不到充分实现,首先就丧失了从市民阶层发展为市民社会所必要的主体意识和契约意识,只剩下"需要的体系—资本主义",从而导致社会庸俗化和利己主义泛滥。

契诃夫本人对市民社会的认识未必能上升到黑格尔和马克思的理论层面,但熟稔外省市民生活的他很早就注意到了俄国市民社会这种先天不足,数百部中短篇小说中至少有数十篇是以法庭、审判和地方自治局为核心题材和批判对象的:

> 有个小小的城,连县城也不是,用当地监狱的狱长的话来说,你就是拿着显微镜到地图上去找,也还是看不到。这时候,中午的骄阳正照着它,城里各处寂静而安宁。卫生检查委员会的成员们从市议会出发,往商场那边缓缓走去。这个委员会包括一名市政府医生、一名警官、两名市议会代表和一名商界代表,有几个警察恭敬地在后面跟着。……这个委员会的道路,犹如到

地狱去的道路一样,是充满良好的意图的。[1]

——《适当的措施》,1884年

某县城有一幢官府的深棕色房子,平时,地方自治局执行处,调解法官会审法庭以及掌管农务、酒类专卖、军事的衙门和其他许多衙门,轮流在那儿开会。……当地一个官员讲起上述那幢深棕色房子,俏皮地说:"这儿又有尤斯契齐雅,又有波丽齐雅,又有米丽齐雅[2],完全成了贵族女子中学。"[3]

——《在法庭上》,1886年

制度的确是制定出来了,机构也设立了。法律也赋予了市民和农民相应的权利。比如《有知识的蠢材》(1885)中的某外省小城调解法官先是批评那位被自己的农民告发的地主:"现在是从前那个时代还是怎么的?他打了格利果利,却要把格利果利关起来!惊人的逻辑!那么你到底懂不懂现在的诉讼程序?"但是地主完全不能理解农

---

[1] 契诃夫,《契诃夫小说全集》(第2卷),汝龙译,人民文学出版社,2016年,第481页。

[2] 尤斯契齐雅:俄语"司法"юстиция的谐音,波丽齐雅:俄语"警察"полиция的谐音,米丽齐雅:俄语"民警"милиция的谐音。契诃夫将市民阶层的重要机构均谐音作俄国女人的名字,将功能混乱、执法随意的地方自治机关比作"贵族女子中学",其用意再明显不过。——笔者注

[3] 契诃夫,《契诃夫小说全集》(第5卷),汝龙译,人民文学出版社,2016年,第282页。

民居然"能告我的状"？而法官本人其实既无法律素养，还忌惮地主的权威：

> 我从来也没打过官司，更没做过法官，不过我是这么理解的：要是这个格利果利到我这儿来告你的状，那我就把他从楼梯上推下去，好叫他回去叮嘱他的子孙千万告不得状，反正我决不容许他说出这种撒野的话来。[1]
>
> ——《有知识的蠢材》，1885 年

得不到公平契约保障的利己主义，最终导致整个市民阶层陷入了人云亦云和利己主义的"庸俗"。正是因为国家层面长期无法给予市民阶层必要的公正和言论自由，才使这种"庸俗"和"隔膜"变为奴性和惰性积累起来，变成俄国市民阶层始终无法壮大到黑格尔意义上"市民社会"的阶段。市民社会无法成熟，反抗的力量就只能集中在无产阶级身上，这是俄国从专制体制越过极为短命的资产阶级革命最终走向无产阶级革命和政权的重要原因之一。

卢那察尔斯基（А. В. Луначарский）认为陀思妥耶夫斯基首先在俄国文学中，以"一个市民、一个小市民"来反映 19 世纪 60、70 年代"使古老的、自然经济的罗斯摇摇欲坠的资本主义强大攻势所引起

---

[1] 契诃夫，《契诃夫小说全集》（第 3 卷），汝龙译，人民文学出版社，2016 年，第 363 页。

的危机,使绅士的庄园和农民的木屋同归于尽的危机,残暴地将贵族和农夫一起卷入建立资产阶级俄国的变革中的危机"[1]。在《思想家和艺术家陀思妥耶夫斯基》一文中,他说道:

> 当时每一个小市民,特别是知识分子,都面临着激烈的竞争和谋取功名显达的搏斗。抓权和致富的机会诱惑着他们,大街闹市和富家生活方式的豪华气派吸引着他们。千娇百媚的女人似乎也容易亲近,但是你得付出昂贵的代价。小市民向往甘美的人生之杯,可是他们的希望差不多从来没有实现过。他们多半成了弃物和失败者,注定要过灰色的、暗淡的生活,甚至弄得一贫如洗;对于强烈地渴望享受的人,贫穷格外难以忍受。[2]

由于沙皇专制体制对社会舆论的长期严格控制,和市民阶层本身对国家体制的依赖,使得他们中的绝大部分人无法走出长期形成的奴性和与之密切相关的庸俗习气。民粹派的出现应该算是俄国现代市民阶层开始形成自己的精神力量和"舆论场域"的重要标志。民粹派运动在19世纪70年代走向高潮,成为19世纪俄国"公共领域"的大事件。它所宣扬的社会主义与村社集体主义理想也为整个社会注入

---

[1] 卢那察尔斯基,《思想家和艺术家陀思妥耶夫斯基》,蒋路、郭家申译,收入卢那察尔斯基《论欧洲文学》,百花文艺出版社,2011年,第121—122页。
[2] 卢那察尔斯基,《思想家和艺术家陀思妥耶夫斯基》,蒋路、郭家申译,收入卢那察尔斯基《论欧洲文学》,百花文艺出版社,2011年,第122—123页。

了与资本主义不同的精神活力。但从19世纪80年代起，俄国在沙皇亚历山大三世统治下出现了"反改革时期"。由亚历山大二世引导的"大改革"（农奴制改革）带来的自由主义色彩受到了指责，民粹派运动陷入低潮，农村私有化也遭到限制。在这样的大环境下，尽管"知识界在数量上增长了、在财产上也巩固了"，但"思想体系开始脱离了农民，纯民粹主义倾向不再明显"，知识界"不再相信自己的革命力量"，除少数变化了的民粹派坚持面向革命之外，整个市民阶层都同国家政策一样趋于保守化：

> 知识分子中的优秀人物为了寻求革命道路，继续拼死奋斗，终于找到马克思主义。最坏的堕落到过庸俗生活，有时则用中立的唯美主义加以点缀。中间还剩下一大群人，他们无法上升到马克思主义，不愿信赖一味因袭的、显然无力的民粹主义，但又不愿陷入庸俗生活的泥沼。这样的知识分子感到苦闷。[1]

卢那察尔斯基对这一时期俄国市民阶层特点的概括十分有助于我们理解19世纪80年代的俄国文学思想，尤其是契诃夫：其一生300多部小说和数部戏剧，表现最多的就是上文提到的"最坏的"和"中间的"。他们正是19世纪最后30年俄国市民社会的主要组成部

---

[1] 卢那察尔斯基，《安·巴·契诃夫对我们能有什么意义》，蒋路、郭家申译，收入卢那察尔斯基《论欧洲文学》，百花文艺出版社，2011年，第214页。

分；他们的困境，也是帝俄现代化道路走向末途的困境。如果说，"陀思妥耶夫斯基是在进攻着的资本主义的火力下，在最惶惶不安的争取自决权时期（19 世纪 60 年代，笔者注）的小市民的表现者"[1]，那么契诃夫就可以说是 19 世纪 80、90 年代，逐渐失望和放弃自决的"庸俗"（Бездарность）小市民的代言人。

契诃夫对市民阶层的批判

契诃夫对俄国市民阶层的鄙视态度和批判立场非常明确。1894 年在给苏沃林（А. С. Суворин）的信中，他将一位才能平庸的作家称作"市民阶层的作家"[2]。1903 年他又在一封评论高尔基剧作《小市民》的信中写道："高尔基的功绩不在于他的作品受到人们的喜爱，而在于他第一个在俄国、乃至在整个世界以鄙视和厌恶的口吻讲到了小市民的习气，而且正是在社会对这种抗议已经作好了准备的时候第一个开始讲的。无论是从基督教的观点看，从经济的观点看，或是从任何别的观点看，小市民习气都是一大邪恶，它像是河上的一条堤坝，永远只为停滞效劳……"[3] 当然高尔基并不是"第一个"批评小

---

[1] 卢那察尔斯基，《思想家和艺术家陀思妥耶夫斯基》，蒋路、郭家申译，收入卢那察尔斯基《论欧洲文学》，百花文艺出版社，2011 年，第 138 页。
[2] 契诃夫，《致阿·谢·苏沃林（1894.8.15）》，朱逸森选译，收入契诃夫《契诃夫书信集》，上海译文出版社，2018 年，第 213 页。
[3] 契诃夫，《致亚·伊·孙巴托夫-尤仁（1903.2.26）》，朱逸森选译，收入契诃夫《契诃夫书信集》，上海译文出版社，2018 年，第 321 页。

市民习气的，他本人也反过来对契诃夫的小市民描写做出了很高的评价："在他以前就没有一个人能够把生活中那幅可耻、可厌的图画，照它在小市民日常生活的毫无生气的混乱中间现出来的那个样子，极其真实地描绘给他们看。"[1]

契诃夫对俄国外省市民阶层众生相的描绘融入了他所有的外省题材中，每一个市民的脸上都带有相似的表情，每一座外省小城都是同样的风格。关于这样的城市和市民的面貌，他1896年写的中篇小说《我的一生（一个内地人的故事）》可以说做了一个完整的总结。这里所有的描绘，都无数次以片段的形式出现在契诃夫各个时期的外省小说中。

> 我不明白所有这六万五千人为什么活着，靠什么活着。我知道基木雷城的人靠了做靴子过活，土拉城的人做茶炊和枪支，奥德萨是一个港埠，可是我们这个城究竟是什么，它做出些什么东西，我就不知道了。大贵族街和另外两条比较干净的街道上住着的人要么靠现成的资金生活，要么靠做官从国库领来的薪金生活。此外还有八条街道，彼此平行，大约有三俄里长，街的尽头伸到高岗背后，住在这八条街上的人又靠什么生活呢，这对我来说永远是个捉摸不透的谜。……没有公园，没有剧院，没有像样的乐队。市立图书馆和俱乐部图书馆只有犹太籍的少

---

[1] 高尔基，《文学写照》，巴金译，浙江文艺出版社，2019年，第140—141页。

年才光临,因此杂志和新书放在那儿,一连好几个月没有人去裁开书页。有钱的和有知识的人睡在又窄又闷的寝室里,躺在满是臭虫的木床上。孩子们住在脏得使人恶心的房间里,还美其名曰"儿童室"……

在全城当中我没见过一个正直的人。我父亲收受贿赂……军事长官的太太在招募新兵时期接受新兵的贿赂……本城的医师和兽医向肉铺和酒馆要钱。县立学校出售那种特准豁免兵役的证书。监督司祭向下面的教堂教士和长老索取贿赂……只有从姑娘们那儿才吹出一股道德纯洁的气息,她们大都有高尚的抱负,正直纯洁的灵魂,可是她们不懂生活,相信给人贿赂是出于对那人的思想品质的尊崇,而且出嫁以后很快就衰老,堕落,不可救药地陷在庸俗的小市民生活的泥潭里了。[1]

——《我的一生》,1896年

契诃夫不是哲学家,更不是政治家,但他却以极其敏感的时代嗅觉和广泛细致的社会观察力,从自己小市民出身的私人经验出发,将俄国市民阶层各个等级的代表人物与生活方式,他们的精神困境,对未来发达的市民社会的期盼以及对当下几乎停止发育的市民阶层的

---

[1] 契诃夫,《我的一生》,汝龙译,收入《契诃夫小说全集》(第10卷),人民文学出版社,2016年,第16—17页。

失望等，表达得淋漓尽致。那些"套中人""胖子和瘦子""跳来跳去的女人""姚尼奇"等小市民生活在"外省"，过着各种各样庸俗的生活，精神贫乏，保守胆怯。他们将本应参与国事的精力和有限的才华用在了日常生活的附庸风雅和唯命是从中。"含泪的笑"最主要的来源，既不是贵族，也不是农民，而是弥漫整个市民阶层的庸俗生活。将这庸俗背后隐藏的巨大悲哀与无力感看得最清、写得最全面的，是契诃夫。摊手耸肩之间，19世纪俄国现代化进程中最大的一片精神空白被精准地表达出来。

作为"平庸的最后一张面具"[1]，市民阶层对政治的逃避、对未来的淡漠，小市民们日常生活的庸俗无聊和对艺术人云亦云式的追求，最终都落脚在"媚俗"（Kitsch）上。

"媚俗"作为现代性的关键词之一，最早正是批评家们对19世纪德国市民阶层审美趣味的蔑称。它是印刷品、艺术复制品和市民阶层教育水平的有限提升等现代化初级阶段文化发展和工业革命的综合产物，是"因为艺术天分的先天不足和外界强加的利益动机"而由"工业化生产和商品经济联姻诞下的早产儿"[2]，是对大众品位的低级而刻意的迎合。

"媚俗"并不是对道德品质的指责，也无善恶之分。它是现代人

---

[1] Walter Benjamin, Traum kitsch. In Ders.: *Gesammelte Schriften*. Hrsg von Rolf Tiedemann und Hermann Schweppenhauser. Bd. 2. Frankfurt a. M. 1991.S. 621.
[2] 李明明，《媚俗》，载《外国文学》2014年第5期，第112页。

面对现代化的加速度和政治生活的无能为力而自我催眠的手段,"我们喜欢在做梦或者交谈的时候戴上它(平庸的面具),以期从物质世界这具干尸身上吸取些许力量"[1]。它"处于善恶之彼岸:它是一种自欺,用以维持平衡的幻象。人们借此安然度过伦理与审美价值缺失所引发的不安"[2]。与媚俗相关的所有心理特征和外在表现,我们都可以在契诃夫的作品中找到。他对19世纪末期俄国外省市民阶层的描绘,充分证明了奥地利小说家赫尔曼·布洛赫(Hermann Broch)的那句名言:"每一个文化衰落的时代就是媚俗大行其道的时代。"[3]

意大利政治学家蒙加蒂尼(Carlo Mongardini)认同法国哲学先锋居伊·德波所描绘的"景观社会",即一个被影像剥夺了深度、秘密与内在性的社会,表现为全然的外观呈现,并且乐于生产自我表现的影像。"这种景观社会无力维持持续的价值观,又面临迅疾的变化,因此它轻而易举就成了一个媚俗味十足的社会。"[4]这种景观社会的核心就是无力成长为公民社会的市民阶层。因此,对没有权力、没有理想、对艺术的深刻和革命的深度都缺少理解力的俄国市民阶层而言,

---

[1] Walter Benjamin, Traum kitsch. In:Ders. *Gesammelte Schriften*. Hrsg. von Rolf Tiedemann und Hermann Schweppenhauser. Bd. 2. Frankfurt a. M. 1991.S. 621.
[2] Carlo Mongardini, Kultur, Subjekt, Kitsch. Aufdem Weg in die Kitschgesellschaft. In *Kitsch. Soziale und politische Aspekte einer Geschmacksfrage*. Hrsg. von Harry Pross. Munchen 1985.S.88.
[3] Hermann Broch,*Essays*. Bd. 1. Hrsg. von Hannah Arendt. Zilrich 1955, s.316.
[4] Carlo Mongardini, Kultur, Subjekt, Kitsch. Aufdem Weg in die Kitschgesellschaft. In *Kitsch. Soziale und politische Aspekte einer Geschmacksfrage*. Hrsg. von Harry Pross. Munchen 1985.S.93.

媚俗"弥补着白日的悲痛和胆怯,表现着清醒状态无力可及,非常简单却十分伟大的生存实现"[1]。

短篇小说《艺术品》(1886)中,古董商萨沙为了感谢医生为母亲治病,送给他一支裸女烛台,"两个全身的女人立在台座上,装束得跟夏娃一样,至于描写她们的姿态,我却既缺乏勇气,又缺乏适当的气质。……未免太不文雅了。……这比不得穿露胸衣服的女人,……在桌上摆这么一个妖形怪状的东西,就把整个住宅都弄得乌烟瘴气了!"但古董商则坚定地认为烛台是艺术品:"您瞧嘛!那么美丽,那么优雅,使人的心里充满敬仰的感情,泪水禁不住涌上喉头!见到这样的美,就会忘掉人世间的一切。……当然,如果用世俗的眼光来看……这个具有高度艺术性的作品就变成另一种东西了。"[2]

一边是不懂艺术,只在乎伦理的医生[3],他代表着赫尔曼·布洛赫所言的媚俗的发端:"这是一个视宗教与伦理为生存基础的社会群体,他们讲求理性,自我克制,摒弃欲望,对具有感官诱惑的艺术与装饰抱有敌意。"[4]另一边是将仿制裸女雕像视为真正古典美的商人,以低俗的艺术品位满足着自以为是的审美幻觉。类似的表现在《跳来

---

[1] 本雅明,《经验与贫乏》,王炳钧、杨劲译,百花文艺出版社,1999年,第257页。
[2] 契诃夫,《艺术品》,汝龙译,收入《契诃夫小说全集》(第5卷),人民文学出版社,2016年,第410—411页。
[3] 小说中医生将烛台转送给了朋友,朋友又以裸体雕像为耻将其送人,烛台转了一圈之后,被重新卖给了古董商,古董商以为找到了第二盏一模一样的烛台,激动地又送给医生,说是为其凑成了一对儿。
[4] 李明明,《媚俗》,载《外国文学》2014年第5期,第113页。

跳去的女人》《姚尼奇》等作品中又变成了对绘画和音乐的媚俗。

德国文学评论家豪夫（Wilhelm Hauff）曾在18世纪末的德国市民文学中总结出一种所谓的"咪咪莉风格"："浅显易懂，讨巧献媚，模式僵化，趣味低俗，精心布局的情感操控，僭越道德，隐含色情。"这些也成为之后鉴赏一部文学作品是否为媚俗之作的首要标准。[1]无独有偶，前文提及的契诃夫将一位才能平庸的作家称为"市民阶层的作家"时，他的评语和德国的"咪咪莉风格"十分接近：

> 纯粹是为乘三等车的人们写作，对这些人来说托尔斯泰和屠格涅夫的作品就过分奢侈了，太贵族化了，还有点儿格格不入，难于消化。……您只要站到这些人的立场，想象一下那灰色的一无生气的院子，酷似厨娘的知识妇女、煤油灯的气味以及贫乏的兴趣和嗜好，您就会理解巴兰采维奇和他的读者了。他的作品没有鲜明色彩，这部分地因为他所描绘的生活是灰不溜秋的。他的作品是虚伪的（如此《好书》），这是因为市民阶层的作家不可能不虚伪。这是改良了的黄色作家。黄色作家和他们的读者一起作孽犯罪，而市民阶层的作家则同读者一起假充正经，而且逢迎他们的狭隘美德。[2]

---

[1] 李明明，《媚俗》，载《外国文学》2014年第5期，第117页。
[2] 契诃夫，《致阿·谢·苏沃林（1894.8.15）》，朱逸森选译，收入《契诃夫书信集》，上海译文出版社，2018年，第213页。

可见契诃夫虽从未用过"媚俗"一词，但他笔下的俄国外省市民的日常生活趣味却都在媚俗的审美范畴之中，甚至贵族的审美都已经由高雅"降格"到媚俗，在毫无意义的物件上怀古咏今，表达虚伪造作的激情。《樱桃园》中，老贵族加耶夫对着家里一个百年历史的柜橱大发感慨：

> 非常可爱、又非常可敬的柜橱啊！这一百多年以来，你一直都在朝着正义和幸福的崇高目标前进，啊，你呀！我向你致敬；你鼓励人类去从事有益的劳动的那种无言的号召，在整个这百年里头，从来没有减弱过，却是一直在鼓舞着（哭泣）我们家族，使我们一代又一代的有了勇气，一直在支持着我们，使我们对未来更好的生活有了信念，使我们心里怀抱着善与社会意识的理想。[1]
>
> ——《樱桃园》，1903 年

这段感慨简直是契诃夫对整个 19 世纪俄国"器物现代性"的巨大讽刺。站在 20 世纪开端的俄国贵族去回望过去的百年，国家的发展和社会的进步都消失在一只旧柜橱里，里面装着虚无的"勇气""信念""善"和"社会理想"。贵族的精神境界和思考能力并不

---

[1] 契诃夫，《樱桃园》，焦菊隐译，收入《契诃夫戏剧全集·万尼亚舅舅、三姊妹、樱桃园》，上海译文出版社，2014 年，第 199 页。

比市民阶层更高,甚至还要更低,这恐怕是俄国最深刻的"媚俗",亦是革命前最牢固的一张"平庸的面具"。

契诃夫出身于俄国外省小城塔甘罗格的小商人之家,市民阶层的日常生活是他最熟悉的题材,所以他早期和中期的创作便几乎写尽写透了这一题材。但作为一名严肃客观的作家,契诃夫的目光并未仅仅停留在外省的市民阶层上。祖上是农奴的契诃夫始终关心着祖国的乡村。庄园、地主和农民等乡土元素很早就进入了契诃夫的创作视野,只是在创作早期,与"外省生活场景"相比,乡村书写的确不算多,但已显露出与其写作小市民题材时的幽默风趣截然不同的冷峻风格,如 1883 年的短篇小说《柳树》《在秋天》等。轻松戏谑的笔调被沉重凝滞的语气所取代,乡村的贫困和农民的被漠视,就像稀薄的小河边沉默的柳树一样。看似对生活完全漠然的贫苦农民,却有着至善的灵魂和悲悯的心;而各级地方官员却是一样地贪赃枉法、毫无廉耻和公义。

早期的乡村书写虽然主要意图仍在于折射普遍的社会问题和民族劣根性,但契诃夫对乡村严肃而深沉的情感已跃然纸上。19 世纪 80 年代,轰轰烈烈的民粹派运动走向低潮,民粹派作家们对乡村和农民的美化也引发了许多知识分子的反思。如何既表现祖国乡村的美,又不粉饰它的落后和贫困,这是契诃夫的乡村书写自始至终的品格。1885 年他写了短篇小说《猎人》,被文坛前辈格力高洛维奇

（Д. В. Григорович）认为"已有屠格涅夫小说的味道"[1]，但显然某些客观性的东西已经超越了屠格涅夫的《猎人笔记》。

1888年契诃夫发表了中篇小说《草原》，更是把此生容量最大的单篇作品献给了乡村题材。作品以少年叶戈鲁什卡跟随舅舅穿越南俄草原去某城上中学的游历为主线，以小城少年的视角详细观察了漫长草原沿线真实的乡村生活。契诃夫用前所未有的史诗般的笔调，向读者展开了一幅既熟悉又陌生的俄国画卷。南俄草原美丽的夏季风光、农民们的田间耕作、哀伤的歌谣、围着篝火讲述的传奇故事、睿智的俄国老人、虔诚善良的神甫、赤贫中的乡村妇孺、冒失粗犷的青年农民……这都是19世纪俄国读者曾无数次在旅行或书本中看到过的人和事。但在契诃夫笔下，这些熟悉的画面中却又有了许多陌生的、不一样的元素。

草原的道路上架起了通往乡村的电线，但旅店和农户依然点着蜡烛；押送货物的车夫都是农奴制改革后失地的农民；乡村妇孺仍处于赤贫中；神甫被迫经商；城镇居民住着危房……读者们时刻都能从文中感受到时代的变化，却感受不到变化带来的幸福。农民出身的老车夫"潘捷列说：想当初在没有铁路以前，他常押着货车队在莫斯科和下诺夫哥罗德中间来往，赚到那么多的钱，简直不知道该怎么花才好。而且那年月的商人是什么样的商人，那年月的鱼是什么样的鱼，

---

[1] 童道明，《契诃夫的小说创作》，汝龙译，收入《契诃夫小说全集》（第1卷），人民文学出版社，2016年，第7页。

一切东西多么便宜啊！现在呢，道路短了，商人吝啬了，老百姓穷了，粮食贵了，样样东西都缩得极小了"[1]。

虽然学术界都将1886年视为契诃夫从幽默文学向严肃文学转型的时间节点[2]，但最突出的转型表现应该是体现在两年后的这部中篇小说《草原》中。《草原》可以算是契诃夫与往日创作风格正式作别的里程碑：在它之前，作家的小说产量高，篇幅小，情节简单，多以外省市民众生相为题，像是一个个小品；在它之后，短篇小说的数量少了，篇幅长了，情节、人物、思想都日益复杂深刻，乡村题材显著增多。

帝俄末期乡村众生相：风雨飘摇于宗法制与资本主义之间

1890年契诃夫自主安排了极为艰难的萨哈林岛旅行考察，苦寒之地人民的悲惨生活极大地刺激了他，他开始与托尔斯泰主义决裂，创作重心转向以乡村为主要场景的底层生活。1892年，契诃夫又举家迁往莫斯科附近的乡村梅里霍沃，自己也过了将近八年的真正的乡村庄园生活。"移居梅里霍沃之后，契诃夫才真正接触到了农村与农民"[3]，私人生活经验的改变和公共舆论中对民粹派运动失败的反思相

---

[1] 契诃夫，《契诃夫小说全集》（第7卷），汝龙译，人民文学出版社，2016年，第192页。
[2] 这一年契诃夫接受作家格力高洛维奇的建议，决定告别以"安东沙·契洪特"作为笔名的早期幽默小品式创作风格，转向更认真、严肃和深入社会问题的写作。
[3] 童道明，《契诃夫的小说创作》，汝龙译，收入《契诃夫小说全集》（第1卷），人民文学出版社，2016年，第8页。

结合，使得契诃夫的创作兴趣和对国家前途命运的思考重点更加明显地从外省转向乡村，从市民阶层转向农民。

这一年，他写了小说《恐惧》。主人公德米特里·彼得洛维奇·西林大学毕业后先在彼得堡任职，但30岁时就厌倦了官僚机关，到乡下去经营农业。可这个放弃城市官职毅然下乡的知识分子，却并没有明确的人生方向和生活热情。他"既不能算是个经营农业的人，也不能算是个农学家，只不过是个劳乏的人罢了"。并且，他也不能理解农民："我瞧着农民就害怕，我不知道他们究竟为了什么崇高的目标在受苦，为了什么缘故生活下去。如果生活是快乐，那他们就是多余的和不需要的人。如果他们生活的目标和意义就在于贫困，就在于昏天黑地和无可救药的愚昧，那我就不明白这样活受罪有谁需要，为了什么缘故需要。"基于这种认识，他认为：

> 那种把许多有才具的年轻人赶下乡去的潮流是一种可悲的潮流。在俄国，黑麦和小麦有很多，然而文化水平高的人却十分缺乏。应当让有才具的、健康的青年致力于科学、艺术、政治，不这样做而去干别的，那是不合算的。[1]
>
> ——《恐惧》，1892年

---

[1] 契诃夫，《恐惧》，汝龙译，收入《契诃夫小说全集》（第9卷），人民文学出版社，2016年，第3、8、10页。

这就是 19 世纪最后阶段，契诃夫代表相当一部分俄国知识分子，为农民、农业和民粹派运动发表的意见。

1896 年，他推出了"乡村情景喜剧"《万尼亚舅舅》，第一次以戏剧的方式直观呈现帝俄末期庄园地主的众生相。1897 年，契诃夫又一连写了四部与乡村密切相关的小说：《农民》《佩彻涅格人》《在故乡》和《在大车上》，集中反映了农民进城又返乡，却无论如何都无法摆脱贫困和愚昧的问题。此后几年中，他又写了《醋栗》《新别墅》和《在峡谷中》等重要乡村题材小说。1903 年，契诃夫以剧本《樱桃园》作为一生创作的终结，而这部作品恰恰又是以高度象征的方式表达了作者对俄国乡村的过去、现在和未来的最终缅怀、批判和展望。

与民粹派作家的乡村书写相比，契诃夫更加客观。他秉持着一贯的风格：不丑化也不美化，不激动也不干瘪，以平静的语调讲述着俄国农民的生存真相。农民们无处诉说的痛苦、无力解决的贫困、摇摇欲坠的房舍和随之而来的日渐冷漠的人际关系与个人信仰……所有这一切，都与如诗如画的乡村自然景观形成了鲜明的对比。《农民》中的尼古拉，是无数为了温饱离开乡村去莫斯科打工的农民中的一个。然而仅仅一场病，就把数年来和妻子一起攒下的工钱花光了。他们在城市里的生活没有任何保障，只能返回乡村。然而已经习惯城市文明的尼古拉一家，却再也无法适应乡村的赤贫与愚昧。老家的父母土地少、人口多，粮食根本不够糊口，自然无法善待丧失了劳动力的"吃闲饭的"儿子一家。尼古拉最终死于乡村庸医的放血治疗，妻女又踏上了返城的道路。

农奴解放的法案（1861）颁布 30 年后，俄国的农民仍然是如此触目惊心的贫困和普遍的愚昧。而城市呢，现代化发展依然停留在器物化的阶段，启蒙的光辉仍然没有照进普通百姓的头脑里。在《佩彻涅格人》中，退伍回到自家庄园的哥萨克军官日穆兴说道：

> 如今这年月，时兴各式各样的什么电报啦，电话啦，一句话，各种奇迹应有尽有，可是人并没有变得好一些。据说在我们那个时代，三四十年以前，人是粗暴残忍的；然而现在难道不是仍旧一样吗？……现在呢……大家生活得像样多了，学问也大得多了，不过，您明白，人的灵魂还是老样子，没起什么变化。[1]
>
> ——《佩彻涅格人》，1897 年

在契诃夫看来，数十年里，外省和乡村的精神本质几乎没有任何变化。尽管铁路通了，电线架起来了，但人们的生活依然单调、乏味和庸俗。对真、善、美的追求即使曾经有过，也很快在贵族们的惰性、小市民的贪婪和农民的贫穷愚昧中消失了。这就是俄国现代化的初级阶段。

1900 年的《在峡谷里》是契诃夫最后一部关于乡村的小说作品，

---

[1] 契诃夫，《佩彻涅格人》，汝龙译，收入《契诃夫小说全集》（第 10 卷），人民文学出版社，2016 年，第 145、146 页。

也是他为 20 世纪刚刚开始时的俄国乡村做的概括。坐落在峡谷中的乌克列耶沃村,现代化元素明显地与传统元素并列在一起,人们"从公路上和火车站上只能看见教堂的钟楼和棉布印花厂的烟囱……此地永远有一股工厂垃圾的气味和用来给花布加工的醋酸的气味"。三个棉布印花厂和一个制革厂,合起来共雇了 400 个工人。"制革厂常常使得小河的水发臭。垃圾污染草地,农民的牲口害炭疽病,于是制革厂奉命关闭了。"村里只有两栋盖着铁皮屋顶的"像样的"房子,一栋是乡公所,一栋是迁居此地开商店的小市民格里戈里一家的住宅。工厂主之间都用电话联系,乡公所也装了一部电话,"可是不久那架电话就给臭虫和蟑螂爬满,打不通了"。

与之前的乡村小说相比,《在峡谷里》的人们似乎比以前富裕了,但传统的信仰和道德却下滑得更快。格里戈里的大儿子在城里的警察局侦缉队做事,他对于父亲在经商中的偷奸耍滑和继母对穷人的周济布施都是无所谓的态度,因为"各人有各人的行业"。对自己的工作、婚姻他也感到茫然,因为"也许上帝是有的,只是信仰没有罢了"。因为他"从小受的教育就是'各人有各人的行业',并不知道上帝是否存在","您走来走去,尽可以走上一整天,却碰不见一个有良心的人。这原因完全在于他们不知道有没有上帝……"[1]

阿尼西姆对这个时代的整个社会道德和信仰是悲观的,这出于

---

[1] 契诃夫,《在峡谷里》,汝龙译,收入《契诃夫小说全集》(第 10 卷),人民文学出版社,2016 年,第 349—366 页。

他生长的乡村、小市民出身的奸商父亲和警察职业三方面的综合原因，具有相当的代表性。而悲观的结果是他丧失了道德底线，制造假币被流放西伯利亚。另一个道德沦丧的是阿尼西姆的弟媳阿克西尼娅，她无视软弱的丈夫、与村里的男人保持暧昧关系，烫死了哥嫂的儿子，赶走了嫂子和公爹——一家之主格里戈里，执掌全家财权。

契诃夫将在峡谷里的村庄比作一个"陷阱"，实则在讨论乡村命运的另一个问题：是否乡村的富裕一定要建立在人性泯灭和生态破坏的基础之上？

1898年，契诃夫写了短篇小说《醋栗》。这是作家自己筹划的"套中人系列小说"中的一篇，但最终只完成了《套中人》《醋栗》和《关于爱情》。尽管形式上刻意模仿了屠格涅夫的《猎人笔记》——三个故事都由相约打猎的朋友讲出来——但很多东西都变了。这变化正是契诃夫的匠心所在。

故事讲述者（观察者）的身份变了——他们已不再是屠格涅夫时代的贵族，而是平民知识分子——兽医和中学教师。兽医伊凡·伊凡内奇作为19世纪末的平民知识分子，已经越过了19世纪70、80年代"新人"们的虚无主义状态，他既崇尚科学，也要去参与真正的生活和为了真正的幸福而奋斗。

内容变了——屠格涅夫集中展现了19世纪中期俄罗斯乡村诗意的自然与残酷的农奴生活；而契诃夫却用"戏仿"的手法，描绘了80年代虚拟诗意的假贵族"仿庄园生活"的庸俗无聊，以及虽摆脱了农奴制却并未脱离奴性的农民。伊凡内奇看到曾经在城里战战兢兢生存的小公务员哥哥,如今靠着自私冷漠攒够了钱,购买了乡下的庄园,满足地吃着醋栗,生活的样子就像猪一样:"他的脸颊、鼻子、嘴唇,全都往前拱出去,眼看就要跟猪那样咕咕叫着钻进被子里去了。"[1]

形式上戏仿了屠格涅夫,细节上却又与果戈理的《死魂灵》中的只晓得大吃大喝的农奴主罗斯特莱夫与《外套》结尾处那个岗警仿佛变成一张猪脸形成了互文。显然契诃夫想说的是:时代变了,讲故事的人变了,主人公的身份变了,《猎人笔记》的主题和美学观也变了。但有些东西,尤其是陈腐的、劣根性的东西却没变:

> 你们看一看这种生活吧:强者骄横而懒惰,弱者无知而且跟牲畜那样生活着,处处都是叫人没法相信的贫穷、拥挤、退化、酗酒、伪善、撒谎……可是偏偏所有的屋子里也好,街上也好,却一味地心平气和。安安静静。[2]
>
> ——《醋栗》,1898年

认真阅读了上述作品的读者,一定很难认同那些认为"契诃夫冷

---

[1] 契诃夫,《醋栗》,汝龙译,收入《契诃夫小说全集》(第10卷),人民文学出版社,2016年,第219页。
[2] 契诃夫,《醋栗》,汝龙译,收入《契诃夫小说全集》(第10卷),人民文学出版社,2016年,第221页。

漠、软弱、缺少明确主张"等负面评价。契诃夫分明早已超越了年轻时的轻松、戏谑甚至"不动声色的客观冷静",开始对着麻木的市民和农民大声疾呼了:

> 现在还有人说,要是我们的知识分子贪恋土地,盼望有个庄园,那是好事。可是要知道,这种庄园也就是三俄尺土地。离开城市,离开斗争,离开生活的喧嚣,隐居起来,躲在自己的庄园里,这算不得生活,这是自私自利,偷懒,这是一种修道主义,可又是不见成绩的修道主义。人所需要的不是三俄尺土地,也不是一个庄园,而是整个地球,整个大自然,在那广大的天地中人才能够尽情发挥他自由精神的所有品质和特点。[1]
> ——《醋栗》,1898 年

在给友人的书信中,契诃夫更是说得明明白白,甚至暗讽了陀思妥耶夫斯基反"二二得四"理论,意在打破以反启蒙为由回归东正教信仰的思想凝滞状态:

> 当今的文化是一种为了伟大的未来而进行的工作的开始,这种工作也许还要持续几万年,为的是人类至少在遥远的将来

---

[1] 契诃夫,《醋栗》,汝龙译,收入《契诃夫小说全集》(第10卷),人民文学出版社,2016年,第217页。

会认识到真正的上帝的真理,也就是无须猜测,无须到陀思妥耶夫斯基的作品里去寻找,而是认识得清清楚楚,如同认识二乘二等于四一样。当今的文化是一种工作的开始,而我们所说的宗教运动却是一种残余,几乎是一种已经过时或者正在过时的东西的尾巴。[1]

写完《在峡谷里》,契诃夫的城市书写与乡村书写共同走向了最后一个阶段:在戏剧中综合表达彼时俄国的典型问题。在创作进入高度成熟和圆融时期,生命却开始倒计时的年代,契诃夫似乎更加热爱生活却又更加悲观了。他把对自然生命的热爱,对庄园没落的惋惜和对俄国各阶层普遍平庸缺乏理想的批判,都放入了戏剧创作中。以《樱桃园》为代表,契诃夫的叙事空间集中在庄园里,叙述焦点从农民转向了没落地主,以"室内剧"的形式将帝俄晚期几乎所有的社会问题与精神困境充分表达出来。

在契诃夫看来,农奴制改革显然对于俄国的进步、农民的解放和经济的发展大有裨益,但资本主义的发展又的确会将传统的惰性与诗性一同埋葬。贵族地主们习惯了寄生生活,极度缺乏改善庄园经济的现代头脑和主观意志。一旦领地上的农奴得到自由,他们只能靠东拆西借来维持以前的豪华享乐。《樱桃园》中的女地主柳鲍芙·安德烈

---

[1] 契诃夫,《契诃夫文集》(第16卷),汝龙译,上海译文出版社,1999年,第506—507页。

耶夫娜和她的哥哥就是这样的典型。在越来越多的农村耕地都变为商业地产的乡村资本主义剧烈变化时期,安德烈耶夫娜还在以借贷的方式养着法国情夫、吃最高级的饭菜、用金卢布赏赐流浪汉,却给家仆们吃干豌豆。她的哥哥加耶夫则沉醉于整日的高谈阔论和无所事事。精明的罗巴辛起先尚念主仆情谊,建议他们砍掉樱桃树、拆掉老房子,出租樱桃园土地来解决债务危机:"只要你肯把这座樱桃园和沿着河边的那一块地皮,划分为若干建筑地段,分租给人家去盖别墅,那么,你每年至少有两万五千卢布的入款。"两位债台高筑的地主的共同反应却是:"简直是胡说!"[1]

同样,从祖祖辈辈的农奴变身为精明商人的罗巴辛,也并非恶人。他先礼后兵,并最大限度地保护了原主人的利益。但他的思维已经是真正的资本主义思维:保留樱桃园,最多不亏本;但砍掉樱桃园,开发地产,则可获得真正的"资本"。在对资本的追逐过程中,一切阻挡获利的因素都要被砍掉,包括传统的人际关系与乡村生态。这就是资本主义原则,是现代化的必然过程。

契诃夫没能活着看到1904—1905年的俄国革命,但从他的戏剧中,我们已经嗅到了革命的气息。那种气息不是别雷和勃洛克作品中传达出来的革命传单的油墨味儿和枪弹的火药味儿,而是破败的庄园里,"病"入膏肓的贵族们即将腐烂的味道和新兴乡村资产阶级身上

---

[1] 契诃夫,《樱桃园》,焦菊隐译,收入《契诃夫戏剧全集·万尼亚舅舅、三姊妹、樱桃园》,上海译文出版社,2014年,第196—198页。

的铜臭味。

贵族阶层已彻底堕落，商人只看得到眼前的利益，市民阶层还远未形成公民社会，土地还在地主手里，农民并没有得到真正的解放……很多人在沉睡，也有人醒了，这就是契诃夫为我们呈现出的俄国19世纪末的现代化初级阶段。《樱桃园》结尾那一声响，既是作家为帝俄时代敲响的丧钟，也是预见大变革即将到来的警钟。

下编 |

20世纪俄国文学的
城乡范式与现代性冲突

> 每一次"革命",都是对城市的一次"重新表达"。
>
> ——理查德·利罕,《文学中的城市》

20世纪的俄(苏)文学在叙事空间转换上表现得更为复杂:在社会主义现实主义的文学规则之下,一方面"都市神话"由19世纪资本主义工业化变成了关于苏维埃革命、卫国战争和共产主义政治经济建设的新成就;另一方面俄国传统的农业和乡村文化随着苏维埃一系列改革的政策而萎缩,"夜话"已被土改和集体化话题取而代之。与此同时,从未泯灭的"俄罗斯良心"们则在"地下"进行着对乡村和都市两个空间的反乌托邦叙事,车尔尼雪夫斯基的乌托邦"水晶宫"演变成了扎米亚京笔下的玻璃大厦和普拉东诺夫的基坑……这些都从不同角度反映了20世纪俄罗斯复杂、矛盾的现代性。

列斐伏尔在《现代性终结了吗?》一文中说道:"现代性作为意识形态,现在看起来就像是资本主义生产方式发展和运行过程中的一段插曲。那种意识形态以某种矛盾的方式引发了对它各个方面的争论;新事物草率的承诺直接和不惜任何代价地引发了向古风(the archaic)和怀旧风格的回归,现代性的乐观主义已染上了虚无主义的色彩。现代主义从那巨大的混乱中应运而生:一个采用新技术的清晰领域——这就是各种意识形态(各种意识形态终结的意识形态)终结的宣言,但这又是我们必须回归于它的新神话的出现,这些新神话诸如透明社会的神话、国家的神话和政治活动的神话。"[1]19世纪末的帝俄末期到20世纪初十月革命胜利期间,俄国的现代主义正具有这样的特征。

资本主义经济的飞速发展与政治体制变革的缓慢曲折;现代化城市数量迅猛增长与宗法制乡村庄园文化的严重萎缩;资本家、市民和工人阶层的日渐壮大与贵族阶层的没落和农民的破产……这种种日益尖锐的社会矛盾昭示着变革和动荡在19世纪末20世纪初的俄国将愈演愈烈,表现在文学上,城市主题几乎完全呈压倒式优势取代了乡村主题。那些从城市到乡村去寻求自由的奥涅金们,那些从乡村到城市中去追求理想的亚历山人们,那些在城乡对立之间苦苦思索的列文们,都不再是这一时期的文学主人公。取而代之的,是革命前的"庸众"与革命后的"群众"。这类主人公的活动空间则是革命前颓废的欲望都市、革命期间的战斗街道和革命后处于社会主义新建设中的理想都市。跨世纪的多元社会政治语境加之西方非理性哲学思潮、颓废主义与唯美主义文艺思潮的涌入,俄国文学带着象征主义创作理念和革命思想的火种进入了20世纪。

19世纪末到1917年十月革命之间,俄国社会发生了一系列巨变。资本主义工业发展速度在政治体制艰难而缓慢的变革中显得异常突出。19世纪70年代开始,敖德萨、圣彼得堡和莫斯科等大都市就

---

[1] 列斐伏尔,《现代性终结了吗?》,收入周宪编《文化现代性读本》,南京大学出版社,2012年,第97页。

陆续出现了工人组织，到了"19世纪80年代末至90年代初，工人阶级开始发挥民族解放运动的主导作用，彼得堡和莫斯科的无产者开始成为工人阶级的冒险者"[1]。随着工业发展进入成熟阶段，以及农村大量失地农民流向城市，涌入工厂，1905年的1月9日，彼得堡发生了工人要求增加工资的大型请愿示威活动，结果演变成了被沙皇血腥镇压的"流血星期天"。托洛茨基将这次活动描述成"在城市街道上无产阶级和君主统治者之间的一次尝试性对话"；伯曼则认为这是民族现代性走向成熟的征兆："一个民族要求和它的统治者在街道上进行对话，这样的要求不是'原始头脑'或者孩子般精神的产物，而是表达了一种观念，这种观念表现了一个民族的现代性与成熟性。"[2] 从这个时候开始，俄国的"地下室人"终于纷纷走到地面上来，去大街上"相遇""冲撞"甚至"革命"。彼得堡的"大街"和"人群"成为城市与人的新组合方式，也成为现代主义流派的城市书写的主要意象。

此外，资本主义工商业的快速发展也使得以商人和平民知识分子为代表的市民阶层队伍愈发壮大。马克思主义在19世纪80年代正式传入俄国，90年代末，马克思主义者组建了俄国社会民主党（Российская социал-демократическая партия），民粹派则模仿他们成

---

[1] 格奥尔吉耶娃，《俄罗斯文化史——历史与现代》，焦东建、董茉莉译，商务印书馆，2006年，第433页。
[2] 马歇尔·伯曼，《一切坚固的东西都烟消云散了——现代性体验》，徐大建、张辑译，商务印书馆，2004年，第329页。

立了社会革命党（Партия социал-революционеров），俄国在19世纪后期终于形成了声音足够响亮的"公共领域"[1]。

在这样的时代背景中，作家们对城乡问题的思考和书写也开始发生重大变化。曾经由冈察洛夫、屠格涅夫、托尔斯泰、萨尔蒂科夫-谢德林等作家形成的城市与乡村并重，且互为观照的书写方式渐渐为各自独立的城市叙事与乡村叙事所取代。以充满象征主义风格反映资本主义快速发展、无产阶级力量迅速增长和道德沦丧的现代化城市生活，成为19世纪末到十月革命前城市书写的核心主题；而以满怀悲凉和落寞的情绪反映乡村资本主义变革，及其过程中传统庄园的凋敝、乡村贵族阶层的消亡和农村商人的崛起则成为这一时期乡村书写的主要内容。

---

[1] 哈贝马斯语，具体解释见本书上编第一章。

第一章

别雷、勃洛克
象征主义的彼得堡与审美现代性

> 在沼泽地的那边是我的城市,它正笼罩于黄昏和落日。
> ——勃洛克,《紫罗兰(梦)》,1905—1906 年

雷蒙·威廉斯专门就大都市概念与现代主义的出现之关系谈道:"在 20 世纪先锋派运动的实践和观念,与 20 世纪大都市特定的条件和关系之间,存在着各种决定性的联系。"[1]

马歇尔·伯曼在探讨现代化过程如何促成了现代主义运动的出现这个问题时,从现代性体验的角度出发,认为现代主义呈现为三种主要形态:"退却的现代主义""否定的现代主义"和"肯定的现代主义"。

20 世纪初的彼得堡作为帝俄末期畸形资本主义经济与沙皇专制

---

[1] 雷蒙德·威廉斯(雷蒙·威廉斯),《大都市概念与现代主义的出现》,收入周宪编《文化现代性读本》,南京大学出版社,2012 年,第 244 页。

的变态结合空间，成了俄国现代化道路拧成死结的象征。革命的燎原之火一触即发，其文学形象以变形和隐喻的方式出现在诗歌和小说中。十月革命胜利后，随着俄罗斯政治中心从彼得堡转向莫斯科，苏维埃文学的城市叙事空间也逐渐以新首都莫斯科为中心，社会主义国家和工业建设神话成为新的叙事焦点。米尔斯基以诗歌为例总结道："（20世纪初）俄国诗歌的发展主线主要在莫斯科推进，莫斯科是所有左翼流派的大本营，革命后的主要诗歌创新均源于此地。北方的帝王之都则相反，是诗歌保守主义的阵地，该城的最好诗人如古米廖夫、阿赫玛托娃和曼德施塔姆等，其创作与其说面向未来，莫如说是更为坚实地植根于过去。"[1]从象征主义到未来主义，从怀旧姿态的彼得堡（彼得格勒）到新生姿态的莫斯科，俄罗斯文学的城市叙事在20世纪的前30年，从形式到内容都表现得十分复杂和多元，既是忠实的政治风向标，也是工具现代性和审美现代性的博弈。

俄国象征派对法国象征主义审美现代性的继承

象征主义是俄罗斯文学史上第一个现代主义流派，也是俄罗斯文学从帝俄晚期到苏维埃国家建立的第一个现代风格的见证。它既明显受到了西方非理性哲学思潮和法国象征主义诗歌的影响，又充分结合了俄罗斯本土的哲学思维与民族文学传统。俄罗斯象征主义文学的

---

[1] 米尔斯基，《俄国文学史》（下卷），刘文飞译，人民出版社，2013年，第287页。

这种特征深刻地影响了 20 世纪俄国文学的发展方向，因为"所有其他流派，就其本质而言，或是对它的继承，或是对它的拒绝"[1]。

梅列日科夫斯基（Д. Мережковский）的文章《论现代俄国文学衰落的原因及新流派》既为整个 20 世纪初的俄国现代主义流派奠定了美学基调，更是言简意赅地讨伐了工具理性对精神自由的戕害。他在文章中将科学比作横亘于肉眼可辨的物质世界与神秘灵性的精神世界之间的"大坝"，这座大坝隔开了肉体和灵魂，也隔开了欲望和自由："最新的认识论筑起了一道不可摧毁的大坝。它把人们可以认识的坚实土地与我们认识范围以外的无边无际的漆黑大海永远隔离开。这个海洋的波涛已经再也不能冲击有人烟的土地，再也不能侵入精密科学的领域。"而这座大坝，从 19 世纪就已经开始浇筑，陀思妥耶夫斯基那个著名的"石墙"之喻的本体正在于此。梅列日科夫斯基认为这就是启蒙的阴影："那庞大的建筑物——19 世纪伟大的认识论——的基础，最初的几大块花岗石是康德奠定的。""最后的神秘精神正在熄灭"，这是人类思想面临的最恐怖的袭击，科学的教条主义导致的这一危机，却无法承担拯救的责任："不管我们逃到哪里，不管我们怎样在科学评论的大坝后面躲藏，我们周身仍然感到充满神秘，感到大海洋近在咫尺。"[2]

---

[1] под редакцией Жоржа Нива, *История русской литературы.XX век. Серебряный век*, Ильи Сермана и др., Прогресс, ЛИТЕРА, 1995, c.73.
[2] 梅列日科夫斯基，《论现代俄国文学衰落的原因及新流派》，李廉恕译，收入张建华、王宗琥编《20 世纪俄罗斯文学：思潮与流派（宣言篇）》，外语教学与研究出版社，2015 年，第 1 页。

梅列日科夫斯基和他的俄国前辈一样，从不用"现代性"这一术语，但他对现代的思考总是精准地切中现代性问题的要害和时代特征。他将19世纪末的俄国总结为"两种对立的时代"："这是最极端的唯物主义的时代，又是精神上对理想迸发出最强烈要求的时代。我们面临着两种人生观、两种截然相反的宇宙观伟大而重要的斗争。"[1]这两种人生观和宇宙观，正是工具理性与审美现代性。梅列日科夫斯基忧虑于19世纪现实主义文学向左拉的实证主义文学发展的极端唯物主义趋势，他认为这是"艺术的唯物主义与科学的和道德的唯物主义相适应"，是"伟大的技术发明中表现出文明的野蛮"，是艺术面临的本质危机。要想缓解甚至解除这一危机，巴黎人需要的是象征派诗人魏尔伦，而不是"过分迷恋时代精神"的左拉。俄国艺术当然也是如此，应当以"唯心主义"的姿态"返回到古代的、永恒的、从未死过的东西"中去。

在为"新流派"们的出现确立了"真"美学的地位后，梅列日科夫斯基又从回归希腊的自由精神中找到了象征主义的"永恒意义"。他以波德莱尔和爱伦·坡对美的理解为典范，明确了象征主义的审美现代性，亦批判了"机械复制时代"（本雅明语）的艺术："我们不能满足于实验性摄影的粗糙、准确的相似性"，那种"对未曾体验过的东西的渴望，对难以捉摸的色调、对我们感觉上某种含糊不清的东西

---

[1] 梅列日科夫斯基，《论现代俄国文学衰落的原因及新流派》，李廉怒译，收入张建华、王宗琥编《20世纪俄罗斯文学：思潮与流派（宣言篇）》，外语教学与研究出版社，2015年，第2页。

的追求，就是未来理想的诗学的特征"[1]。

曼德尔施塔姆虽然后来离开了象征主义，甚至在文章中多次批评象征主义的含混与过度抽离词本身的意思，但在文学应当回归本源才能获得永恒自由这个观点上与梅列日科夫斯基完全一致。人们总是记得阿克梅主义对希腊文化的敬意，却忽略了自由的希腊精神与象征的关系正是梅列日科夫斯基首先在象征主义宣言中提出的。

在梅列日科夫斯基为象征主义定下美学的基调后，俄国象征派的杰出代表们分别在形式、哲学、宗教和主题等不同的角度做出了贡献，也表现出了亲俄或西化的不同美学立场："勃留索夫和巴里蒙特是俄国象征主义中的西方派和缩微版的'彼得大帝'，……其他诗人则可称为象征主义中的斯拉夫派。对于他们而言，主要工作并非创造美的事物，而是捕捉事物的意义。"[2]米尔斯基的这个判断言明了以别雷和勃洛克为代表的俄国象征主义后期代表人物，重在表现那个时代的生活和意义，而非象征主义的炫技和哲思。从吉皮乌斯的《彼得格勒》(*Петроград*)开始，以彼得堡为起源地的象征主义诗人们开始将这座城市本身作为吟诵的中心主题，其中，别雷和勃洛克的贡献最为突出。

---

[1] 梅列日科夫斯基，《论现代俄国文学衰落的原因及新流派》，李廉恕译，收入张建华、王宗琥编《20世纪俄罗斯文学：思潮与流派（宣言篇）》，外语教学与研究出版社，2015年，第5页。
[2] 米尔斯基，《俄国文学史》(下卷)，刘文飞译，人民出版社，2013年，第194页。

别雷：彼得堡书写的新范式

安德烈·别雷（Андрей Белый）是个"跨界"的作家。他生于19世纪末（1880），逝于20世纪30年代（1934）；他生于莫斯科，并在此完成了大学学业、形成了初步的思想体系，然而其最重要的作品却以彼得堡为对象；他以数学专业本科毕业，却又迷恋于唯心主义哲学和文学创作；他游历欧洲近20年，却在苏联政治最严酷的时候回归莫斯科……正是这样的人生经历和学养背景，形成了别雷对俄国象征主义的艺术继承和思想超越；造就了充满立方体、数字、直线、曲线却极为神秘莫测的彼得堡城。别雷和他的后辈帕斯捷尔纳克一样，以诗歌出道，却以小说卓然于世界文坛。他的小说既是其早期象征主义诗歌艺术的扩展与提升，亦是诗歌爱国主义主题的具体化表达。在诗集《灰烬》中，他写道：

> 啊，俄罗斯母亲！我的歌献给你，
> 啊，无言的、多灾多难的母亲！
> 在这里让我更无声更喑哑地，
> 为你那无序的生活哭泣。
> ——《车窗外》(*Из окна вагона*)，1908年[1]

---

[1] Андрей Белый, *Из окна вагона*, https://www.culture.ru/poems/7875/iz-okna-vagona.

在长篇小说《彼得堡》(*Петербург*)中，别雷将"俄罗斯母亲"置换为"彼得堡"，保留了爱国情怀，又以这座城市的现代性象征突出了对俄罗斯东西方对立主题的反思。《彼得堡》既是"彼得堡文本"从19世纪向20世纪的完美过渡，亦是全新形式的城市叙事典范。用利哈乔夫的话来说，它的"主题来源于彼得堡两百年的神话，它从城市奠基时就开始形成了"。但别雷的"野心"显然不仅仅在于延续彼得堡主题，而是要以象征、意识流等各种现代手法重现两百年来的彼得堡主题，并赋予它更加深刻和多元的意义。

· 互文和变化中的彼得堡

利哈乔夫为我们提供了一个理解这部作品的起点："别雷的《彼得堡》以最尖锐的形式与普希金的《铜骑士》相对立，同时，它又仿佛是对《铜骑士》的主题思想的继续和发展……别雷与国家恐怖主义和个人恐怖主义都划清了界线，同时从两者身上撕去任何的浪漫主义情调。"[1] 尽管普希金的"青铜骑士"是《彼得堡》中最清晰易解的意象，但熟悉19世纪俄国文学的读者将首先发现这部小说如何以接近现实主义的语言形成了与果戈理的《彼得堡故事》的互文；接着会看到陀思妥耶夫斯基对民粹主义极端化的警惕如何以充满象征和隐喻的碎片化叙事被延续。

---

[1] 利哈乔夫，《原编者的话》，靳戈、杨光译，见安德烈·别雷《彼得堡》，作家出版社，1998年，第3页。

在别雷的《彼得堡》中,1905年夜晚的涅瓦大街仍然是这样的:

> 傍晚昏暗的灯光淹没了大街。中间整齐地竖立着一道道圆形的电灯光。两边则是不停地变换颜色的霓虹灯;在这里,这里和这里,红宝石突然迸发出火焰;那边——绿宝石在闪烁。瞬息间:那边——红宝石;绿宝石——则在这里,这里和这里。[1]

除了煤油灯变成了电灯,1905年的涅瓦大街辉煌的夜色似乎与果戈理的《涅瓦大街》毫无二致。然而清晨的人流却发生了变化:

> 涅瓦大街上,人群虽然还是像一条多足虫在蠕动,但多足虫的各个部位发生了惊人的变化;旁观者的有经验的目光早已注意到一顶压到前额、从鲜血染红的满洲土地上带到这里来的毛茸茸的黑皮帽:那是有个夸夸其谈的人阔步从涅瓦大街上走过,过往的高筒大礼帽的比例降低了;夸夸其谈的人发现这里还是老样子:他耸了耸肩膀,把自己冻僵的手指头塞在袖子管里;涅瓦大街上还出现了反政府小伙子们不安的惊叫声,他们挥舞着红色的小报,是从火车站拼着命跑到海军部大厦来的。[2]

---

[1] 安德烈·别雷,《彼得堡》,靳戈、杨光译,作家出版社,1998年,第71页。
[2] 安德烈·别雷,《彼得堡》,靳戈、杨光译,作家出版社,1998年,第117页。

20世纪刚刚开始的涅瓦大街依然川流不息,但主角已不再是涌向各个衙门的戴着"高筒大礼帽"的官僚和贵族军官,而是日俄战争后退伍的士兵和各地赶来的反政府青年,他们显然将成为1917年革命的主力。

而更重要的是,整个彼得堡的人也不再只以涅瓦大街的机关和商铺为活动中心。新的社会阶层壮大起来,他们有了更重要的去处:

> 一大早,成千上万的人群就缓缓向它拥去;郊区都是密密麻麻的人群;没完没了的人群。所有工厂当时都可怕地动荡起来了,人群里的工人代表毫无例外地都成了夸夸其谈的家伙;一支勃朗宁手枪在他们中间传来传去;还有别的东西。[1]

彼得堡还是彼得堡,但时间改变了空间的动线,人和事都变了。"人群"的阶层扩展了,他们活动的空间就变大了。从涅瓦大街走向郊区的过程中,城市的功能和革命的力量都在迅速增长。不仅是果戈理时代的彼得堡故事如今已改变了场域和气质;就连陀思妥耶夫斯基和车尔尼雪夫斯基都曾讲过的,被伯曼称为"彼得堡的原始景象"之"官员与职员、绅士与新人在涅夫斯基大街上的遭遇",也有了新的进展。大街上彼此对立的人们都有了更明确的自我意识。

大街的一边,是"长着一张吸墨器模样和石头般板着的脸"的

---

[1] 安德烈·别雷,《彼得堡》,靳戈、杨光译,作家出版社,1998年,第116页。

参议员阿勃列乌霍夫。他喜欢涅瓦大街的"笔直""规整和匀称",喜欢一座座立方体一样连成一排的楼房,喜欢一个个门牌号码……因为所有这些整齐划一可以"使参议员那因为家庭生活的不和谐和我们国家机器的轮子总是无可奈何地在原地打转而过分激动紧张的神经,平静了下来"[1]。别雷一语便点明了1905年俄国理性和秩序的虚弱本质:俄国官僚的理性主义,只是为了抵抗私人生活和公共生活的内在停滞与混乱。

彼得堡的诞生,是俄国现代化进程的起点,它的使命似乎就是拖着沉重的俄罗斯向前奔驰。然而这一路西奔的领袖,却是保守僵化的俄式官僚。1905年的彼得堡,"与同一条奔驰的大街并行的,有一条带着同样一排盒子形状的物体、同样的号码和同样的云朵奔驰的大街,还有同样的一位官员"[2],这位官员也和阿勃列乌霍夫一样,在大街上享受着"垂直的(马车)四壁将他和街上的嘈杂混乱隔开"的特权,"看不见人群的流动"[3]。经历了200年现代化的彼得堡,到了20世纪开始的时候,还在原地踏步:

> 这是一种无限,它存在于奔忙的大街的无限之中,而奔忙的大街的无限又带有融入奔忙的、纵横交错的阴影的无限之无限。整个彼得堡就是n次幂的大街的无限。

---

[1] 安德烈·别雷,《彼得堡》,靳戈、杨光译,作家出版社,1998年,第23—25页。
[2] 安德烈·别雷,《彼得堡》,靳戈、杨光译,作家出版社,1998年,第27页。
[3] 安德烈·别雷,《彼得堡》,靳戈、杨光译,作家出版社,1998年,第24页。

> 在彼得堡外面呢——什么也没有。[1]

仅从这一点看，别雷的《彼得堡》就超越了俄国象征主义本身的概念和艺术。当别人还在用晦涩的意象来表达迷雾重重的政治图景时，别雷早就看穿了帝俄崩溃的种种预兆：上层官员政治上刻意的保守、工人阶级的崛起、革命呼声的广泛应和、涅瓦大街上资本主义经济的虚张声势……每一条大街似乎都繁忙而平静，但这错综复杂的都市之网，却在窃窃私语中形成了革命之熵。

在大街的另一边，即将迎面而来，冲撞阿勃列乌霍夫的将不再是迟疑孤独的地下室人，而是"充满了愤怒"的"一些平民知识分子"：

> 被川流不息的四轮双座敞篷轻便马车挤得紧紧的一辆轿式马车，在靠近十字路口的地方停了下来……一些平民知识分子从旁边经过，他们被飞驰的轻便马车挤到一边，正向垂直地疾速横穿涅瓦大街的一股人流靠拢——这股人流现在简直要贴到参议员的轿式马车上了；顺着涅瓦大街奔驰的阿波罗·阿波罗诺维奇原以为自己距离那在同一条大街上爬行的多足虫似的人群有无数俄里，他的这个幻想现在破灭了……[2]

---

[1] 安德烈·别雷，《彼得堡》，靳戈、杨光译，作家出版社，1998年，第27、28页。
[2] 安德烈·别雷，《彼得堡》，靳戈、杨光译，作家出版社，1998年，第33、34页。

20世纪初的革命力量,来自19世纪后期积蓄起来的民粹派激情。而民粹派运动的主力是平民知识分子。他们从"地下室"渐渐走上地面,从实验室[1]走向大街。但不论是陀思妥耶夫斯基的地下室人与官员有预谋却又慌张的单独遭遇,还是车尔尼雪夫斯基的医科大学生罗普霍夫将官员扔进下水道,19世纪平民知识分子的反抗始终是孤独的,所以注定要失败。他们发动了"到民间去"运动,走向农村,掀起了俄国各阶层知识分子发掘本民族文化和保护乡村的热潮。但由于得不到农民的理解和组织内部的认识分歧等,民粹派运动又走向了衰退,演变成了返回城市的恐怖主义。参议员阿勃列乌霍夫在涅瓦大街上正是遭遇了这样极端化了的,且力量不断壮大的"后民粹派"群体。

·高度象征化的彼得堡

别雷以高度象征和戏拟的手法表达了他对革命的复杂态度。一方面,帝俄官方虽然以理性主义自我标榜,却无法直面革命的呼声,依然将自己封闭在马车"薄薄的一层板和一个二十四寸高的"车厢里。鸵鸟式的政府不可能建设出真正的现代化国家。另一方面,社会阶层的空前分化和革命的恐怖主义倾向又很难避免无政府主义和大规模无辜群众的牺牲。在别雷看来,"大街"两边的力量都脱离了真正的生活和人民,他在1912年发表《彼得堡》最初几章的序言中曾明确指

---

[1] 车尔尼雪夫斯基《怎么办?》中的罗普霍夫。

出这部小说的主题思想是"讽刺脱离生活基础的意识形态。我们的官僚阶层及 1905 年时我们的极端党派都受这种意识形态的支配"[1]。在《彼得堡》之前创作的长篇小说《银鸽》（1909）中，别雷就以"到民间去"的莫斯科大学生达理雅利斯基迷失于"民间"混乱的信仰，最终被杀害的故事，集中讨论了知识分子与人民的关系。《彼得堡》既延续了《银鸽》的主题，又将其变为更加复杂的社会语境的一部分。

《银鸽》以乡村为主要空间展开主人公的活动，语言和结构也更贴近 19 世纪的朴实风格，而《彼得堡》则是以参议员父亲、革命者儿子与乌合之众三者之间迅速切换的叙事视角、急速跳跃的语言和混乱纷繁的城市意象，共同构成了别雷对革命山雨欲来彼得堡风满楼的"现在时"体验与"将来时"预感。

他充分地运用了来自法国象征主义的典型手法，以彼得堡"大街"上变化的"人群"同果戈理、陀思妥耶夫斯基和车尔尼雪夫斯基相"应和"，来表达这种"现在时体验"；然后又以更加抽象的语言去"应和"普希金的"青铜骑士"主题，以此表达"将来时预感"：那前蹄腾空而起的彼得大帝塑像，究竟要将俄罗斯带向何方？或者那被牢牢钉在花岗岩上的后腿，又会将俄罗斯拖到几时？这个本身悖谬的塑像就是俄罗斯悖谬的现代化之路的象征：

  从金属骑士疾驰到涅瓦河岸的那个孕育着后果的时候起，

---

[1] Белый А. *Петербург*, М: НАУКА, 1981, c.498.

从他把马掷到芬兰灰色的花岗岩上的那些日子起——俄罗斯分裂成了两半;分裂成两半的,还有祖国的命运本身……

你啊,俄罗斯,像一匹马!两个前蹄伸向了空荡荡的一片黑暗之中;而一双后腿——牢牢地长在花岗岩根基上。[1]

别雷用"混沌""雾霭""阴霾"等表达混乱迷惘的象征词去形容彼得堡和俄罗斯现代化的现状,然后用"太阳"的力量去拨开这片迷雾:

你想脱离拖住你的巨大石块吗,就像别人脱离坝基一样同自己疯狂的儿子们分手吗?——你是否想脱离拖住你的石块,无所依托地悬在空中,以便然后倒在水的混沌之中?或许,你是想扑向前去,划破雾霭,穿过空气,以便和自己的儿子们消失在云中?要不,你,俄罗斯,竖起前蹄,面对把你抛到这里的严峻命运,在这阴霾的北方,在这落日的余晖特别长久、时间本身忽而是严寒的夜晚忽而是——光明的白昼不断变换着的地方——沉思了多少年?或许,你是害怕跳跃,又停下四蹄,以便扑哧着鼻子把伟大的骑士带到那些靠不住的国家所处的开阔平原的深处?[2]

---

[1] 安德烈·别雷,《彼得堡》,靳戈、杨光译,作家出版社,1998年,第152页。
[2] 安德烈·别雷,《彼得堡》,靳戈、杨光译,作家出版社,1998年,第152—153页。

在别雷看来，花岗岩具有双重象征意蕴：它首先是民族精神的基础，如果脱离这一根基只求飞速发展，俄罗斯将失去信仰的依托；花岗岩也是沉重的负担——专制、官僚和庸俗——是俄罗斯民族性的一部分，它们牢牢吸附着马儿的后腿，拖住了腾飞的步伐。如何才能打破这一困局？1905 年的别雷看到了普希金未能识破的"青铜骑士"更深远的象征性，看到了"马儿"身上已无法遏止的革命力量：

> 铜马既然纵身跃起，眼睛注视着前方，就不会停下四蹄：历史的跳跃——将发生；将出现大的动荡；土地将被割裂；高山将在地震中倒塌……
>
> 彼得堡则将一片荒芜。
>
> 这些日子里，地面上所有的人都将抛开自己的地方；将大吵大闹——世界上不曾有过的大吵大闹；大批黄皮肤的亚洲人将离开久居之地，把欧洲原野变成血的海洋……
>
> ……
>
> 这一天，新的太阳将普照我家乡的土地。[1]

别雷以末世论般的意象对俄国大革命和第一次世界大战做出了惊人的预测。革命的预测基于对帝俄末期现状和俄罗斯分裂的民族性的深刻理解；世界大战的预测则基于对东西方文化对立走向极端的清

---

[1] 安德烈·别雷，《彼得堡》，靳戈、杨光译，作家出版社，1998 年，第 153 页。

醒认识。这将是旧俄国的末日审判，旧彼得堡（旧体制）将在现代革命中毁灭，"新天新地"（新体制）将在世界大战后出现。

小说《彼得堡》为 20 世纪的俄罗斯城市书写树立了新的范式：与 19 世纪的彼得堡文本无处不在的互文与"应和"；革命、宗教、恐怖、诗意、传统、现代等对立元素在一个城市空间中的象征性聚合；善与恶、勇气与懦弱、自由与奴性、科学与危机在城市文化中的激烈较量等，都成为苏联时期城市叙事的经典形式与核心主题。而 19 世纪俄国文学经典主题——"父与子"的斗争，官僚与虚无主义者的斗争——也经由《彼得堡》成功延续至 20 世纪。

勃洛克：新旧之间的彼得堡

亚历山大·勃洛克（Александр Блок），和别雷同年出生，也几乎于同一时期加入俄国象征派队伍。他的诗歌早期以神秘、浪漫的爱情为主旋律，中期以"美妇人"形象向索洛维约夫致敬，逐渐走出"象牙塔"和神秘主义，正视现实生活，创作了大量将理念与现实完美结合的作品。1907 年，勃洛克发表了《论现实主义者》一文，标志着他开始从宏观浪漫的象征抒情逐渐转向对人民、民族、知识分子、历史等国家命运细节的思考。1908 年他又发表了题为"俄罗斯与知识分子"的演说，公开提出当代文学必须向现实主义靠拢的问题。勃洛克的思想变化充分说明他是一个"真实的"作家和诗人，既没有完全走向"为艺术而艺术"的空中阁楼,也没有沦为意识形态的机器。他始终以最真实的生活体验作为创作的基础,象征是诗歌的外衣,这恰恰是他对现代主义最准确的理解:感觉的真实。

勃洛克生于彼得堡,逝于彼得堡,是个纯粹的彼得堡人,这一点,很多彼得堡诗人都无法与之相比。所以别雷总是可以"跳出来",将彼得堡视为"地图上的一个点",而勃洛克却终身陷在对故乡复杂的热爱中。革命前是爱恨交加的感情,他给彼得堡加了很多贬义的形容词;革命后的彼得堡是充满希望的,但出于某种不可名状的担忧,他又在赤卫队员的身边放上了耶稣基督。

·复杂而多元的彼得堡意象群

与别雷相比,勃洛克笔下的彼得堡更接地气,它不再只是意识形态巨大的阴影和革命的火盆,而是"街道、路灯和药房"。只有后来转向阿克梅派的曼德尔施塔姆最懂勃洛克,因为让他"熟悉如眼泪"的也是这些场景。

梦幻与现实、此世与彼世,是勃洛克诗歌的主要结构和抒情方式,也是他对早期俄国象征主义风格的继承。他不仅用这种精神空间的对立来表现他的"美妇人"和"陌生女郎",也用来营造他心目中的彼得堡意象。从《丽人集》中的一首小诗就可以看出他的"彼得堡美学":

> 白的夜,红的月亮

在蓝天上浮起。
虚幻而美丽,她在游荡
倒映在涅瓦河里。
——《白的夜红的月亮》(*Белой ночью месяц красный*),1901年[1]

1904—1908年,勃洛克创作了诗集《城市》,集中描绘了帝俄末期的彼得堡。和别雷在小说《彼得堡》中的表达方式惊人一致,勃洛克也以同普希金《青铜骑士》应和的方式书写着彼得改革的正反两面。

高悬在世界之城的上空,
被封进往昔的尘土中,
君主还在三弦琴的早晨
做着专制制度的美梦。

钢铁铸就的威武的祖先
依旧在蛇身上想入非非,
黎民百姓那多弦的声音
在涅瓦河上还没什么权威。
……

---

[1] Блок А. *Сочинения в одном томе.* Редакция, вст. статья и примечания Вл. Орлова. М., Л.: Гос. изд-во худож. лит., 1946,с.87.

> 一旦自由的面孔出现，
>
> 首先出现的是蛇的脸面，
>
> 那盘旋成一圈圈的脊背，
>
> 连一个关节也没有被压断。
>
> ——《高悬在世界之城的上空……》（Вися над городом всемирным），1905 年[1]

这首诗的寓意与我们曾分析过的别雷对彼得堡现代性的理解是一致的，彼得用专制的方式开始了俄国的启蒙，踩住了邪恶和蒙昧，也踩住了民间的喉舌。然而再失衡的启蒙也是启蒙，自由之光总会显露。只是那条僵而不死的蛇，俄罗斯民族的劣根性，依然缠绕着前进的马蹄。

米尔斯基给了勃洛克极高的评价，将他称为"所有象征派中最伟大的诗人"，认为他以其系列彼得堡主题诗歌代表了俄国象征派中"现实主义神秘主义"（реалистический мистицизм）的典范。"他那非物质的纯音乐风格非常适宜再现彼得堡的雾霭和幻影，这座如梦如幻的城市曾激发果戈理、格里高利耶夫和陀思妥耶夫斯基的想象。在勃洛克结束第一批神秘飞翔着陆之后，彼得堡这座浪漫的城市，这座矗立于涅瓦河三角洲沼泽地以北那片缥缈雾幕中的梦幻城市，从此便

---

[1] 亚历山大·勃洛克，《勃洛克诗选》，郑体武译，上海译文出版社，2018 年，第 183 页。

成为他诗歌中的不变场景。"[1]

笔者认为,米尔斯基的这个评价精到却并不全面,"现实主义神秘主义"的风格和彼得堡"缥缈梦幻"的场景只是勃洛克诗歌城市书写的技巧和美学,并非他的城市认知。十月革命之前勃洛克的彼得堡,像极了同时期马雅可夫斯基的莫斯科:

> 你可还记得那恐怖的城市
> 和远方蓝色的烟雾?
> 我和你一声不响地走着,
> 沿一条虚妄的道路……
> ——《你可还记得那恐怖的城市……》,1899年

* * *

> 城市把自己垂死的脸
> 转向红色的界限之内,
> 用太阳的血冲刷
> 自己灰色石头的身体。
>
> 工厂的高墙,窗上的玻璃,

---

[1] 米尔斯基,《俄国文学史》(下卷),刘文飞译,人民出版社,2013年,第219页。

肮脏的棕色的大衣,
在风中荡漾的卷发——
一切都烙上了夕阳的余晖。

——《城市把自己垂死的脸……》,1904 年

* * *

每天晚上,在路棚那边,
在恶浊的排水沟之间,
油腔滑调的浪荡鬼们
歪戴着帽子跟女人们纠缠。

——《陌生女郎》,1906 年

* * *

黑夜,街道,路灯,药房,
毫无意义的昏暗的灯光。
哪怕再活四分之一世纪——
一切仍将如此,没有终场。

死去——还会重新开始,
一切循环往复,保持原样:

> 黑夜，运河上冻结的波纹，
> 街道，路灯，药房。
>
> ——《死亡之舞》，1912 年[1]

勃洛克早期的彼得堡诗歌同他的其他抒情诗一样，虽具象征主义特色，却毫不晦涩。每一位读者都可以从他的诗歌中看到一个真实的、迟暮美人般的、忧伤而病弱的彼得堡。他那音乐一般的象征主义诗歌语言为这座曾经意气风发的都城献上了一首首挽歌。他看得到彼得堡永恒的美——教堂、运河、落日，也看得到它如今的丑——信仰缺失、物欲横流、生态破坏……"恐怖""堕落""污浊"和"虚无"竟然成了曾被万人赞颂的"彼得之城"的"现代"意象，而承载着这意象的则是"黑夜""街道""妓女"和"工厂"……畸形的现代化之路似乎让这个资本主义改革的排头兵都市陷入了死循环，一切都缺少意义和灵魂。

无法看清国家前途的勃洛克，其城市（彼得堡）书写的风格和主题都印证了他在 1908 年献给祖国的诗句：

> 俄罗斯啊，贫困的俄罗斯，
> 对我来说，你灰色的木屋，

---

[1] 亚历山大·勃洛克，《勃洛克诗选》，郑体武译，上海译文出版社，2018 年，第 174、195、281 页。

> 你风儿的高歌与低唱……
> 乃是初恋的第一滴泪珠!
>
> ——《俄罗斯》,1908 年[1]

但勃洛克仍然在这停滞中感觉到了某种新的力量,在大街的夜色中看到了"人群"!同样在 1904 年,他既写了《城市把它垂死的脸……》,也写了《他们走出黑暗的地窖》:

> 他们走出黑暗的地窖,
> 他们抬起头来仰望前方。
> 他们在讲着不同的方言,
> 他们的脚步越来越响。
>
> 人流一股又一股地涌来,
> 他们手持铁锹和十字镐。
> 他们越过石桥四下散开,
> 一座座大楼已拔地而起。
>
> 一排排房屋像灰色的蛛丝,

---

[1] 亚历山大·勃洛克,《勃洛克诗选》,郑体武译,上海译文出版社,2018 年,第 401 页。

> 一条条街道经纬交织。
> 人如潮，车如流，
> 一片欢声笑语充满着街市。
>
> 日子正在很快地飞逝，
> 遥远的天空已现出霞光，
> 看不见的急流正在滚滚奔驰，
> 我们新的城市将像浩瀚海洋。
>
> 啊，不用推测也不用找寻，
> 一代新人将会取代我们！
> 母亲在痛苦中把他们诞生，
> 用温暖的乳汁哺育他们……
>
> ——《他们走出黑暗的地窖》，1904年[1]

在诗人的心中和诗中，彼得堡就是俄罗斯，俄罗斯就是彼得堡，它们是互为本体和喻体的。他把对祖国的爱和忧虑转化为彼得堡书写，又把彼得堡的未来当作祖国的未来。所以勃洛克是欢迎革命的，他是象征派中为数不多的布尔什维克支持者。他期盼以彼得堡的革命

---

[1] 亚历山大·勃洛克，《勃洛克诗歌精选》，丁人译，北岳文艺出版社，2000年，第82页。

来唤醒旧的俄罗斯，或是以俄罗斯的新生来重现彼得堡的荣光。就在这样的对旧世界的哀其不幸怒其不争和深厚的爱国主义情怀中，勃洛克怀着喜悦迎来了十月革命。他号召知识界"用整个身体、整个心灵、整个意识"去"聆听革命"，自己也积极投身新政权的各种文化工作，参加了高尔基创建的"世界文学出版社"的工作。在高涨的新生活感觉中，他在1918年一年内接连写出了长诗《十二个》、抒情诗《西徐亚人》和政论文《知识分子与革命》等歌颂十月革命和苏维埃政权与文化建设的重要作品。

从勃洛克一生的创作来看，他并不具有别雷那样的政治敏感性，也不喜欢用诗歌来讨论政治。他几乎完全是从自己的体验出发，以接近梦呓的浪漫激情去贴近革命。谁能够激起他的爱国情怀，他就站在谁的一边。当时的左翼社会革命党人伊万诺夫-拉祖姆尼克主张"某种神秘的革命弥赛亚主义"，以"西徐亚人"来强调俄国革命的民族主义特征，反对西方的资产阶级革命。勃洛克深受伊万诺夫-拉祖姆尼克的影响，与他一道站在布尔什维克的一边。然而他为布尔什维克革命写下的最重要诗篇《十二个》，却具有浓郁的基督教象征性。

·彼得堡的终极意象：圣灵降临的革命叙事

勃洛克用他少有的世俗化甚至俚俗化语言，以改名为彼得格勒的彼得堡为背景，写成了一首宏大革命叙事诗。"黑夜"依然在，"白雪"和"风"已来！

> 漆黑的夜。
> 洁白的雪。
> 风啊,风!
> 刮得让人站不稳。
> 风啊,风——
> 吹在神的世界中!
> ……
> 一个资本家站在十字路口
> 把鼻子藏进衣领。

十二个本来觉悟并不高的普通俄罗斯人,放弃了宗教信仰,去参加赤卫队。

> 让我们对准"神圣的罗斯"开火——
> 对准坚固的罗斯,
> 对准茅屋的罗斯,
> 对准屁股肥大的罗斯!
>
> 啊哈,啊哈,不要十字架。

他们经历了艰苦的战争后成为"工人兄弟",日夜不停地"前进""前进","把自己的钢枪,对准了看不见的敌人"。勃洛克将旧俄罗斯的俚语与苏维埃特有的革命语汇如"警惕敌人反扑"混搭在一起，将旧世界和资本家都比作"丧家犬"，社会主义政权依然时刻受到旧制度的威胁："身后——是一条饿狗"，但"前面——一个刀枪不入者"

> 被纷飞的暴风雪遮住，
> 踏着晶莹的雪花，
> 迈着轻柔的脚步，
> 戴着白玫瑰的花环，
> 把血红的旗帜挥舞——
> 前面——是耶稣基督。
>
> ——《十二个》，1918年[1]

《十二个》写出了十月革命的进行时态，普通的市民可以从小混混"万尼卡"变成革命者，街道上的标语从立宪会议变成了革命口号，而本来是句号或者叹号的"大腹便便"的资本家，"像一个问号"，无声地站着，"旧世界仿佛丧家犬，翘着尾巴，站在他身后"。这样的比喻在勃洛克的早期诗篇中很难找到，让人们感受到了象征主义的美学风格和历史感受能力向未来主义的倾斜。

不论是戴着白玫瑰花环重临人间的耶稣基督，还是扛着枪经历

---

[1] 亚历山大·勃洛克，《勃洛克诗选》，郑体武译，上海译文出版社，2018年，第433—447页。

蜕变的12个赤卫队员，抑或是围绕在他们身边的整个旧世界和他们前方的新世界，这一切的中心舞台，都是彼得堡的街道。勃洛克以"圣灵降临的叙事"（刘小枫语），将他的"彼得堡"意象推向极致：耶稣受难是上帝和人类定下的"新约"，基督重临则是"第三约"，这将是最终的审判和救赎。这个审判与救赎之地是彼得堡，这座城市将从一派末日景象中重生！

《十二个》里的语言是粗俗的"四句头民歌"和不和谐的音乐以精密的结构营造出奇崛庄严的效果；而对革命和政治的主题则以高度象征的诗意化方式呈现。但恰恰是这杂糅的语言和高度象征的革命诗意化，将所有的政治时态和精神形态糅合在了一起，呈现出了一种神奇的"非共时的共时性"——不同的社会体验或政治意识同时存在，这正是十月革命作为后发现代性国家革命的最突出特征。

鲁迅对勃洛克的理解正如他对俄国文学的现代性理解一样深刻和公正："人多是'生命之川'之中的一滴，承着过去，向着未来，倘不是真的特出到异乎寻常的，便都不免并含着向前的反顾。诗《十二个》里就可以看见这样的心：他向前，所以向革命突进了，然而反顾，于是受伤。篇末出现的耶稣基督，仿佛可有两种解释：一是他也赞同，一是还须靠他得救。但无论如何，总还以后解为近是。"[1]

俄国象征派作为俄国最早出现的现代主义流派，从19世纪

---

[1] 鲁迅，《鲁迅全集》（第7卷），人民文学出版社，1982年，第300页。

末跨越到 20 世纪初，既带有浓郁的"世纪末"情绪，亦表现出对新气象的强烈渴望。正如宗教哲学家格·弗洛罗夫斯基（Георгий Флоровский）所言，"在俄罗斯的发展历程中，'世纪之末'意味着交界和开端，意味着思想的转折点"。站在这样一个历史的门槛上，"很多东西破灭了，能实现的是一些少见的希望。堕落的人多于有成就的人。少数人在教会中找到自我，大多数人无动于衷，置身事外，另一部分人则通过歪门邪道陷入恶劣的行径……这是充满探索和诱惑的时代，道路异常分歧，并且互相冲突，矛盾丛生"[1]。

象征主义诗歌的发展也经历了从模仿法国象征主义到着意突出俄国特色，从"萎靡不振的情调"向"渴求奇迹的期望"转变的过程。巴尔蒙特（К. Д. Бальмонт）和勃留索夫（В. Я. Брюсов）被米尔斯基称为"俄国象征主义的西方派"，而索洛古勃（Ф. К. Сологуб）和安年斯基（И. Ф. Анненский）则是苦闷和忧愁的代言人。真正的转变来自别雷和勃洛克，他们的象征主义创作在整个俄国象征派中与社会现实结合得最紧密，尽管二人对俄国和世界现代革命的理解和认识能力并不一致，尽管依然有着大量的"愁闷""黄昏"和"夜晚"的意象，但仍希望在"虚妄"中走向新生，并力图以特有的"时代语言"反映"时代的问题"。

别雷和勃洛克渴望的"奇迹"和"新生"是双层的，表层指向

---

[1] 弗洛罗夫斯基，《俄罗斯宗教哲学之路》，吴安迪、徐凤林、隋淑芬译，世纪出版集团，2006 年，第 518—519 页。

1905年和1917年的两次革命，深层则是对信仰回归的祈盼。他们把革命者看成对某种新宗教的狂热信徒，或是对革命成果报以基督重临般的期待。弗洛罗夫斯基认为，象征主义是俄国人"回归信仰的特殊途径"，是将尼采、叔本华与古典艺术（希腊艺术）的永恒之美结合在一起的信仰回归。

梅列日科夫斯基作为俄国象征派的思想奠基人，他的"现代思想"分为两个主题，一个是基督教的复兴，另一个是对彼得改革的批判。后者建立在前者的基础上。他认为"彼得改革的时代，俄罗斯所经历的那种人类良心受到震撼的惊乱，在整个世界是史无前例的。敌基督的思想并非仅仅在分裂教徒中产生"[1]。于是他对革命的渴望，是对基督教"由特殊道路"回归的渴望。别雷和勃洛克实际上继承了梅列日科夫斯基的思想，他们将古典艺术、宗教信仰和革命期待同时融入自己的文学创作，将彼得堡城塑造成"黑铁时代的""索多玛式的"和"诺亚方舟"式的混合体，来表达他们对整个俄罗斯的失望和希望。

从美学角度看，别雷和勃洛克又代表了俄国象征主义诗歌中最有生命力和现实价值的那一部分，他们以彼得堡为中心的城市书写，既回应了梅列日科夫斯基关于俄国"两个对立的时代"的观念；又以多场景、多时态的蒙太奇式多元象征风格传达出审美现代性的本质：一半是转瞬即逝的生活，另一半是永恒的艺术。

---

[1] 转引自格·弗洛罗夫斯基《俄罗斯宗教哲学之路》，吴安迪、徐凤林、隋淑芬译，世纪出版集团，2006年，第525页。

第二章

马雅可夫斯基

未来主义的莫斯科与工具现代性

> 未来主义诗歌——就是都市诗歌,现代的都市之歌。[1]
>
> ——马雅可夫斯基

理查德·利罕在《文学与城市》中,认为现代主义文学为读者提供了两种都市现实:"由艺术家构成的城市和由人群构成的城市"。"在第一种情况下,都市形象体现为艺术家的内在感觉和印象;在第二种情况下,人群作为一个整体有了自己的特性和都市含义。"[2] 而对于 20 世纪初的俄罗斯作家来说,他们一面受到西方现代主义思潮的强烈冲击,一面又身处帝俄晚期畸形资本主义和革命后一步跨到社会主义建设的剧变中。其私人体验与对革命的公意杂糅在一起,能够

---

[1] 岳凤麟,《马雅可夫斯基》,四川人民出版社,2005 年,第 69 页。
[2] 理查德·利罕,《文学中的城市:知识与文化的历史》,吴子枫译,上海人民出版社,2009 年,第 89 页。

为俄国读者提供的都市现实便是由艺术家和人群共同构成的。未来主义者与象征主义者虽然创作理念有别，但他们笔下的都市图景有着惊人的相似之处：颓废的个体与激昂的革命群众相遇在高度抽象和变形的城市大街上。

马雅可夫斯基（В. Маяковский）作为俄国未来主义艺术最高成就的代表，他笔下的城市形象更加典型地表现出"艺术家"和"人群"的双重结构。斯洛宁从学术史的角度专门谈到了诗人创作的这一特点："新的诗应该是歌咏矿坑、机器、城市街道之熙攘以及民众揭竿而起的怒潮。象征主义的飘逸、铿锵及孤芳自赏应由歌颂群众、大地与战斗、劳动节奏的一种艺术代替之。最重要的事实即马雅可夫斯基已经发现一种实践这些主张的文艺形式，而且成为革命初期时代一切希望与努力的呼声与歌者。"[1] 什克洛夫斯基则从语言学角度看到："在马雅可夫斯基的新艺术中，先前丧失了艺术性的大街又获得了自己的语言，自己的形式……诗人并非透过窗户张望大街。他认为自己就是大街的儿子，而我们便根据儿子的容貌获悉了母亲的美丽，人们先前是不会、不敢打量这位母亲的脸庞的。"爱伦堡也以同时代知识分子回忆的方式谈到了这一点："马雅可夫斯基使我感到惊奇：诗歌和革命，莫斯科喧嚣的街道和'洛东达'的老主顾所幻想的新艺术居然能在他的身上融洽无间。"[2]

---

[1] 马克·斯洛宁，《现代俄国文学史》，汤新楣译，人民文学出版社，2001年，第270页。
[2] 爱伦堡，《人·岁月·生活》，冯南江、秦顺新译，海南出版社，2008年，第204页。

总体而言，以波德莱尔和法国象征主义为代表的现代主义文学思潮是审美现代性的表现，它始终以对抗工具理性——技术现代性的姿态提醒读者警惕机器主义和科学主义的绝对权威化。但未来主义却是个例外，它从外表（技巧）到内在（主张）都是工具理性的绝对拥趸。20世纪初，俄国象征主义逐渐式微，未来派和阿克梅派分别于1911年和1912年相继形成并领跑俄国诗坛风骚。虽然阿克梅派在诗歌技巧上远离了象征主义的抽象和晦涩，但其精神主题与象征主义近似，都拥有"一颗'斯拉夫派'灵魂"[1]。而源于意大利的俄国未来派则力图全面推陈出新，旗帜鲜明地打倒一切旧传统。

城市主题与俄国的未来主义

1909年2月20日，意大利诗人马里涅蒂（Marinetti）在巴黎《费加罗报》上发表了《未来主义宣言》，标志着意大利未来主义的诞生。在包括《未来主义宣言》在内及此后的一系列文章中，马里涅蒂阐述了未来主义的美学观点和艺术主张。未来主义者们认为，随着大都市、机器大工业等"现代文明"的来临，人类应该采用一种全新的艺术来表现技术、机器、力量、速度等"现代的美"。他们强调人类的希望在"未来"："我们不想知道过去，我们是年轻有为、身强力壮的未来主义者！"过去的和现存的文化都已僵死，必须"将灵感装进一

---

[1] 米尔斯基,《俄国文学史》（下卷），刘文飞译，人民出版社，2013年，第185页。

副棺材里"[1]。

　　基于"摒弃一切过去"的思想,马里涅蒂进而主张用艺术歌颂战争,因为战争是"人类唯一的清洁剂"。最终走向极端的马里涅蒂投入了法西斯的怀抱,但受其影响的俄国未来派,却将未来主义的艺术理念与俄国本身的时代特征充分结合起来,深刻批判帝俄末期摇摇欲坠的专制政权和礼崩乐坏的社会道德,热烈赞美十月社会主义革命和革命后的城市工业化建设,以前所未有的激情推崇现代化、机器生产、速度、实验和创新。

　　1906年,马雅可夫斯基跟随母亲从高加索格鲁吉亚的库斯塔伊省迁往莫斯科,直到1930年去世,除了几次出访欧美外,他都长居莫斯科。马雅可夫斯基对这座城市的感情,是对故乡的感情、对都市本身的感情、对社会主义苏联首都的感情和对现代化工业建设的感情。这感情中饱含着的热爱和出于热爱的批判,充分呈现在他全部的诗歌创作中。马雅可夫斯基用未来主义的文学理念和创作技巧,结合了俄罗斯从帝俄末期到十月革命胜利,从布尔什维克初登政治舞台到新经济政策结束的历史特点,以全身心拥抱现代化建设的姿态,进行了20余年的诗歌、戏剧、宣传画等的创作。其中,都市成为最重要的主题或背景。

　　1912年,马雅可夫斯基同他在莫斯科绘画雕刻建筑学校结识的

---

[1] 马里涅蒂,《未来主义宣言》,收入袁可嘉等编《现代主义文学研究》(上册),中国社会科学出版社,1989年,第364页。

未来派诗人大卫·布尔柳克（Д. Д. Бурлюк）和赫列勃尼科夫（В. В. Хлебников）等人一道，编辑出版了未来派诗集《给社会趣味一记耳光》，其中发表了他自己的《夜》和《早晨》，以及俄国《未来主义宣言》。马雅可夫斯基以现代主义文学思潮中最激进的姿态迈入了俄国诗坛，并将愈来愈"现代"的诗风和愈来愈高昂的革命激情保持到了生命的终点。虽然马雅可夫斯基未必清楚什么是"现代性"，但"必须绝对地现代"则是他贯彻始终的价值观；机器、实验、汽车、地铁、飞机、工厂等现代化关键词频繁出现在他的诗歌中，踏着进行曲的快速节奏和韵律，带着深刻的批判意识，奔向共产主义的理想未来。

在一次公开讲话中，马雅可夫斯基明确说道："未来主义诗歌——就是都市诗歌，现代的都市之歌。……整个现代的文化世界都正在变成无限庞大的都市。都市代替了大自然与自然势力。都市本身就是自然势力，新的都市人就诞生在它的内部。电话、飞机、特别快车、电梯、复印机、人行道、工厂的烟囱、石头砌的高楼、烟雾与煤烟——这就是新的都市风光的各种因素。我们见到电灯路灯，要比见到古老的浪漫主义月亮频繁得多。我们都市人，不知道森林、草原、野花——我们熟悉的是街的隧道和来往的车辆、喧嚣、轰鸣、闪光……永不休止的回旋。"[1]

"城市风景在马雅可夫斯基的诗学中占有主要地位：街灯、隧道、

---

[1] 高莽，《诗人之恋——苏联三大诗人的爱情悲剧》，外国文学出版社，1991年，第8、9页。

桥梁、汽笛、人行道和十字路口、火车站和船坞——这类具体景物密密实实地充满了他诗歌中的城市化世界。日常生活的描写与虚构相结合：马雅可夫斯基诗歌的一系列形象从反常的比喻和隐喻发展到夸张的风格，形成一种现实中的虚幻效果——这种手法在长诗《关于这个》中被称为'虚构的现实主义'。"[1]

马雅可夫斯基的城市主题变奏

如果说马雅可夫斯基的创作道路分为三个时期：1912—1917 年，1917—1923 年，1924—1930 年，那么其城市书写也在这三个时期中具有明显不同的特征。

· 创作初期的城市意象：对帝俄末期畸形资本主义的批判（1912—1917）

他以批判资本主义城市为主题的诗歌开启创作生涯，第一篇正式发表的短诗《夜》就集中描写了光怪陆离、污秽堕落的城市夜景：

一幢幢楼房上披覆着的蓝色托加，

大街、广场看着它们丝毫不感到惊愕。

---

[1] 科尔米洛夫编，《二十世纪俄罗斯文学史——20—90 年代主要作家》，赵丹、段丽君、胡学星译，南京大学出版社，2017 年，第 198 页。

> 而灯光,就像是一道道黄色的创伤,
> 早早地给奔走的人们戴上了脚镯。
>
> 人群——这只毛色斑斓的灵活的狸猫——
> 浮动着、蜷曲着,被一扇扇大门吸引;
> 谁都想要多多少少地捞上一大票,
> 从那片混搅成一团的欢笑声中。
>
> ——《夜》,1912 年[1]

紧随其后问世的《城市大地狱》更加尖锐,直接以末世论基调将沙皇统治末期,将处于资本主义经济环境和崩溃的政治环境中的俄国城市比作地狱。汽车、电车、火车、摩天大楼、矿石、灯红酒绿的夜色一齐构成了城市魔窟:

> 窗户把城市大地狱分成了
> 一座座小地狱,闪烁着灯光。
> 汽车像红发的魔鬼在飞腾,
> 喇叭声声狂鸣,就在耳边响。

---

[1] 马雅可夫斯基,《夜》,郑铮译,收入余振编《马雅可夫斯基诗歌精选》,北岳文艺出版社,2010 年,第 3 页。

>在卖凯尔奇青鱼的招牌下——
>焦急的老头在寻找着眼镜,
>当晚风旋卷,电车滑动起来,
>闪亮起眼珠时,他大放悲声。
>
>摩天楼的洞窟里,矿石燃烧,
>列车的钢铁砌成进出的路——
>在那里飞机大吼着冲下来,
>落到那残阳的目光流泻处。
>
>这时候——揉起了街灯的床单——
>夜,淫秽而陶醉,在尽情放荡,
>而跟着街市的太阳蹒跚着
>谁也不需要的萎靡的月亮。
>
>　　　　　　　——《城市大地狱》,1913 年[1]

帝俄末期摇摇欲坠的政权、崩溃的经济和混乱的社会道德、一触即发的革命都可以在城市街头窥见一斑,马雅可夫斯基又写道:

---

[1] 马雅可夫斯基,《城市大地狱》,郑铮译,收入余振编《马雅可夫斯基诗歌精选》,北岳文艺出版社,2010 年,第 7 页。

> 大街瞠目结舌。
>
> 楼房笑声粗野。
>
> 一股寒气浇得周身凉彻。
>
> 千万个指头朝我身上戳,
>
> 正当我把年代的山巅翻越。
>
> ——《致俄罗斯》,1916 年[1]

在上面三首诗中我们看到了革命前的"人群"——罗伯特·穆齐尔(Robert Musil)所说的"没有个性的人",他们是灰暗的"大都会"中没有价值的庸众。西美尔在《大都会与精神生活》中将这样的状态形容为"麻木不仁",他认为这是金钱成为每个人唯一追逐目标的结果,因为"在奔流不息的金钱溪流中,所有的事物都以相等的重力飘荡"[2]。

在用短诗特有的"稳、准、狠"节奏直指都市五花八门的溃疡的同时,马雅可夫斯基创作了长诗《穿裤子的云》,成为其革命前的"纲领性"作品。该诗被诗人确立为"表现关于革命的主题",目的十分明确:既然初期诗歌深刻批判了资本主义城市和帝俄末期崩塌的社会道德,那就该进行革命,破旧立新。"'打倒你们的爱情''打倒你们

---

[1] 马雅可夫斯基,《致俄罗斯》,飞白译,收入《穿裤子的云——马雅可夫斯基诗选》,四川人民出版社,2018 年,第 75 页。
[2] 西美尔,《大都会与精神生活》,费勇等译,收入西美尔《时尚的哲学》,文化艺术出版社,2001 年,第 186—191 页。

的艺术''打倒你们的制度''打倒你们的宗教'——这就是(《穿裤子的云》)四部乐章的四个口号。"[1]

全诗以"没有一茎白发"的城市新生力量对旧时代女子玛利亚的爱情失败为表层叙事线,实则采用高度象征的手法。以圣母玛利亚的名字为女主人公命名,象征着基督教已经无法拯救沙俄的颓势,更不能成为革命力量的引路人。俄国需要"第十三个使徒"。典型的资本主义与封建专制混合的城市痼疾作为国内革命形势受阻的象征,成为黎明前的"黑暗":

> 大街默默地背负着苦难。
> 呐喊倒竖着卡住喉咙。
> 肥胖的汽车和瘦削的马车
> 陷在咽喉里,动都不能动。
>
> 踏平了胸膛,
> 比痨病鬼的还平。
> 城市用黑暗把街道封住。

然而未来主义的精神特质绝不仅仅停留于批判旧的,更重要的是对未来的信心。城市的街道上有黑暗就会有光明,革命的火种在城市的大

---

[1] 余振编,《马雅可夫斯基诗歌精选》,北岳文艺出版社,2010年,第157页。

街上酝酿,终将冲破阻力,在广场上爆发:

> 尽管如此!——
> 大街依然冲破堵塞咽喉的台阶,
> 咳出卡着的东西,向广场吐出。
> ……
> 我们,壮硕的人们,
> 迈开一跨一沙绳的大步。
> 撕碎他们的诗,不听他们胡说八道——

作为早期创作思想的集大成者,《穿裤子的云》明确表达了诗人对资本主义和现代化的态度。他要批判和打倒的,是俄国落后保守的专制制度和只学会金钱至上却不得资本主义精神要领的畸形社会形态;而启蒙思想、积极地参与自我改造和社会变革的新兴资产阶级,以及以英国工业革命为榜样的现代化建设,则是马雅可夫斯基高声赞美的对象:

> 在燃烧着的圣歌——工厂和实验室的轰鸣中
> 我们自己就是造物主。
> ……
> 我赞美机器和英吉利,
> 也许,毫不含糊,

> 我就是最通行的福音书中
>
> 第十三个使徒。
>
> ——《穿裤子的云》，1914—1915 年[1]

很显然，这既是诗人对勃洛克在长诗《十二个》中仍将耶稣基督作为俄国革命精神领袖的暗讽，更是其对工具理性的公开赞颂。马雅可夫斯基以颠覆性的批判力量和对未来的信心迎来了十月社会主义革命和他创作的第二阶段。他笔下的城市也焕然一新了："街路——我们的画笔。/广场——我们的调色板。"（《给艺术大军的命令》）

值得注意的是，早期创作中，"我"和"我们"交替出现在诗行中，这是诗人将私人体验和公共意志自觉结合在一起的表现。这时的诗人既能够感受到自己的独立意识，也能够随时加入到合唱中去。但中期之后，"我"的出现频率越来越低，"我们"成了绝对的主人公。

·创作中期的城市形象：社会主义现代化的颂歌（1917—1923）

马雅可夫斯基的诗歌有着极强的政治时态。革命前的诗歌鞭挞旧制度与旧习气，革命刚一开始就推出数首鼓励十月革命、嘲讽立宪民主党的诗歌，如《革命》（1917）和《关于小红帽的故事》（1917），几乎每一首诗都是踏着从帝俄到苏联的重大历史事件的鼓点。最能体

---

[1] 马雅可夫斯基，《穿裤子的云》，余振译，收入余振编《马雅可夫斯基诗歌精选》，北岳文艺出版社，2010 年，第 168—179 页。

现其在革命初期鲜明政治立场的诗当属《左翼进行曲》:

> 我们不能再照着
> 亚当夏娃的章程生活。
> 使劲儿猛赶
> 历史的马车。
> 左!
> 左!
> 左!
>
> ——《左翼进行曲》,1917 年[1]

1922 年 9 月 1 日,马雅可夫斯基写了著名的《关于未来主义的一封信》。信中确认俄国的未来主义在十月革命前后有了显著的区别:"十月革命后,我们的团体与许多脱离了革命的俄罗斯的、类似未来派的人分道扬镳了,我们形成了一个'共产主义者—未来主义者'的团体",而十月革命后的这个未来主义团体最重要的文学责任在于"对现代生活提出的任何任务作出回答"。[2]

在马雅可夫斯基的眼中,十月革命后的"现代生活的任务"首先是

---

[1] 马雅可夫斯基,《穿裤子的云——马雅可夫斯基诗选》,飞白译,四川人民出版社,2018 年,第 80 页。
[2] В. Маяковский: *Письмо о футуризме*, http://mayakovskiy.lit-info.ru/mayakovskiy/pisma/pismo-60.htm.

城市工业现代化建设,是城市道德观的重塑,是在都市中全面宣传社会主义理想,是宣传、鼓动和呐喊。因此,继革命宣传鼓动之后,马雅可夫斯基第二个创作时期内第一个重要主题是社会主义新都市的建设:

> 我们,
> 地球上的居民,
> 把每个地上的居民当成亲人。
> 大家都是弟兄,
> 在车床旁,
> 在办公室,
> 或是在矿井。
> 我们大家
> 在世界上
> 都是
> 创造生活的同一个队伍里的士兵。
> ……
> 今天,
> 社会主义这伟大的异端邪说
> 已变成空前未有的真实图景!
> ——《革命》,1917年[1]

---

[1] 余振编,《马雅可夫斯基诗歌精选》,北岳文艺出版社,2010年,第36—37页。

对社会主义新城市的赞美离不开与西方资本主义城市的比较和对本国旧习气的批判。马雅可夫斯基在长诗《一亿五千万》中塑造了两个人物：伊万和威尔森。伊万代表俄国革命，威尔森则象征着资本主义。威尔森蹲在美国芝加哥的现代主义风格的皇宫里，而芝加哥城则建立在一部电机管制的大螺丝钉上。马雅可夫斯基对城市工业化的赞美完全建立在社会主义制度之上，他是以一名苏维埃特色的未来主义者的世界观来歌颂苏联工业革命的。从1922年起，他又写了若干长诗和打油诗来宣传苏联工商业发展，作为对苏维埃第一个"现代生活的任务"的回答。

与此同时，抱着祖国应当如"天堂般"完美的信念，马雅可夫斯基在毫无保留地赞美共产主义建设的同时，也毫不客气地讽刺新苏联城市中的小市民习气和官僚主义，这是对"现代生活的任务"的第二个回答。在卢那察尔斯基看来，诗人从早期创作中就带上了这种"抗议"的声音。革命之前，马雅可夫斯基发现"资产阶级世界没有通往未来的道路，没有社会性的目标，没有值得他爱的集体，只有小市民的空虚——于是他对这种小市民的空虚提出了抗议"，而革命之后许多遗留问题甚至以新的面貌又冒了出来，这是渴望成长祈求完美的马雅可夫斯基更加不能容忍的，于是他"又愤怒又厌恶地否定这个渺小的世界，猥琐到资产阶级水平的市侩世界"。[1]

---

[1] 卢那察尔斯基，《革新家马雅可夫斯基》，蒋路、郭家申译，收入卢那察尔斯基《论欧洲文学》，百花文艺出版社，2011年，第326页。

从整个俄罗斯辽阔的国土上,

从苏维埃诞生的第一天起,

他们就聚集起来,

很快地换了一身新的羽毛,

稳坐在所有的机关里。

——《败类》,1920—1921 年[1]

每次来到,我都请求:

"今天能否接见?

从混沌初开我就等在这里。"

……

可又对你说:

"叫你再等一小时。

正在开会:

省合作社

要买一小瓶墨水。"

——《开会迷》,1922 年[2]

1917 年到 1923 年,是马雅可夫斯基创作的盛期,也是他对苏维

---

[1] 余振编,《马雅可夫斯基诗歌精选》,北岳文艺出版社,2010 年,第 49 页。
[2] 余振编,《马雅可夫斯基诗歌精选》,北岳文艺出版社,2010 年,第 52、53 页。

埃俄国和社会主义建设最信任的时期。如果说革命之前他的未来主义诗歌主要在于"破"——打倒旧帝国、打破旧诗风、打碎旧传统；那么十月革命后的第一个五年中，他的创作目标是"立"——树立国家新形象、树立社会主义新制度、树立新群众。诗歌语言和形式在继续革新，马雅可夫斯基的自我面貌也在"革新"。他竭力抑制住个人情感，将自己完全融入到合唱的队伍中去。

> 布尔什维克承诺的公社取代了诗人的未来主义乌托邦中的新基督教模式，成为一种理想。共产主义思想不仅符合未来主义者对未来人间天堂的幻想，而且还让这些幻想有了确定性、具体意义和实用性特点。马雅可夫斯基的抒情主人公曾固有的个人浪漫主义特征，从此时起，都让位于统一性、与千百万人的步调一致，"我"被换成了"我们"，个人与社会的冲突被历史本身消解了。[1]

马雅可夫斯基在这一时期的创作理念是工具理性在苏联社会主义工业建设时期全面胜利的表现，他以惠特曼的诗风为榜样，以科学和技术为绝对权威，又加入社会主义的意识形态，形成了20世纪20年代社会现代化与城市书写在文学中的充分结合。创作盛期的马雅可

---

[1] 科尔米洛夫编，《二十世纪俄罗斯文学史——20—90年代主要作家》，赵丹、段丽君、胡学星译，南京大学出版社，2017年，第180页。

夫斯基不但为未来主义诗歌注入了俄国特色和更强大的生命力，也为同时代文学的城市书写树立了典范。赞美与批判、歌颂与讽刺并行的城市书写方式表达了诗人对祖国和政权最真诚的热爱；楼梯诗的精准节奏亦从形式上完美应和了城市生活的鼓点。

然而必须要注意到的是，在为大众高歌的背后，始终暗藏着一个被压抑的个体声音。在人生最后一首长诗中，马雅可夫斯基说：

> 但是我
> 　　　扼住
> 　　　　　个人之歌的
> 　　　　　　　咽喉，
> 克制着
> 　　　自己。
> 　　　　　　　——《放开喉咙歌唱》，1930 年[1]

"我自己"的声音在诗人最意气风发、受人追捧的时期是可以克制的，然而总会在国家和个人命运都出了问题的时候冒出来。

---

[1] Маяковский В. В., *Во весь голос*, Полное собрание сочинений. В 13-ти тт. Т. 10. М.: Гослитиздат, 1958.

·创作后期的城市幻象:"我"和"我们"无法调和的冲突（1924—1930）

马雅可夫斯基的文学论敌波隆斯基在1930年指出:"作为一个城市诗人,他总离不开那些怒气冲冲的否定……城市小市民的世界通过一个街头行人的视角来塑造,这个人孤独地、以桀骜不驯的大胆姿态对抗世界,手臂用力地向上伸起。"[1]而艾亨鲍姆则于1940年提出了相反的观点,他认为,马雅可夫斯基的"我"之所以宏大,"并不在于崇高的'我'与低俗世界对立时的浪漫主义宏大性,而在于将世界纳入自身并且对其负责任的能力"[2]。不论是否赞同马雅可夫斯基对城市官僚主义和小市民庸俗生活的批评,同时代人都发现了诗人是在以孤独而大胆的姿态对抗某种集体乐观主义。当他自称为"革命的戎马诗人"[3]时,当他提出当代诗歌是"社会订货"时,绝不是文学向政治的谄媚,而是真的相信自己的创作能够像启蒙运动一样完成对社会主义新国家的群众教育。

城市化主题在马雅可夫斯基创作的后期（20世纪20年代后半期）达到了高潮。这与苏联国内的新经济政策取得了显著成就密切相关。1928年陆续创作的《三千和三姐妹》《叶卡捷琳堡-斯维尔德洛夫斯

---

[1] Полонский, В.П.,*О Маяковском*,«Вяч.Полонский О литературе», Москва：Сов. писатель, 1988.c.205,207.
[2] Эйхенбаум Б.М.,О *Литературе*, Москва:Сов.етский писатель.,1987,c.452.
[3] 马克·斯洛宁,《现代俄国文学史》,汤新楣译,人民文学出版社,2001年,第271页。

克》《翻砂工伊万·科济列夫迁入新居的故事》《我们能否等到好房子？同志们，快建设物美价廉的房子！》等，都是在用城市繁荣富足的物质生活来证明国家现代化发展方向的正确性，继而用这种正确性来证明社会主义道路和苏维埃政权的合理性，最后再用这种合理性来证明他创作思想的意义。1927年发表的长诗《好！》达到了这一理念的最高峰：

> 我的工厂
> 在突突地、
> 　　　　噗噗地
> 　　　　　　喘息。
> 机器啊，
> 　　喘息得
> 　　　　再快些，
> 永远
> 　　不要停住——
> 给我的
> 　　女共青团员
> 多多
> 　　织些花布。
> ……
> ……

城外——

　　　　田野，

田野上——

　　　　乡村无数。

乡村里——

　　　　　农民。

胡子

　　像笤帚。

老大爷们

　　　　坐着。

个个

都有本事。

耕耕地，

写写

　　诗。

每个村庄

天一亮

各样的工作很快就掀起高潮。

这边播种，

　　　　那边给我

烤

　　面包。

耕地，

　　　　打鱼，

挤牛奶。

我们的共和国

建设着，

　　　　站起来。

别的国家

　　都已

　　　　苍老。

历史——

　　　　大张开坟墓的嘴巴。

而我的

　　　国家——

　　　　　　却正青春年少，——

创造吧，

　　　发明吧，

　　　　　实验吧！

快乐已来到。

　　　　　　　　——《好！》，1927 年[1]

---

[1] 马雅可夫斯基，《马雅可夫斯基诗选》，卢永编选，人民文学出版社，1998 年，第 704—707 页。

日夜运转的机器、穿花布的女共青团员、既会种地又会作诗的农民、处在科学生产神话中的新国家……马雅可夫斯基用"完成体"的时态塑造了一个超越现实的乌托邦。这既是他歌颂祖国的最高音,也是力不从心的开始。随着列宁倡导的新经济政策逐步被斯大林的集体化思路取代,国内政治经济环境的变化已经越来越让诗人无法在诗中真诚地去叫"好",而本想要创作的《坏》也写不出来。《好!》之后的城市赞歌,几乎都变成了"将来时",如《赫列诺夫讲库兹涅茨克的建设和库兹涅茨克人的故事》:

这儿
　　　将密密麻麻
　　　　　　　竖立起
座座建筑。
　　　蒸汽啊,
　　　　　　让你的汽笛
响遍天涯。
……
这里
　　　将给我们建造
　　　　　　　舒适的楼房
买面包
　　　不要粮票

......
我知道

　　城市

　　　一定会出现，

我知道

　　花园

　　　将开满百花……

——《赫列诺夫讲库兹涅茨克的建设和库兹涅茨克人的故事》，1929年[1]

同一年，马雅可夫斯基在最后一首以"五年计划的第一序诗"为题的《放开喉咙歌唱》中，与"今日粪堆"和"昏暗的现代"告别：

可敬的

　　后代同志们！

当你们在已变成化石的

　　　　今日粪堆里

　　　　　　　挖掘，

在我们昏暗的现代中探索，

---

[1] 马雅可夫斯基，《马雅可夫斯基诗选》，卢永编选，人民文学出版社，1998年，第320—321页。

说不定

　　　你们也会

　　　　　问起我。

……

会说：确曾有过

　　　一个歌唱开水的歌手，

他与生水为敌，

　　　誓不调和。

　　　　　——《放开喉咙歌唱》，1930 年[1]

1930 年，马雅可夫斯基最终在官方的冷遇和自我的分裂中选择了自杀[2]。

"民间文人"爱伦堡和"官方文人"卢那察尔斯基都曾明确指出诗人的分裂性，都发现了他作为"我们"之一和作为"我"的巨大差异。爱伦堡回忆道："他从来都不是一个自信的人，是他那令人难忘的姿态让人们形成了一种成见……事实上是他的生活被诗歌碰得粉碎

---

[1] Маяковский В. В., *Во весь голос*, Полное собрание сочинений. В 13-ти тт. Т. 10. М.: Гослитиздат, 1958.
[2] 马雅可夫斯基自杀的原因众说纷纭，多将直接原因归结于他为自己举办的"马雅可夫斯基创作二十周年成就展"遭到冷遇和个人感情问题的纠结与失败。但同时代人的回忆和文学史都点明了他自杀的根本原因在于他对社会问题的批判越来越无法见容于当时的政治环境，他自己也做不到对着日益严峻的国内局势继续唱高调。

了。"[1]卢那察尔斯基则以陀思妥耶夫斯基提出的"同貌人"（双重人格，двойник）来形容诗人："然而马雅可夫斯基有一个跟他容貌相同的化身，这是他的不幸。……他感觉到这个同貌人的存在，他怕他，不喜欢他，但是同貌人却死死地缠住他。"

卢那察尔斯基比爱伦堡更准确地抓住了马雅可夫斯基分裂的根本原因："在这副反照出整个世界的金属铠甲里跳动着的那颗心不仅热烈，不仅温柔，而且也脆弱和容易受伤。"[2]常在诗中自称为"金属的"诗人也具有金属的易断裂性，尤其是在政治和舆论温度不稳定的时候。Л. 托洛茨基说："马雅可夫斯基的革命个人主义轰轰烈烈地融入无产阶级革命中，但却没有与革命汇合在一起。"[3]此言虽然偏激，这"革命个人主义"却从另一方面道出了诗人内心世界里"我"与"我们"最终未能调和的冲突。

十月革命之前，马雅可夫斯基毫不疑惑地加入未来主义的阵营，成为主张俄国社会主义现代化的坚定一员，以他有别于未来派其他成员的、与社会生活结合得更加充分和紧密的高水平诗歌为工具现代性摇旗呐喊。然而，以"科学""精确""机器"为关键词的工具理性并未给俄国人带来持久的幸福感。

未来主义者马雅可夫斯基笔下的莫斯科，是工业现代化的典范；

---

[1] 爱伦堡，《人·岁月·生活》，冯南江、秦顺新译，海南出版社，2008年，第207页。
[2] 卢那察尔斯基，《革新家马雅可夫斯基》，蒋路、郭家申译，收入卢那察尔斯基《论欧洲文学》，百花文艺出版社，2011年，第334—337页。
[3] Троцкий Л. *Литература и револющия*. изд. Политиздат, М.1991г. 119 с.

但后来脱掉了"黄色短上衣",看到了美国现代大都会的马雅可夫斯基却越来越认识到工业美学的失控与技术主义对人文精神的扼杀。他把这种担忧以假定性的方式写进了戏剧《澡堂》。爱伦堡说:"马雅可夫斯基明白,如果不给技术套上一副人道主义的笼口,它就会把人咬得遍体鳞伤。"[1]可惜苏联官方和民众都太习惯于听他的歌颂,很难领会他的忧虑。自我审视在诗人生命后期慢慢占了上风,但这种审视也始终在与诗人曾深深迷恋的现代化宏大叙事进行斗争,两种力量都没有消失,也没有胜利,它们从内部撕裂了诗人。这是马雅可夫斯基个人的悲剧,更是苏联现代化道路的真实写照。19世纪的"西方派"与"斯拉夫派"的矛盾,在20世纪以"工具"和"审美"形式重新爆发了。

如果说叶赛宁在1916—1918年的革命宗教长诗中创造了乌托邦乐土的模式,那里由新上帝和富足的农民当家做主,那么马雅可夫斯基则为革命国家提出了自己版本的彼岸俄罗斯——由公社和无产阶级组成。"俄罗斯诗歌为社会意识同时提供了两种乌托邦类型,二者的相同点仅仅在于、精神要素、理想、信仰占有重要地位,新型的国家都建构在信仰的基础之上。"[2]

19世纪末到20世纪上半叶,俄罗斯比以往任何时候都更加执着

---

[1] 爱伦堡,《人·岁月·生活》,冯南江、秦顺新译,海南出版社,2008年,第225页。
[2] 科尔米洛夫编,《二十世纪俄罗斯文学史——20—90年代主要作家》,赵丹、段丽君、胡学星译,南京大学出版社,2017年,第185页。

于"现代",又更加迷茫于"现代性"。这个国家执着于结束沙皇的末日统治,经由法国式的大革命而走向新政权、新天地。但在革命和新政权的实践过程中,却又面临同样站在反对封建专制立场上的资产阶级和无产阶级两种力量的纠结。

资产阶级革命最先爆发,但由于资本主义在俄国发展的先天不足,资产阶级极具妥协性和摇摆性,加之国内经济崩溃,很快在混乱的革命局势面前败下阵来。无产阶级在资产阶级革命造成的混乱基础上,结合早已传播开来的社会主义思想,主张走俄国自己的革命道路,最终取得了革命的胜利。但苏维埃国家侧重城市、重工业发展,以西欧经济水准为追赶目标,以集体化为农村经济发展模式的社会主义建设却因经济不足出现了城乡发展水平失衡和忽略个体意识等种种问题。

这一切让"跨世纪"的知识分子们激动而茫然。于是来自西方的现代主义恰好借给他们新的艺术手法,去用抽象和拼贴的现代形式表达令人费解的社会现实。以无产阶级革命和社会主义建设为俄国特色的现代化道路,遭遇了思想界审美现代性意义上的反复思辨、质疑和追问。

19世纪俄国思想界关于国家现代化的论争,是走西化道路还是走传统道路的论争;关于现代性的思辨,则主要是人性与理性、科学与宗教、城市与乡村的思辨。而到了20世纪上半叶,知识分子明争暗论的焦点是革命与人性、宏大叙事与私人话语、合唱与独唱、公共经验与个人体验的关系。特别要指出的是:新政权的重工业建设方向，导致俄国农村在20世纪初期集体失语。乡村在一段时间里已不再是思想界关注的对象，它已无法在文学中同城市平等对话，直到若干年后以土改、饥饿和农业集体化的形象重回大众视野。

帝俄末期到1917年之前，圣彼得堡作为沙皇政府所在地和革命的策源地，其专制末日景象和喧嚣的革命声响便成为这一时期文学关注的焦点。

十月革命胜利之后，1918年3月，新生的苏维埃政权将政府和共产党中央委员会迁往莫斯科。1922年12月，莫斯科正式成为苏联首都，也成了世界上第一个社会主义国家的首都。自此，彼得堡的核心政治地位不复存在，这座城市在苏联文学中变成了和平时期的古典式追忆和战争年代（卫国战争）的英雄模板。莫斯科也自1712年彼得大帝迁都彼得堡后，终于重回政治话语的中央舞台。革命本身和社会主义国家建设自然成为这一时期莫斯科文本的主题。

俄罗斯文学中的城市书写，也比19世纪更加集中于彼得堡和莫斯科这"两个首都"，这是由它们在革命和政治话语中的地位决定的。其他城市都属于"外省"，它们仿佛还没有真正参与到城市话语中来，依然游走在乡村叙事的边缘。而这一时期的彼得堡和莫斯科文本，也像以往那样，站在俄罗斯思想（Русская Идея）的两端。

象征主义者们对彼得堡的书写是体系现代性与美学现代性的纠结，他们一面批判工具理性在帝俄末期的极端化和官僚化，一面渴望新的革命和新政权的到来。尽管各种纷繁晦涩的意象增加了表达的诗意，但无疑，别雷和勃洛克为彼得堡树立了一个政治形象和一系列政治话语。他们也向宗教寻求更高级的精神依托和象征主义在俄罗斯的独特性，但其精神走向依然是循着东正教到达"第三约"，关注的还是国家现代化之路的宏大叙事。

如果说彼得堡在象征主义和阿克梅主义诗歌中是两种现代性话语纠缠而形成的多面意象的话，那么莫斯科在俄罗斯政治史上的"重生"，这个"第三罗马"的共产主义化身，在未来主义诗歌中则成为工具现代性的唯一面孔。以"革命—科学—工业—理想社会"的启蒙思想体系为蓝本的工具现代性树立在线性的台柱上，很少向后回望，只是昂着头颅向前。当它将复杂的人性、民族性和历史抛诸脑后的时候，亦恰是它一骑绝尘冲向虚无的时候。马雅可夫斯基的命运印证了这个规律。

第三章

阿克梅派的彼得堡
乡愁与信仰

  阿克梅派是作为对象征派的反拨而创建的，阿克梅主义（Акмеизм）反对象征主义诗歌的抽象主义与神秘主义的极端化发展倾向，提出"返回物质世界、返回现实、返回尘世"的美学主张。基于这一主张，该派诗人在诗歌语言上也形成了清晰、细腻、质朴和直接象征的特点。戈罗杰茨基（С. М. Городецкий）、古米廖夫（Н. С. Гумилёв）和曼德尔施塔姆等人作为象征主义作家维·伊万诺夫"塔楼"中"青年小组"的核心人物，最终在领会了象征主义真谛之后离开了它，于1911年成立了"诗人行会"（Цех поэтов），刻意以"Цех"（俄语意为"车间、行会"）一词来强调他们对诗歌语言本身的锻造和诗人的工匠精神。1912年秋，诗人行会宣布创建新的诗歌流派："阿克梅主义"，取希腊语"acme"——最高级、顶尖之意——表达了欲登上20世纪俄罗斯诗歌艺术巅峰的雄心。

  事实上他们也做到了。尽管接下来还有游离于各派之间的帕斯捷尔纳克和任何流派也不参加的茨维塔耶娃,但阿克梅派的曼德尔施塔姆和阿赫玛托娃依然可以被视为20世纪俄罗斯最伟大的诗人。

曼德尔施塔姆的彼得堡:腮腺炎和眼泪

> 我希望说出的词,已经被我遗忘。
> 失明的燕子将返回到影子的宫殿,
> 扑闪剪子的翅膀,与透明的影子嬉戏。
> 一支夜歌在失忆的状态中响起。
> ——曼德尔施塔姆,《我希望说出的词》

曼德尔施塔姆早先追随象征派,但很快发现了自己对现代俄语应当回归希腊化天性的主张与象征主义背道而驰,他批评了以别雷为代表的象征主义语言:

> 安德烈·别雷就是俄国语言生活中一个病态的、令人厌恶的现象,这仅仅是因为,为了排他地迁就其投机思维的热情,他无情地、放肆地驱赶着词。他被精细的连篇废话喧住了……结果,在瞬间的漂亮话之后,是一堆碎石子,一幅忧伤的毁灭画面,它们代替生活的饱满、有机的完整和能动的平衡。像安德烈·别雷这样的作家的基本过错,就是对词的希腊化天性的不尊

重,是出于自己本能的目的而对词的无情的剥削。[1]

回归"天性"和"本能",既是曼德尔施塔姆对文学语言的要求,也是他对自己的人格和文学品格的一贯要求。这与20世纪现代主义文学对"直觉"和"本能"的追求是一致的,甚至曼德尔施塔姆的要求更高,他要将诗的"言语"和"语言"都达到释放天性的程度,然后用这样的文学作品来对抗科学权威的蔓延。这正是审美现代性的本质。

在主张文学语言回归语言本身的天性的同时,曼德尔施塔姆还严厉批评了科学主义和进化论对文学的控制。在《论词的天性》一文中他说:"19世纪欧洲科学思想在认识即将到来的世纪之性质上所表现出来的含混和庞杂,彻底败坏了科学思想。……人的自由智慧是与科学分离的。它会出现在任何地方,在诗歌中,在经济中,在政治中,等等,就是不会出现在科学中。"和19世纪的陀思妥耶夫斯基对现代化的认识如出一辙,曼德尔施塔姆反对的不是科学作为人类进步工具的本来意义,而是它要统领一切智慧领域的权威姿态。从"人的自由智慧"再延伸到文学,他认为用科学进化论来要求文学的革新简直是愚蠢和致命的:

---

[1] 曼德尔施塔姆,《论词的天性》,刘文飞译,收入曼德尔施塔姆《时代的喧嚣》,敦煌文艺出版社,2015年,第109页。

> 如果听持进化论观点的文学史家们的话，那么就是，作家思考的仅仅是怎样去打扫自己面临的道路，而完全不去考虑该怎样完成自己的生活事业，或者，他们全都加入了一场旨在改进某种文学机器的发明竞赛，而且还不知道评委会在哪儿，这台机器将用于什么目的。
>
> 文学中的进步理论，是一种最愚蠢、最令人生厌的小学生式的无知。文学形式是不断变化的，一些形式会让位于另一些形式。但是，每一次变化、每一个获得都伴随有损失。由于没有任何一台文学机器，没有一个要在别人之前赶去的起点，因此，文学中就没有任何的"更好"，也没有任何的进步。[1]

这段话就像是直接给未来主义的《给社会趣味一记耳光》来了一记耳光，曼德尔施塔姆显然反对将任何过去的经典"从现代的轮船上抛下去"，主张用各种各样的形式或彼此的糅合来展现俄语的魅力和俄国的民族性。他对未来主义的批评十分犀利：

> 语言的发展速度与生活本身的发展毫无共同之处。机械地去促使语言适应生活需要的任何尝试，都事先就注定是失败的。这种强加的、机械的促使，就是对同时是飞毛腿和乌龟的语言的

---

[1] 曼德尔施塔姆，《论词的天性》，刘文飞译，收入曼德尔施塔姆《时代的喧嚣》，敦煌文艺出版社，2015年，第106、107页。

不信任。

赫列勃尼科夫张罗着词,像一个耗子,在地下刨出了一个通向未来整个世纪的通道,与此同时,自称为意象主义者的莫斯科比喻派的代表们,却在竭尽全力地欲使语言适应当代,他们远远地落在了语言的后面,他们的命运,就像一堆废纸屑那样被清扫出去。[1]

至此,曼德尔施塔姆将象征主义、未来主义和意象派一网打尽,反复申明了回归语言本质对文学的重要性,批判了同时代那些即便不属于官方左翼文学的流派也依然与工具理性同谋的文学思路。在《阿克梅主义的早晨》一文中,诗人更明确地表明阿克梅派对象征主义和未来主义的反拨,是建立在对科学主义的厌烦和对返回自然与神性的追求之上的:

> 在对精确的追逐中,19世纪丧失了真正复杂性的秘密。……Notre Dame[2]是生理的节日,是生理的酒神式的狂欢。我们不想在"象征的森林"中散步,因为我们有更纯洁、更茂密的森林——

---

[1] 曼德尔施塔姆,《论词的天性》,刘文飞译,收入曼德尔施塔姆《时代的喧嚣》,敦煌文艺出版社,2015年,第110页。
[2] "从真实到最真实",维·伊万诺夫在他的《星际之间:哲学、美学和批评经验》(圣彼得堡,1909年,第305页)一书中提出的口号。——原注

神的生理，我们幽暗机体那无际的复杂性。[1]

生活中的曼德尔施塔姆被公认是个幼稚、简单甚至有些偏执的人，但文学中的曼德尔施塔姆却深刻而公正。他既不赞成象征主义和未来主义的抽象晦涩与技术至上，也不赞成颓废派的牢骚和退缩。他眼中的阿克梅主义，应当是用自然的语言表达自然的生活，并在这表达中彰显诗人参与社会生活的积极态度与坚守的道德立场，这才是阿克梅主义高于其他主义的核心：

> 阿克梅主义的锋刃，不是颓废派的匕首和针芒。对于那些失去建设精神的人来说，阿克梅主义并不胆怯地拒绝其重负，而欢快地接受它，以便唤醒这一重负中沉睡的力并将它用于建筑。[2]

他的彼得堡书写，便是基于这样的文学理念写就的。对于故乡的真切眷恋，对于这座石头和运河组成的美丽城市的热爱，对于这座城市所经历的一切争议和不断变换的政治属性的无奈，曼德尔施塔姆都用俄语最本真的音和义将它再现出来；用语词的天性回归将这座城

---

[1] 曼德尔施塔姆，《阿克梅主义的早晨》，刘文飞译，收入曼德尔施塔姆《时代的喧嚣》，敦煌文艺出版社，2015年，第89、90页。
[2] 曼德尔施塔姆，《阿克梅主义的早晨》，刘文飞译，收入曼德尔施塔姆《时代的喧嚣》，敦煌文艺出版社，2015年，第88页。

市对于他和其他俄国人的最普通又最深切的意义表现出来。他承认"彼得堡确实是世界上最先进的城市",但"丈量现代化的步伐即速度的标尺,不是地下铁道和摩天大楼,而是从城市的砖石缝间挤出的快乐的小草"。[1]

·回归审美现代性:彼得堡是"存在"而非"本身"

曼德尔施塔姆应该是阿克梅派诗人中最明确地回归审美现代性的一位。如果说他在诗歌中表达的是对词和物本质的回归,并以这种回归完成了对故乡彼得堡最真实的回忆和眷恋,那么他在中后期突然转向的散文中,则透彻地批评了速度、科学、技术等工具理性,为文学本身的力量和人的自由智慧寻找真正的依托。

在著名的《阿克梅主义的早晨》一文中,曼德尔施塔姆提出了"存在"的意义。在他看来,科学家研究的是事物的本身,而艺术家则表达事物存在的意义。他说:"存在,就是一个艺术家最高的自尊心。除存在之外,他不想要另外的天堂。当人们对他谈论现实时,他只会苦笑一下,因为他深知一种更为可信的艺术的现实。一个数学家能不假思索地算出一个九位数的二次幂,这场面叫我们惊诧不已。但是我们常常忽视,一个诗人也能求出一个现象的九次幂,艺术作品简朴的外表时常给我们以假象,使我们无视它所具有的神奇的、浓缩的

---

[1] 曼德尔施塔姆,《词与文化》,刘文飞译,收入曼德尔施塔姆《时代的喧嚣》,敦煌文艺出版社,2015年,第92页。

真实。"[1]

对于彼得堡城的书写，曼德尔施塔姆显然贯彻了他的诗歌理念，每一首诗都指向这座城市存在的意义。这意义中有对堕落生活的批判，却不像勃洛克和别雷的诗歌那样被"妓女""黑夜"等诸多负面意象所充斥；这意义也包含革命的星火，却不像马雅可夫斯基那样剑拔弩张、高亢激昂。在曼德尔施塔姆眼中，堕落和革命都是某种短暂的现象，他回望得更远，展望得更高。圣彼得堡在他的笔下，是同时作为彼得之城的现代性和作为故乡的永恒性而"存在"的。

当作为现代性存在的时候，彼得堡是分裂而混乱的。回忆起帝俄末期，他在散文中写道："我清楚地记得俄罗斯那沉闷的时代，即19世纪90年代，记得它缓慢地爬行，它病态的安宁，它深重的土气——那是一湾静静的死水：一个世纪最后的避难所。"[2]那个时代的意象也曾多次出现在象征主义和未来主义的诗歌中，却是高度抽象的混乱，像是毕加索的画；曼德尔施塔姆的语言呈现出的则是一帧帧旧时影像，萧瑟的、褪色的、带着复杂表情的生活，还掺着缕缕的杂音。

沿着时间的脉络，我们首先看到孩童对故乡彼得堡的记忆和革命预感：

---

[1] 曼德尔施塔姆，《阿克梅主义的早晨》，刘文飞译，收入曼德尔施塔姆《时代的喧嚣》，敦煌文艺出版社，2015年，第87页。
[2] 曼德尔施塔姆，《时代的喧嚣》，刘文飞译，收入曼德尔施塔姆《时代的喧嚣》，敦煌文艺出版社，2015年，第3页。

> 我一直觉得，在彼得堡一定会发生一些非常豪华、非常庄严的事件。……彼得堡的街道在我心中激起了对景色的渴望，城市的建筑本身，赋予了我某种孩童的帝国主义。[1]

然后是少年对彼得堡郊外现代化与没落生活的感受：

> 机车的汽笛和铁道的响声与1812年序曲那爱国主义的强音混合在一起，在被柴可夫斯基和鲁宾施坦所统治的巨大车站里，有一种特殊的气息。长了霉的公园那潮湿的空气，腐烂的温床的味道和温床上的玫瑰的味道，与这味道相逢的，是小吃部浓浓的油烟、刺鼻的雪茄、车站上的煤渣和数千人的化妆品。[2]

酝酿革命气息的街道、西方工业化的影响与爱国主义、火车站里的交响乐与带着腐烂气味的公园、街道上的人间烟火……这就是帝俄末期最真实的彼得堡。但从他饱受屈辱的当下回望，却仿佛是"全幅蜃景，都只是一场梦，一个蒙在深渊上的辉煌的面罩，四周却绵延着犹太式的混乱，没有故乡，不是家园，而只有混乱，一个陌生的、还在腹中的世界，我来自那个世界，我恐惧它，我朦胧地猜透了它，我

---

[1] 曼德尔施塔姆，《孩童的帝国主义》，刘文飞译，收入曼德尔施塔姆《时代的喧嚣》，敦煌文艺出版社，2015年，第9页。
[2] 曼德尔施塔姆，《时代的喧嚣》，刘文飞译，收入曼德尔施塔姆《时代的喧嚣》，敦煌文艺出版社，2015年，第4页。

在逃避,一直在逃避"[1]。

> 世纪将不再喧嚣,文化将沉睡,民族将再生,把自己最好的力量赋予新的社会阶级,这整个的洪流将把人类词语的脆弱的船带进未来的广阔海洋,那儿没有同情的理解,那儿将有现代人敌意和偏袒的清风去代替忧伤的注释。怎样装备这艘远航的船,要给这船补充上那非常陌生、非常亲爱的读者所需的一切东西?我又一次将诗比喻成一艘死者的埃及航船。生命所需的一切均已备下,在这艘船上无人会被遗忘……[2]

要读懂曼德尔施塔姆诗歌中的彼得堡意象,先读他的散文是个不错的选择。在散文中,曼德尔施塔姆将他对彼得堡充满深情的回忆和越来越无法理解的祖国与世界联系起来,形成了诗歌般跳跃的意象和情感的高度浓缩。眷恋和迷茫、时代的喧嚣和历史的永恒、词与物、感性与理性都以凝练且具有象征性的文字一一展现出来。他的散文也是对其诗歌观念和方法的阐释。

在1913年的《彼得堡诗章》中,他把祖国比作"艰难喘息"的"战舰",而帝俄政府前飞旋着"混沌风雪"。这已经暗示了处于1905年

---

[1] 曼德尔施塔姆,《暴动和法国姑娘们》,刘文飞译,收入曼德尔施塔姆《时代的喧嚣》,敦煌文艺出版社,2015年,第13页。
[2] 曼德尔施塔姆,《论词的天性》,刘文飞译,收入曼德尔施塔姆《时代的喧嚣》,敦煌文艺出版社,2015年,第119页。

资产阶级革命和1917年社会主义革命之间沙皇专制的苟延残喘,但他并未由此进入革命语境,而是转向导致这革命的根本原因:畸形的现代性。

> 而涅瓦河畔是半个世界的大使馆,
> 海军部,太阳,寂静!
> 国家粗糙的紫红袍,
> 如同苦行僧的布衣一般寒碜。
>
> 北方假绅士的包袱非常沉重——
> 奥涅金长久的忧郁;
> 谢纳特广场白雪皑皑,
> 篝火的轻烟和刺刀的寒光。
> ……
> 一辆辆汽车飞进迷雾;
> 自尊、谦虚的徒步旅人——
> 怪人叶甫盖尼——羞于贫穷,
> 呼吸汽油,诅咒命运
> ——《彼得堡诗章》,1913年[1]

---

[1] 曼杰什坦姆(曼德尔施塔姆),《曼杰什坦姆诗全集》,汪剑钊译,东方出版社,2008年,第27、28页。

尽管涅瓦河畔是"半个世界的大使馆",尽管海军部大楼灿烂而静谧。但政府的外壳只是粗糙的僧袍,而彼得堡的"西方绅士"形象是个冒牌货。普希金在一个世纪之前的预言,如今仍然灵验,《青铜骑士》中的主人公,虽然呼吸着"汽油"这种现代化的污染物,但仍然贫穷……一首短诗,写尽了彼得堡各阶层的现代生活和国情。在《彼得堡诗章》的第二首中,他又以同样的笔法将革命与彼得大帝、普希金的"青铜骑士"和陀思妥耶夫斯基的"地下室人"糅合在一起:

> 倘若现实——是彼得的创造,
> 铜骑士和花岗石?
>
> 我听到来自城堡的信号,
> 发现,多么温暖。
> 一颗子弹射进地下室,
> 或许,就带来暖意。
> ——《彼得堡诗章·夜游女郎的勇气》,1913年[1]

曼德尔施塔姆的语言艺术显示出惊人的浓缩性,寥寥几行诗便"求出了"彼得堡问题和彼得堡文本（Петербурский текст）的"九次幂"。

---

[1] 曼杰什坦姆（曼德尔施塔姆）,《曼杰什坦姆诗全集》,汪剑钊译,东方出版社,2008年,第28页。

·永恒的"彼得堡",而不是"列宁格勒"

当作为永恒性存在的时候,彼得堡优雅如希腊,清晰如"眼泪"。

> 肮脏的杨树在北方的首都懒懒地伫立。
> 透明的刻度盘在树叶中迷失,
> 一片深色的葱绿,巡洋舰或者卫城
> 在远处闪现,仿佛是河水与天空的兄弟。
> 空中的帆船和娇气的桅杆,
> 像马车似的为彼得的后人服务,
> 他教导说:美——不是半神者的怪念,
> 而是普通的细木工贪婪的目测。
>
> ——《海军部》,1913 年[1]

布罗茨基(Joseph Brodsky)曾就这首诗专门谈道:"圣彼得堡是俄罗斯希腊主义的集中体现。也许圣彼得堡的海军部是曼德尔施塔姆对这种所谓的无国界文化态度的最好象征。"[2] 在诗人的创作前期,彼得堡总是和世界文明史中各种美好的形象并置在诗歌中,从古希腊爱神阿芙洛狄忒到 20 世纪的俄国女诗人阿赫玛托娃,从尼罗河到伏

---

[1] 曼杰什坦姆(曼德尔施塔姆),《海军部》,汪剑钊译,收入《曼杰什坦姆诗全集》,东方出版社,2008 年,第 31 页。
[2] Joseph Brodsky, *Less than One, Selected Essays*, New York: Farrar, Straus, Ciroux, 1986, p.130.

尔加河，从特洛伊战争到十二月党人……古典的和现代的，世界的和民族的，西方的和东方的，所有永恒的、穿越时空与国界的意象都和彼得堡重叠在一起，形成了同时代最优雅、最丰满又最空灵的彼得堡形象。早期的彼得堡诗歌也成为曼德尔施塔姆实践其诗歌美学的典范。

曼德尔施塔姆的语言有一种魔力，它可以将无数混杂在一起的印象并置，呈现出一幅他要描述的那个时代独特而氤氲的画面。他关于彼得堡的叙事随着时代在不断变化，每一首诗、每一段散文都像是在无数似曾相识的画面中穿行，却令人惊异地具有清晰的时代辨识度。

十月革命之后，对革命和时局感觉相对迟钝的曼德尔施塔姆还没来得及对新气象做出积极反应，就开始体会到百废待兴的新的混乱——战时共产主义造成的大面积饥饿和接踵而至的斯大林"大清洗"的恐怖局势。这一切都令诗人的世界性艺术视觉转向了国内聚焦，给他的彼得堡诗歌蒙上了浓郁的悲伤气息。

> 在彼得堡我们将再次相遇，
> 我们曾像太阳躲藏在城里，
> 平生第一次，我们将道出
> 那个幸福的无意义的词。
> 在苏维埃之夜的黑丝绒中，
> 在全世界之空旷的丝绒中，

> 幸福的妻子们亲爱的眼睛在唱，
> 不朽的花朵在不停地开放。

花朵和爱情还在，然而世界却远离了苏维埃。孤独的彼得堡已经改名，曼德尔施塔姆又一次唤醒了这座城市的存在感，让他的读者感受到瞬间的恐怖背后，是永恒的眷恋：

> 都城像野猫一样拱着背，
> 纠察队站立于大桥，
> 只有凶恶的摩托在暗中疾驶，
> 并发出布谷似的鸣叫。
> 我不需要夜间的通行证，
> 我也不害怕岗哨：
> 为了那幸福的无意义的词，
> 我将在苏维埃之夜祈祷。
> ——《在彼得堡我们将再次相遇……》，1920 年[1]

阿赫玛托娃曾说曼德尔施塔姆是"最后一位歌颂彼得堡的诗人"，其意也为彼得堡的两次改名和它首都地位的不再而伤感。在曼德尔施

---

[1] 曼德里（尔）施塔姆，《在彼得堡我们将再次相遇……》，刘文飞译，收入《时代的喧嚣——曼德里施塔姆文集》，云南人民出版社，1998 年，第 31—32 页。

> 我住在黑色的楼梯间,粘连着皮肉
> 拽出的门铃声击打我的太阳穴。
>
> 我彻夜一直等待尊贵的客人,
> 不时拨动门上镣铐似的小锁链。
>
> ——《列宁格勒》,1930年[1]

曼德尔施塔姆用十四行诗的形式和彼得堡的原名来向故乡致敬,用彼得堡、眼泪、筋脉和童年的腮腺炎、鱼肝油这些孩童的永恒印象与列宁格勒、拽响的门铃、镣铐和跳动的太阳穴等特殊时期的暂时性意象对应,震撼了每一个俄罗斯人,也震撼了全世界。

阿赫玛托娃的彼得堡:私人情感、城市意象与基督教的三级呼应

> 有多少城市的轮廓可以
> 从我的眼眶中刺激出泪水。
> 但我仍知道世间还有一座城市,
> 即使凭触觉我也可以在梦中找到。
>
> ——阿赫玛托娃,《北方哀歌》

---

[1] 曼杰什坦姆(曼德尔施塔姆),《曼杰什坦姆诗全集》,汪剑钊译,东方出版社,2008年,第135页。

安娜·安德烈耶夫娜·阿赫玛托娃（А. А. Ахматова，1889—1966），生于敖德萨，卒于莫斯科，葬在彼得堡。她的生、死和安魂分别在乌克兰和俄罗斯的三个大都市，她对都市的情感和理解是深入血液的，她的诗歌将与生俱来的女性气质与都市气质融为一体，在基督教的沉浸中获得了独一无二的文学品格。

阿赫玛托娃或许是俄国文学史上第一个全身心书写彼得堡的女性诗人，她把属于女性细密的情思与博大的母爱都赋予了彼得堡。她时而像一个小女人一般对着涅瓦河喃喃自语，时而又像母亲一样抚摸着饱经沧桑的城市面孔……在她的彼得堡诗歌中，人们不仅能看到关于这座城市最温柔的私人体验，也能感受到穿越历史时空的国家困境。

·我的、你的和上帝的

米尔斯基从视觉的角度说她的诗"是现实主义的，生动具体，如同一幅幅可见的画面。它们始终具有确定的背景，即彼得堡、皇村和特维尔省的一个村庄"[1]。而这现实主义视觉之上，有一颗笃信上帝的灵魂，尤其是当她面对彼得堡的时候。阿赫玛托娃的早期诗歌由大量的私人情感构成，一位敏感的女性对于爱情、离别、死亡与日常生活的复杂情绪都以她轻盈又悸动的笔触表达出来。彼得堡城的意象，或隐或显地出现在其中，以融入了基督教精神的力量影响着普通女性的

---

[1] 米尔斯基，《俄国文学史》（下卷），刘文飞译，人民出版社，2013年，第265页。

精神世界，形成了私人情感、城市意象与基督教的三级呼应。

如描写这座城市里的恋爱：

> 可怖的河畔，一座黢黑的城市
> 成了我的幸福的摇篮，
> 成了我隆重的婚床，
> 你那些年轻的六翼天使们，
> 在婚床的上方手持花环，
> 为痛苦的爱情所青睐的城市。
> ——《可怖的河畔》，1914年[1]

再如描写女性的悲伤和绝望：

> 你如何能凝望涅瓦河？
> 你又怎敢走上桥梁？
> 自从梦见你的时辰开始，
> 我就不再枉担悲伤的虚名。
> ——《你如何能凝望涅瓦河》，1914年[2]

---

[1] 阿赫玛托娃，《没有主人公的叙事诗——阿赫玛托娃诗选》，汪剑钊译，敦煌文艺出版社，2014年，第95页。
[2] 阿赫玛托娃，《没有主人公的叙事诗——阿赫玛托娃诗选》，汪剑钊译，敦煌文艺出版社，2014年，第96页。

但更多的，还是诗人作为一个女性对这座城市本身的情感。在阿赫玛托娃看来，圣彼得堡是上帝给俄罗斯的馈赠，尽管它是纯粹人造的，但每一个细节都成了一种信仰。每当她写到它，都像是在唱一首赞美诗：

> 现在和过去我都那么喜欢
> 眺望铁链紧锁的河岸，
> 眺望那阳台，数百年
> 都没有人抵达。
> 诚然，你——是首都，
> 对于疯狂和快乐的我们而言；
> 可是，当那个特殊、纯洁的时间
> 在涅瓦河上空绵延的时候，
> 五月的春风吹来，
> 掠过所有耸立水面的圆柱，
> 你——像一个罪人，在弥留之际
> 见过最为甜蜜的天堂之梦。
> ——《现在和过去我都喜欢》，1916年[1]

---

[1] 阿赫玛托娃，《没有主人公的叙事诗——阿赫玛托娃诗选》，汪剑钊译，敦煌文艺出版社，2014年，第124页。

阿赫玛托娃在早期创作中并没有表现出明显的政治倾向和对1905年、1917年两次革命的态度。但她对彼得堡的命运的担忧,已经隐晦地表达出来了。十月革命前夕她写道:

> 严酷而寒冷的春天
> 扼杀了多汁的嫩芽。
> 夭折的形态是如此危险,
> 我都不敢再瞧一眼上帝的世界。
> ——《五月雪》,1916年[1]

十月革命胜利两年后,在勃洛克和马雅可夫斯基都开始歌颂革命的时候,阿赫玛托娃写了这样一首诗:

> 这个世纪比过往的时代更糟糕?难道
> 在悲伤和不安的眩晕状态中,
> 它只是轻轻触及黑色的溃疡,
> 却根本无力将其治愈。
>
> 尘世的太阳已经在西方闪亮,

---

[1] 阿赫玛托娃,《没有主人公的叙事诗——阿赫玛托娃诗选》,汪剑钊译,敦煌文艺出版社,2014年,第125页。

> 城市的屋顶在夕照中发出反光，
> 白房子在此用十字架作出记号，
> 它呼唤乌鸦，乌鸦应声飞翔。
> ——《这个世纪比过往的时代更糟糕》，1919年[1]

彼得堡在阿赫玛托娃的眼里，具有一种精神上的神圣性和永恒性。每一个屋顶的反光都像是与虚空中的上帝呼应，每一条运河都好似圣母对苍生的叹息。

"私人情感—彼得堡意象—基督教信仰和拯救"就成为诗人彼得堡书写的固定结构。这种结构不是并置在诗歌中的，而是相互交织在诗行里。当然她总是首先表达在这座城市中个体的困境，然后到宗教中去寻求慰藉或答案。比如1921年的这首《诽谤》，分明是对当时苏维埃国家粮食、住宅和政治氛围的批评，但阿赫玛托娃依然用这个三级结构来呈现：城市的人群面临的苦难，圣像给予诗人抵抗苦难的力量，用自己的声音去祈祷上帝对这令人失望的尘世的怜悯：

> 诽谤它到处都伴随着我。
> 我梦中都能听到它爬行的脚步，
> 在无情的天空下死灭的城市，

---

[1] 阿赫玛托娃，《没有主人公的叙事诗——阿赫玛托娃诗选》，汪剑钊译，敦煌文艺出版社，2014年，第142页。

> 为了住宅和面包而漂泊,试碰运气。
>
> ……
>
> 清晨,朋友们来到我的眼前,
> 恸哭侵扰了我最甜蜜的梦境,
> 把圣像放在我逐渐冷却的胸口。
>
> ……
>
> 为的是邻居不能抬眼去看邻居,
> 为的是我的身体放置于恐怖的空无,
> 为的是我的灵魂最后一次点燃
> 尘世的无力,在黎明时的迷雾中飞旋,
> 点燃对遗弃的大地纯朴的怜悯。
>
> ——《诽谤》,1921 年[1]

作为一名女性诗人,阿赫玛托娃总是能在某种危机来临之前就嗅到不一样的空气,在合唱中保持自己独唱的姿态。在新生的社会主义国家里,她没有歌颂革命和新政权;而在帝俄时代中,她也并未批判旧制度。

彼得堡城于是在她的笔下也并不似同时代其他诗人笔下那样总是涌动着革命的暗流,总是承担着启蒙运动争论不休的后果。但却从

---

[1] 阿赫玛托娃,《没有主人公的叙事诗——阿赫玛托娃诗选》,汪剑钊译,敦煌文艺出版社,2014 年,第 155—156 页。

未有读者认为阿赫玛托娃远离了时代,退缩在自说自话的一隅。她加之于彼得堡的关键词,是"怜悯""神赐""祈祷"等带着神性光芒的词,是超越了启蒙和革命的,存在于历史光晕中的精神寄托。

"1917年后的最初几年,她的诗歌与当时的革命诗歌之间的对立并没有影响阿赫玛托娃的极度流行"[1],或许正是因为这种疏离革命却坚守信仰的特质:

> 自童年就喜爱的那一座城市,
> 今天,我仿佛觉得,
> 就像一笔被我恣情挥霍的遗产,
> 在它十二月的宁静中。
> ……
> 一切飘逝如同透明的云烟,
> 一切都在镜子深处腐烂……
> 一个塌鼻梁的提琴手
> 开始演奏不可回返的事件。
> ——《自童年就喜爱的那一座城市》,1929年[2]

---

[1] 科尔米洛夫编,《二十世纪俄罗斯文学史——20—90年代主要作家》,赵丹、段丽君、胡学星译,南京大学出版社,2017年,第390页。
[2] 阿赫玛托娃,《没有主人公的叙事诗——阿赫玛托娃诗选》,汪剑钊译,敦煌文艺出版社,2014年,第174页。

К. И. 丘科夫斯基在《阿赫玛托娃与马雅可夫斯基》一文中，将两位诗人视为旧俄罗斯和新俄罗斯的完美体现者。这一论断或许想强调阿赫玛托娃诗歌的古典意味，却无疑狭隘化了她的主题和视野。但丘科夫斯基有一个观点却是正确的，他说阿赫玛托娃是一个"深刻的宗教诗人。这种宗教性不仅仅表现在语言上，而是表现在所有方面"，"我一边读《白色群鸟》，一边想：难道阿赫玛托娃剃度出家当了修女吗？"[1]。

·灵魂的应和与皈依

与 20 世纪初很多作家一样，阿赫玛托娃也在不断地与 19 世纪的经典作家唱和。在这唱和中祈求思想的共鸣和灵魂的相遇。她看到了作为俄罗斯独一无二的灵魂的支柱——东正教——如何一点点消失，悲哀的人们却找不到救赎的树洞。与 70 年前陀思妥耶夫斯基的彼得堡相比，"城市的变化似乎不大"，而再也没有人记得作家的伟大思想，没有人去拜祭他。

> 陀思妥耶夫斯基的俄罗斯。
> 月亮被钟楼遮住了将近四分之一。
> 酒馆生意兴隆，轻便马车奔驰，
> 斯莫尔尼宫的下方，兹纳梅尼耶路旁，

---

[1] Чуковский К.И., *Ахматова и Маяковский*, Литературные вопросы, 1(1988) с.183,179.

> 在戈罗霍瓦亚街上建起了五层大楼。
>
> ……
>
> 在老鲁萨[1]一带,运河多美,
>
> 小花园里有几座柱脚腐朽的凉亭,
>
> 窗户玻璃漆黑,像是窟窿,
>
> 我觉得那里一定发生了什么事情,
>
> 最好不要窥望,我们走吧。
>
> ——《北方哀歌·历史的序曲》,1945年[2]

陀思妥耶夫斯基的思想被遗忘,同时代思想家的命运似乎也好不到哪儿去。阿赫玛托娃接着环顾四周,却发现同伴们的肉体在严苛的时代中被消灭了,唯有思想在空房间里永恒——那是曼德尔施塔姆不朽的身影:

> 涅瓦河水拍溅着台阶——
>
> 这是你通往不朽的通行证。
>
> 这是开启房间的钥匙,
>
> 对此,我迄今保持着缄默……

---

[1] 老鲁萨:Старая Руса,陀思妥耶夫斯基为自己购买的唯一一处私宅所在地,距彼得堡不远,亦被认为是其压轴之作《卡拉马佐夫兄弟》的乡村原型。
[2] 阿赫玛托娃,《安魂曲》,高莽编译,上海文化出版社,2018年,第36、37页。

失去了思想的城市像失去了灵魂的肉体，改了名字的彼得堡丢掉了记忆。人们共同得了健忘症，为的是不要因为"危险的"回忆而身陷囹圄。

> 天空呈现出玫瑰色，
> 城市的名称也在变换，
> 种种重大事件的见证人不存在了，
> 没有人可以伴哭，没有人可以一起回忆。
> ——《北方哀歌：六、回忆有三个时代》，1943—1953年[1]

我国学者吴泽霖认为："阿赫玛托娃作为阿克梅主义诗人，她没有古米廖夫那种意欲在异邦寻求理想境界的男性的豪勇，也没有曼德尔施塔姆诉诸远古历史的追寻和文化的深思，她把俄罗斯古典传统和自身现实生活的感受融为一体，以切身遭遇为人生感悟的资源，以其女性的身份和情怀，捕捉着活生生的具体人的生活浪花，寻求着人类最普遍、最本真、最深邃的情感体悟，从而独辟蹊径地克服着象征主义的玄学般的朦胧晦涩。"[2] 这个评论无疑是精妙的：阿赫玛托娃诗歌中蕴含的女性所特有的细腻、敏感与温柔，时代印记与日常生活的并置，承袭于普希金的简明隽永的诗歌语言与现代主义诗风的结

---

[1] 阿赫玛托娃，《安魂曲》，高莽编译，上海文化出版社，2018年，第50页。
[2] 吴泽霖，《阿克梅主义》，收入张建华、王宗琥编《20世纪俄罗斯文学：思潮与流派》（理论篇），外语教学与研究出版社，2012年，第58页。

合……但这还不足以总结阿赫玛托娃诗歌的独特气质,笔者认为,回归东正教信仰才是其诗歌的最高境界。

前文已经数次提及在诗人创作的各个阶段,东正教的神性光芒都成为终极意象。那么到了创作后期,在经历了全家遭受政治迫害、惨烈的卫国战争与全民饥饿后,阿赫玛托娃更是全面转向了上帝和基督。只是她从不宣讲理念,革命理念也罢,宗教理念也罢,宣传它们并不是阿克梅派诗人的任务,更不符合阿赫玛托娃的信条。她要在诗中表达的,永远是双重体验。一重是作为芸芸众生中的"小我",如何在生活的苦难中向上帝寻求慰藉;另一重则是"另一个我"化身为贝雅特丽丝式的天使,在圣母的指引下,对众生发出怜悯和拯救。《安魂曲》和《没有主人公的叙事诗》就在这样的精神中成为诗人的终结之作。

《安魂曲》终稿于1961年,诗人已经完全恢复自由创作之时,但语境则是"叶若夫主义肆虐的恐怖年代",那时她常常去列宁格勒的监狱排队等着探视无辜入狱的儿子。并没有人认出她是著名的诗人,却有人循着她独特的气质问道:"您能描写这儿的场景吗?"她就说:"能。""于是,一种曾经有过的笑意,掠过了她的脸"……这不是天使的气质,又是什么呢?而且是那曾经饱受尘世伤害的善良的灵魂变成的天使!只有她,才能被众生在人群中认出,并承担起书写苦难的重任;也只有来自上帝和圣母的力量,才让人们能将苦难视为通向天堂的必由之路。

> 我们动身,仿佛赶着去做晨祷,
> 走过满目荒凉的首都,
> 在那里见面,比死人更缺乏生气,
> 太阳更压抑,涅瓦河更迷蒙,
> 但希望依然在远方歌唱。
>
> ——《安魂曲·献词》,1940 年[1]

改了名字的彼得堡,依然是三级叙事结构的中间级,是这"安魂曲"中的末日审判之地。

> 事情发生的时候,唯有死人
> 在微笑,他为彻底的安宁而高兴。
> 列宁格勒像一个多余的尾巴,
> 围绕着自己的监狱摆动。
> 那时,走来已获审判的一群,
> 由于痛苦而变得痴呆,
> 火车拉响了汽笛,
> 响起短促的离别之歌。
> 死亡之星在我们头顶高悬,

---

[1] 阿赫玛托娃,《没有主人公的叙事诗——阿赫玛托娃诗选》,汪剑钊译,敦煌文艺出版社,2014 年,第 313 页。

> 在血迹斑斑的大皮靴下,
> 在玛鲁斯[1]囚车黑色的车轮下,
> 无辜的罗斯不住地痉挛。
>
> ——《安魂曲·序曲》,1935年[2]

在死神无时无刻不在的阴影中,在无辜受难的人群中,彼得堡早已经没有故乡亲切的模样,也失去了启蒙时代的灵光。一切象征着温情和自由的元素都被巨大的精神苦难所遮蔽,而阿赫玛托娃在《安魂曲》的最后一个乐章里仍然抱着痛苦而坚定的希望:和平和自由还会回到彼得堡来。

> 而未来的某一天,在这个国家,
> 倘若要为我竖起一座纪念碑,
> 我可以答应这样隆重的仪典,
> 但必须恪守一个条件
> 不要建造在我出生的海滨:
> 我和大海最后的纽带已经中断,
> 也不要在皇家花园隐秘的树墩旁,
> 那里绝望的影子正在寻找我,

---

[1] 玛鲁斯:古罗马神话中的死神。
[2] 阿赫玛托娃,《没有主人公的叙事诗——阿赫玛托娃诗选》,汪剑钊译,敦煌文艺出版社,2014年,第315页。

而要在这里,我站立过三百小时的地方,

大门始终向我紧闭的地方。

因为,我惧怕安详的死亡,

那样会忘却黑色玛鲁斯的轰鸣,

那样会忘却可厌的房门的抽泣,

老妇人像受伤的野兽似的悲嗥。

让青铜塑像那僵凝的眼睑

流出眼泪,如同消融的雪水,

让监狱的鸽子在远处咕咕叫,

让海船沿着涅瓦河平静地行驶。

——《安魂曲·尾声》,1940 年[1]

·最深切的柔情与信仰献给彼得堡

阿赫玛托娃的最后一首长诗《没有主人公的叙事诗》是一部献给彼得堡城的音乐剧。分为"一九一三年彼得堡故事""硬币的背面"和"献给我的城市(尾声)"三联,以诗人少有的充满了象征和隐喻元素的语言讲述了彼得堡的过去和现在,想象了这座城市的未来。

"一九一三年彼得堡故事"模仿了歌德《浮士德》中的"瓦尔吉普斯之夜"一节,以狂欢化的穿越时空的新年晚会来重现古典时代的

---

[1] 阿赫玛托娃,《没有主人公的叙事诗——阿赫玛托娃诗选》,汪剑钊译,敦煌文艺出版社,2014 年,第 326 页。

文学荣耀。魔鬼、浮士德、唐璜、莎士比亚、堂吉诃德……20世纪之前经典作家和经典文学形象在1913年彼得堡的喷泉宫中狂欢,这既是阿赫玛托娃对这座城市伟大的文学传统和启蒙思想史的回忆,也是在寻找它存在的意义。

> 在长期喧嚣的混乱中,
> 　　世纪的幻象是黄金
> 　　　　还是黑色的罪孽?
> 请回答我,哪怕是现在:
> 　　　　　难道
> 你有过真切的生存,
> 　　你令人眩目的秀足
> 　　　　曾经踩踏过平台的木板?
> ——《没有主人公的叙事诗·第一联·一九一三年彼得堡故事》,1940年[1]

黄金时代过去,白银时代来临。然而文学在白银时代的短暂繁荣却并未带给这座城市新的幸福。阿赫玛托娃再次引用了曼德尔施塔姆的诗句:"我们将在彼得堡重逢,仿佛我们在那里埋葬了太阳。"这

---

[1] 阿赫玛托娃,《没有主人公的叙事诗——阿赫玛托娃诗选》,汪剑钊译,敦煌文艺出版社,2014年,第353—354页。

座"被阿芙多季娅皇后诅咒过的城市，/陀思妥耶夫斯基和群魔乱舞的城市，/躲进了自己的雾霭"，"而在传说般的滨河街，/走来了并非按照日历的——却是真正的二十世纪"。

《没有主人公的叙事诗》语义繁复，本书体例所限，无法一一解读。但应该看到的是，阿赫玛托娃意欲将这首诗作为一座"非人工的纪念碑"，来告别那个改名之前的彼得堡，告别白银时代，甚至告别自己的一生。因此她一改以往朴实的诗风，以复杂的象征和隐喻致敬象征主义，以楼梯式的章节致敬未来主义，以希腊数次提及的曼德尔施塔姆致敬阿克梅主义，以狂欢诗风纪念陀思妥耶夫斯基和他的彼得堡，以田园牧歌纪念普希金和他俩共同的皇村……一曲将终，她说道：

> 我们的分离只是一种臆想，
> 我和你不可分割，
> 我的影子镌刻在你的墙上，
> 倒映在你的运河里。
> ……
> ——《没有主人公的叙事诗·第三联·献给我的城市（尾声）》[1]

---

[1] 阿赫玛托娃，《没有主人公的叙事诗——阿赫玛托娃诗选》，汪剑钊译，敦煌文艺出版社，2014年，第380—381页。

值得注意的是,诗人以"俄罗斯萦绕着死亡的恐惧,……在我面前,从一切已化作灰烬的地方 / 朝着东方走去"来结尾,但长诗原先的结尾是:

> 而在我的身后,闪耀着秘光,
> 把自己称作"第七",
> 奔向前所未有的盛宴,
> 化作一本乐谱,
> 著名的列宁格勒圣城
> 返回亲爱的太空。

这个结尾最后一次印证了诗人彼得堡诗歌的三级结构:私人生活—彼得堡城—东正教信仰。阿赫玛托娃用毕生的诗情来吟诵爱情、彼得之城和宗教,那低声而娓娓的祈祷,渗入每一句诗行;她的情感也永远由个体和苍生飞向灵魂的彼岸。而她在诗歌终了时宛如圣歌的声音,"直到最后的岁月都一直为世界带来神秘的和谐的力量,独一无二的俄罗斯文化依靠这个声音画了一个完整的圆,这个圆就是从普希金的早期诗歌开始,到阿赫玛托娃最后的诗歌结束,整整一百五十年。"[1]

---

[1] Струве,Н., *На смерть Ахматовой*, Православие и культура, М.,Русская книга, 1992 г., с.137.

"象征主义认为,城市生活,也包括彼得堡,给人类精神的纯洁性带来了巨大的威胁。但是,在阿克梅主义看来,人类的创造物并不怪异,反而体现出惊人的秩序,它们与自然和谐共处,甚至具备比自然还优秀的品质。"[1] 所以在诸如别雷和勃洛克这样的象征主义者笔下,彼得堡总是以堕落、变形、恐怖、神秘的意象出现,这不仅仅是由象征主义诗歌的技巧决定的。而在阿克梅派的眼中,彼得堡是"熟悉如眼泪"一般的最具象、最诗意也最有烟火气的故乡。阿克梅派用恢复了本来意思的词语一首又一首、一遍又一遍地重复着彼得堡的故乡主题。这就是审美现代性的旨归:看到那石头之城作为故乡的柔情和来自西方各个时代美学观的混搭。

帝俄末期的彼得堡,在象征派笔下是专制主义政治与资本主义经济结合的怪胎,是堕落、压抑、物欲横流的花花世界,亦是擦出革命火种的燧石;而在阿克梅派眼中则是与古典艺术的美与故乡温情结合的永恒记忆,是上帝给俄罗斯馈赠的礼物。20世纪前半叶的彼得堡,被书写的方式就更为复杂。象征主义由于早起步亦早衰落,故其关于新时期的政治话语多以彼得堡(列宁格勒)社会主义革命和苏维埃新政权的正面形象为背景空间。而脱胎于象征主义的阿克梅主义,尽管历经意识形态与卫国战争的身心创伤,却很少直面政治,只是以古典美的语言去呈现彼得堡永恒的美与瞬时的苦难,彼得堡人的私人

---

[1] 布拉德利·伍德沃斯、康斯坦斯·理查兹,《圣彼得堡文学地图》,李巧慧、王志坚译,上海交通大学出版社,2011年,第105页。

体验与公共生活。

阿克梅主义彻底表达了20世纪俄罗斯文学对美学现代性的追求。在曼德尔施塔姆和阿赫玛托娃的身上，我们才看到了法国象征主义鼻祖波德莱尔的真正化身。波德莱尔在《现代生活的画家》一文中说："两种因素构成了美，一方面是永恒的因素，不过很难判断永恒的因素（在美中）占多少比例；另一方面是相对的、偶发的因素，也就是我们可以按时间顺序排列的因素，即当代性、时尚、道德观、激情。这第二个因素像是神性的蛋糕（the divine cake）上那一层好玩、诱人而且开胃的装饰，没有这个因素，第一个因素就变得难以消化，味同嚼蜡，不符合人性。"[1]

曼德尔施塔姆和阿赫玛托娃关于彼得堡的诗意书写，动态化地表现了艺术现代性的这两种因素。无常和永恒相遇，尘世的苦难和天国的幸福相伴。彼得堡城是永恒的，经常改变的名字是暂时的。永恒的因素与偶发的因素在诗歌中产生了巨大的审美张力。尤其在阿赫玛托娃的诗里，当外界环境静好时，她的诗歌以内心冲突结束；而在动荡的时局中，她的诗歌反而由冲突归于平静。究其原因，都是那一半"永恒"在起作用。

理查德·利罕从一个国家的都市文学中看到的是同一座城市在不同时代的文学文本中呈现的文化变迁及其暗示的国家与各个族群的发

---

[1] 童明，《现代性赋格》，广西师范大学出版社，2008年，第50页。

展历程:"从小说的兴起到喜剧现实主义、浪漫现实主义、自然主义、现代主义和后现代主义——每一种模式都提供了一种关于现实的完全不一样的观点,包括对城市的完全不同的看法。随着历史和文化发生变化,包括与城市发展密切相关的从商业、工业到后工业时期的变化,文学要素也被重新概念化。这样,当文学给予城市以想象性的现实的同时,城市的变化反过来也促进文学文本的转变。""这种共同的文本性——文学文本与城市文本的共生"[1]也正是彼得堡与"彼得堡文本"的共生关系。

马歇尔·伯曼则关注文学中的城市想象在19世纪西方国家现代性过程中出现的变形和碎裂。他选择了三个自启蒙运动以来最具代表性的大都市,巴黎、圣彼得堡和纽约在文学中的表现来探讨现代性问题,其中,他将彼得堡所代表的俄罗斯称为"欠发达的现代主义"[2]。

显然利罕和伯曼在研究文学中的城市时,都采取了现代性的视角。利罕从启蒙时代兴起的都市主义(Urbanism)谈起;伯曼则以19世纪的西方国家现代化进程为切入点。也就是说,尽管爱德华·索亚曾花了相当篇幅来论证研究现代性问题应当落脚于空间而非时间,但终究是时间性眼光决定了空间研究的目的。

透过彼得堡的产生和发展来考察俄罗斯的现代性特征,通过文

---

[1] 理查德·利罕,《文学中的城市·序》,吴子枫译,上海人民出版社,2009年,前言,第3页。
[2] 马歇尔·伯曼,《一切坚固的东西都烟消云散了——现代性体验》,徐大建、张辑译,商务印书馆,2004年,第173页。

学中的彼得堡叙事来分析俄国知识分子的现代性体验，是对这座城市和它的文学进行研究的最有意义的目标。利罕说："在过去三百年，城市决定着我们的文化，成为我们个人和国家命运不可分割的部分。作为启蒙运动的产物，都市主义占据西方文化的核心位置，是政治秩序和社会骚乱的根源所在。同样，城市也构成知识兴奋和挑战的源泉。"[1]巧的是，彼得堡的历史也恰好300（余）年。彼得建城有意无意地赶在了城市比以往任何时候都更加重要的时代。新城彼得堡于是与其他具有启蒙姿态的帝都（巴黎、伦敦）并肩站在了现代化的起跑线上。这种姿态让它的主人兴奋不已，但却忽视了其先天不足的一面：没有历史。在西方世界酝酿资产阶级革命的密布阴云之下，彼得堡还沉醉于巴洛克的奢靡和洛可可的空虚之中：18世纪的彼得堡既无可供封建贵族缅怀的田园诗式的幸福，也无滋养资产阶级的工业积累，只是充满了一堆欧洲文明的复制品，这恰是对"欠发达的资本主义"的最好诠释。

大卫·哈维曾说："美学理论紧抓的一个核心主题：在一个快速流动和变化的世界里，空间建构是如何被创造和被用作人类记忆和社会价值的固定标记的。"[2]

一般意义上的城市，是在政治与经济目的共同作用下，以线性的，或曰时间性的方式逐渐形成的。但彼得堡的产生却是出于明确的

---

[1] 理查德·利罕，《文学中的城市》，吴子枫译，上海人民出版社，2009年，第3页。
[2] 哈维，《时空之间：关于地理学想象的反思》，收入孙逊、杨剑龙编《都市空间与文化想象》，上海三联书店，2008年，第18页。

政治目的，短短几年内整座城市拔地而起，在政治高压中迅速成为（或者说被直接生产为）国际化都市。与它的空间意义相比，其时间性几乎可以忽略不计，就好像正常人十月怀胎生下了婴儿，而彼得堡则像是从宙斯的脑子里蹦出的雅典娜，由君主意志直接变为成年的欧式贵族，空降在俄罗斯的大地上。从它诞生的那一刻起，人们就只能关注它的现在和未来，因为没有历史可回顾。而一个没有历史的帝都投射在现代人心中的无疑是残缺的体验。尽管彼得和叶卡捷琳娜二世一直在高歌猛进地发展城市基础建设，甚至包括西式的中高等教育，但由于缺少对专制主义剑拔弩张的启蒙前提，彼得堡直到19世纪上半叶才迎来了迟到又短命的十二月党人起义（1825）。一种缺少根基的虚幻和飘浮感让彼得堡的现代化成了一种"戏仿"。

然而，这种物质现代性与精神现代性严重不同步的矛盾却使得文学中彼得堡叙事迥异于巴黎叙事和伦敦叙事，带上了与生俱来的分裂感和怪诞感，带给此后世代俄罗斯知识分子对彼得堡的神秘主义想象。

彼得堡是一座以政治为唯一目的在沼泽地上被精心设计和建造起来的城市。它的出现既是彼得大帝专制统治的最好证明，亦是俄罗斯帝国向西方现代文明膜拜之意图的直接表达。彼得大帝将它命名为"圣彼得堡"，该词由三部分组成，代表了彼得对这座城市的三项期许：第一部分是拉丁语词"canktus"，意思是"神圣的"；第二部分是荷兰语词"peter"，意思是"彼得"；第三部分是德语词"burg"，意思是"城堡"。如此一来，圣彼得堡的名称不但和彼得大帝之名互相吻合，并且同时说明这个年轻的城市蕴含着不凡的文化背景。它不但沿袭了德国及荷兰的文化传统，且城市的象征意义和以圣徒彼得为守护神的古罗马紧紧相关。此外，彼得堡的城市规划是以荷兰首都阿姆斯特丹为模仿对象的，彼得大帝通过自己亲手缔造的城市空间组织方式表达了对资本主义和工业文明的敬意与亲近的意图。

然而，悖论也由此产生：沼泽地上可以凭空建起一座欧式新城，却无法同时生产出欧式"新人"。为了填充和盘活这座新城，彼得不得不用专制手段从莫斯科等传统俄式城镇中强行迁入旧式权贵。于是，这个城市自产生之日起，就充满了被生硬缔造出来的西方文化教条与从俄罗斯各地强迁而来的贵族和官僚们的保守主义经验的对抗。"旧人"在"新城"中所遇到的肉体和精神上双重的水土不服，在彼得的强势之下只能迅速被作为禁忌转化为潜意识，隐藏在心灵深处。这种潜意识逐渐变成彼得堡人的集体无意识，成为历代彼得堡作家笔下的"幻象、虚境、潮湿、阴郁、庸俗、空虚、焦虑、分裂"等关键词。因为它是"统治者出于专制需要和恐惧而急促杜撰的文化，具有轻扬易浮性与极端的不稳定性"。[1]

沼泽质地的虚浮地基与其上岩石建造的城市堡垒形成了强烈反差，营造了彼得堡最本源的悖谬：真实与不真实的并存。这座城市以

---

[1] 马歇尔·伯曼，《一切坚固的东西都烟消云散了——现代性体验》，徐大建、张辑译，商务印书馆，2004年，第230页。

启蒙和军事目的的矛盾政治姿态被构想，却自降生之日起就贵为帝国政治权力的中心——首都，成了沙皇俄国最黑暗腐朽的农奴制度的最高执行者。这种天生的悖谬性使得彼得堡成为俄罗斯贵族习气最浓、自由之风最盛、奴性最重、反抗意识又最明显的，充满了二元对立的政治空间。

然而，彼得堡的各种悖谬——虚幻与真实、启蒙与封建、自由与禁锢——却或许正是生活在其中的知识分子们深深迷恋这座城市的原因。彼得堡本身是一个预设的物质和意识形态的双重权威，但内部的一切却又显得缺乏根基。传统的信仰和文化被有意悬置，刻意追求的信仰和文化却难以迅速透过花岗岩的建筑渗透进旧式的俄国脑袋中。一切都飘浮在空中，一切都是以"假定"为前提的，当这诡异的空气落在作家们的纸头上，就变成了怪诞或者假定性文学。彼得堡人充满矛盾和痛苦地深爱着它，他们让它自18世纪初诞生时就以宏大而神秘的空间气质出现在俄罗斯各个时代的文学经典之中。

随着俄罗斯18世纪末开始的"欠发达的国家现代性进程"，彼得堡在以它为背景甚至以它为主角的文学作品中成为一个政治想象空间。在这个空间里，作家们充分发挥了关于俄罗斯政治的各个领域和层级的想象。从捡拾最低的个人的尊严，到填平阶级差距的努力，再为了国家存亡而斗争，彼得堡的涅瓦大街、海军司令部、冬宫和彼得保罗要塞，都成了政治想象施展的舞台，它们对人的身份、生存方式和政治体制的隐喻功能使整个彼得堡成为一个巨大的政治公共空间，也成为有责任心的作家们对俄罗斯政治警醒、反思和推演的政治想象空间:"彼得堡人热爱涅夫斯基大街,乐此不疲地赋予它以各种各样的神话,因为在一个欠发达的国家的心腹地带,它为人们敞开了现代世界的所有令人目眩的祈愿的前景。"[1]

从普希金到果戈理,再到陀思妥耶夫斯基,彼得堡始终是"小人物"灵魂迷失、尊严受辱却始终顽强地想要寻求自我意识的空间,也是贵族们表现出强大阶级"气场"而实际上却丢失了灵魂的地域。作为彼得堡政治生活最高代表的涅瓦大街,把果戈理的人物搅入欲望的黑洞(果戈理,《涅瓦大街》),而把陀思妥耶夫斯基的人物则囚禁于"地下"之深重的身份焦虑与孤独中(陀思妥耶夫斯基,《地下人手记》)。

从车尔尼雪夫斯基到白银时代的别雷、曼德尔施塔姆和阿赫玛托娃,彼得堡经历了"新人"们的觉醒,理想主义的革命憧憬、更名为"列宁格勒"的政治变化以及随之而来的"乡愁"。改名之后的彼得堡,也像它的新名字一样,在这以后的文学中包裹着某种特定的政治外壳。

通过梳理19—20世纪那些经典文学中对彼得堡的各种表述,来考察这个天生的政治空间如何在不同时代的文学中被重构,无疑是追寻俄国现代性的一条绝佳路径。这个空间一方面被政治化想象和重构,一方面成为现代人回归家园的乡愁。彼得堡的现代化发展史,也

---

[1] 马歇尔·伯曼,《一切坚固的东西都烟消云散了——现代性体验》,徐大建、张辑译,商务印书馆,2004年,第253页。

就成了一部俄罗斯近现代那些真正代表良知的作家们力图通过文学来言说国家和个体命运的思想史。彼得堡在俄罗斯文学中，是俄国现代性复杂和悖谬的绝佳喻体。

第四章

20世纪初的"新农民"与乡村"意象"
叶赛宁的田园悲歌

> 在那儿,人们在一株巨树的繁荫下跳着圈舞,幸福而并不浑浑噩噩地休息。这株大树就叫它社会主义,或者叫它天堂。因为在农夫的创作中,天堂就是这个样子。在那里没有赋税,在那里房子是用柏木板制作的。在那里,把所有部族、人群,召到铺天盖地的宴席前,给每一个人用金樽盛满蜜酒,遍飨欢宴。
>
> ——叶赛宁,《玛利亚的钥匙》

从19世纪末到20世纪初,俄国乡村由于庄园经济的凋敝流失了大量贵族,留在土地上的人却没有能力成为文学代言人。民粹派运动的失败又直接导致城市平民知识分子"到农村去"的理想破灭。乡村书写在19世纪末20世纪初逐渐脱掉了"田园诗"的外衣,沦为俄国现代化道路上的"樱桃园"。契诃夫和布宁,便是从商人和没落地主的视角各自审视俄国传统乡村无可挽回的消逝。

十月革命之后，新生的苏维埃政权在农村政策上的失误，导致了乡村经济的停滞和落后。但在文学界对革命、城市和新政权的书写中，真正反映乡村真实面貌和困境的文学作品却难以得到宣传。知识界、思想界和艺术界陶醉于20世纪20年代前后各种以都市为发展空间的现代主义思潮百花齐放的香甜空气中，乡村也很难与之共舞。唯有叶赛宁，他对"田园罗斯"的重现为苏维埃乡土文学争得了最初的官方席位。然而这种桃花源式的乡村理想最终没能抚慰丢失在钢铁城市中的灵魂，叶赛宁自杀后，乡村书写逐渐走向两极。一极是在社会主义现实主义原则下对农业集体化的歌颂，一极是对前者保持警惕甚至深刻批判的叙事。

20世纪的俄国对"解放现代性"的极致追求，表现在城市的重工业化和农业的集体化上。而为这种极端的现代性付出巨大代价的，是普通人民，尤其是农民。俄国农村从十月革命后的"战时共产主义"时期到斯大林上台之后大搞集体化，接着是卫国战争，再到勃列日涅夫时代的停滞期，始终经历着动荡和剥夺。其间虽有20年代的新经济政策时期和50年代赫鲁晓夫的解冻时期，但都很短暂。土地改革和农业经济的改善需要一个比城市更长更有规律的周期，这两次短暂的宽松期都没能让农民和土地得到充分的休整，就很快迎来了新的动荡……对于20世纪的俄国农民们来说，任何一场运动到来，他们都是首当其冲被牺牲的。

在长期的为城市利益牺牲乡村利益，为集体利益牺牲个体利益的语境中,从 20 世纪初到中叶的俄国乡土文学在表现出时代变化的同时,基本上始终呈现出乌托邦叙事与反乌托邦叙事并存的局面。以反乌托邦叙事对抗乌托邦叙事;以农民个体的精神悲剧对抗集体化胜利;以乡村实际存在的落后、愚昧和自私来反驳一再被翻唱的田园诗;以乡村对城市巨大的经济牺牲来批判城市工业化取得的巨大建设成就……

此后,俄国文学中的乡村书写在基本保留了上述的两极路线之外,于 19 世纪 60 年代前后加入了对日益严重的生态破坏的关注和从欧俄走向远东与中亚的视域扩展。但工业化对乡村的物质掠夺和道德破坏,始终是不变的思路。

叶赛宁乡村书写的三个阶段

1912 年,当象征派独领风骚的格局逐渐衰落瓦解之时,克柳耶夫(Н. Клюев)引领的"新农民诗派"(Новокрестьянская поэзия)应运而生[1],像一股清流,弥补了同时代文学偏重城市的单一口味,也在象征派、阿克梅派的贵族基因之外,为白银时代的俄国诗歌注入了纯正朴实的农民气质。"新农民诗派"既源于白银时代的文化语境,又基

---

[1] "新农民诗派"这一名称是批评家李沃夫-罗加切夫斯基(В. Львов-Рогачевский,1874—1930)在 1919 年第一次提出的。但克柳耶夫于 1912 年发表的诗集则被认为是新农民诗歌的开篇[参见米尔斯基,《俄国文学史》(下卷),第 271 页],故本文如是表述。

于俄罗斯民族传统的深厚滋养，以农民视角来观察乡村，以清新格调展现乡村的自然风光，很快吸引了读者的目光，"一度曾被视为俄国诗歌的最大星体"[1]。叶赛宁、克雷奇科夫（С. Клычков）、希里亚耶维茨（А. Ширяевец）、奥列申（п. В. Орещци）等人先后加入其中[2]。"新农民诗派"虽无统一的诗歌纲领，但有共同的奋斗方向。1918年9月，叶赛宁、克雷奇科夫、奥列申等人共同起草了《农民诗人、作家倡议小组关于成立莫斯科无产阶级文化协会农民支部的宣言》，并创办了"莫斯科文学工作者劳动组合出版社"。他们的诗歌抒发农民丰收时的幸福喜乐和悲苦生活的呻吟，而新农民派诗人着重以农民的话语和修辞来表现古老罗斯的传统风俗、乡村令人迷醉的自然风光、俄罗斯农民的诗意劳作，倾诉对城市工业文明的憎恨、厌恶的情绪[3]。

"新农民诗人不是回避，而是着意突出自己的农民身份和农民的视角、突出农民诗歌从内容到形式上的特色。……新农民诗人们为的是强调自己的存在，强调农民生活及其世界观的独特性价值，强调农民诗歌的文学独特性，和圣彼得堡的贵族沙龙文学分庭抗礼。"[4] 由此可见，叶赛宁能够从20世纪初各知识阶层和创作流派的

---

[1] 米尔斯基，《俄国文学史》（下卷），刘文飞译，人民出版社，2013年，第272页。
[2] 叶赛宁于1916年加入新农民诗派，1918年开始又积极参加意象派活动，之后渐渐疏远新农民诗派。1923年，叶赛宁与意象派也分道扬镳。
[3] 参见：吴泽霖，《俄罗斯新农民诗派刍议》，载《俄罗斯文艺》2009年第4期，第49—54页；汪剑钊，《苏联诗歌与"白银时代"的风格传承问题》，载《俄罗斯文艺》，2007年第2期，第3—7页。
[4] 张建华、王宗琥编，《20世纪俄罗斯文学：思潮与流派》（理论篇），外语教学与研究出版社，2012年，第159页。

城市书写交响乐中脱颖而出,成为与马雅可夫斯基并肩而立,且受到象征派和阿克梅派诸多诗人高度评价的"乡村诗人",与"新农民诗派"的整体艺术成就和扎根乡村、既传统又新颖的创作理念是密不可分的。

新农民诗歌"既不像19世纪上半叶柯尔卓夫笔下的农村生活充满劳动的喜悦,充满和大自然交往的乐趣,神往迷醉,也不像19世纪下半叶苏里科夫诗歌中充满对农民贫困饥饿的痛苦生活的哀诉,对妇女苦难地位的控诉。它是在19世纪末至20世纪初俄国为寻求自己独特的拯救道路的文化反思中,在俄罗斯民族传统、民族文化根基、俄罗斯民俗学得到越来越深入的研究和重视的时期,在俄罗斯白银时代的文化氛围中应运而生的"。

此外,"在新农民诗歌风格独特的咏唱中,别有一种农民世界观的清新的、诗意的展现。而从怀着实现农民天国的激情向往、咏颂革命的诗歌到理想失落的哀歌,反映着农民乌托邦理想的幻灭历程"[1]。可以说,新农民诗歌既是20世纪早期乡村书写中最浓墨重彩的一笔[2],更是20世纪俄国乡村现代性最重要的文学表达。

但是,新农民诗派中成长起来的诗人们,只有叶赛宁获得了最持久和最引人注目的成就,因为只有他的乡村诗歌更能扣紧时代脉搏,

---

[1] 张建华、王宗琥编,《20世纪俄罗斯文学:思潮与流派》(理论篇),外语教学与研究出版社,2012年,第157页。
[2] 整个20世纪俄苏乡村诗歌的创作都受到这个流派的影响,比如"斯摩棱斯克派""悄声细语派"和"怀乡诗"。

亦能更准确地讲述人们在城乡巨变过程中的现代性焦虑。而同时代的乡村诗人仍大多延续着早期的创作风格。如克雷奇科夫的整个创作过程与革命前的早期创作基本一致。奥列申虽然也历经时代的巨变，但他的诗歌始终弥漫着乡村罗斯的田园诗意、大自然的神秘气息。克柳耶夫作为新农民派诗歌的奠基者，始终坚定不移地把该诗派的艺术追求贯彻到底。叶赛宁难以认同克柳耶夫宗教意识浓厚的诗歌创作主旨："'苦难之美'；'共同受难'"[1]，转身投向意象派。尽管如此，他仍然承认象征主义和新农民诗歌对他的直接影响："勃洛克和克柳耶夫教会我抒情"；也记得他同克柳耶夫"之间开始建立起了深厚的友谊"。[2]

叶赛宁在保持新农民诗派一贯风格的基础上，既能抒写乡村如诗如画的田园风光，表现古老罗斯古朴的文化传统和对城市机械文明的不满；亦能与时代变迁紧密结合，将帝俄末路、二月革命、十月革命、国内战争、大饥荒、战时共产主义和新经济政策等一系列政治经济变迁带给个体的强烈冲击熔铸到诗歌创作中，在乡村书写中动态展现了国家从封建专制到社会主义、农村知识分子城市化等俄国特有的现代性问题。

---

[1] 克柳耶夫革命诗歌的主张是：革命即是俄罗斯生命的受难与复活，而伟大复兴的必要条件则是"与耶稣共同受难。见 Клюев Н.,*Иследования и материалы*/Л. А.Киселева, Есенин и Клюев:скрытый диалог(попытка частичной реконструеции)[C]. Москва:Наследие,1997,pp.188–190。
[2] 叶赛宁，《关于自己》，收入张捷编选《十月革命前后苏联文学流派》（下编），上海译文出版社，1998年，第314页。

叶赛宁诗歌中的城市书写比例虽小，却充分隐喻了20世纪初俄国乡村与城市尖锐对立的问题。他诗歌中矛盾纠结、忧伤困惑的情绪体验；在机械文明的压力下，向乡村进行精神救赎的意图；他对未来的恐惧、对城市下意识的抵触和明显的反机器化等主题，都与20世纪初俄国的现代化进程密切关联。他的诗歌如同与马雅可夫斯基相反的现代化寓言，以"天才式的预见"，"表现成千上万人的哀嚎"（高尔基语）。这一切都使得叶赛宁的诗歌在高举建设城市神话的语境中独树一帜，成为乡村书写的标杆。

· "田园的罗斯"与"歌者"（1910—1918）

初入诗坛的叶赛宁以"歌者"自居，歌唱乡村的美景诗意，赞美如火的青春和炽热的爱情。诗人从15岁就读于斯巴斯—克列皮克教会师范学校时，就以清新优美的笔触描绘乡村旖旎的风光，抒写了一首首清新隽美的写景小品，夹杂着爱情的甜蜜与痛苦，青春的热烈与易逝，抒发他对乡村自然景色的喜爱。如《稠李花飞似雪片飘舞……》：

> 稠李花飞似雪片飘舞，
> 花草沐浴着露水怒放，
> 白嘴鸭头朝嫩芽低俯，
> 在田野地垄上款款来往。

> 柔丝般的草儿垂着头颈，
> 含香脂的松树吐出芬芳。
> 啊，你们——草地和密林
> 春色醉得我如痴似狂。
> ……
>
> ——《稠李花飞似雪片飘舞》，1910 年[1]

稠李花瓣飞舞飘落，花草含露绽放，鸭儿自由走动，伴着青草的柔嫩、松脂的芳香，草地和密林醉人的春色，诗人在青春韶华中怀着对爱情的浪漫幻想，想象自己迈着如田野波浪的步伐走来……诗人以质朴清新的语言、热烈激昂的情感，用溅起的飞沫联系到稠李花似雪的花海，描画出乡村的春深似海，爱恋的炽热，如花的青春，表现出诗人目酣神迷、如痴如醉的情状。可见，叶赛宁早期的乡村书写着意突出对乡村自然美景的描摹，吟唱了俄罗斯乡村和大自然恬静质朴的美，并交织着爱情的渴望、青春的赞叹，抒发对祖国深切无尽的爱。

当马雅可夫斯基从 1912 年发表的《夜》、《早晨》、《城市地狱》（1913）等诗中，频频以喧嚣凌乱的都市景物——嘈杂的广场和街心花园、疲惫的电车和狂鸣的汽笛、燃烧的灯光——去表现都市现代性的时候，叶赛宁正在款款表达对古老乡村罗斯的爱恋：

---

[1] 叶赛宁，《叶赛宁诗选》，顾蕴璞译，浙江文艺出版社，1990 年，第 8 页。

> 你多美啊,亲爱的罗斯,
> 农舍披着圣像的金饰……
> 放眼四望,无边无际——
> 只有蓝天把眼睛吮吸。
>
> 仿佛外来的朝圣者,
> 我凝视着你的田野。
> 一道低矮的栅栏旁
> 白杨树叶已经凋落。
> ——《你多美啊,亲爱的罗斯……》,1914年[1]

以及田园生活最本质又最浓郁的诗意:

> 篱笆上挂着成串的面包圈,
> 温暖的空气中弥漫着酒香。
> 太阳用无数根刨光的板条
> 围住这一片蓝色的穹苍。
> ……
> ——《篱笆上挂着成串的面包圈》,1915年[2]

---

[1] 叶赛宁,《叶赛宁诗选》,郑体武译,上海译文出版社,2018年,第20页。
[2] 叶赛宁,《叶赛宁诗选》,郑体武译,上海译文出版社,2018年,第30页。

1913年叶赛宁师范学校毕业来到莫斯科继续求学,"乡愁"的情绪愈来愈频繁地糅进了诗歌中。诗人在城市里一方面怀念故乡的平安喜乐,感叹城市生活的动荡孤独:

> 再不能在马驹肚皮下
> 在宁静的夜里安然入梦
> 再也不能纵情享乐
> 让歌声和笑声响彻树林。
>
> 再也逃不脱暴风雨,
> 躲不开失落和损伤,
> 不能在那蓝天里
> 把看不见的大门叩响。
> ——《别了,故乡的密林》,1916年[1]

另一方面也承认乡村的衰败落后和闯荡城市的必然:

> 我已厌倦故乡的生活,
> 为广阔的麦田兀自伤悲,
> 我将离开低矮的茅屋,

---

[1] 叶赛宁,《叶赛宁诗选》,郑体武译,上海译文出版社,2018年,第36页。

去做一个流浪汉或窃贼。

但值得注意的是，就在这首诗里，诗人为悲剧性的命运做了惊人的预言，似乎他已经从自己的矛盾体验中看到了结局：

> 我还会回到我的老家，
> 从别人的快乐中汲取慰藉，
> 我将在一个绿色的傍晚
> 撕掉衣袖，在窗下自缢。
> ——《我已厌倦故乡的生活》，1916年[1]

1917年革命前后，诗人对田园罗斯的歌颂又加入了对社会主义祖国和共产主义理想的期盼与憧憬：

> 明天你早早地把我唤醒，
> 啊，我忍苦耐劳的母亲！
> 我要到道旁小岗后欢迎，
> 我的这一位尊贵的客人。
> ——《明天你早早地把我唤醒》，1917年[2]

---

[1] 叶赛宁，《叶赛宁诗选》，郑体武译，上海译文出版社，2018年，第49页。
[2] 叶赛宁，《明天你早早地把我唤醒……》，顾蕴璞译，收入柳鸣九主编《叶赛宁诗选》，时代文艺出版社，2012年，第51页。

诗人以"尊贵的客人"来指代十月革命,把革命的憧憬与田园罗斯的前程联系起来,衷心赞美革命与乡村。1918年,叶赛宁一口气写出《变容节》《乐土》《约旦河的鸽子》《天上的鼓手》等大量讴歌十月革命的诗篇,明确表达了他和十月革命完全站在一起的立场:

> 天穹像一口大钟,
> 月亮是它的钟舌,
> 我的母亲是祖国,
> 我是布尔什维克。
>
> ——《约旦河的鸽子》,1918年[1]

乡村绮丽动人,诗人如歌者为俄罗斯乡村旖旎的田园风光唱赞歌,赞颂十月革命同时也抒写乡愁,歌唱对革命的期待同时也怀揣对田园罗斯未来的美好愿望,这是叶赛宁早期乡村书写的特点。

·"逝去的罗斯"与"无赖汉"(1919—1923)

由于外国武装干涉和国内战争爆发,危机中的苏维埃国家发动了对农民的余粮征集制;铁路、机器、电力等现代化设施也对传统乡村发起了"入侵"……一系列物质和精神层面的变动都在促使"田园

---

[1] 叶赛宁,《约旦河的鸽子》,顾蕴璞译,收入柳鸣九主编《叶赛宁诗选》,时代文艺出版社,2012年,第66页。

罗斯"迅速消逝，叶赛宁早期那"农民天国的理想幻灭了"[1]。诗人开始倾诉传统乡村逝去带来的失落、愤怒和无奈。

那个曾在乡间充满柔情迎接稠李花的少年，如今变成了城里追忆稠李花的无赖汉（хулиган）：

> 谁又看见过在茫茫的黑夜
> 大片怒放的稠李花如鼎沸？
> 我真想夜间在浅蓝的草原
> 找个地方抢劫过往的客旅。
> ……
> 你可别害怕，疯狂的风啊，
> 安详地在草地上把败叶吐遍！
> "诗人"的雅号不能使我温暖，
> 我在诗歌也像你是无赖汉。
>
> ——《无赖汉》，1919年[2]

这"无赖汉"并不是胡作非为的流氓，而是"莫斯科的一个浪子。/ 足迹踏遍了整个特维尔区，/ 大街小巷里的每一条狗 / 都识得出我轻盈

---

[1] 张建华、王宗琥编，《20世纪俄罗斯文学：思潮与流派》（理论篇），外语教学与研究出版社，2012年，第168页。
[2] 叶赛宁，《无赖汉》，顾蕴璞译，收入《叶赛宁诗选》，浙江文艺出版社，1990年，第109页。

的步履"[1]。他的"无赖",是由于"心爱的'乡村罗斯'的逝去而无奈、无望而无情的心理写照"[2]。诗人把无赖汉的形象与席卷枯叶的风联系起来,把内心愁苦的深度和强度形象化地表现出来。

叶赛宁没有把乡村混乱凋敝的景象进行工笔画般的细致描摹,而对田园罗斯逝去的过程进行意象化书写,侧重于乡村书写中凄冷肃杀气氛的渲染和浓厚秋意环境的营造,因此叶赛宁中期的乡村书写中常出现悲秋意象。白桦、枫树这些俄国文学中祖国和乡村的传统意象在叶赛宁的诗歌中落叶纷纷、死气沉沉:"此时,诗人对城市工业给'乡村罗斯'带来的变化忧心如焚,情不自禁地唱出了痛惜它的消逝的挽歌。"[3]

> 猫头鹰叫出凄切的秋声
> ……
> 风儿飘洒着一片片秋叶,
> 叶子耳语着一个秋声。
> ——《猫头鹰叫出凄切的秋声……》,1920年[4]

> 我伫立着做告别的日祷,

---

[1] 叶赛宁,《叶赛宁诗选》,郑体武译,上海译文出版社,2018年,第99页。
[2] 叶赛宁,《叶赛宁诗选》,顾蕴璞译,浙江文艺出版社,1990年,第110页。
[3] 叶赛宁,《叶赛宁诗选》,顾蕴璞译,浙江文艺出版社,1990年,第112页。
[4] 叶赛宁,《猫头鹰叫出凄切的秋声……》,顾蕴璞译,收入柳鸣九主编《叶赛宁诗选》,时代文艺出版社,2012年,第86页。

> 为落叶飘摇的白桦树。
>
> ——《我是乡村最后一位诗人……》,1920年[1]

> 在这个世界上我们大家都会消失,
>
> 如枫树上悄然飘落叶片铜币……
>
> ——《我不叹惋,不呼唤,不哭泣……》,1921年[2]

20世纪20年代开始,乡村罗斯正被城市工业化的机械电气改变。列宁认为俄国要过渡到社会主义社会必须修建和完善电气运输线路,以拓开那些荒僻乡村的道路:"如果我们能够建立起几十座区域电站(现在我们知道:这些电站可以而且应该在哪里建立以及如何建立),如果能把电力送到每个村子,如果能得到足够数量的电动机和其他机器,那么从宗法制度到社会主义就不需要或者几乎不需要过渡阶段和中间环节了。"[3] 叶赛宁对木头罗斯的"钢铁化"持有矛盾的感情。他为乡村自然生态的破坏而悲鸣:

> 很快,蓝色田野的小路上

---

[1] 叶赛宁,《我是乡村最后一位诗人……》,郑体武译,《叶赛宁诗选》,上海译文出版社,2018年,第82页。
[2] 叶赛宁,《我不叹惋,不呼唤,不哭泣……》,王守仁译,收入柳鸣九主编《叶赛宁诗选》,时代文艺出版社,2012年,第96页。
[3] 列宁,《列宁全集》(第41卷),中共中央马克思恩格斯列宁斯大林著作编译局编译,人民出版社,2017年,第216页。

> 将有一个钢铁客人走来,
> 他将用黑色的手掌收集
> 这片洒满朝霞的燕麦。
>
> 僵硬、陌生的手掌啊,
> 你们断了歌儿的活路!
> 只有奔马般的麦穗
> 将为老主人伤心啼哭。
> ——《我是乡村最后一位诗人……》,1920年[1]

诗人说自己是乡村的最后一位诗人,并不是说以后不再有乡村诗人,而是说以后不再有真正的乡村,工业化从城市向乡村蔓延的速度令人担忧,农民离乡背井已成常态:

> 城市啊,你残忍地把我们
> 一笔勾销,像对待垃圾和死人。
> 田野在大眼睛的苦闷中,
> 在电线杆的压迫下上冻。
>
> 魔鬼般的颈项青筋暴起,

---

[1] 叶赛宁,《叶赛宁诗选》,郑体武译,上海译文出版社,2018年,第82页。

> 将一条铁路轻松开通。
> 奈何,我们不是初次被迫
> 离乡背井,不知所踪。
> ——《神秘的世界,我古老的世界》,1921年[1]

但即便对乡村惋惜眷恋至此,叶赛宁也无法放弃城市生活。这种矛盾并因此而抑郁的情绪在早期就已露端倪,中期更加明显:

> 不错!如今大势已定。
> 我永远告别了亲爱的故乡。
> 我的头顶再不会有白杨
> 飞舞的树叶发出的飒飒声响。
>
> 我不在,低矮的农舍日渐破败,
> 我的老狗早已一命归西。
> 大概是上帝注定要我
> 在莫斯科弯曲的马路上死去。
> ——《不错!如今大势已定……》,1922年[2]

---

[1] 叶赛宁,《叶赛宁诗选》,郑体武译,上海译文出版社,2018年,第91页。
[2] 叶赛宁,《叶赛宁诗选》,郑体武译,上海译文出版社,2018年,第101页。

叶赛宁早先幻想着革命后俄罗斯将迎来全新光明的未来，然而这个美梦——"庄稼汉的天堂"并未成真，现实满目疮痍。他开始担忧城市工业将会对原始乡村造成不可估量的影响，旧式乡村在农业改革的影响下将彻底改变。无法离开城市，又无法忘怀乡村的纠结撕扯着叶赛宁的灵魂，使他变成了一个精神的游牧者：

> 不喜欢农村，也不喜欢城市，
> 我该如何顶着它走到底？
> 我要抛弃一切。蓄起长须。
> 做一个流浪汉，漫游罗斯。
> ——《别骂娘。事情就是这样……》，1922年[1]

1922年的组诗《莫斯科酒馆之音》，便是上述游牧灵魂在城市中的狂欢化表现。

这个阶段的乡村书写不是纯粹意义上对乡村自然风光的描绘，更多的是面对艰难的生存环境，传统乡村被农村城市化、工业化改造而渐渐逝去的事实，诗人手足无措而意志消沉的情感写照。

·"苏维埃罗斯"与"公民"（1924—1925）

1922年，叶赛宁与美国舞蹈家邓肯结婚并周游德国、意大利、

---

[1] 叶赛宁，《叶赛宁诗选》，郑体武译，上海译文出版社，2018年，第96页。

法国、比利时、美国等发达资本主义国家。诗人亲眼目睹了资本主义国家先进的基础设施和电气化成就与工业技术，既感叹于欧美国家的文明程度，又反感那里人们唯钱是从、贫乏的精神世界。1923年归国后，很快在《消息报》上发表了访美特写《铁的密尔格拉得》（Железный Миргород），以显而易见的与果戈理时代[1]对话的思路，表达了他对俄国城乡问题的思考和矛盾心理。"这种矛盾实际上成为叶赛宁后期创作中的基本矛盾。"[2]他开始认识到宗法制田园诗并不能改变俄国乡村贫困落后的面貌，或许希望真的在于以社会主义工业化建设去追赶发达资本主义国家的经济水平，然后以城市的经济活动带动乡村的发展。

与此同时，1921年开始的新经济政策一方面用粮食税代替余粮征集制，大大减轻了农民的负担，农村经济开始慢慢恢复；另一方面允许外资企业管理国家暂时无力管理的中小企业，恢复商品货币化，城市产业结构亦得到调节。在城乡经济与日常生活均向好的局面下，从帝俄时代过来的旧知识分子们对苏维埃政权的疑虑与不信任慢慢缓解了。叶赛宁作为这一类知识分子的代表，开始重新认识和努力接受苏维埃罗斯。

从1924年起，以《苏维埃罗斯》为标志，叶赛宁开始重写"罗

---

[1] 果戈理创作早期的乡村叙事代表作《密尔格拉得》是典型的对宗法制俄国（乌克兰）乡村田园的诗意表达，具体论述见本书上编第二章。
[2] 张建华、王宗琥编，《20世纪俄罗斯文学：思潮与流派》（理论篇），外语教学与研究出版社，2012年，第170页。

斯"。接连创作出的《苏维埃罗斯》《无家可归的罗斯》《正在离去的罗斯》等诗歌充满了对旧时代逝去的忧伤和对新时代的期盼。他立足于农民和乡村,试图捕捉苏联乡村中的集体农庄和大规模的国营农场给乡村带来的转变。他已深刻地意识到乡村罗斯正蜕变为一个"红色的""钢铁的"苏维埃国家,罗斯所代表的已不是革命前宗法制的俄国,而是无产阶级领导下的苏维埃联盟。随着意识的转变,叶赛宁也受到苏联公民精神的影响,开始以"公民"的抒情身份,尽力克服"无赖汉"时期的低落情绪,抒发对新时代乡村的期盼:

> 我想成为一名歌手,
> 成为一位公民,
> 要让每一个人
> 都成为令人自豪的楷模,
> 成为名符其实的人,
> 而不是成为后妈的孩子——
> 在伟大的苏维埃社会主义联盟
>
> ——《斯坦司》,1924 年[1]

惠特曼将林肯称为美国的"船长",叶赛宁便将列宁称作"大地的船长"和"舵手":

---

[1] 叶赛宁,《叶赛宁诗选》,郑体武译,上海译文出版社,2018 年,第 166 页。

> 他是舵手,
> 是船长,
> 跟他在一起,
> 何惧巨浪滔天?
> 要知道,从各个国家
> 聚集起来的
> 整个党——都是
> 他的船员。
>
> ——《大地的船长》,1925年[1]

从创作中期对"正在逝去的罗斯"痛心不已,到后期转为对"苏维埃罗斯"到来的欣喜,可以看出叶赛宁从"无赖汉"的颓丧转向苏维埃罗斯"公民"的努力。他似乎在竭尽所能地热情抒写热爱祖国、拥护社会主义建设的心理,描写自我认识的转变和提高政治觉悟的意识,表现出他积极地与苏维埃罗斯融合的公民形象。但这种努力仍无法掩盖他伴随终身的矛盾与痛苦。对人生选择的自我批判、渴望理解时代精神而乏力的无奈、对苏维埃罗斯前途的隐隐担忧,以及对自己诗歌价值的怀疑,又构成了他晚期诗歌和个人精神的分裂。

在最具代表性的诗歌《苏维埃罗斯》中,他集中表达了自己对"新"与"旧"的体验。

---

[1] 叶赛宁,《叶赛宁诗选》,郑体武译,上海译文出版社,2018年,第176页。

"醒醒吧！你有何好委屈？"
毕竟照耀这些农舍的
只是新生一代的光芒。

你已日薄西山，
如今是另一拨青年，另一些歌吟。
他们没准儿更有意思——
不是把村庄，而是把大地当作母亲。
——《苏维埃罗斯》，1924年[1]

重返乡村，诗人并没有找到自己的位置："我在这里完全是个陌生人，/……/而生活却在沸腾。"村民们在礼拜天聚集于乡政府，跛脚的红军战士讲述英雄事迹，共青团员高歌行进，只有诗人无所事事地闲逛。"我的诗在这里再无人需要，/ 是的，大概连我在此也是多余。"在这一代新人换旧人的乡村场景中，诗人却并没打算完全将自己的诗魂交给苏维埃罗斯：

我一切都能接受。
我也确实在接受一切。
我将沿着已有的脚印前行。

---

[1] 叶赛宁，《叶赛宁诗选》，郑体武译，上海译文出版社，2018年，第155页。

> 我会将整个心灵交给十月和五月,
> 唯独不会交出心爱的竖琴。
>
> ——《苏维埃罗斯》,1924 年[1]

这才是他的心里话!对于苏维埃罗斯,诗人是出于大环境的需要和历史的必然而去接受,但内心深处却依然眷恋"已有的脚印"。究其原因,是自己无论如何也没能成为真正的新人:

> 我不是一个新人!
> 何必掩饰?
> 我的一条腿还停留在过去,
> 我一心追赶钢铁大军,
> 另一条腿刚一迈出就会摔倒。
>
> ——《正在离去的罗斯》,1924 年[2]

长期郁郁于心的焦虑使诗人患上了严重的抑郁症。1925 年 12 月 27 日,叶赛宁在列宁格勒的一家酒店自缢身亡,留下了用鲜血写就的最后一首诗:

---

[1] 叶赛宁,《叶赛宁诗选》,郑体武译,上海译文出版社,2018 年,第 157 页。
[2] 叶赛宁,《叶赛宁诗选》,郑体武译,上海译文出版社,2018 年,第 163 页。

> 再见吧，我的朋友，不必话别，
> 不必握手，别难过也别悲戚——
> 在这种生活中死去并不新鲜，
> 可是活着，当然，也不新奇。
> ——《再见吧，我的朋友，再见吧……》，1925年[1]

城乡对立的视角与农民本位意识

对应于乡村的社会自然环境，农民拥有独特的时间和空间观念，形成一整套的"乡村经验"，它是乡村传统社会的产物，代表着在乡村传统文化熏陶下农民特有的心理结构。而"城市体验"则是"文明大众在其标准化、非自然化了的生活中所获得的经验"[2]，这种经验诞生于现代城市高度繁荣的物质文明，在城市化求新求变的高歌猛进中，呈现出与"乡村经验"鲜明的对立。叶赛宁能鹤立于20世纪上半叶以城市书写为主导的文学语境中，与他既完美地吟唱出传统罗斯的田园诗，又精准传达出城乡对撞的矛盾体验有直接关系。

现代主义诗歌，也包括叶赛宁后来钟情的意象派，主要的描写客体是城市，因为城市才是现代化进程的核心表征。波德莱尔这个发

---

[1] 叶赛宁，顾蕴璞译，收入柳鸣九主编《叶赛宁诗选》，时代文艺出版社，2012年，第215页。
[2] 本雅明，《波德莱尔：发达资本主义时代的抒情诗人》，王涌译，译林出版社，2012年，第108页。

达资本主义时代的抒情诗人，漫步于拥挤不堪的人海中，透过巴黎皮相之"花"去深入表现其物质和精神的"恶"，成为20世纪现代主义文学的鼻祖之一。无独有偶，放眼俄罗斯现代文学，与叶赛宁同期的马雅可夫斯基由于长期城市生活的经历和早期未来主义的影响，其诗歌主要取材于莫斯科的大都会生活；象征主义和阿克梅派也聚焦于圣彼得堡（彼得格勒、列宁格勒）的城市精神；无产阶级文学流派更是将两大都市与革命和社会主义建设紧密相连。

而从17岁离开康斯坦丁诺沃村到莫斯科和彼得格勒这两个俄国最大的都市闯荡开始，自1912年到1925年的大部分时间都在城市中度过的叶赛宁，其诗歌中的城市书写却少得可怜，甚至几乎没有细致地勾勒过城市的肖像。与其丰厚充实的乡村景象相比，城市显得单薄贫乏，从数量到审美意蕴都展现出诗人在城乡情感上的"厚此薄彼"。

作为乡村的对立面，他诗歌中为数不多的城市形象大多以"黑色的铁掌""铁马"等意象出现，成了威胁乡村与传统的恶势力的转喻。叶赛宁三百多首诗歌中直接有关城市的诗歌主要收录在组诗《莫斯科酒馆之音》中，这些组诗由《不错！如今大势已定……》《这里又酗酒、殴打和哭泣……》《唱吧，唱吧，伴着该死的吉他……》《弹吧，手风琴，无聊，无聊……》四首诗组成，它们全都写于1922年。一边是离乡的惆怅和对城市生活的焦虑：

> 我不在，低矮的农舍日渐破败，
> 我的老狗早已一命归西。

> 大概是上帝注定要我
> 在莫斯科弯曲的马路上死去。

一边是作为浪子对城市的喜爱和漂泊感：

> 我喜欢这座镶着花边的城市，
> 尽管她容颜衰老，皮肤松弛。
> 金色的沉睡的亚细亚
> 安静地在圆顶上歇息。
>
> 而当夜晚月光朗照，
> 月光……鬼知道这是怎样的月光！
> 我鬼使神差地低着头
> 穿过小巷走进一家熟悉的酒馆
> ——《不错！如今大势已定……》，1922年[1]

莫斯科城市酒馆中的混乱嘈杂，酒馆中各类人物醉酒后的丑态以及诗人的放纵与沉沦，尖锐地暴露诗人颓唐但不甘沉沦，堕落又诅咒，惋惜又悔恨的复杂情绪。在这些诗歌中，城市的肖像被诗人裁成有关莫斯科酒馆混乱的剪影。

---

[1] 叶赛宁，《叶赛宁诗选》，郑体武译，上海译文出版社，2018年，第101页。

《莫斯科酒馆之音》组诗之前,叶赛宁曾以城市为题材写过一首小诗:

> 在高宅的窗下哭泣,
> 里面传出的却是银铃般欢声笑语。
> ……
> 她满面泪水,乞讨一块面包,
> 屈辱和不安使她变得细声细气。
> ——《乞讨的小姑娘》,1915 年[1]

在诗人眼中,城市生活充满不公和压迫,如安徒生笔下卖火柴的小女孩一样,这个饥寒交迫的女孩,让人心生怜悯,使人潸然泪下。

1923 年,在他歌颂苏维埃罗斯建设成就的同时,又感慨道:

> 我曾经在城外幼稚地幻想
> 去到那个烟雾缭绕的所在,
> 幻想成为有钱人和名人,
> 幻想所有人都对我以诚相待。
> ——《你不要用冷淡折磨我……》,1923 年[2]

---

[1] 叶赛宁,《乞讨的小姑娘》,顾蕴璞译,收入柳鸣九主编《叶赛宁诗选》,时代文艺出版社,2012 年,第 38-39 页。
[2] 叶赛宁,《叶赛宁诗选》,郑体武译,上海译文出版社,2018 年,第 121 页。

然而对城市的幻想又总是转变成虚无的荣耀：

> 我早已抛弃故土，
> 遍野花开的乡村。
> 在城市苦涩的荣耀中
> 不可救药地了此一生。
> ——《亲爱的，让我们并肩坐下……》，1923 年[1]

值得一提的是，诗人创作后期中的两首诗歌直接赞颂城市，并且都是在巴库完成的。《斯坦司》中描绘了石油城巴库的壮丽夜景：

> "瞧，"他说道，
> "这些黑色喷泉的井架
> 难道不比教堂
> 更好看吗？
> 我们的神秘主义迷雾可以休矣，
> 诗人，你快颂唱一下
> 更坚实、更有生气的东西。"
> ……
> 我充满对工业实力的想望，

---

[1] 叶赛宁，《叶赛宁诗选》，郑体武译，上海译文出版社，2018 年，第 117 页。

> 我听见人力的声音。
> 对天上所有星星
> 我们都已唱够了——
> 在地上安排它们,
> 对我们简便得多。
>
> ——《斯坦司》,1924年[1]

叶赛宁对巴库闪亮的街景和采油场壮阔的景色予以热情洋溢的赞美,黑色的喷油井、街灯、石油、工业满足了诗人关于城市的正面想象。他在巴库看到苏维埃罗斯的强盛与壮大,领悟到城市工业化的重大意义。

> 别了,巴库!别了,突厥人的蓝天!
> 纵然力在衰退,血在冷却,
> 但我往墓里要当作幸福带进去
> 这里海的波涛和巴拉罕的五月!
>
> 别了,巴库!别了,这淳朴的歌!
> 我要最后一次拥抱朋友……

---

[1] 叶赛宁,顾蕴璞译,收入柳鸣九主编《叶赛宁诗选》,时代文艺出版社,2012年,第172—173页。

但愿他的头像那金色的玫瑰，

在丁香的花雾中朝我点头。

——《别了，巴库！我再也见不到你了》，1925 年[1]

诗人借以对石油城市巴库的告别抒发百感交集的离情，充满不舍的留恋，这是叶赛宁在诗歌中首次也是唯一一次抒发他对城市的幸福感、依恋感。可见，诗人只有亲眼看到苏维埃罗斯的壮大，才能逐渐接受工业化、城市化对乡村罗斯的改造，才能对城市不抱偏见，才能与城市和解。

回过头来看叶赛宁的乡村书写，早期像一曲静谧悠扬的田园牧歌，诗歌基调清新轻柔。他是乡村的歌者，以绚丽多姿的色彩和柔和的线条描画一幅幅独具俄罗斯风格的乡间风景，歌唱它的美丽与朝气、赞颂青春和俄罗斯，他笔下的乡村就像本雅明所说的一个富于经验的传统社会。乡村经验源于他与乡村血缘般的亲密感，小狗、母牛、蜜蜂、黑麦、稠李、白杨甚至蟑螂都是其乡村经验的一部分。由于这种熟悉的乡村经验，叶赛宁诗歌中对乡村自然景观的描写，往往信手拈来。叶赛宁诗歌中的乡村形象经过诗情的发酵，它们或清新自然，或萧瑟凋零，或静谧安宁，以俄罗斯中部的乡村景色泛指广袤的俄罗斯农村，展现乡村风味的自然景色从罗斯前现代化时期（传统、古典

---

[1] 叶赛宁，《别了，巴库！我再也见不到你了》，顾蕴璞译，收入《叶赛宁诗选》，浙江文艺出版社，1990 年，第 204 页。

时期）到现代化时期丰富多变的面貌。

对于乡村景观的描绘，叶赛宁花费大量笔墨以他的家乡康斯坦丁诺沃村为原型，以时间发展为纵线，凸显俄罗斯乡村在现代化转型中的历时图景；以乡村在历次如火如荼的改革、汹涌澎湃的革命形势、国内外残酷战争的侵扰中，从生机盎然到奄奄一息又生气蓬勃的动态演变为线索，串联起诗人复杂微妙的情感体验。不难看出，叶赛宁有关乡村的书写始终占其诗歌的绝大部分，内容主要包括对乡村自然美景、乡村文化习俗、乡村人物（主要是农民）的描画。诗人把乡村既看作古老传统的继承者，也把它看作静谧安宁的理想家园；乡村不但代表着祖国、家乡、母亲，还象征着俄罗斯民族的精神和文化，同时也是他诗歌灵感的源泉。叶赛宁诗歌中的乡村书写丰富多彩，蔚为大观。

城市生活的失落和思乡之切充分表达在中后期的创作中。乡村、祖国的典型意象与生活的悔恨情绪糅合，诗歌基调低沉哀缓，诗人忧郁悲伤的情绪弥散在诗行。

> 我不叹惋，不呼唤，不哭泣，
> 如同苹果树花开花落，一切都会消逝，
> 我不会再有青春年华，
> 整个身心都充满金色的倦意。
>
> 心已被侵袭，经受过寒冷，

此时你已不再那么激越怦然，

印有白桦图案的国家，

也不再吸引我赤脚游手好闲。

——《我不叹惋，呼唤不哭泣……》，1921年[1]

这首诗歌以多彩的意象，起伏多变的旋律，细致入微地表现诗人复杂微妙的情绪。诗的首行乍看是诗人的洒脱和释怀，但综观全诗却弥漫着淡淡的哀愁，以苹果花的短暂，金色的哀秋，白桦图案的祖国，表现出时间短促感，心灵的迷误感和流浪感，诗歌不单是对年华易逝的感伤，还是对祖国命运的叹息，对传统乡村逐渐地离去忧心不已。

不难看出，叶赛宁诗歌中的乡村景象大多完整而丰富，而城市景观破碎而单一，显示出诗人在景观呈现上偏重于乡村的诗意描绘，而忽略对城市的刻画，显露出其在城乡情感上的严重失衡。

抒情客体在文本构思中起着重要作用，诗人面对不同的抒情客体，会唤起其千差万别的情绪反应，进而产生不同的抒情心理，并形成风格迥异的艺术作品。正如叶赛宁面对乡村这个抒情客体时，常唤起喜爱、留恋、喜悦的情感，使得他的乡村书写显示出诗人与乡村相

---

[1] 叶赛宁，《我不叹惋，呼唤不哭泣……》，顾蕴璞译，收入柳鸣九主编《叶赛宁诗选》，时代文艺出版社，2011年，第96—97页。在最全的诗集当中，叶赛宁1922年的诗歌只选取了他莫斯科酒馆期间的诗，且这些诗没有乡村的内容，故选取时间较近且颇具风格的作品。

互融合的抒情心理；然而当他面向城市时，常表现出厌恶、憎恨和恐惧的情绪，诗人将其抒写到诗歌中，显示出他与城市相离的抒情心理。两种矛盾对立的抒情心理在他的诗歌中同时出现并且相互对照，呈现出独特的抒情结构——融合与分离两种抒情心理的平行对比。

叶赛宁与乡村相互融合的抒情心理，不仅表现在叶赛宁对乡村自然独特的感受机制上，同时还在抒情方式上，体现出诗人与乡村、自然难舍难分的相融情态。大部分诗人面对审美客体时往往是情感的发射器，也即王国维所言"万物皆着我之色彩"，诗人把情感投射到各个事物上，那些悉心选取的事物如盛满诗人情感的容器，成为抒情的接受者，传达诗人的情感能量。而叶赛宁如"情感接受器"，把敏锐细腻的感官触角伸向自然外界，大自然细微的风吹雨落花开鸟鸣，就不单是常见的自然图景，经过他诗歌艺术的点染，它们编织成朴素而立体的乡村景色。以至于索尔仁尼琴访问叶赛宁的故乡时都感到吃惊：这个落后平凡的村庄如何孕育出这个令人惊叹的俄罗斯大诗人？

叶赛宁总以"你"的第二人称对乡村进行直接的情感抒发，不仅使乡村变为具体可感的对象，还使得抒情文本更有代入感和亲切感。叶赛宁常自发而迫切地融入乡村、自然，在物我相融中深切地抒发其浓浓爱意，他有时把自己也看作植物，如"我觉得自己也变成同一棵丹枫，不过我还没凋零，正绿叶青葱"（《我凋零的枫树啊，挂满冰花的枫树……》，1925）。这种对乡村的感受机制无疑是积极正向的，是一种与乡村自然紧密融合的抒情心理。

他在乡村书写中经常交替使用或者交叉并用拟人或者拟物的抒

情手段，使人浸泡在如水汽般氤氲的哀伤中，"我口中掉出忧伤的话儿，像树上悄悄抖落了叶子"[1]。抒情主人公如同树一般从口中掉出忧伤的话语，是拟物；而树"悄悄地"抖落叶子是拟人手法，正是在拟人与拟物的并列使用中，诗人的忧郁愁肠被形容尽致。此外，这种"人化自然"或者"自然化人"抒情手法，也体现出诗人与自然水乳交融般的难以分离的和谐关系。值得注意的是，叶赛宁的自然是乡村式的自然，即带有乡村生活意象的自然，不是离群索居的自然，而是俄罗斯农民生活的村庄，人与乡村自然环境紧密结合，组成有机的共同体，显示叶赛宁与乡村互融的共生关系。

城市汇集人类的思想智慧，展现现代文明发展的光芒，是现代化发展最明显、直接的象征，城市意味着进步、发展和现代化。然而无论是波德莱尔、马雅可夫斯基，还是叶赛宁，他们无一例外地在创作生涯的某个阶段对城市普遍怀有厌恶的情感倾向。波德莱尔的诗集命名为"恶之花"，马雅可夫斯基曾把圣彼得堡喻为"城市大地狱"，而叶赛宁把城市喻为"黑色的毁灭"，并且还直言"上帝已注定让我死在莫斯科弯曲的街道上"。

叶赛宁深深预感到将死于城市的不幸命运，于他而言，对城市的凝视就是对死亡深渊的凝视，诗人把对城市的预感直接与死亡联系起来，不难看出他对城市的感受是消沉退缩的，甚至是畏惧的。相较于叶赛宁对乡村敏锐细腻、积极正向的感受机制，诗人对城市的感

---

[1] 叶赛宁，顾蕴璞译，收入《叶赛宁诗选》，浙江文艺出版社，1990年，第180页。

受常常与死亡、绝望、毁灭直接联系起来，是一种对城市悲观消沉的抵触机制。

叶赛宁对城市怀着深深的抵触情绪，如前文所谈到的"无赖汉的莫斯科"，把城市看作堕落沉沦、迷失自我的地方。作为一个地地道道的俄罗斯农民，叶赛宁进入莫斯科、彼得格勒有着无所适从、不知所措的情感体验。叶赛宁通过诗歌这种高度浓缩的形式，精心而自然地把居住于城市的疲倦感，城市的异乡感，城市对乡村的冷漠等，以带有坚硬阴沉的意象体系将其暗示出来，如"黑暗正怯生生地指西道东"、"铁的客人""黑色的掌窝""无生命异类的手掌""毁灭的号角""可怕的使者""铁爪""铁鼻孔""铁马""该死的客人"等。虽然以城市为代表的社会客观生活情境在诗歌中被隐遁，但是诗人对机器、工业和城市的厌恶情绪确实是显而易见的。

此外，叶赛宁诗歌中两种明显对立的抒情心理常常同时出现在文本中，互相作用和影响，呈现出相融与分离的两种抒情心理平行对比的抒情结构。"平行"强调共同出现，对比意味着矛盾的、对立的双方进行比照。这两种迥异的抒情心理在诗歌文本中并置，使得他的诗歌表现出一种极强的张力。

叶赛宁的乡村书写直接表现为对乡村自然风景的描绘，诗歌中自然明丽的乡村景色，不断激发诗人积极、愉悦的抒情心理，而当他思及乡村、自然以外的事物，也就是以城市为主的现实世界时，就变得畏缩和退避。在诗歌中的具体表现是秀丽可爱的乡村往往受到以机器、钢铁为代表的城市工业的侵扰，对乡村的喜爱、担忧与对城市的憎恨、戒备在诗歌中平行对比，暗含着来自乡村的熟悉感与置身城市的陌生感的对峙，鲜明地显示出乡村与城市的对立。

> 我爱你湖泊的满腔忧郁，
> 爱得我心里又疼又喜欢。
>
> 冷峻的灾难无法可估计，
> 你在蒙蒙的雾岸锁着眉。
> ——《平板大车嘎嘎地唱起歌》，1916年[1]

叶赛宁借湖泊来指代忧郁的乡村，诗人对它既心疼又喜爱。绝好的乡村面临着严峻的灾难，它要么被薄雾轻笼，要么晨雾迷蒙，诗人通过浓雾弥漫营造出阴森惨淡之景。对乡村的喜爱、赞美与对潜在危险的担忧、警觉形成强烈的对照，两种抒情心理隐而不显地向两个不同的方向共同延伸，使得叶赛宁融合与疏离的两种抒情心理平行对照，尽显诗歌的忧伤优美，含蓄尽意。那么，叶赛宁诗歌中的潜在威胁究竟是什么？

> 这可怕的使者走着，走着，

---

[1] 叶赛宁，《平板大车嘎嘎地唱起歌》，顾蕴璞译，收入《叶赛宁诗选》，浙江文艺出版社，1990年，第92页。

>用密林的脚掌把一切践踏。
>伴着麦秸里的青蛙尖叫,
>歌声越发缠绵扰人。
>啊,电力的应运升腾,
>皮带和铁管悄悄揢紧,
>好一场钢铁的寒热病,
>使农舍的木肚子颤动!
>
>——《四旬祭》,1920年[1]

田野的青蛙被可怕地碾压,农舍急促地颤动,叶赛宁从听觉和视觉的交杂中展现宁静和谐的田园乡村被晦暗恐怖的钢铁、电力、机器压制的可怕画面,鲜明地展现出乡村被强硬的、粗鲁的城市化历程,诗人对乡村的坚守、担忧与对城市的恐惧赫然在目。

由此可见,叶赛宁的乡村书写始终存在着对乡村熟悉、相融和喜爱的抒情心理与对城市陌生、疏离和厌恶的情感倾向,两者明显对立并且互相对照。换句话说,与乡村相融和与城市相离的两种抒情心理并行交织,它们在诗歌文本中呈现出平行对比的结构样式:热爱与憎恨、吸引与排斥、喜悦与哀伤、甜蜜与失落并行,形成叶赛宁诗歌独一无二的抒情特色,正如美国学者马克·斯洛宁评价到他的诗歌魅力

---

[1] 叶赛宁,顾蕴璞译,收入《叶赛宁诗选》,浙江文艺出版社,1990年,第297—298页。

在于"那种甜蜜而令人沮丧的毒药"[1]。同时，融合与分离平行对比的抒情结构也彰显出叶赛宁乡村书写中乡村与城市二元对立的结构。

· **农民的本位意识**

叶赛宁的乡村文本蕴含着乡村与城市对立的结构，还显示出诗人的农民视角与身份；在题材、抒情话语、意象和修辞等方面始终立足于乡村和农民的视角和立场赫然显示出诗人的农民本位意识。

"本位"原本是经济学中的重要概念，原义指的是回归事物本身，后来延伸到政治、文化等诸多领域。所谓"农民本位"在俄国民粹派文学中专指一种创作理念，"主要指民粹派作家以农村为题材，以农民形象为中心，并通过农民话语进行写作的叙述模式"[2]。民粹派文学是在19世纪中后期的俄罗斯作家中兴起的一股关注农民、农村，回归俄罗斯民族传统的创作潮流。叶赛宁受到该流派关于乡村理念的深远影响，乡村不仅是地理位置上与城市相对的概念，而且是寻找民族出路，拯救民族危亡，为俄罗斯民族提供源源不断精神能量的土壤。

20世纪俄国白银时代中不容小觑的新农民诗派，立足于俄罗斯民族的文化传统，真正地以农民的视角来观察乡村，把它作为主要题材，将乡村的风貌展露在读者视野中。源于民粹主义的文化语境，以

---

[1] 马克·斯洛宁,《现代俄国文学史》,汤新楣译,人民文学出版社,2001年,第265页。
[2] 许传华,《俄国民粹派文学的农民本位意识》,载《俄罗斯学刊》2012年第2期,第84页。

及处于世纪之交的时代语境，各种变革的呼声此起彼伏，风起云涌的时代孕育革命的危机，叶赛宁作为新农民派诗人的杰出代表登上诗坛。他不仅把目光聚焦到乡村、农民，观察乡村的沧桑巨变，而且较其他同代乡村诗人，叶赛宁还加强对农民形象的塑造、对其精神层面进行深入挖掘和真实细腻的描绘。

19世纪的乡村书写，作者和叙事者都是贵族、地主或平民知识分子，即便如托尔斯泰般贴近土地，却也从未真正站在农民的立场上去看待乡村，去表达农民劳动者与田园和传统无法割舍的亲缘关系。而叶赛宁却能够真正地以农民的身份和视角去描写乡野村夫，聚焦于俄罗斯传统的乡村和传统的民族文化精神。他笔下的乡村，不是印象，而是私人生活经验。

叶赛宁乐于展现自己的农民身份，为了强调自己的独特性，他常常故意穿着农民的装束，头戴农民草帽、腰系彩色绸带，在城市沙龙中以一个青年农民的打扮而引人注目。叶赛宁还以人民的喉舌自居，把自己称为"人民的诗人""祖国大地的诗人"，歌唱一个"庄稼汉的天堂"，他的诗歌以不同于彼得堡贵族沙龙文学的格调，洋溢着乡村清新自然的魅力，感召着人们回归传统、回归乡村和祖国大地，他的乡村书写是对20世纪初整个俄国社会寻求民族拯救道路热潮的回应。

叶赛宁乡村书写中农民本位意识的直观表现，首先是他以乡村、农民为中心的农民题材的书写。他笔下的乡村代表着与自然圆融的田园，代表着俄罗斯农民以此为生、代代不息的生活家园，而多样的农民形象也在其诗歌中灿烂夺目。他的乡村书写中有丰富的人物类型：活跃于乡村的富农、地主、贫民、流浪者、战士、共青团员、革命者；酒馆里的流氓、酒鬼、妓女、手风琴乐师，多样的人物及其千姿百态的生活，展现出20世纪初俄罗斯乡村的世俗百态，显示出其乡村书写的丰富内涵。

叶赛宁早期作品中就有反映社会不公和以农民暴动为主题的诗歌，到中期，以农民革命英雄为对象的诗剧《普加乔夫》（1921）如划破黑暗长空的明亮的星，如绽放在苏联诗歌夜空的花火，给诗坛造成极大的震动。不同于他创作中期那些风格颓唐的抒情诗歌，这首诗歌风格粗犷雄浑，豪放遒劲，全面而深刻地展现农民的生活和斗争，塑造了敢于反抗专制强权，无所畏惧所向披靡的英雄普加乔夫。这个俄罗斯勇士、斯拉夫的好汉大胆地反抗叶卡捷琳娜的专制统治而向往自由，被哥萨克背叛后仍不妥协，勇敢而坚韧，在苏联诗歌史上留下光辉而沉重的背影。

在生命的最后一年，叶赛宁完成了长诗《安娜·斯涅金娜》，侧面展现了故乡康斯坦丁诺沃村从19世纪末到20世纪20年代的历史变革。此诗以抒情和叙事的交互使用，使得回忆与现实、过去和现在交叉相并，浓缩地展现革命前后俄国农村在第一次世界大战、二月革命、十月革命、农村的社会主义改造、激烈的阶级斗争等各个历史阶段的壮阔画面。

此外农民的社会理想在诗歌中的诗意表达，集中体现了叶赛宁的农民本位意识，其中最为瞩目的是"庄稼汉的天堂"。其他乡村诗塔姆的眼中,"圣彼得堡"就是以故乡和世界文化集结的意义而存在的,不带有任何政治性。而先后改为"彼得格勒"和"列宁格勒"这两个俄国味儿的名字,却让这座城市和它的儿女们失去了传统的身份和存在感。于是他抛出了这饱含着泪水和屈辱的诗篇,想要用颤抖的语言和热切的灵魂从惊惶的 30 年代的列宁格勒,回到童年的彼得堡去:

>我回到我的城市,我对它熟悉到泪水,
>熟悉到筋脉,熟悉到微肿的儿童淋巴腺。

>你回到这儿——那就尽早吞下
>列宁格勒河灯的鱼肝油,

>尽早了解十二月的一个日子,
>这天,蛋黄被搅拌进凶险的焦油。

>彼得堡!我还不想死去:
>你还存有我电话的号码本。

>彼得堡!我还保留着那些地址,
>借助它们,我能找到死者的声音。

人的诗歌在革命前都有类似"农夫天堂"的设想,只是叶赛宁更深一层地从他所关心的乡村命运的角度、俄罗斯农民的立场,想象革命后农民的理想生活,把革命的政治含义模糊地理解为:伟大的革命对俄罗斯农民具有重大意义。

> 我细看田野,细看蓝天,
> 田野和青空都有天堂,
> 又是已收割下来的一垛垛庄稼,
> 布满了我那尚未收秋耕的故土家乡。
>
> 啊,我知道,我坚信,
> 为解救绝望农夫的苦难,
> 才有人把救命的乳汁
> 倒给双手捧接的庄稼汉。
> ——《我细看田野,细看蓝天……》,1917年[1]

在叶赛宁看来,田野和天上都有天堂,天上的天堂在俄罗斯东正教信仰当中的重要性自不必说,而田野的天堂,在他的诗歌中表现为农夫不需耕作,享有自然的眷顾而衣食无忧。对应于他诗歌中干

---

[1] 叶赛宁,《我细看田野,细看蓝天……》,顾蕴璞译,收入柳鸣九主编《叶赛宁诗选》,时代文艺出版社,2012年,第61页。

旱、贫瘠、祈雨的现象，叶赛宁怀着期待的心情描画风调雨顺、土地肥沃、畜群遍地、粮食的海洋……在这个人造天堂中，农民不需辛苦地耕耘，自然中的生命能有节奏地、有序地运转，夏季丰厚多产，动植物繁衍不息，人们可以"坐享其成"，过着美好富足的生活。诗人的天堂是带着梦幻色彩的农夫式的乌托邦，那里万物各安其置、风调雨顺，粮食丰饶富足，人民尽可过上丰衣足食、快乐无忧的生活。诗歌表现出诗人满腔的热血激情，对革命的美好遐想和神往。他对社会主义未来的向往是以农民的视角想象的，在他的书信集中曾收录这样一段话：

> 在那里，人们将会怡然自得地围在一棵巨大无比的树的枝阴下休息。这棵大树就叫作社会主义，或者叫作天堂，因为天堂始终幻存在农民的创作中，那里没有耕地税，那里的"木屋都是新建的，都是用柏木板钉成的"，在那里，古老的时光在牧场上徘徊，把所有的部族和民族召集在世界的巨桌旁，分给每人一只金杯，给他们斟上甘甜的美酒。[1]

广大农民住上崭新的木屋，在大一统的人类餐桌上，无须缴纳土地税，共同分享食物，平均分配物质资料，每个人住在稳定和谐的家园中，人与人之间的关系和睦美好，它有着传统公社世界的"平

---

[1] 叶赛宁，《青春的忧郁——叶赛宁书信集》，顾蕴璞译，北京经济日报出版社，2001年，第281页。

均"和"民主"的特点。而其中所出现的每个场景都只围绕农民、农舍、耕耘、放牧等农民的日常生活，并对它们进行艺术化、理想化的叙述和加工，它完完全全是农民式幸福生活的缩影。农民美好生活的渴望被描述得具体细致，栩栩如生。叶赛宁真心实意地热烈称赞和迎接十月革命，正是基于他所坚信的社会主义所宣扬的光明前景，它无疑与农民期望推翻旧制度，建立"农民天堂"的政治理想相契合。面对这些震惊世界、恢宏浩大的革命运动，以及大刀阔斧的社会改革，叶赛宁怀着对美好未来的憧憬，全心全意地歌颂革命。

　　叶赛宁乡村书写中的农民本位意识源于他的农民身份，在成为一个诗人之前，他首先是一个生活在俄罗斯中部乡村的农民。在《矮矮的树林、草原和远方……》这首诗中，他深情地感叹到"我的父亲——是个农民，我呀，是个农民的儿子"[1]，可见诗人首先是认同自己的农民身份，然后有意将其突出。叶赛宁幼年在家底殷实，条件优渥的外祖父家生活，由身为富农的外祖父养育成人。叶赛宁的外祖父慈爱严肃，在冬日的夜晚总会给叶赛宁吟唱传统的俄罗斯民谣，讲述古老的圣经故事、俄罗斯的神灵事迹。他的外祖母也善良慈祥，给幼小的诗人讲许多童话故事，两位老人给叶赛宁留下难以磨灭的印记，使得诗人拥有一个自由自在、难以忘怀的童年。在俄罗斯乡村如画的风景中，美好的童年生活给叶赛宁留下永难磨灭的印记，也对诗人的

---

[1] 叶赛宁，《矮矮的树林、草原和远方……》，顾蕴璞译，收入柳鸣九、王守仁编《叶赛宁诗选》，时代文艺出版社，2012年，第210页。

艺术思维产生深远的影响。叶赛宁对美好乡村的憧憬、怀念和书写，就耕植在农民并且是富农的富足生活之上，所以诗人在青年时期从俄罗斯中部那个平凡落后的康斯坦丁诺沃村迁移到莫斯科、彼得格勒后，又以身处城市的视角描写乡村，遥想乡村的美丽。

不难看出，叶赛宁的乡村书写最难能可贵的是他以俄罗斯农民的立场，以与乡村朝夕相处的农民视角较为真实地描绘乡村。他是以参与者而非单纯观察者的身份来感受乡村；他是农民的同胞兄弟，平等地不带偏见地描绘不同类型的农民形象，表现农民的心理和政治理想，其乡村书写凸显出他的农民身份、农民视角，以及他真正为农民的生活及命运而忧虑的本位意识。

·艺术的"人民性"原则

叶赛宁诗歌的独特性和复杂性在于，其亲切熟悉的乡村经验与陌生疏离的城市体验在诗歌的碰撞过程中不仅显示出农民的本位意识，还显示出俄罗斯民族固有的审美理想，即贯彻艺术的"人民性"原则。

"人民性"是俄罗斯文艺理论中的高频词，在许多批评家和作家中占有重要地位。它指的是艺术家运用本民族独特的艺术表现形式来反映客观生活，来表现本民族的情感生活和艺术审美特点，使得艺术作品具有民族气派和风格。而俄罗斯自古以来就是一个农业国家，它具有极强的农民性质，这里所说的"人民性"原则也延伸为以本民族的纯粹风格来展现俄罗斯下层人民特别是以广大农民为主的艺术创作理念。

普希金第一次试图对艺术的"人民性"原则做出明确的诗学判断。他在《论文学中的人民性》中指出气候、政治、信仰赋予每个民族一副特殊的容貌，这副容貌在诗歌的镜子中多少有所反映。这里有思想和感情的方式，有很多只属于某一民族的风格、迷信和习惯。"[1]普希金认为俄罗斯民族的特殊气质和文化特质可以通过诗歌的艺术样式来传达，而他本人也被誉为"俄罗斯诗歌的太阳"，他的诗歌确乎精练隽永地表现出俄罗斯的民族性，其文学成就是难以估量的。"无论如何，普希金不需要我们；我们需要他。或者，套用哈罗德·布鲁姆的话，他把自己焦虑的逻辑根源放在沙发上，是我们的俄罗斯莎士比亚创造了我们的俄罗斯人，而不是反过来。"[2]但是由于诗人的贵族身份，普希金虽从民间文学的传统中吸取创作经验，却忽略了农民群体的艺术智慧。

叶赛宁则吸收天然具有"人民性"的俄罗斯民间文化的养料，带着对传统世界的独特感知，以优美清新的语调吟唱俄罗斯古老的人文风情，贴近下层农民群体的审美和趣味。作为普希金诗歌文学的继承者，叶赛宁凭借自我的灵感和感性经验，认识到俄罗斯的民族性正是凝聚在广大的农民群体中，他自觉融入俄罗斯传统之流中，把农民生活凝练成诗，并且在诗歌中灌注民族自我意识，以俄罗斯下层人民（农民）丰富朴实的艺术养料来表达"人民性精神"。

[1] 普希金，《普希金论文学》，张铁夫、黄弗同译，漓江出版社，1983年，第55页。
[2] Bethea, David M. *Of Pushkin and Pushkinists*, www.jstor.org/stable/j.ctt1zxsj7q.11 [2020-02-19].

可以说，叶赛宁乡村书写中农民意识的深层表达就是以"人民性"的艺术原则来进行诗歌创作，即运用农民的形象思维，选取乡村生活的常见意象，以农民的话语、修辞和表达习惯来创作一首首抒情叙事的精品。从他的诗歌中可以看到俄罗斯农民的日常饮食：苹果、蜂蜜、蜂房块……格瓦斯、酿酒、黑燕麦、土豆、酥脆的烘饼、一圈圈小面包；俄罗斯农民的农舍住宅：白色的农舍、木屋、屋顶上的瓦楞铁、果园、打谷场、护窗板、晒燕麦的场院；俄罗斯农民的耕作工具：耙、镰、犁；俄罗斯妇女的传统穿搭配件：绣花巾、绣花边的披巾、蓝手帕、洁白的头巾，它们散落在叶赛宁的诗歌文本中，有关俄罗斯农民生活的画卷铺展开，诸如，浓云如花边，夜幕像头巾，蓝手帕似的苍天等，这些喻体常常是俄罗斯农民最为熟悉的事物，俄罗斯民族的传统风情扑面而来。

叶赛宁还独具慧眼地从古罗斯农民实用的装饰文化中看到俄罗斯民族在10世纪、11世纪的语言装饰。他认为装饰形象如同隐喻、喻指或者命名一样具有深刻丰富的内涵，乡村罗斯、农民的罗斯中每一件日常用品都以各自的声音或符号来吸引或召唤他，进而他从乡村的农舍装饰中，看到俄罗斯民族习以为常的生活事物中潜藏的深层含义。比如"屋顶的小马"、"百叶窗上的雄鸡"、"门廊柱上的白鸽"、床单和衣服上的绣花等。在他看来，床单上的绣花是花园般的世界，一个劳动者休息的地方，是对劳动的赞美；俄罗斯农民毛巾上的树形纹理被他看成象征家庭树的幔利橡树，树象征生命同时也彰显着家园意识。古老罗斯的文化传统、农民的生活装饰对他艺术创作有着深远影响。

叶赛宁的乡村书写还广泛采集了俄罗斯民俗民谚、民谣及农民的口头表达。他的部分诗歌是对流行于农民和小市民歌谣的模仿,如《过去的一切无法挽回》(1912)、《头戴野菊编的花冠……》(1911)等诗歌,对爱情的得失、青春的短暂易逝抒发强烈哀愁,诗歌格调清丽脱俗,凝练隽永;在他的乡村书写中还可看到一些抒情语言表现了俄罗斯农民的生活习惯:"我满身是萝卜和大葱味,我将用手捂着擤鼻涕"[1],诗歌浑朴粗鲁,但毫不矫揉造作、装腔作势;其他的如传统礼仪中农民对地主老爷或其他尊贵的僧侣"亲脚板"的行为,在其诗歌中也经常出现;他的诗歌中有不少生动活泼的比喻是从俄罗斯民谚和谜语中汲取化用的,如他的"日暮的红翅膀渐渐消退""磨坊抖动翅膀,但不能离地飞翔"等。叶赛宁的诗歌语言生动地表现了俄罗斯语言纯粹的"乡土性""形象性",反映出他以俄罗斯农民的视角来思考和思想的农民本位意识。

叶赛宁的乡村书写以农民的思维方式、表达方式,显示出俄罗斯民族独特的审美理想,以饱含"人民精神"的抒情话语,彰显出深刻的农民本位意识。他广泛地从俄罗斯农民平凡普通的全部日常生活中撷取常见而鲜活的意象,企图找寻蕴含着俄罗斯农民心灵与各种意象符号奇妙交织、复杂深奥的装饰意义。他以农民话语作为诗歌抒情语

---

[1] 叶赛宁,《请不要谩骂,有什么奇怪!》,顾蕴璞译,见《叶赛宁诗选》,浙江文艺出版社,1990年,第118页。

言的中心，表现出叶赛宁传承的正是俄罗斯千年来所形成的乡土的、鲜活的、民间的、形象的、艺术的民族语言。这种无处不在的农民本位意识和传统与现代相结合的表达方式，使得叶赛宁的诗歌迅速走入千家万户，让农民读懂了自己的诗意，也让城里人看到了真正的乡村。正如罗日德·斯特文斯基（Рожид Стевенский）所说："我喜欢叶赛宁的诗，因为我在诗中看到了一个热爱祖国的人的感情的完整和真挚的表达，无论是在风景上，还是在俄罗斯性格的基本特征上。我非常珍视叶赛宁的诗句，因为它是非常民族的，同时又包含了全人类共有的品质……"[1]

叶赛宁乡村诗歌的现代性焦虑

叶赛宁的乡村书写不单是朴素而饱含诗意的田园风景画，还是蕴含着深沉忧思的心灵哀歌，他诗歌中复杂微妙的情绪体验与20世纪初的俄国现代化进程的复杂性有着密切的联系。我们从对其诗歌内容上的分期，不仅看到乡村在其诗歌中的重要地位，还能感受到时代的巨变、乡村面貌与诗人内在情感三者间的互动变化；从诗歌文本的形式层面，细察出城乡对立的潜在结构和农民本位意识的深层表述，获知其乡村书写中城乡对立的问题和诗歌创作的农民立场。

---

[1] Gordon. McVay, "Soviet Poets Discuss Sergey Yesenin", in *The Slavonic and East European Review*, 48(1970), pp. 506–519.

接下来笔者将以现代性视角，探究叶赛宁对俄国现代化的情绪体验和还乡意识，即结合20世纪初俄苏的急剧变迁和现代化建设的曲折历程，沿着叶赛宁乡村书写中的情绪体验和还乡意识，追问叶赛宁乡村书写的深层意蕴。

马克思曾对资本主义社会形成的原因进行追溯和探寻，在《共产党宣言》中他把这一运动过程形象地描述为"生产的不断变革，一切社会状况不停的动荡，永远的不安定和变动，这就是资产阶级时代不同于过去一切时代的地方"[1]。在"生产力""生产关系"和一般社会关系的论说中，他逐渐认识到现代资本主义社会的历史过渡性。在他看来，变幻莫测的世界飞速变化而捉摸不透，而看似不断更新的表象中暗含过渡的特质，而这一特点被稳定的生产关系巧妙地掩盖。

现代性源于人们期望以科学、技术的工具建构秩序感、和谐感，但它反而给人们制造出更多的混乱和无序。许多现代艺术家正是窥探到现代性既是刺激、催生新事物的动力源，又是带有破坏性力量的压力泵，使得他们对现代性恐惧又向往、憎恨又依恋。叶赛宁也把这种复杂纠结的情绪体验倾诉到他的乡村书写中，反映出个体面对现代性时一种危机和困惑的感受机制。

风暴过去了，我们所剩寥寥。

---

[1] 马克思，恩格斯，《共产党宣言》，中央编译局译，人民出版社，2014年，第30页。

朋友相唤，好些人都已不在。

......

在那块坐落过祖屋的地方，

如今只留下灰烬，积起尘埃。

生活却在沸腾

——《苏维埃罗斯》，1924 年[1]

生活仿佛被一场激烈的风暴冲洗，个体在其中沉浮消亡，而生活却沸腾不止，诗人在熟悉的故土中没有水乳交融的亲切感而是异乡人的疏离感。叶赛宁对于时间的感知无疑是急速飞逝的，伴随时间的稍纵即逝，社会蜕变得迅猛异常。诗人常以"暴雨""利箭""风暴"等凝练生动的喻象对变革予以形象化的比拟，预示着社会转变的历史无疑是充满暴力而严酷的生死对决，然而诗人对此却感到无力而恐惧。诗歌以抒情人对乡村故土的疏离感、时间的流逝感作为情感的凸显物，自然地引出他对社会发展的动力——现代化——导致的每时每刻变动不居、瞬息万变的生活本身充满困惑的无力感。

叶赛宁未如波德莱尔、马雅可夫斯基、别雷那样，以城市书写为主体，通过城市的镜面投射出各自都市主义的现代性，以现代的、先

---

[1] 叶赛宁，《苏维埃罗斯》，顾蕴璞译，收入《叶赛宁诗选》，浙江文艺出版社,1990年，第307页。

锋的艺术手法来表现个人对现代性的感受，而是将目光聚集到乡村，去追寻传统的罗斯乡村对现代化的抗拒和接受的过程。现代性来势凶猛，不容抗拒，20世纪初俄国的政治改革和社会革命轮番登场，残酷不堪的战争持续进行，俄国数百年固有的政权体系、法律制度、经济关系、社会等级、文化结构、生活方式，乃至价值观念、意识形态都受到前所未有的冲击，这一切就像《大师与玛格丽特》剧场中亦真亦幻的奇异场景，突如其来而混乱不堪。叶赛宁在诗歌中将这种急剧现代化的过程形象地展现出来：

> 这场雨射出了一批利箭，
> 在乌云里把我老家急旋，
> 它割下了我的蓝色小花，
> 把我们金色的沙地猛砸，
> 这场雨射出了一批利箭。
> ——《你在哪里，在哪里，我的老家……》，1917年[1]

诗人把俄国现代化进程比作一场倾盆大雨，急骤的暴雨如利箭一般砸向宁静和谐的乡村罗斯。蓝色和金色在叶赛宁的诗歌色彩体系中，往往指代静谧安稳的状态，而急雨"割"下蓝色的小花，暴雨"猛

---

[1] 叶赛宁，《你在哪里，在哪里，我的老家……》，顾蕴璞译，收入《叶赛宁诗选》，浙江文艺出版社，1990年，第81页。

砸"沙地并"射出"利箭，可见急雨般的现代化来势汹汹、声势浩大且冷酷无情，古老的乡村受到巨大灾难的破坏，遭受到难以估量的冲击，然而这场现代化的急雨过后，乡村的命运乃至俄国现代化的后果却难以确定。

的确，俄国从传统封建主义向现代化资本主义国家转型，日渐由传统的农业社会向现代工业社会进行全方位的转变，意味着它经历了复杂而深刻的社会变迁，但这种社会变迁的过程充满不确定性。从斯托雷平的土地改革到十月革命，从战时共产主义政策到新经济政策，俄国20世纪初的重大历史事件数量之多、频率之快、动荡之剧、影响之深，都超出所有人的预料；政治事件之间的无逻辑化、经济政策变化的随意性、文艺政策的紧密跟风等，又显示出俄国社会演变异乎寻常的复杂性和不确定性。而这种不确定性又会比其他现代化进程中的国家更快地引发新的国内社会秩序变化，导致社会转型的走向和后果充满意外和偶然。"进步肯定是可能的，但它是不确定的。"[1]如果说"现代性就是运动加上不确定性的东西"[2]，那么叶赛宁所处的时代正是俄国现代性最极端的表现时期。

在20世纪初新旧时代交替的转折点上，叶赛宁与同时代人被裹挟在俄国现代化的潮流中，深陷其中难以抗拒，对现代化的体验最为强烈和深刻。叶赛宁在苏联现代化建设的不同阶段，无论是混乱时期

---

[1] 莫兰，《复杂思想：自觉的科学》，陈一壮译，北京大学出版社，2001年，第139页。
[2] 瓦岱，《文学与现代性》，田庆生译，北京大学出版社，2001年，第11页。

的重重危机还是和平时期的欣欣向荣,都能穿过眼花缭乱的表象世界,敏锐地感受到乡村的细微变化,却无法预料苏维埃罗斯发展模式下的未来。对此叶赛宁困惑不已,他的诗歌呈现出无方向感的迷茫。

> 大家永远丢失些什么。
> 我的蓝五月!淡蓝的六月!
> ——《这里又酗酒、殴打和哭泣》,1922年[1]

> 迟到的三匹马,莫打响鼻儿!
> 我们的生活已不留踪影
> ——《夜晚紧敛起黑色的眉毛……》,1923年[2]

> 逝去的和正在消逝的,
> 切莫舍不得把它丢弃,
> 在那盛开铃兰的地方,
> 定比我们的田野美丽
> ——《约旦河的鸽子》,1918年[3]

---

[1] 叶赛宁,《这里又酗酒、殴打和哭泣》,顾蕴璞译,收入《叶赛宁诗选》,浙江文艺出版社,1990年,第125页。
[2] 叶赛宁,《夜晚紧敛起黑色的眉毛……》,顾蕴璞译,收入《叶赛宁诗选》,浙江文艺出版社,1990年,第134页。
[3] 叶赛宁,《约旦河的鸽子》,顾蕴璞译,收入《叶赛宁诗选》,浙江文艺出版社,1990年,第269页。

诗歌中反复出现丢弃又不舍、哀叹又赞叹的诗句，意味着诗人意识到遗失的事物美好而陈旧，终将在发展和进步中被摒弃。但他仍然在面向未来的道路上频频回首，留恋往昔纠结不已。苏联现代化发展的狂暴、迅疾、强硬使人患得患失，踟蹰徘徊，在坚守俄罗斯传统与恪守现代化道路中困惑迟疑。

除了大环境带来的困惑之外，俄罗斯原有的村社制度在苏维埃时代的迅速变化更是给了这个农民的儿子沉重的打击。叶赛宁笔下的农民理想社会——"庄稼汉的天堂"，其实也是俄国传统村社的一种诗意表达。诗人对革命的憧憬大部分是出于对"庄稼汉天堂"所喻指的原始村社的向往，他"把革命理解为回复到朴素的原始的民主，回复到村社去"[1]。叶赛宁在《我看一看田，我望一望天……》中写道：

> 田间和天上都见到天堂。
> 我那还没有耕作的家园，
> 又淹没在那粮垛的海洋。
> ……
> 啊，我相信，也许正为
> 解救无望的农夫的苦难，

---

[1] 俄罗斯苏联文学研究室，《叶赛宁评介及诗选》，北京大学出版社，1983年，第81页。

神才往爱抚的手上倒奶，

泼洒那个濒死的庄稼汉。

——《我看一看田，我望一望天……》，1917 年[1]

这里，富足充沛的自然有着生命进程的季节性节奏，源源不断地对乡村中受难的庄稼汉提供食物，它无须周期性的耕植劳作，在自然秩序的稳定调节下，人类在自然的大餐桌上享用美食。这朝思暮想的情景是农民最原始朴素的愿望，也是俄罗斯村社传统的反映。叶赛宁对革命的憧憬带有对传统村社民主的向往。

村社制度是俄国原始的公社制度，即村社公有制度。村社要对国家和农民负责。于国家而言，村社是基层功能性基础单位，它借助国家赋予的权力，推行宗法制保护措施，以确保农民平均使用村社的全部资源，防止农民的两极分化；于农民，它提供了一个相对稳定和安全的家园。这种传统的共同体制度延续了人们代代相传的经验，共同体的生活方式起到稳定村民之间和谐关系的纽带作用，同时给人以生活于安全地带的踏实感和精神依托。然而现代化的过程加重了传统村社共同体的危机。[2]

然而现代化对俄国源远流长的村社制度的冲击是不言而喻的，可以说俄国的现代化历程与村社的改革密切相关。从 1906 年斯托雷

---

[1] 叶赛宁，《我看一看田，我望一望天……》，顾蕴璞译，收入《叶赛宁诗选》，浙江文艺出版社，1990 年，第 77 页。
[2] 参见金雁、秦晖，《农村公社、改革与革命》，东方出版社，2013 年，第 278—311 页。

平的土地改革由维护到破坏村社，列宁领导的布尔什维克随之而施行的《土地法》使农村公社盛况空前，但同时也加强了对农民的管控，20年代苏维埃当局以反抗"富农控制村社""打倒资本主义"的口号鼓动贫民斗争，随后又以集体农庄代替村社。村社命运的升腾跌宕与俄国现代化的改革、革命紧密相连，村社的破坏、复兴和改革正凸显出俄国现代化进程中的随意性和变动不休。前文所述叶赛宁变为"无赖汉"是由于传统的乡村正在"逝去"，而此时还可延伸出诗人渴望回复到原始村社的美梦落空，面对村社在现代化进程中的混乱局势，也变成困惑的"无赖汉"陷入迷茫之中。

叶赛宁在乡村诗歌中充分表现出他审视新的社会主义现代化进程时的混乱和矛盾。他对乡村和城市截然对立的情感，并非如直线般简明直接，而是如曲线般有起伏跌宕：当俄国十月革命推翻旧的生产关系，实现20世纪俄罗斯政治现代化的关键一步时，他满怀激情高兴地迎接这场革命风暴，而革命后又充满幻灭感；随着时间的流转，欧游经历以及国内短暂良好的发展态势，又让他从对恬静诗意乡村的依恋变为对贫困丑陋乡村的质疑，从对以城市为代表的机器、钢铁、工业下意识的抵触转为对现代化建设的赞美和期待……

总体看来，诗人在以乡村所代表的传统和以城市所喻指的技术与现代化中摇摆不定，犹疑不已。他在从19世纪末到20世纪初俄国现代化变迁的快速性、非连续性和不确定性中，成了一个极具代表性的"困惑的农民"。

叶赛宁的诗歌看起来平淡而纯朴，围绕几座村庄、几户人家、一些庄稼汉和农妇，讲述几场惊心动魄的农民革命，刻画一些虎虎生威的大英雄，其间出现许多清新活泼的动植物，他们共同组成宁静质朴的乡村风景画。然而，比起同时代其他乡村诗人，这个自称为"乡村最后一位诗人"的叶赛宁却在诗歌中表达了时代带给俄罗斯农民最深切的忧伤。

忧伤体验被诗人揉碎在为帝俄时代乡村到苏维埃乡村吟诵的大部分诗歌中，现代化进程愈快，忧伤情绪愈深。早期歌唱"田园罗斯"的热情夹杂青春的哀愁，他对政治革命的期待与忧虑并存；中期面对农村城市化、城市工业化的冲击，又对"逝去的罗斯"感到惋惜和失落；后期城市生活的漂泊和压抑，加之对苏联式新农村感到陌生，精神完全被撕裂。他的忧伤当然不是要拒绝现代性，而是对乡村、大自然、传统道德观至深的情感和随之产生的对城市、工业化、现代价值观本能的抗拒和疑虑；是作为一个农民永远无法真正融入城市生活的失意；更是对苏联现代化进程的反思。

叶赛宁的乡村书写揭露了乡村机械化对自然的破坏问题，反思了俄国现代工业文明的发展所带来的消极后果。不同于波德莱尔把精神故乡的乡愁转化为对个体存在正在经历的城市生活进行描绘，叶赛宁置身于莫斯科和彼得堡这两个工业化发展较为完备的城市，却把城市日常生活的情景和事件淡化或者直接隐去，把这些化为与乡村相对应的几抹阴影，那几朵飘浮在乡村和诗人头顶上的乌云集中表现为对钢铁机器的恐惧，而它正是苏联现代化加强工业建

设,实现城市工业化的主要现实意象。如《我是乡村最后一位诗人……》[1]

此诗中"铁的客人""黑色的掌窝""无生命异类的手掌"代表着城市机器工业恐怖的形象,诗歌以"铁""黑色"表现机械刚硬、压抑的特点,"无生命"渲染阴森可怕的气氛,机器工业将无情地横扫静谧安宁的乡村世界,诗人无比痛惜,同时也感到死亡的临近。叶赛宁曾在文章中直接谈到他对钢铁机械的忧虑:

> 这个星球多么郁闷和乏味!不错,人类也有飞跃的进步,像从马背到火车的转变,但所有这些只不过是速度的加快,或者更加膨胀而已。人们早就猜测到了这些并比这想象得更为丰富。能打动我的只有对正在逝去的可爱的动物世界的忧虑,死气沉沉的钢铁和机器具有的强大力量使我不安。[2]

叶赛宁牵挂那些在自然界中活泼可爱的生命,而庞大的无生命的钢铁和机械使他感到害怕。《我是乡村最后一位诗人……》中那个钢铁客人无情地碾压象征永恒和希望的田野,带着巨大的机械轰鸣声侵扰恬静的乡村,而诗人自己也隐约听到死亡的钟声。他预感到,人类借助机器——这个无生命的异物征服自然,将会造成不可估量的灾

---

[1] 叶赛宁,《我是乡村最后一位诗人……》,郑体武译,《叶赛宁诗选》,上海译文出版社,2018年,第82页。
[2] 叶赛宁,《致里夫希茨》,载《外国文学》1985年第4期,第246页。

难。于他本人而言，他那如"金色玫瑰"的头颅将会枯萎，诗歌灵感源泉将会枯竭；于乡村而言，乡村的机械化虽然加快了俄国的现代化进程，但同时也会造成毁坏自然环境的恶果。

象征钢铁工业的"铁马""用铁爪在草原上奔驰，用铁鼻孔打着响鼻儿"[1]，"黑色的掌窝"收割乡村、自然和如花的人们。而诗人谨守的是一个万物有灵、生机勃勃的自然，静谧朴实的乡村，安定和谐的俄罗斯村社所构成的乡土世界，它与冰冷坚硬的钢铁、黑色的机械、贯穿村落的电气铁管所代表的无情的铁的逻辑形成鲜明对立，这其中蕴含着诗人对这个理性化、机械化和冷酷无情的现代化的反抗。他对苏维埃俄国为从农业国向工业国的强制转型，为乡村对苏维埃现代工业文明付出的沉重代价都予以了深刻的反思。

其次，叶赛宁较其他乡村诗人更进一步，揭示了当时俄国城乡发展严重失衡的恶果。在本章第一节就已探讨过，短短三十年的时间里，俄罗斯发生了从乡村罗斯、木头的罗斯到苏维埃罗斯、钢铁罗斯的急剧转变。从俄国现代化最初道路的选择和战时共产主义政策的实施，就不难看出乡村农业是苏维埃俄国城市进行工业化，实现国家急速发展最重要的经济来源和物质基础。城市生活水平的提高建立在农民被迫陷入饥荒的基础之上；城市工业发展建立在乡村急剧衰落的基础之上；在严厉打击富农的政策下，俄国乡村的组织体系也遭到了前

---

[1] 叶赛宁，《四旬祭》，顾蕴璞译，《叶赛宁诗选》，浙江文艺出版社，1990年，第298页。

所未有的破坏，乡村各阶层都失去了原有的生活和劳作模式……所有的因素都在不断加剧俄国城乡的对立状态，尤其是农民对城里人的仇恨。

在《庄稼之歌》中，叶赛宁对战时共产主义政策的余粮征集制的过火行为进行了批判，对实际上以工人占主体的一些征粮队伍进行了愤怒的控诉："一伙骗子手、杀人犯和恶棍，像衰秋那样在全国呼啸不休……"[1]在他们粗暴的行为下，大部分农作物被掠夺，农业成为发展其他经济部门的主要牺牲品。

> 这就是它，严酷的残忍，
> 它揭示了人们为什么受苦！
> 镰刀把沉甸甸的麦穗割下，
> 像从喉管割断天鹅的头部
> ……
> 麦秸被打成一捆又一捆，
> 捆捆都躺着，如黄色的尸体。
>
> ——《庄稼之歌》，1921年[2]

---

[1] 叶赛宁，《庄稼之歌》，顾蕴璞译，收入柳鸣九主编《叶赛宁诗选》，时代文艺出版社，2012年，第100页。
[2] 叶赛宁，《庄稼之歌》，顾蕴璞译，收入柳鸣九主编《叶赛宁诗选》，时代文艺出版社，2012年，第99页。

诗人严厉地控诉了一些余粮征收队的暴行，揭示农民遭受严重损失的事实，农民缺乏生存的基本资料，乡村日渐贫瘠，诗人意识到这样盘剥农业和压榨农民的行为势必会引发混乱。

列宁领导的布尔什维克抓住政治革命胜利的契机，试图把建立在传统村社基础上的俄国转向不同于欧洲资本主义的现代化道路，体现出在最短的时间完成向社会主义和共产主义过渡的政治理念和意识形态。在实现社会主义现代化的过程中追求同一性和同质性，强调社会的整齐划一和秩序和谐，从而建构起"宏大叙事"的社会主义理想工程。对于这一点，在苏维埃俄国成立之初，很多人都是予以支持的。叶赛宁也曾在《大地的船长》《风滚草》等诗歌中高声赞扬列宁这个国家的总舵手——20世纪早期俄国现代化的总设计师，他把列宁看作新大陆的开拓者，对他领导的社会主义现代化建设给予肯定和赞美。

但是，列宁掌的舵，是将这个传统的农耕国家、一个农业人口占十分之八九的国家，扭向了城市工业化之路。蒋光慈在1927年11月撰写的《十月革命与俄罗斯文学》中就认为："但是十月革命的指导人……是无产阶级而不是农民。十月革命前进的方向，是顺着城市的指导而行的，城市的文化将破坏一切旧的俄罗斯，将改变贫困的、局促的、惨淡的乡村之面目……"[1]

---

[1] 蒋光慈，《十月革命与俄罗斯文学》，收入马德俊编《蒋光慈全集》（第6卷），合肥工业大学出版社，2017年，第29页。

从彼得一世首发西化改革，到叶卡捷琳娜二世一边实施"开明专制"一边加强农奴制，再到新生的苏维埃的余粮征集制，农民的利益似乎总是被让渡的。帝俄时代，农民（奴）是贵族的生活保障，苏维埃时期，农民是城里人的生活保障，乡村农业为城市工业提供资本。而且，在"城市包围乡村"的布尔什维克的革命思维中，乡村终将如蒋光慈所言，被城市的新文化破坏和改变。不论俄国内外的革命者如何看待这种变革思路，也不论历代的俄国政界与知识界如何站在国家发展大局的立场上就"西化（城市化）"和"斯拉夫主义（民粹化）"如何左思右辨，在俄国农民的眼中，"现代化"和"改革"等字眼，永远是具有欺骗性的。

从政策上看，现代化在乡村的实验图景与农民的切身利益明显不符："沙皇俄国人的生活是乡村公社的地方民主政府和中央专制政府的结合。……十月革命后，村庄接管了地主的庄园，这片土地理论上属于国家，但却被当地的委员会公正地瓜分。苏联的金字塔结构建立在农民和工人的基础上，但不是平等的。"[1]从社会道德上看，"集体主义"观念成了一些官员假公济私的借口。沙俄以来的不平等现象并没有得到实质改变，地方委员在执行中央有关土地的改革计划时，部分带有"以公占私"的企图。"在经济上把村社的'公有私耕'变成了公有公耕，强迫种植制变成了指令计划制，'集体主义'终于彻

---

[1] Karl Borders, "Local Autonomy in Russian Village Life Under the Soviets", in *American Journal of Sociology*, 35(1929), pp. 411-419.

底战胜了'个人主义'!"[1],在社会文化、生活技术中,个体只是集体中的一个小分子,是庞大机器中运转的一个小齿轮,是实现这个系统赶超目标的工具。农民更是如此。

叶赛宁作为一个真正的农民诗人,又站在城乡两地的现代化旋涡中,他对俄国现代化的片面与失衡看得比很多同时代人更清楚。在全社会为"五年计划"共同奋斗的时候,俄国乡村在《白雪的原野,苍白的月亮》中变成了:

> 白雪的原野,
> 苍白的月亮,
> 家乡覆盖着白布的尸衣。
>
> ——《白雪的原野,苍白的月亮》,1924年[2]

在这首生命最后一年写下的诗歌中,叶赛宁眼中的乡村已经不是衰落,而是死亡的意象了。那个本应与城市一同进步和发展的乡村,却在20世纪初的国家现代化进程中遭受了近乎劫难的不公待遇。

认为叶赛宁"生不逢时"的托洛茨基曾说,城镇战胜乡村的历史写就了资本主义的历史。"城镇战胜乡村"的思路,以盘剥农业和农民、发展重工业等现代化举措,一步步将农村经济推向濒临崩溃

---

[1] 金雁、秦晖,《农村公社、改革与革命》,东方出版社,2013年,第311页。
[2] 叶赛宁,《白雪的原野,苍白的月亮》,顾蕴璞译,收入《叶赛宁诗选》,浙江文艺出版社,1990年,第242页。

的边缘。[1]令叶赛宁扼腕叹息的绝不仅仅是传统乡村罗斯文化的消逝，亦是对农村经济和农民利益在国家以城市工业为中心，以发展重工业和军事工业为重点的偏激现代化措施下，被迫付出的巨大代价而痛心。他创作后期的乡村挽歌正是基于这种认识而对苏联工业神话的解构。

而大自然中形成的自由天性与集体主义的冲突成了压垮叶赛宁的最后一根稻草。

苏联的宣传部门呼喊着建设美好前景的口号，运用一切力量去激发民众的政治热情、爱国情感和对未来美好生活的期待。在这种背景下，个体存在逐步变成执行现代化的工具。就像马雅可夫斯基写下了《回国！》一诗：

> 我觉得
> 　　　我是一座
> 制造幸福的
> 　　　苏联工厂。
> 我不愿意
> 　　　人们把我当作草地上的一朵小花，
> 在繁重的工作之余

―――――――――
〔1〕雷蒙·威廉斯，《乡村与城市》，韩子满、刘戈、徐珊珊译，商务印书馆，2013年，第358页。

把我摘落。

我希望

　　国家计划委员会

给我

　　一年的工作。

我希望

　　时间委员

　　　　给我

下一道命令。

　　　　　　　　——《回国！》，1925 年[1]

这首诗歌鲜明地显示出马雅可夫斯基与叶赛宁的不同之处：叶赛宁歌唱乡村中自由的生命，喜爱植物和动物，常把人们比作花儿，将世界和国家比作花园；而马雅可夫斯基却对花儿嗤之以鼻，希望成为一个制造幸福的苏联工厂，似乎如此才能成为一个对国家有价值的人，完成国家分配的指标才是幸福的指征。马雅可夫斯基所倡导的生活理想正是苏联政府动员型经济中所弘扬的价值理念，他热情洋溢地刻画了苏联社会主义的光辉未来，并因此受到苏联当局的热烈欢迎和斯大林的肯定。但作为"乡村最后一位诗人"的叶赛宁，显然无法认

---

[1] 马雅可夫斯基，《回国！》，收入余振编《马雅可夫斯基诗歌精选》，北岳文艺出版社，2000 年，第 84—85 页。

同马雅可夫斯基。他处于高举苏联建设大旗的鼓动话语中,也曾说到要挽起裤脚紧紧地追赶,也曾像他那些成为共青团员的妹妹们,读着《资本论》,但还是深切地感受到"并不是一个新人"的艰难。

就在马雅可夫斯基写下这首诗的当年,叶赛宁自杀了。马雅可夫斯基歌颂的"这种生活"却给了叶赛宁极大的精神压迫,他在诀别诗中说:"在这种生活中死去并不新鲜,可是活着,当然,也不新奇"[1]。他痛苦地感到自己是苏维埃现代化建设中的局外人,游离于社会主义现代化建设的边缘。叶赛宁生命中那些珍贵的朋友在政治风暴中一个个消失,死亡变得常见,而活着变成生命不断重复的负担。诗中隐含着个人的自由意志被逐渐强硬压制的过程。在叶赛宁眼中,农村的城镇化、乡村机械化、城市工业化所铸就的现代性就如马克斯·韦伯所说的"铁笼",个体的精神逐步衰落,造成个体存在意义的空洞,人性的丰富性与差异性逐步消失,意味着没有生命的生活模式。在这样的现实环境中,曾经为苏联现代化建设摇旗呐喊的马雅可夫斯基也感觉到存在的虚无与痛苦,"当他活着的时候,他想要的东西变成了石头"[2]。叶赛宁自杀五年后,马雅可夫斯基也无法面对他曾歌颂的现实,开枪自杀,永远沉默了……

在叶赛宁看来,"农村,这是自然的和谐的,顺应天道的,有生

---

[1] 叶赛宁,《叶赛宁诗选》,顾蕴璞译,时代文艺出版社,2012年,第215页。
[2] 萧榈,《Корабль Маяковского и Лирический выстрел поэта》,载《俄语学习》2012年第5期,第22页。

命力的，是他那幸福、安泰的蓝色俄罗斯的根基；而城市，是反自然的，人为制造出来的，缺乏人性、没有生命的生活模式。在那里人被异化，被物所奴役"。他曾说，城市就是"一种人为既定的，存心设制的东西。就像那么个叶连娜岛（又译'海伦娜岛'，拿破仑在此流放至死），既无荣耀，也无幻想。在那里活生生的人，建筑着通向看不见的世界的桥的人感到憋闷痛苦……"[1]

跟很多从乡村走向城市，既向往城市的繁华，又厌恶它的轻浮和冷漠的人一样，叶赛宁将肉体留在城市，灵魂却常常回到乡村。所以他不仅以多彩的线条和丰富的意象塑造了一个诗意化的乡土世界，以极其敏锐的体验和观察表达了对消逝罗斯的乡愁，而且还频频以"离别"与"迟归"乡村的抒情题材，表现出深切的还乡意识。这"还乡"，是回归家乡、回归质朴、回归自然生态。

叶赛宁诗歌中反复出现逝去和离开的动作，如《我离别了我的家门》（1918）、《你在哪里，在哪里，我的老家……》（1917）、《再见吧，家乡的密林……》（1916）。"告别了，金色的泉流，一团团飘浮的乌云，扯碎阳光的犁头。"[2] 在他的诗歌中，离乡的人们和迁徙的仙鹤都是他着重刻画的抒情对象，以他（它）们的迁徙来表现离开乡村、故土的忧愁。如《安着淡蓝色护窗板的矮屋……》（1924）中"我

---

[1] 吴泽霖，《我看叶赛宁》，载《俄罗斯文艺》1996年第6期，第54页。
[2] 叶赛宁，《再见吧，家乡的密林……》，顾蕴璞译，收入《叶赛宁诗选》，浙江文艺出版社，1990年，第94页。

喜看那灰白的仙鹤群／哀鸣着飞往贫瘠的远方"[1]，灰鹤在迁徙途中发出凄厉的哀鸣，借以抒发离乡之痛。

对应于"离别"，叶赛宁的乡村书写中频繁出现"回归"的行为。如《我又回这里自己的家……》（1916）中："我又回这里自己的家，我的故乡，你沉思而温柔！……朝烟雾缭绕的大地祝祷，一去不返的远方的友人。"[2]诗歌运用多种抒情手段，记叙诗人回乡的喜悦以及乡土大地对离人的祈祷与祝福。其他的诗歌如《回乡行》（1924）以及许多写给乡下的祖父、母亲的信，也融入诗人对乡村离别的忧思和怀念的深情。诗人迁移到城市后却始终怀念乡村，于是诗歌反复出现离别、再见、寻找、回归等动作，表现出诗人迫切的还乡愿望。

然而"离开"与"回归"不仅是诗人从乡村迁移到城市的重复，还是乡村城市化进程的隐喻。20世纪初的俄国市民特别是工人，大部分出生于农村，从农村迁移到城市，与乡村仍然保持联系，具有一定程度的城乡两栖的身份与城乡间的流动性，他们中的许多人还会在晚年重返乡村。《金色的丛林哑默无声了……》就是对当时大批农民涌入城市思念故土的生动写照：

  金色的丛林哑默无声了，

---

[1]　叶赛宁，《安着淡蓝色护窗板的矮屋……》，顾蕴璞译，收入《叶赛宁诗选》，浙江文艺出版社，1990年，第177页。
[2]　叶赛宁，《我又回这里自己的家》，顾蕴璞译，收入《叶赛宁诗选》，浙江文艺出版社，1990年，第69—70页。

> 失却了桦叶的笑语欢言。
> 仙鹤满怀哀伤地飞走了,
> 它对谁也不再依依眷恋。
>
> 眷恋谁?世上每个游子
> 来去匆匆,总辞别家门。
> 淡蓝色池塘上皓月当空,
> 大麻田梦怀所有离人。
> ——《金色的丛林哑默无声了……》,1924年[1]

此诗中诗人以"金色"修饰家乡的丛林,可见他对故乡以及大自然的热爱,而诗人反复低吟"再见吧",倾诉了离开故乡的忧愁。诗人在第一节就以丛林的沉默,仙鹤哀伤的离去起兴,将悲戚物化并聚集在这两个意象上,汇成一幅悲伤的画面,传达出诗人的哀愁。在"哑默无声"与"笑语欢颜"、"眷恋"与"离开"的正反对比中,暗含今非昔比、物是人非的哀伤。"游子的离开"和"麻田的怀念"又形成鲜明的对比,表现出17岁就离开故乡的诗人和当时所有城乡迁徙者对乡村难以割舍的牵挂与热爱。

这首诗从侧面反映出农村现代化过程中乡村人口的迁移。俄国

---

[1] 叶赛宁,《金色的丛林哑默无声了……》,顾蕴璞译,收入《叶赛宁诗选》,浙江文艺出版社,1990年,第179页。

的现代工业化进程急需大量劳动力，而乡村耕地面积逐步减少和余粮征集制导致的大饥荒使得大量农村人口到城市寻找生机，形成从农村到城市、从小城市到大城市的迁移热潮。而这些土生土长的农民虽然在陌生的城市劳动和暂居，变成工业现代化宏大叙事的一部分，但他们的主体性经验依然是乡村日常生活与传统文化。因而，乡村就成为这些城市移民者的抒情客体。叶赛宁的离乡原因虽不同，但他也是城市的移民者，"离乡"与"还乡"的题材，他的经验和表达最贴切，也便引起了最广泛的共鸣。

叶赛宁的还乡意识表现在对罗斯传统的文化与自然生态的坚守。他认为古罗斯远祖们把对深奥神秘世界的认识转化为对乡村农舍内各种物件的命名，而农夫、木屋保存着远祖所规定的概念和对世界的态度："被农民外出打短工和工厂搅得半死不活的农村尽管挥霍无度而又不修边幅，却仍然是这一秘密的仅存的保留者。"[1]因此，他把乡村看作古老传统的维系者，看作蕴含着俄罗斯民族永恒精神的家园，倡导回归乡村所代表的原始故土。他说到诗人远居城市却遥想乡村的美丽，不仅由于童年、过去记忆的召唤，更是精神上渴望回归俄罗斯民族传统的期望。

卢卡奇（Georg Lukacs）在《小说理论》中，创造了"浪漫的反资本主义"的术语，以此指代第一次世界大战前后，部分人痛恨现

---

[1] 叶赛宁,《青春的忧郁——叶赛宁书信集》，顾蕴璞译，经济日报出版社，2001年，第279页。

代工业资本主义所造成的灵魂缺失，而怀念过去时代中人类共同体的生活形式。叶赛宁笔下那个满怀柔情的"庄稼汉的天堂"，也是他的"浪漫的反资本主义"，是他对罗斯原始村社中共同体生活形式的乌托邦理念。"离乡"与"还乡"，就是他对自然生态和罗斯传统的留恋与坚守。

从传统社会秩序转变为现代社会制度，人类的历史发展必然经历断裂的过程，在现代性的特殊条件下，这种断裂更为突出。20世纪初的俄罗斯经历了从沙皇专制下"木头的罗斯"到"苏维埃罗斯"，当时的俄罗斯人体验了在反复革命与改革中天翻地覆的巨变和深刻的断裂。一边是传统价值的分崩离析，另一边是物质文明伴随着国内经济的复苏而迅速繁荣，个体却逐渐丧失了存在的本质，人的内部要素并没有随着外部物质的进步而充实，反而造成个体内在意义匮乏的后果，形成人精神上的空旷、荒芜感。在叶赛宁看来，城市化迁移造成心灵的漂泊无依感，只有通过回归乡村——这个俄罗斯传统的保留者，城市的"流浪汉"才能重返永恒精神凝聚的家园，内心才能获得"归家"后平定安稳的归属感。

然而，叶赛宁的还乡之途长路漫漫，他从田园罗斯的"歌者"转为莫斯科酒馆的"无赖汉"，再成为苏维埃罗斯的公民，他一步步迈向城市，城市却离灵魂越来越远。他怀念宗法制的乡村罗斯，而城市工业化、农村现代化一往无前而来势汹汹，古老而神秘的田园乡村不可避免地受到冲击和改造，他势必赶不上乡村罗斯逝去的步伐，因此，叶赛宁的还乡总是迟到的。高尔基曾说叶赛宁的悲剧是"泥罐子"碰上"铁罐子"的悲剧:"这个蓝眼睛的'小天使'变成了一个'流氓'和酒鬼;那个热爱乡村的农民在城市里生活和死去;他表面上的勇敢掩饰不了内心的悲伤和温柔。"[1]

"离乡"与"还乡",是现代乡村文学永恒的题材,"离乡"的被迫与"还乡"的失落更是现代化进程中农民难以解脱的精神困境。叶赛宁的绝望虽有个人私生活的悲剧原因,但无力承受20世纪初俄国现代化剧烈的阵痛,无力摆脱城市的诱惑和堕落,又无法抗拒乡村的召唤和眷恋等太多的矛盾,才是他诀别世界的根本原因。列宁格勒友谊宾馆的一个房间,终结了叶赛宁的乡村悲歌。"离乡"依旧,"还乡"不能,宣告这个时代的难题暂时无解。

城市和乡村在工具现代性和审美现代性中呈现出的面孔是相反的。以进步主义为核心观念的工具现代性将城市视为启蒙的中心和国家现代化水平的标尺;而乡村则意味着蒙昧、落后与前现代社会。审美现代性作为对工具现代性的对抗,从波德莱尔开始就将城市视作扼杀人自由天性的铁笼,是机器工业异化后的文明,是开在人性之恶上的花朵;而乡村则是充满灵性和生机的自然,是诗意的栖居,是救赎人性的宗教力量。

城市和乡村各自拥有的这两张现代性面孔在20世纪前30年的

---

[1] Gordon McVay, "Yesenin's Posthumous Fame, and the Fate of His Friends", in *The Modern Language Review*, 67(1972), p. 590.

俄国表现得比以往任何时候都要明显。城乡社会各阶层的构成发生了重大变化，贵族阶层消失了，贵族视角下的城乡对比也不复存在。取而代之的城乡叙事特点变成了：普通市民写城市，原生农民写农村。彼此很少去侵犯对方的领域，因为缺少19世纪贵族们跨越城乡两地的生活经验。所以我们在本编前三章探讨的20世纪俄国城市书写，均为革命前出身不同，革命后都变成普通市民阶层的作家和诗人聚焦于城市生活的成果。而叶赛宁一个人的创作就可以让我们看到从君主专制时代到社会主义建设时期，俄国农村的全部意象，一个农民对乡村的全部情感，以及一个诗人对乡村所有的吟诵方式。

在对社会未来发展的蓝图信心不足，对俄国现代化前途不确定时，诗人倾向于把目光投向古老而神秘的乡村世界。他对乡村的缅怀和回望，既是时间上对古罗斯时代的回溯又是空间上抒情个体对城市化、机械化世界的自我归隐和独处，因此乡村自身成为一个田园式和诗意化的意象世界。在叶赛宁的乡村书写中，他极力运用金黄色、蓝莹莹的色泽去凸显乡村这个俄罗斯民族传统的保留者身上的神圣光晕。因此他笔下的乡村朴实而温情、安静而祥和，它更像前现代时期中一个温暖的世界，承载着他对美好社会的所有幻想，诗人常住城市却回望乡村，乡村中的一切变成诗人的"浪漫回忆"，乡村同时也成为当时俄罗斯人的心灵家园，给他们绵绵不断的情感供给与精神支撑。

较其他同时代的乡村作家，叶赛宁的独到之处还在于，他密切地注视着俄国现代化发展的"一举一动"，其乡村书写的三个阶段再现乡村在20世纪初俄国现代化进程中，由可爱恬静到零落凋敝再到纷乱而有生气的动态演变过程，侧面反映出城市向乡村的步步"紧逼"和难以阻挡的"进攻"。借此，叶赛宁的乡村书写还预示和反思俄国的现代化，揭示俄国现代化的矛盾性，即俄国急速现代化的旋涡产生、造就活力而富有成效的事物，同时也包含销毁和消解的因素：虽然建设出繁荣昌盛的现代物质文明，同时也破坏了自然生态；既建构出苏联发达的工业体系同时又以压榨农业部门作为前提；在俄国现代化的曲折道路中，国家领导人怀着危机意识不断赶超却忽视了个体的主动性和创造性；俄国现代化发展的消极后果还表现出在国家机器的统一规划、人为设计和控制管理下，个体存在意义的缺失……这一切使得他的乡村书写极具超前意识，如同一部关于现代化的寓言。

叶赛宁创作盛期的乡村诗歌又以城乡对立为切入点，完整而集中地展现诗人自己和20世纪初俄罗斯人矛盾纠结的心理：向往城市但留恋乡村，期待未来而眷恋往昔，与时俱进却摆脱不了传统意识的牵绊……他把20世纪初俄罗斯大众在来势汹汹、变化无穷的现代化潮流中痛苦挣扎的困惑焦急，失落忧伤的情感体验，呈现得淋漓尽致，他的作品因此引发强烈共鸣，进而在高举城市神话的现代化语境中突显出他诗歌创作的独特性，得到人们持续而热烈的拥爱。

叶赛宁的文学成就代表了苏联时代俄国乡村诗歌的最高成就，也几乎浓缩了20世纪乡村诗歌所有的写作技巧和题材。他的人生体验和创作经验高度重合，像是一部20世纪前30年的俄国乡村历史，在剧烈的现代化变革中跌宕起伏，有时"焕然一新"，有时"面目全非",有时进步,有时落后。但终生伴随着迷茫焦虑、漂泊怀乡和堕落反思等极端复杂矛盾的现代性体验。苏联文学史上有很多农村题材的文学作品,但多数农民出身的作家写作水准和视野有限,看不到更深刻的社会问题;而走进乡村的知识分子们又多将乡村作为纯粹的审美客体,很难体会农民的心态。所以叶赛宁显得尤为难得,他以真正的农民的现代性体验为出发点,以主体而非客体的视角来书写乡村,以兄弟般平等的态度与自然万物相处,将最普通的农民生活诗化的意象选择,对农民移居城市后的精神困境的表达等,都为整个20世纪俄罗斯的乡村书写提供了范本和经验。这也是我们选择他作为20世纪俄国乡村书写与现代性问题的研究案例的原因。

第五章

乌托邦的找寻与反思

20世纪俄国城乡的现代化镜像

"乌托邦"（Utopia）一词最早是托马斯·莫尔（Tomas More, 1478—1535）在其1516年发表的拉丁文长篇小说《乌托邦》中，根据古希腊语虚构出来的，其意有二：一为"非在"（nowhere），二为"客观现实中不存在的美好世界"。这个"乌有之乡"从古希腊喜剧《鸟》到柏拉图的《理想国》就已经被想象，但人们至今只喜欢并沿用"Utopia"一词，这无疑是基于启蒙时期空想社会主义者们对托马斯·莫尔建构的更具现代意义和社会主义蓝图的国家的认可，因为他的《乌托邦》是现代性出现的重要标志之一，"几乎和绝大多数标志着现代性的革新（如征服新世界的力量，马基雅维里和当代政治学，阿里奥斯托和现代文学，路德和现代意识，印刷术和现代公共领域）同时出现"[1]。

---

[1] 杰姆逊，《未来考古学：乌托邦欲望和其他科幻小说》，吴静译，译林出版社，2014年，第11页。

18世纪后半叶到19世纪,经由卢梭的《社会契约论》到培根的科学乌托邦,从莱布尼茨、康德、黑格尔,到圣西门和马克思,经过了启蒙精神洗礼的现代人开始相信人性可以无止境地趋于完善,科学和政治的进步有可能把乌托邦由空想变为现实。"Utopia"成为现代人对"最完美的国家制度"[1]共同的启蒙式期待。"尽管很久以前人就肯定是乌托邦梦想者,乌托邦却显然是十八世纪留给为革命神话与革命观念所困扰的我们现代的最重要遗产。"[2]在车尔尼雪夫斯基的《怎么办?》中,这样的乌托邦出现在女主人公薇拉的梦里。

如果说19世纪是乌托邦理想大行其道的时代,那么20世纪的某些政治模式则让人们深切体会到乌托邦的"在场化"可能带来的不是幸福,而是灾难。与"Utopia"对举的"Dystopia"出现了:"反乌托邦"(或译"敌托邦")将批判的矛头指向科学主义和"完美"政治。与"乌托邦"一样,"反乌托邦"也是"不在场"的,它以完全符合乌托邦的规则和蓝图构建了某个完全丧失个体性的未来世界。反乌托邦文学是对乌托邦文学最尖锐的戏仿和最深刻的反思,比如众所周知的《1984》(奥威尔)、《美丽新世界》(赫胥黎)和《我们》(扎米亚京),以及普拉东诺夫小说的某些部分。

---

[1] 小说《乌托邦》的全名是:《关于最完美的国家制度和乌托邦新岛的既有益又有趣的金书》。
[2] 卡林内斯库,《现代性的五副面孔——现代主义、先锋派、颓废、媚俗艺术、后现代主义》,顾爱彬、李瑞华译,商务印书馆,2002年,第71页。

与"乌托邦"和"反乌托邦"这一组对立却都不存在于现实世界的空间相反的，是更晚些时候出现的空间概念："异托邦"（Heterotopia）。这是米歇尔·福柯以"–topia"为词根造的一个新词，意指在现实生活中真实存在却抵抗现实的特殊空间。福柯认为，异托邦"是与现实完全相对立的地方，它们在特定文化中共时性地表现、对比、颠倒了现实。它们作为乌托邦存在，但又是一些真实的地方，切切实实存在，并形成于该社会的基础上。这些地方往往是独立的、超然的，即使在现实中有它确定的方位，它似乎也不属于现实，而是与它所反映、表现的现实地方完全相反。它超然于现实之外但又是真实之地，从这个角度我称其为异托邦。我相信，在乌托邦与异托邦之间，有一些相关联或相同的经验，即镜像经验"[1]。布尔加科夫完成《大师与玛格丽特》的时候，福柯还是懵懂少年。但他若干年之后提出的"异托邦"概念，却给布氏的大师地下室和花园街50号凶宅提供了一个绝佳的空间定义。

乌托邦是启蒙想象抵达极致的空间，反乌托邦和异托邦则是反启蒙的两种思考路径。换句话说，乌托邦空间将是进步主义和工具现代性走向完美的结果，而反乌托邦与异托邦则是现代人抵抗理性权威的两种精神空间。

---

[1] Michel Foucault, *Of Other Places*, *Visual Culture Reader*, trans.&edited by Nicholas Mirzoeff, Routledge, 1988, p. 239.

城乡之间的乌托邦找寻

  这种幻想的未来社会方案，是在无产阶级还处于很不发展状态，因而对本身所处地位还抱着一种幻想的时候产生的，是从无产阶级希望社会总改造的最初的充满预感的激动中产生的。……它们提供了启发工人意识的极为宝贵的材料。它们关于未来社会的一些积极的结论，例如消灭城乡之间的对立，消灭家庭，消灭私人发财制度，消灭雇佣劳动制，提倡社会和谐，把国家变成单纯的管理生产的机关等，——所有这些原理无非都是表明消灭阶级对立的必要，但是由于这种阶级对立在当时还刚刚开始发展，它们当时所知道的只是这种对立的最初的无定型的模糊表现。因此，这些原理也就还带有完全空想的性质。[1]

——《共产党宣言》

· 苏联知识界对乌托邦反思的两种路径：扎米亚京和普拉东诺夫

  19世纪中期以降，俄国知识界开始了"对乌托邦的狂热"，这种狂热或是"直接的、正面的"，如车尔尼雪夫斯基的"水晶宫"；或

---

[1]《马克思恩格斯全集》（第4卷），中共中央马克思恩格斯列宁斯大林著作编译局编译，人民出版社，1958年，第501页。

是"通过反动与论辩的方式"[1]，如陀思妥耶夫斯基的"地下室人"想要对"水晶宫"吐舌头。也就是说，在后发现代性的俄国，乌托邦和反乌托邦思想的出现反倒没有了现代性原发国家那么大的时间差。它们之间的斗争在19世纪后半期以隐晦的方式几乎同步出现在小说的"互文"中，到20世纪30年代前后被激化。在以社会主义现实主义为官方艺术创作原则的作品高声赞美乌托邦理想正在苏联变为现实的同时，扎米亚京和普拉东诺夫就开始不断从抽屉[2]中祭出反思乌托邦的战旗。

扎米亚京的长篇小说《我们》从科技乌托邦和政治乌托邦两个角度呈现了由"大恩主"统治的未来国度，人在"完美的"数字化科技与全方位思想监控下完全失去了个体意义与自我意识，成为国家字母表中的一个字母。而再高级的科技和再严密的监控也无法控制爱情的滋生，爱情复苏了个体意识，个体意识唤醒了反抗意识，反抗意识激发了革命意识，两个字母（主人公D-503与I-330）的相爱引发了大恩主国的革命暗流。但扎米亚京显然不看好自由革命的前景，因此字母的革命以失败告终，字母表胜利了，反乌托邦的故事在被切掉脑神经的字母D高呼"理性万岁"声中结束。数字化的集体生活与数字化的政治取得了未来的胜利，这是乌托邦理念在科技进步的加持下所

---

[1] 引号内的话来自卡林内斯库对"乌托邦狂热"的简要解释，原话为："实际上对乌托邦的狂热——或是直接的、正面的，或是通过反动与论辩的方式——弥漫于现代的全部知识领域，从政治哲学到诗歌与艺术。"见《现代性的五副面孔》，第71页。
[2] 当时人们把没有希望在苏联公开发表的文学作品称为"地下文学"或"抽屉文学"。

能预见的最完善的想象。在这样的未来国度，玻璃幕墙隔断了恩主国与野蛮世界的联系，人们似乎生活在不知何处拔地而起的水晶宫中。"薇拉的梦"变成了现实，城市和乡村的概念都失去了意义。整个世界，不过是一个巨大的实验室而已。

1921年便已成书的《我们》成为20世纪世界反乌托邦文学的先驱和模板，人们在赫胥黎的《美丽新世界》和奥威尔的《1984》中分别读出了《我们》中科技乌托邦与政治乌托邦的影子。这"反乌托邦文学三剑客"都为我们展现了一个个科技发达、政治成熟的乌托邦国度，以及明确的反乌托邦思路，预告了乌托邦与反乌托邦的双重后果。而普拉东诺夫则致力于呈现出动态的乌托邦现实化的过程。所以扎米亚京的乌托邦在未来，而普拉东诺夫的乌托邦则是与历史同步的某个"孤岛"。扎米亚京的大恩主国是由"科学性"元素构架起来的，是由极度发达的科学为乌托邦提供了自信。而普拉东诺夫的切文古尔镇则是从当下退回到原始农耕时代，依靠太阳和自然界中的天然食物过活。他笔下的乌托邦世界形成的过程，似乎都像是人类的进化过程一样，从最原始的形态开始，一步跨入最高级的社会形态。

M.H.艾布拉姆斯在《镜与灯》中引用了亚历山大·杰勒德关于乌托邦想象的观点："当荷马想象出喀迈拉的时候，他不过是将属于不同动物的身体部分嫁接到一个动物身上而已；狮子的头，山羊的身子和巨蛇的尾巴。"[1]也就是说，乌托邦想象永远会受制于想象者所处的社会语境。在20世纪20年代的苏联，如果说造船工程师出身的扎米亚京更倾向于对都市环境中社会主义工业化的反思，那么土地复垦工程师出身的普拉东诺夫则更重视乡村的现实问题。毕竟，乌托邦想象实际上是"让我们更清楚地意识到我们所受的精神和意识形态的禁锢。……即便是最好的乌托邦也不是最全面的"[2]。我们所能做的，是看到每一个出现在文学作品中的乌托邦世界，表现了哪一方面的想象，又反映了哪一方面的禁锢。

普拉东诺夫的主人公都是乌托邦现实化建设的参与者，都是积极寻找社会主义与共产主义的"无产阶级力量"，他们从城市走向乡村，以自己理解的简单又极端的方式去建设社会（《切文古尔镇》），为无产阶级大厦挖地基（《基坑》）。但是所有人都没能看到理想的实现，却又失去了原有的根基。望着光秃秃的切文古尔和空空如也的基坑，人们就像是看着皇帝的新装。

普拉东诺夫在数十年的小说创作中，既塑造了各种各样怀揣理想的"堂吉诃德"，亦涉及城市与乡村对乌托邦理想的不同认知与实践方式，以及不同形式的失败；普拉东诺夫本人的"乌托邦狂热"，也经历了从"找寻"到"论辩"，比扎米亚京更复杂的心路历程。此

---

[1] 杰姆逊，《未来考古学：乌托邦欲望和其他科幻小说》，吴静译，译林出版社，2014年，第6页。
[2] 杰姆逊，《未来考古学：乌托邦欲望和其他科幻小说》，吴静译，译林出版社，2014年，第6页。

外，与反乌托邦三剑客的未来主义科技政治乌托邦相比，普拉东诺夫的创作路径反而是越来越远离其早期的科幻世界，以"粗糙、降格、野性思维"的特质构建了苏联时代真正的无产阶级对共产主义的原始想象。表面上似乎是用反乌托邦的现实浇灭了乌托邦的观念，实则始终在寻找实现理想的路径。

我们选择普拉东诺夫作为具体研究对象，正是因为他打破了人们对于乌托邦/反乌托邦的固化二元思维，让读者看到了自己身处的现实世界中，乌托邦如何从空想变成了俄罗斯大地上的精神游牧，共产主义理想从政治家的表达到普通人的理解经历了怎样的变化。普拉东诺夫是在用进行中的乌托邦去预言危机，而扎米亚京则在已经形成的危机中回望过去。

·城乡之间的悖谬人生

安德烈·普拉东诺维奇·普拉东诺夫（Андрей Платонович Платонов，1899—1951）生前文运多舛，今日则被视为20世纪俄国最重要的作家之一。他通过半文盲大众的语言模式来挪用苏联时代的"新话语"，创造了一种不同寻常的复杂语言风格。他在小说中表现出来的乌托邦（正/反）思辨、对苏联话语的戏仿风格和"非凡的美学权威和道德精神权威"，作为一个预言家，"完全可以和卡夫卡在西方的地位相提并论"[1]。普拉东诺夫的泛神论神秘主义，时间与空虚的主

---

[1] 杰姆逊，《时间的种子》，王逢振译，漓江出版社，1997年，第83页。

题，对集体化的乌托邦试验的矛盾态度，对斯大林主义进行的辩驳，以及作品中错位延宕的人物形象，表达人物努力追求更美好世界的抒情性音乐形象，也是英美研究者的关注对象。[1]

苏联时代的生活全面塑造了普拉东诺夫成长期的经历：他在内战中加入布尔什维克军队，毕业于沃罗涅日理工学院电气技术系，参加列宁发起的为俄罗斯农村输送电力的运动。在早期的诗歌和散文中，他将自己对十月革命和无产阶级运动的支持表现为预言一个新的科技俄罗斯的崛起；以一系列科幻小说去呼应布尔什维克和其他20世纪初俄罗斯梦想家的理想。在1922年发表的第一部诗集《蔚蓝深处》中，他世界观中的关键要素就已确立：对存在的形而上学的兴趣，对物质世界的泛神论同情，对重塑世界的乌托邦热望。这种世界观的发展跟他早期的经历和思想资源是分不开的。

普拉东诺夫出身于俄罗斯南部沃罗涅日一个贫穷的铁路机修厂钳工家庭，这个距沃罗涅日市一俄里的驿站村，是个典型的介于乡村与城市之间的地方："除了田野、农村、母亲和钟声外，我还热爱（我活得愈久，就爱得愈深）火车机车、机器、缠绵不去的汽笛声和流汗的工作。"[2]乡村与城市之间的过渡地带、自然与机器、教堂钟声与火车汽笛，日后都成了普拉东诺夫作品中最典型的空间和意象。

普拉东诺夫有两个重要且有渊源的精神源泉，一个来自俄国宗

---

[1] Angela Livingstone, *A Hundred Years of Andrei Platonov*, Keele: Keele Students Union Press, 2002, pp.1–334.

[2] Платонов А. П., Голубая глубина: книга стихов. – Краснодар: Буревестник, 1922. С.7.

教思想家、乌托邦主义者尼·费奥多罗夫的"共同事业哲学"思想。费奥多罗夫的乌托邦死者复活计划很早就吸引着普拉东诺夫，这是"一套普救方案，结合了空洞的幻想和实际的现实主义、神秘论和唯理论、梦幻和清醒。他相信，所有的死者能够复生、积极地复活，不仅依靠宗教，而且依靠实证的科学技术事业"[1]。这个精神源头让我们明白了为何普拉东诺夫的小说中总是混合着乌托邦幻想和残酷的现实、无处不在的神秘主义和对社会主义理论时时刻刻的探讨。

他的另一个精神源泉便是无产阶级文化。苏联无产阶级文化派理论先驱鲍格丹诺夫和卡斯捷耶夫都曾给了普拉东诺夫对无产阶级文化发展的无限期待，他也始终认为自己是无产阶级作家。直到1931年，文学创作进入成熟期后，他还在给高尔基的信中强调："工人阶级就是我的故土，我的未来将紧密地与无产阶级在一起。"[2]与此同时，无产阶级文化派对无产阶级集体必将战胜宇宙的宣传又拉近了普拉东诺夫与俄罗斯先锋派文学之间的关系。他早期的科幻三部曲——《太阳的后裔》（又名《思想的撒旦》）、《月球炸弹》和《以太系统》，加上中篇小说《电的祖国》——都是在探索人与自然、人与宇宙的关系，"将科学发明与哲理思考相结合，其构思均为通过科技发明途径

---

[1] 薛君智，《与人民共呼吸、共患难——评普拉东诺夫及其长篇〈切文古尔镇〉》，见《切文古尔镇》，漓江出版社，1997年，序言第15页。
[2] Малыгина Н.М., *Андрей Платонов: поэтика «возвращения»*, М., 2005г. ,с. 30.

去寻找重建世界和改善人类命运的途径"[1]。这些都与俄国先锋派创始人赫列布尼科夫的思想高度一致："普拉东诺夫与赫列布尼科夫一样，他们都想阐明一个概念，即人是一种'光合现象'，人类是'太阳的后裔'……普拉东诺夫的宇宙无际观念也与赫列布尼科夫诗歌的主要情节具有相当的联系。"[2]

上述精神源泉加之对革命的真诚态度，使普拉东诺夫在早期阶段就致力于对乌托邦理想现实化的思考。但是，同样的精神力量又使他在接连抛出反官僚习气和主张平等的政论文后于1921年被开除党籍，此后虽再次提交入党申请并有幸暂时候补，但终因"政治上修养还不够格"[3]而未能转正。个人政治履历中的挫败逐渐影响了普拉东诺夫的创作思想：科技发明能够重建世界、改善人类命运的想法渐渐被社会主义建设过程中出现的种种问题和矛盾所代替。

与许多作家不同的是，普拉东诺夫还直接参与了社会主义建设的进程：1922—1926年他一直以土地复垦工程师的身份从事土壤改良和农业电气化工作。生长于城乡之间的小镇，亲历贫穷的铁路工人家庭生活，长期在农村工作的经历，让普拉东诺夫看到了工农身上既真诚又简单的社会主义理想，苏维埃政府在余粮征集制中对富农的肉体消灭，部分贫农的无知懒惰和土地的大量荒芜，质朴的理想遭遇粗

---

[1] 薛君智，《与人民共呼吸、共患难——评普拉东诺夫及其长篇〈切文古尔镇〉》，见《切文古尔镇》，漓江出版社，1997年，序言第4页。
[2] Малыгина Н.М., *Андрей Платонов: поэтика «возвращения»*, М., 2005г. ,сс. 30-37.
[3] Чалмаев В.А., *Андрей Платонов*, МГУ, 1999г., с. 37.

暴的政策，真正要义被歪曲，这是拥有共产主义热忱的普拉东诺夫不愿意看到的。他把自己对社会主义信念的找寻、参与社会主义建设时的热情与对各种荒谬思想的批判全都注入文学创作之中。

1927年，普拉东诺夫结束了为期四年的"土壤改良和电气技术"工作，在深入了解了城乡生活，亲身经历了政治斗争之后，正式定居莫斯科，开始全身心投入文学创作。他告别了沃罗涅日时期的理想主义，而倾向于更复杂和怀疑的看法，专注于苏联问题重重的现实生活，塑造出与正面理想人物不一致的各种漫游者和真理探索者。他开始一边同情地描绘那些为重塑物质现实而制定计划的人物；另一边又更多地展示了这些计划以某种方式失败或以灾难告终的结局。

普拉东诺夫的乌托邦模型的全面失败：《切文古尔镇》

杰姆逊从列维‒斯特劳斯的结构人类学和布尔迪厄的社会学中总结道：城市是乌托邦映像的基本形式，乡村的形成是宇宙的缩影。而普拉东诺夫笔下的切文古尔镇则是这一切的混合体：俄罗斯草原上的一个小镇在贫农与流浪汉的合作下"实现了共产主义"，他们以大地为床、以天空为穹顶，以太阳为唯一的劳动者，以天然植物为食。这个"共产主义"世界模糊了城市和乡村的边界，也成为乌托邦映像和宇宙缩影的共同体。小镇上的"资产阶级"被除掉了，"无产阶级"为了保持"阶级的纯洁性"，废弃了资产阶级的房屋，破坏了公共财产，荒芜了土地。大部分人用睡觉来打发饥饿和无聊，等着可以共同享用的女人；领袖们在这个既像创世又像末世的"孤岛"（enclave）中苦苦思索。用杰姆逊的观点来说，切文古尔具有一种"后乌托邦意识形态"，因为它既不在未来，也不像现在，而是"直接回到了列维-斯特劳斯所提倡的原始主义，从而成了重构的原始共产主义或氏族社会"[1]。

·切文古尔的样子

长篇小说《切文古尔镇》完成于1927—1929年间，由"一个师傅的诞生""亚历山大·德瓦诺夫的旅行"和"切文古尔镇"三个各自独立又相互联系的部分组成，每一个部分都会出现一个新的，怀有共产主义理想的主人公。

第一个出现的就是亚历山大·德瓦诺夫，一个铁路工人，一个总是为真理和存在意义而苦恼的人。所以在一场持续了八个月的肺炎痊愈之后，德瓦诺夫像是重生一般，决定接受上级委派去"寻找共产主义"。但他的寻找路线和方式远远超越了政权与功利：

> 德瓦诺夫回想起各种各样在野地上流浪的人，还有在战区空房子里无所事事的人；那些人也许真的汇集在某个风吹不进、国家管不着的峡谷里，而且生存下来，满足于彼此友好相处。

---

[1] 杰姆逊，《未来考古学：乌托邦欲望和其他科幻小说》，吴静译，译林出版社，2014年，第32页。

德瓦诺夫同意到独立行动的居民中寻找共产主义。[1]

他把自己看成身体的流浪者和灵魂的朝圣者，认为"俄国的流浪者和朝圣者之所以不停地吃力地行走，就是因为他们一路上可以不停地把人民痛苦心灵的压抑感排遣掉"[2]。

精神游牧中的德瓦诺夫见到了"上帝"，一个只吃土的贫农："'上帝'走了，急不择路地走了。他没有帽子，身穿一件短大衣，光着脚。他的食物是土，他的希望在于空想。"而"类似彼得罗帕夫洛夫卡这种自由的'上帝'，在省内各村都有"[3]。看来"上帝"的神圣光环早已被贫农"脱冕"，成了空想和好吃懒做的代名词。这样的人不能帮他找到"共产主义"。

德瓦诺夫又遇到了无政府主义者，被他们打伤了腿，抢光了衣服，这些人"看人就像猴子看鲁滨逊：对一切总是倒着理解的……"[4]无政府主义者的做法也显然不是共产主义的范式。

然后他遇到了第二个出场的主人公：寻找"革命真谛"的"堂吉诃德"——斯捷潘·科片金。科片金以国际工人运动活动家罗莎·卢森堡为幻觉中的未婚妻和寻求革命真谛的精神引路人。他前行的"驱动力"则是一匹名叫"无产阶级力量"的壮马。为了"革命理想"，

---

[1] 普拉东诺夫，《切文古尔镇》，古杨译，漓江出版社，1997年，第24页。
[2] 普拉东诺夫，《切文古尔镇》，古杨译，漓江出版社，1997年，第21页。
[3] 普拉东诺夫，《切文古尔镇》，古杨译，漓江出版社，1997年，第29、34页。
[4] 普拉东诺夫，《切文古尔镇》，古杨译，漓江出版社，1997年，第40页。

他可以"坚定地烧光地面上的一切不动产",也可以"把罗莎的敌人,贫农和妇女们的敌人像斩草一样除掉"。[1]

德瓦诺夫与科片金并肩去游牧,一同去鼓动沿途的农民去土地肥沃的地方"建设共产主义"。与热爱暴力革命的科片金相比,德瓦诺夫更喜欢理念的播撒。可是理念与行动都已经在一起了,"'社会主义在哪儿呢?'德瓦诺夫想起身负的寻找社会主义的任务,于是看了看漆黑的房间,找寻自己的东西。他觉得他曾经找到了社会主义,可是在这些外人当中,睡着睡着就丢掉了"[2]。于是他暂别科片金,重新踏上寻找社会主义的道路。

最后,"理念"与"行动"在切文古尔重逢,小说的第三个主人公切普尔内伊领导着其他几名狂热而残酷的"共产主义者"在这里"已经实现了共产主义"。为了消灭私有制,他们铲除了一切资产阶级元素(所有的富人);为了星期六义务劳动,他们把木屋推到大路中央;为了实现共产,他们同享一个女人;为了营造天堂式的幸福,他们不耕作、不建设,只依靠太阳的力量去啃食土地上生长出来的一切东西。这个"共产主义世界"集中了苏联社会的所有现实问题:官僚主义、疏懒散漫、冒进粗暴、愚昧野蛮、自负封闭……小说里最具讽刺性的细节是:切文古尔镇革委会的铭牌插在墓地里,而办公室设在教堂里。这里毫无生产力,也即将耗尽资产阶级留下来的生产资料,它

---

[1] 普拉东诺夫,《切文古尔镇》,古杨译,漓江出版社,1997年,第47—48页。
[2] 普拉东诺夫,《切文古尔镇》,古杨译,漓江出版社,1997年,第49页。

表面上看是乌托邦的起点,但却成了历史的终结。

率先到达切文古尔去参观"共产主义"的科片金,曾给德瓦诺夫写过一封信。信中说:"这里实现了共产主义,或者相反。"在小说接近尾声的时候,科片金又重拾了这个问题:

> 晚上科片金找到了德瓦诺夫,他早就想问他在切文古尔实行的是共产主义呢还是恰恰相反,他是该留在这儿呢还是可以动身——现在他就问了。
>
> "是共产主义。"德瓦诺夫答道。
>
> "我怎么就看不见它呢?要不就是它没有发展?我也许应该感到悲伤和幸福:因为我的心脏正在迅速衰弱下去。我甚至害怕音乐——小伙子们有时拉起手风琴,可我坐着伤心落泪。"
>
> "你自己就是共产党员,"德瓦诺夫说,"资产阶级灭亡以后,共产主义就从共产党员中产生,而且经常呆在他们中间。既然你自己身上就保藏着共产主义,你还上哪儿去找它,科片金同志?在切文古尔,没有任何东西妨碍共产主义,因此它在自行诞生。"[1]

小说结尾,虚弱不堪的切文古尔被哥萨克人毁灭,科片金和所有的公社保护者都死去了。亚历山大·德瓦诺夫骑在科片金留下的

---

[1] 普拉东诺夫,《切文古尔镇》,古杨译,漓江出版社,1997年,第345—346页。

"无产阶级力量"上,走入父亲曾经求死的穆杰沃湖,去寻找"终极"的真理。切文古尔镇就像《百年孤独》里的马孔多小镇一样,从这个世界上消失了。

·普拉东诺夫的乌托邦模型

普拉东诺夫是一个真正的社会主义的建设者和共产主义理想的拥护者。他希望"来自思想深处的共产主义,来自共产主义愿望之中的共产主义很快就将成为看得见摸得着的事物,它将把全部世界的现实都变成共产主义的,地球将变成共产主义的地球"[1];他曾认为"生活以其历史经历和事实表明,苏维埃政权就是世上最公正而公道的政权,它一直是人们执着而神秘的追求和梦想"[2]。写完《切文古尔镇》的两年后,他在给妻子的信中还这样说道:"穆霞,你如果能知道就好了,人们生活得太艰难了,而唯一的拯救方式就是社会主义,我们的道路,也就是建设的道路和速度的道路,是正确的。"[3]

但是,越是拥有正确的共产主义理想,越是相信真正的社会主义力量,作家就越是不能容忍它们被简单化、被反智化、被当作愚民和自我愚弄的政治工具。普拉东诺夫不能允许某些别有用心的人和头脑简单的人"迫切地希望现在马上,最好是今天就能够解决无数世纪

---

[1] Платонов А.П., *Вазвращение*, М.: Молодая Гвардия, 1989 г., с.70.
[2] Платонов А.П., *Вазвращение*, М.: Молодая Гвардия, 1989 г., с.70.
[3] 瓦尔拉莫夫,《超越街垒?——土壤派和自由派视域下的苏维埃经典》,刘文飞译,载《俄罗斯文艺》2016 年第 4 期,第 32 页。

以来一直困扰着俄罗斯的那些该死的问题,实现人们的最高梦想,跨入乌托邦的生活,让那些神话传说中的预言都得到证实和应验"[1]。所以,他决定自己做一个实验。

首先,他要用 20 世纪 20 年代人们最熟悉的观念、宣传方式和话语体系去构建一个寻找和创建共产主义世界的模型,并在其中注入俄罗斯民间神话思维与圣徒精神。因为很多人认为社会主义之所以在苏联建成,共产主义思想之所以能被俄罗斯人广泛接受,是由于"历史上传统的俄罗斯真理探索精神及其活动在十月革命过程中同布尔什维克主义结合在了一起,其最终目的是在大地上真正而现实地实现人民的真理"[2]。

他在形式上采用了与前辈作家拉吉舍夫、涅克拉索夫等的作品相同的漫游模式,如别尔嘉耶夫所言:"俄罗斯是一个精神无限自由的国家,是一个流浪着寻找上帝之真的国家。……漫游者——独立于'世界'之外,整个尘世与尘世生活都被压缩成为肩膀上的一个小小的背包。俄罗斯民族的伟大和它对最高生活的使命都集中于漫游者的形象上。"[3] 亚历山大·德瓦诺夫和科片金正是这样的漫游者。

在这个基础上,他以现代世界公认的乌托邦典范——托马斯·莫尔在小说《乌托邦》中设计的完美国度为模板,设计了切文古尔镇的

---

[1] Шубин Л. А., *Поиски смысла отдельного и общего существования. Об Андрее Платонове. Работы разных лет.* М. :Советский писатель, 1987, c.85.

[2] Платонов А. П., *Иван Великий : Рассказы*, М. : Советский Писатель, 2000 г., c. 196.

[3] 别尔嘉耶夫,《俄罗斯的命运》,汪剑钊译,云南人民出版社,1999 年,第 11—12 页。

"共产主义世界"。那么,这样一个结合了传统与现代、民间与官方、亚细亚文明特质与欧洲启蒙、原始思维与共产主义理想的乌托邦模型,能够成功吗?我们来看看这两个乌托邦的异同:

第一,财产公有。"在乌托邦,私有财产不存在,人们就认真关心公事……一切归全民所有。"但莫尔为其设置的前提是物资充足,产品丰富:"只要公仓装满粮食,就决无人怀疑任何私人会感到什么缺乏。"[1]

切文古尔也实行财产公有,私有制被无产阶级以除掉一切有产者的方式消灭了。但他们物资匮乏,没有生活来源,当最后一片有产者储存下来的精白面包和酸白菜都被吃完了之后,切文古尔人只能靠阳光下自然生长的干瘪的谷穗和野菜为生。

第二,生产劳动。这是《乌托邦》中财产公有的基础:"乌托邦人不分男女都以务农为业……没有一个闲人,大家都辛勤地干他们的本行,但又不至于从清早到深夜工作不停,累得如牛马一般。"[2]

切文古尔的人也劳动,但不是务农,也不是本行,而是刻意施行"星期六义务劳动",把资产者的木屋从原来的地方推到大街上。剩下的时间就是寻找食物和睡觉。"这里人人都有一个职业——做梦,我们规定让生活代替手艺。"[3]

第三,消除城乡对立。乌托邦国在一个海岛上,有54座城市。

---

[1] 托马斯·莫尔,《乌托邦》,戴镏龄译,商务印书馆,2006年,第115页。
[2] 托马斯·莫尔,《乌托邦》,戴镏龄译,商务印书馆,2006年,第55—56页。
[3] 普拉东诺夫,《切文古尔镇》,古杨译,漓江出版社,1997年,第321页。

城市与乡村的位置关系并没有被详细写到，但市民会轮流搬到农村去居住，每户每年有20人返回城市，空额由从城市新来的20人填补。每个人都有机会既学会务农，又学会城市手工业。城里人的食物来自乡村，而乡下人若因为天灾导致歉收，可以很快从城市得到他们以前储存在那里的食物。[1]

人们在切文古尔也混淆了城乡之间的界限。切普尔内伊有时候会把它称作"社会主义初级阶段的城市"，但这里却没有城市应有的社会阶层、商店、工厂和完备的政府机构。木屋长出了根，树皮鞋快要开花，草原上的风随时吹进毫不设防的小镇，资产者留下的屋子里躺着猫……切文古尔的几位"共产主义领袖"的出身并不明确，但他们善于并且长期同农民打交道。德瓦诺夫和科片金从俄罗斯中央黑土区的各个乡村穿梭寻找社会主义，但是在切文古尔，最后剩下的人们由两类人组成：无产阶级和流浪汉。大部分人与大地共眠，与太阳共生，既不务农也不做工。

普罗科菲将切文古尔视作农村，认为它的性质是俄罗斯农村的性质："德瓦诺夫想起了许多乡村和城市，以及住在其中的许多人，而普罗科菲却在亚历山大回忆往事的时候顺便指出，俄罗斯农村中的痛苦并不是苦难，而是习惯……最好是逐渐减少人口，他就会习惯于忍受：他反正终究都得受苦。"[2] 所以，在"敌基督"式的普罗科菲

---

[1] 托马斯·莫尔，《乌托邦》，戴镏龄译，商务印书馆，2006年，第50—64页。
[2] 普拉东诺夫，《切文古尔镇》，古杨译，漓江出版社，1997年，第333页。

看来，俄国农民最善于忍耐。如果谁想要反抗，就消灭他。让面包够吃的办法不是增加面包，而是减少人口。

消除城乡对立是马克思在《共产党宣言》中为共产主义制定的任务之一，莫尔的乌托邦国和普拉东诺夫的切文古尔镇都做到了，但前者是通过城乡共同劳动、互惠互利实现的，后者则通过既放弃城市功能也放弃乡村功能实现。

第四，宗教信仰。尽管《乌托邦》里有显而易见的空想社会主义元素，但人们都有宗教信仰。他们"只有一个至高的神，是全世界的创造者和真主宰，在本国语言中一致称为'密特拉'"[1]。密特拉是古波斯的太阳神。

切文古尔人也崇拜太阳。虽然共产主义世界里只应该信仰共产主义，但太阳出现的频率已经超出了它的自然属性，具有了神性。全镇消灭了资产者进入"共产主义"的第一天，切普尔内伊首先关注的是太阳有没有照常升起。资产者遗留下来的物质财富消耗殆尽时，切文古尔人认为只要太阳还在，就可以让大地生长出不用耕作便可以得到的粮食："大自然不赞成通过劳动去压迫人而是给每一个无产而能吃的人赠送全部食品和生活必需品。当时的切文古尔革委会注意到了被战胜的大自然十分驯服，决定将来为它立一个纪念碑——图形是一棵野生的树，长出的两条枝杈的手拥抱着一个人，树和人之上是一轮太阳。"

---

[1] 托马斯·莫尔，《乌托邦》，戴镏龄译，商务印书馆，2006年，第103页。

但乌托邦人信仰的是太阳神代表的自然"无比的力量和威严"，是众生平等的象征；而切文古尔人则认为太阳只能照耀着"共产主义"："只要没有资本主义，太阳系将单独为共产主义的生命放出能量；各种各样的工作和操劳都是剥削者想出来的，他们想超出太阳提供的食物弄到更多的非分的东西。"[1]

第五，婚姻家庭。乌托邦人分为两派：一派是单身汉，不近女色，主张禁欲主义；另一派赞成婚姻，不轻视家庭之乐。女性在乌托邦国虽地位有限，但也受到尊重，还可以担任教士。

切文古尔人消灭资产者的同时，就已经破坏了所有的家庭。几位"共产主义领袖"和其他无产者都没有成家。除了德瓦诺夫和科片金，其他的人都在匮乏的物质生活中想念女人，而不是想念婚姻和家庭。他们只需要"不同于男人"的人，从"什么地方弄来"，大家共享。这是对共产主义最普遍的误解之一，但在"资产阶级"和"无产阶级"中却存在着共同的误会。马克思在《共产党宣言》中早已明确驳斥了这种观点："我们的资产者装出道貌岸然的样子，对于共产党人要实行莫须有的正式的公妻制表示惊骇，那是再可笑也没有的了……只要现代的生产关系一消灭，那么从这种关系中产生出来的公妻制，即正式的和非正式的娼妓制，自然就会随之而消灭。"[2]

综上，普拉东诺夫已经为我们展示了切文古尔对经典的乌托邦

---

[1] 普拉东诺夫,《切文古尔镇》, 古杨译, 漓江出版社, 1997年, 第267、273页。
[2]《马克思恩格斯全集》(第4卷), 中共中央马克思恩格斯列宁斯大林著作编译局编译, 人民出版社, 1958年, 第487页。

社会是如何模仿并全面解构的。普拉东诺夫研究者恰尔马耶夫说："切文古尔的乌托邦社会，是非常令人振奋的海市蜃楼。"[1]伊托普托娃则认为"《切文古尔镇》在用思想做实验，在情节上和经验上检验车尔尼雪夫斯基和陀思妥耶夫斯基的假想"[2]。

的确，地理位置模糊的切文古尔镇，是普拉东诺夫精心建构出来的一个乌托邦模型。它被想象和寻找的过程，被实现的过程，被"建设"和被"理论"武装的过程，都是"理想国"必须经历的真实过程，但每一个过程似乎又都出了错，以至于当身处其中的人意识到不对劲的时候，都不知道从哪儿开始检查。这个乌托邦孤岛，到底是车尔尼雪夫斯基期待的那个完美的水晶宫呢？还是不由自主地变成了陀思妥耶夫斯基警惕的蚂蚁穴？

1929年8月19日，普拉东诺夫将《切文古尔镇》手稿寄给高尔基，他在信中写道："……有人不让它出版（"联邦"出版社拒绝了），他们说，小说对革命描写是不正确的，有人甚至把整部作品说成是反革命的。我却完全是怀着另一种感情写作的，因而现在不知道该怎么办。我请求您读完手稿，假如您同意，请告诉他们，作者是正确的，他真心诚意地试图在小说中描写共产主义社会的开端。"[3]

---

[1] Чалмаев В.А., Андрей Платонов. МГУ. 1999г., с.92.
[2] Ипатова, С.А. Муравейник в социальной прогностике Платонова и Достоевского, *Творчество Андрея Платонова: Иследования и материалы*.СПб.: Наука, 2008 г.,с.36.
[3] 《高尔基给安·普拉东诺夫的四封信》，谭得伶译，载《俄罗斯文艺》1988年第2期，第86页脚注。

我们也在小说中看到了每一个试图寻找和建设共产主义的人的真心诚意，但普拉东诺夫想告诉我们的是："共产主义社会的开端"并不是仅有"真心诚意"就够了，还要有对共产主义正确的理解和成熟的政治经济发展基础。参与到这个进程中来的人，也并不是都"真心诚意"，还有群氓。共产主义并不能像"真诚的"德瓦诺夫认为的那样，在资产阶级消亡后就会自发产生，它要经历一个漫长的、曲折的、社会全体共同努力的演进过程。

如果在一个共产主义社会的"开端"中，人们就已经过上了与死亡无异的生活，那么这个历史的开端就将成为历史的终结：

> 德瓦诺夫感到了对已逝年华的怀念：已逝年华不断受到破坏并消失，而人始终抱着对未来的希望呆在一个地方。于是德瓦诺夫猜到了，何以切普尔内伊和切文古尔的布尔什维克们如此渴望共产主义：共产主义是历史的终结，时代的终结，时代只能在自然界里前进，而在人的身上却积压着忧愁。[1]

切文古尔的命运就像别尔嘉耶夫所说："乌托邦想建设完美的生活，想养成人应有的善良，想实现人的悲剧的理性化，但由于它匮乏人与世界之间的转换，最终总是既没有新的天堂，也没有新的

---

[1] 普拉东诺夫，《切文古尔镇》，古杨译，漓江出版社，1997年，第339页。

尘寰。"[1]

杰姆逊认为《切文古尔镇》是一部"伟大的农民乌托邦作品"，是对"现在已完全过时的那种现代时期的未来主义的城市乌托邦"的反拨，是具有"古风性质"的"乌托邦的回归"[2]。尽管日后普拉东诺夫又写了反讽意味更浓的《基坑》和《初生海》，但他建立在对俄罗斯土地、农民和无产阶级工人深切情感之上的共产主义理想始终都在，他的找寻之路一直在继续。这一切都是基于建构的目的，都是为了探索俄罗斯在20世纪现代化进程中的正确方向；而不是扎米亚京式的反乌托邦解构：先预设一个成熟的、否定的后果（个性丧失的政治乌托邦），然后以另一个否定的后果（失败的反抗）去解构前者。

布尔加科夫的"异托邦"与"第三空间"

普拉东诺夫以俄罗斯的无产阶级（工人、农民、流浪汉）为社会主义建设的亲历者，以乡村（切文古尔）和城乡之间的模糊地带（基坑）为乌托邦模型的承载空间，为人们呈现了社会底层人物的共产主义想象和在现代化水平低下的地区建设社会主义的形态。他用一个个身份相似的主人公和性质相似的空间讲述了乌托邦现实化的失败过程。这是20世纪20、30年代苏联文学反思社会主义现代化的一种镜像模式。

---

[1] 别尔嘉耶夫，《人的奴役与自由》，徐黎明译，贵州人民出版社，1994年，第182页。
[2] 杰姆逊，《时间的种子》，王逢振译，漓江出版社，1997年，第86页。

另一种镜像模式,则是布尔加科夫在都市现实生活中为保护个体意识营造出的"异托邦"。

早在 1924 年发表的《白卫军》《恶魔纪》《狗心》《孽卵》等作品中,布尔加科夫就悉心创建并不断巩固着一个二元空间对立的结构模式,两个性质迥异的空间之间的紧张关系成为作家固定的叙事焦点。从其作品中时空的设计和发展来看,布尔加科夫的空间意识是十分自觉的。在稳定的文本结构上,差异空间(heterotopias,异托邦)与社会空间,精神空间与物质空间,以及理想空间与现实空间等的二元对立,也使其作品不仅在思想上具有了高度的辩证性,而且具有了超越历史的永恒意义。正如索亚所言:"结构主义是 20 世纪在批判社会理论领域对空间进行重申的最重要的途径之一。"[1] 这种贯穿一生创作的着意的空间结构排布成了承载着布尔加科夫坚定的文学理想的叙事模式,也是他对当时苏联社会现状最彻底又最隐晦的批判。以理想主义的"异托邦"对抗现实世界,是布尔加科夫贯彻始终的文学创作理念。这种理念也将文学作品变成他自己人生的"异托邦",使他在变幻莫测的政治环境和人生境遇中保持了理想的贞洁。

·布尔加科夫的"异托邦":对现实世界的反抗

米哈伊尔·阿法纳西耶维奇·布尔加科夫(Михаил Афанасьевич

---

[1] 苏贾(索亚),《后现代地理学——重申批判社会理论中的空间》,王文斌译,商务印书馆,2004 年,第 27 页。

Булгаков，1891—1940）是全世界公认的 20 世纪俄罗斯最优秀的作家之一，其变幻莫测、"魔镜"[1]般的表现手法和不受苏联社会主义现实主义僵硬原则约束的狂欢式姿态既让他的作品享誉全球，亦给他带来了多舛的命运。尤其是他的最后一部长篇小说《大师与玛格丽特》，被誉为 20 世纪魔幻现实主义的代表作品，亦被视作体现巴赫金狂欢诗学的最佳范例，得到了全世界读者和学者极为丰富和多元的解读。其中人们最津津乐道的，是《大师与玛格丽特》的时空结构。布尔加科夫在《大师与玛格丽特》中设计了"三位一体"式的时空构架，展现了神、众生和个体的不同存在方式和运动模式。但是，其在压卷之作中呈现出的如此独特而惊人的叙事方式，究竟是厚积薄发，还是横空出世？"时空体"中的"空"究竟体现了作者对"时"怎样的理解？我们看到三层"空间"的对话正是"统治者"（彼拉多）与"基督"（耶舒阿）的对话、"魔鬼"（沃兰德）与"人性"（莫斯科人）的对话，以及"信仰"与"现实"的对话。而联通这三重对话的，是"大师"在"地下室"中写出的手稿。彼拉多审讯耶舒阿的宫殿、沃兰德暂住的花园街 50 号宅邸以及大师的地下室，正是布尔加科夫创造的"异托邦"。

尽管关于空间诗学理论，列斐伏尔、巴什拉、大卫·哈维等人的研究成果更加完善，但米歇尔·福柯 1967 年所作的题为"不同空

---

[1] 有人说："布尔加科夫的创作是世界的一面魔镜"，参见 Т. Н. Красавченко，"Михаил Булгаков в своем отечестве", *Михаил Булгаков:современные толкования: к100-летию содня рождения1891-1991 :сборник обзоров*. М., ИНИОН РАН,1991. С. 76。

间的正文与上下文"（Texts/Contexts of other spaces）[1]的演讲，无疑是最有启发性的。在此文中福柯创造了一个重要概念：异托邦（差异地点，Heterotopias）。福柯认为，与乌托邦（Utopia）是"虚构的"不同，异托邦是"与现实完全对立的地方，它们在特定文化中共时性地表现、对比、颠倒了现实。它们作为乌托邦存在，但又是一些真实的地方，切切实实存在，并形成于该社会的基础上。这些地方往往是独立的、超然的，即使在现实中有它确定的方位，它似乎也不属于现实。与它所反映、表现的现实地方完全相反，它超然于现实之外但又是真实之地"[2]。

布尔加科夫在《大师与玛格丽特》之前的若干小说中，就已经设计出了这样的"差异地点"：《恶魔纪》里，科罗特科夫那几乎不与外界打交道的工作像是阿卡基·阿卡基耶维奇（果戈理《外套》的主人公）的抄写一样，让他安静地蜷缩在自己的孤独世界中；在《孽卵》中，动物学教授佩尔西科夫是主人，无鳞两栖动物是实验对象，幻想和实验都集中在神奇光束上，实验室则是个充满神奇仪器和自由思想的小环境；《狗心》中生殖外科专家菲利波维奇教授是主人，野狗沙里克是实验对象，将人脑和生殖器植入狗体是幻想的过程和实践的结果，手术室则成为医生实现优生学梦想的秘密所在；《白卫军》里，

---

[1] 此标题为台湾学者陈志梧所译，见包亚明主编《后现代性与地理学的政治》，上海教育出版社，2001年，第18页。
[2] Michel Foucault, *Of Other Places, Visual Culture Reader*, trans.& edited by Nicholas Mirzoeff, Routledge, 1998, p.239.

图尔宾一家温暖舒适的寓所对外界的战乱和惊慌具有强大的"屏蔽"功能,不管是谁回到这里都能找到平静和依托……

这些作品中的"小环境"都是存在于现实又超越现实的"异托邦"。它们存在于现实社会中,但主人公置身其中,却可借助幻想和信仰获得宁静。在这样的空间里,主人公们几乎完全抛开外部社会的干扰,尽情释放自我能量,直面个体本身。这种"异托邦"属于补偿性空间,用来弥补个体在外部空间中失落的东西:

> 差异地点(异托邦,引者注)的最后特征,是它们对于其他所有空间所具有的一个功能,这个功能有两种极端:一方面,它们的角色,或许是创造一个幻想空间,以揭露所有的真实空间(即人类生活被区隔的所有基地)是更具幻觉性的……;另一方面,相反地,它们的角色是创造一个不同的空间,另一个完美的、拘谨的、仔细安排的真实空间,以显现我们的空间是污秽的、病态的和混乱的。后一类型并非幻象,而是补偿性差异地点。[1]

这些异托邦空间所要抵抗的外部空间,都在莫斯科。

19世纪的莫斯科,也曾是文人们热衷描写的对象。普希金的《叶

---

[1] 福柯,《不同空间的正文与上下文》,陈志梧译,收入包亚明主编《后现代性与地理学的政治》,上海教育出版社,2001年,第27页。

甫盖尼·奥涅金》、托尔斯泰的《战争与和平》、冈察洛夫的《悬崖》、契诃夫的《牵小狗的女人》等经典之作中，莫斯科总是以"没有政权的束缚、自由自在、辽阔、神圣……"为主要特点的空间形象出现，因为"这里既可以看到乡下的淳朴，又保有首都的豪华气派和俄国文化的所有精髓"。[1] 这是俄国著名的宗教和历史学家费多托夫（Г. Федотов）的名言。果戈理在《彼得堡1836年札记》一文中，也说彼得堡是个年轻的、新的、官僚的城市，是"通往欧洲的窗户"（окно в Европу）；而莫斯科则是老迈的、传统的、家庭式的城市："莫斯科像个不爱出门的老人，喜欢坐在躺椅上烤饼、看着远方、听故事，不愿起身看看外面发生了什么事；而彼得堡像个年轻小伙子，从来不坐在家里，总是穿戴整齐，打扮得像欧洲人一样，在边界上来回溜达，虽然看得见欧洲，却听不见它。"[2]

但十月革命之后，一切都变了：作为政治想象空间的彼得堡被埋进了历史的废墟，"死了，而且不再复活"[3]；莫斯科则由于重新变成首都而成为俄罗斯政治、经济、文化的中心，以其与19世纪截然不同的城市气质出现在20世纪的文学作品中："革命后的莫斯科风貌跟19世纪完全不同，它被强迫在短时间内，用人为方式，急遽地改

---

[1] Федотов Г. *Три столицы*, Париж: Вёрсты, 1(1926), с.147–163. http://www.gumer.info/bibliotek_Buks/History/Fedotov/_3Stol.php.

[2] Гоголь Н.В. "Петербургские записки 1836 года", *Петербург в русском очерке XIX века*. СПБ.: Детгиз–Лицей, 2005 г.,с.54.

[3] Федотов Г. *Три столицы*, Париж: Вёрсты, 1(1926), с.147–163, http://www.gumer.info/bibliotek_Buks/History/Fedotov/_3Stol.php.

变了城市文化和社会生活面貌,这是一个文化断流,莫斯科因此与革命前有着截然不同的形象和生活方式。政权更替,为莫斯科留下明显印记,与俄国其他地区相比,身为首都,在这里,不论是国家统治机器、意识形态宣传、艺术控制、出版检查制度,或生活形态,都远比其他地方有着更多、更典型的体现。"[1]

莫斯科在1917年之后急剧地意识形态化让19世纪的诗意渐渐隐遁,文人们对莫斯科/首都的书写分裂为两极。一极是我们已经讨论过的马雅可夫斯基笔下的,代表着工具理性的官方莫斯科;一极则是布尔加科夫笔下的,多层时空和思想并存的民间莫斯科。后者在莫斯科繁冗的官僚体系、缺乏隐私的日常生活和鲜有独立思考的思想文字中,开辟出了一个个隐秘的私人空间。

布尔加科夫笔下的莫斯科生活(集体空间),是单一的政治话语带来的表面嘈杂和深度窒息,个体在其中毫无意义;但他营造出来的"小环境"(个人空间)却能成为自由话语的释放地,个体在这里才有"存在感"。而这两个空间又恰恰是权力结构的两端,二者之间的深刻矛盾构成了文本的叙述张力。

只是,《大师与玛格丽特》之前的这些"异托邦"太脆弱,一旦外部空气进入,很快就会被感染和同化。此外,"差异之地"虽是能给人安全感和自我意识的空间,但同时也意味着囚禁和焦虑。为解除

---

[1] 苏淑燕,《意识形态的莫斯科:布尔加科夫作品中的20年代莫斯科形象》,载《淡江外语论丛》2010年第15期,第190页。

这种囚禁,作者也刻意让封闭空间主动或被动地遭到破坏:科罗特科夫所在的中央火柴供应站看似是一个独立单位,不受政治的干扰,实际却是计划经济和官僚体制的一部分,一旦换了领导,就马上乱作一团。佩尔西科夫在实验室里发现的能使低等动物迅速壮大和繁衍的神秘光束本有希望造福人类,却因媒体的虚假宣传和商人们急功近利的滥用而导致骇人听闻的惨剧。菲利波维奇试图通过给野狗移植人类器官来找到恢复人类青春的方法,却因外界人士的介入激发了野狗的人性之恶。图尔宾兄弟只要离开家,就立刻在混乱的政治、战争甚至模糊的善恶间迷失自我……解除了囚禁的封闭空间却再也不是理想本可以寄居的终极之地,承载着美好希望的异托邦一个个被蒙上了悲观色彩,布尔加科夫在自己营造的模式中陷入了二律背反式的困境。

·从"异托邦"到"第三空间":与莫斯科城的终极对决

在《大师与玛格丽特》这部融入了作家生命后期全部创作激情和希望的小说中,布尔加科夫终于为跳出思维和精神的双重困境找到了出路。他在《大师与玛格丽特》中两面开刀:既加强异托邦自身的完善性,又通过神(耶稣与撒旦)的介入,破坏了异托邦貌似强大稳定的社会(思想)体系。

首先,异托邦本身的形式及其与外部空间对抗的流程都多元化了:

流程1:外部空间1(莫斯科城)开始:波辽兹和伊万遭遇撒

旦──►伊万试图寻找撒旦而饱受精神折磨,被送进异托邦1(精神病院)。

流程2:大师在异托邦2(大师的地下室)写关于本丢·彼拉多的小说──►大师在外部空间2("莫文联")受到激烈批判──►大师被关进异托邦1(精神病院)──►大师被玛格丽特救回异托邦2──►大师与玛格丽特被上帝接入第三空间2(永恒的宁静之所)[1]。

流程3:本丢·彼拉多在外部空间3(总督府和刑场)审判耶舒阿并判其死刑──►彼拉多因判处耶稣死刑而在异托邦3(麻雀山上的椅子)上被困千年──►彼拉多得到解脱,去第三空间2(永恒的宁静之所)追随耶稣。

其次,异托邦实现理想的功能性和免疫系统得到空前加强:

之前作品中那些干净而脆弱的"小环境"到了《大师与玛格丽特》中变成了设备先进的精神病院和写作"烧不毁的手稿"的地下室。精神病院不仅在科技上具有了乌托邦性质:"护士随即用手往墙上一摸,靠里的一面便自动打开,露出一间布置得十分淡雅舒适的浴室和卫生间";而且超越了精神病院的囚禁本质,助人重燃希望:"透过窗上的铁栅栏,可以看到河对岸那片美丽的松林快活地沐浴在中午的阳光中,春意盎然。"[2]而让大师完成了关于本丢·彼拉多的小说,遇到了爱人玛格丽特的地下室不仅不意味着囚禁,反而让主人公找到了理

---

[1] 大师与玛格丽特并没有资格去天堂,只配得到宁静。所以可以认为他们去了类似但丁《神曲》中地狱第一圈的地方。
[2] 布尔加科夫,《大师与玛格丽特》,钱诚译,浙江文艺出版社,1999年,第88、95页。

想、信仰和爱情。

当这个异托邦在物质条件、精神层面都有了质的变化时,它的肌体和灵魂无疑对外部世界的菌落有了超强的抵抗力。当现实社会中所有人都在"集体"中丧失了独立思考的能力与空间的时候,异托邦里的人们却发现了一片净土:在这里可以找到属于自己的思考空间和话语权;甚至连无"恶"不作的撒旦也意识到它们的珍贵而予以保护。《大师与玛格丽特》中的异托邦与外部空间反复冲突后,他们既没有像以前作品中的实验对象们那样畸形恶变、惶然失措或惨遭毁灭,也没有被媚俗的社会所同化,而是有了一个极大的飞跃:或是升入永安之地(大师与玛格丽特);或是成为一个不肯媚俗的,有了真正的思想的特立独行的人(伊万·尼古拉耶维奇)。

不过细心的读者会发现,在上面的流程图里,出现了一个新的概念:第三空间——这才是支撑着作者与主人公守护异托邦的终极力量。

布尔加科夫一直是以对莫斯科城市生活的辛辣批判、讽刺和怪诞的创作风格及多层面多角度的叙述手法而走入文学批评家视野的。他几乎所有的作品都是在讽喻莫斯科所代表的政治语境和人性:虚假的政治信仰、官僚阶层独特的话语体系、浮夸、贪婪、虚荣、胆怯、媚俗的现代都市人……就像是果戈理在《钦差大臣》中说的:"把这个社会所有的丑恶都一并嘲笑个够。"但布尔加科夫不是果戈理。果戈理提出了问题,暴露了丑恶,却最终陷入了内心空间和外部空间欲左右逢源却纠结不清的泥潭。布尔加科夫则在比果戈理更艰难的人生中坚守着他的信仰,正是这个精神的"第三空间"在那些年代支撑着他的写作。他既"将自己的人生掌握在叙述的虚构里"[1],也掌握在稳定的文学品格中。

当个人话语被社会专制话语已经挤压到"自己的一间屋"里时,布尔加科夫关上房门,对自己和读者尽情倾诉。外部空间如钢铁巨人般,它只消轻轻抬起脚,就会把刚想挺身抗议的人们踩成肉泥。于是一群人自觉地成为体制的家奴,诌媚地舔着巨人的脚趾(波辽兹等);另一群人则在怀疑和迫害中失去了坚定的信仰,成了"无家汉"(бездомный)(伊万等)。而布尔加科夫既不愿在"巨人"面前下跪,也不愿失去自我,他要为自己和那些仍然对未来抱有期待的"无家汉"建造一个灵魂修复之地。他用日神式的理智,寻找并建构了心灵坐标和创作模型;再用酒神式的狂欢,铺开魔幻叙事。他给小人物们提供一个封闭的工作场所(《恶魔纪》),再给战乱中的人们营造一个温暖的家(《白卫军》),然后建设一个能在技术上对抗巨人的实验室(《孽卵》),最后用狗做实验,来寻找治疗人"心"的捷径(《狗心》)。最后,在经历了各种失败之后,坚强的布尔加科夫成了"大师"。这些"异托邦"从不成熟到成熟,从不安全到安全,从脆弱到坚固,从私人空间到公共空间……正是其本人精神探索的历程。这个历程延伸至他最后一部作品《大师与玛格丽特》时,精神病院和地下室终成为地狱和天堂之间的"炼狱",成为他飞向自由王国前的完美驿站。

---

[1] 余华,《布尔加科夫与〈大师和玛格丽特〉》,载《读书》1996年第11期,第11页。

·第三空间：与现代性和解的终极期待

爱德华·索亚在整合了福柯的异托邦理论和列斐伏尔的空间生产三个维度的思想之后，提出了"第三空间"的概念。

在二元对立的空间理念中，第一空间是指物质性的空间，其认识对象在于感知的空间，它可以采用观察、实验等手段来直接把握，类似于布氏小说中的外部空间。第二空间则是一种思想性或观念性领域，是一种"构想性空间"，类似于布尔加科夫营造的异托邦。[1]但这种传统的二元性空间区分模式显然已经不足以反映当代都市生活空间的复杂性和特殊性。于是索亚认为，打破现代人生存困境的方法，已不可能是继续在第一空间和第二空间之间打转，而是要跳出二元对立的僵化思维，拓展第三空间："它源于对第一空间、第二空间二元论的肯定性解构和启发性重构，不仅是为了批判第一空间和第二空间的思维方式，也是为了通过注入新的可能性来使它们掌握空间知识的手段恢复活力，这些可能性是传统的空间科学未能认识到的。"[2]

所以，作为完美驿站的精神病院和地下室终归不是布尔加科夫的终点，只是一个将之前渐趋僵化和悲观的异托邦优化了的、具有更

---

[1] 此处可以看出索亚的第一空间和第二空间的概念并不完全适用于布氏小说中对立的二元空间的性质。只能认为"大场景"（外部空间）是以物质为第一性的，而"小环境"（封闭空间）是以理想为第一性的。但索亚关于"第三空间"的理论却是完全可以借来理解《大师与玛格丽特》的。

[2] Edward W. Soja, *Third Space: Journeys to Los Angeles and Other Real-and-Imagined Places*, Oxford: Blackwell, 1996, p.11.

佳补偿功能的差异空间。那让极度压抑的精神得以宣泄的,让极度干渴的肉体得以滋润的,让集体话语中失声的喉咙放声歌唱的,是撒旦的舞会;留给最美好的爱情、最有良知的思想和最渴望救赎的灵魂的,是大师和玛格丽特追随耶稣而去往的天国。这两个只存在于彼岸世界的空间,却能够成为活在此岸的人们的精神支柱,成为人们抵抗权力和媚俗的自由精神家园。这就是"第三空间"——异托邦摆脱悲观主义困境的最后希望。

在《大师与玛格丽特》中,布尔加科夫既最充分也最完美地运用了贯穿其一生小说创作的基本结构:他将之前小说中的二元对立,发展为《大师与玛格丽特》的三个时空,彰显了其精神世界的升华。理想和现实永远处于复杂的冲突之中,不能真正脱离干系。闭门造车和以卵击石也只能是理想破灭的两种方式而已。只有让灵魂飞升至第三空间,才能在思想狂欢、爱和救赎中找到坚守理想的最后之路。

如果我们站得更高更远些来看布尔加科夫的文学品格,就会对其精神空间领会得更加深刻。有的布尔加科夫研究专家认为,在《大师与玛格丽特》中"存在着不受革命和暴政影响的道德绝对性和思想"[1]。实际上,这个评价恰恰说明了他作品中的两个空间维度:"革命和暴政"的维度与"道德绝对性和思想"的维度。在他所有的作品中几乎都能找到这种"道德绝对性和思想",因为布尔加科夫的心灵

---

[1] Мариэтта Чудакова "Булгаков и его интерпретаторы, Михаил Булгаков", *современные толкование: к 100-летию со дня рождения 1891–1991: собрание обзоров*, М.: ИНИОН РАН, 1991 г.,с.5.

"生活在别处"。如果说他所有作品中所讽刺的现实生活中的人和事，都是他用眼睛和嘴巴来观察和描述的"他者"，那么这一个个"小环境"的营造，是他用心来完成的"自我"。

布尔加科夫从未屈从于时代和社会，因为他从文学生涯的开始就在执着地寻找和建造着这个心灵的"乌托邦"。从家庭到办公室，从办公室到实验室，再从实验室到手术室，直到他找到了这个精神病院，每一个异托邦的"镜像"都是那个心灵乌托邦。这是一个寻找精神家园的痛苦历程，最终，他成了自己和同道人的摩西，带着"他们"走向精神的"美地迦南"——第三空间。就这样，"在那最后的12年里，布尔加科夫解放了《大师和玛格丽特》的叙述，也解放了自己越来越阴暗的内心"[1]。他坚信："在一种生活中所没有的公正，可以在另一种生活中找到。"[2]

布尔加科夫和同时代的那些"地下作家"一道，以"革命和暴政"的维度、"道德绝对性和思想"的维度，加之从异托邦发展至第三空间的个体意识维度，形成了共同的"三维"立体的莫斯科／城市叙事模式，这既是俄罗斯文学史中城市书写的最高境界，也是苏联特色的都市现代性的最佳注解。大卫·哈维在其空间理论经典著作《希望的空间》中认为："必须把正视空间游戏和独裁主义之间的关系置于任

---

[1] 余华，《布尔加科夫与〈大师和玛格丽特〉》，载《读书》1996年第11期，第17页。
[2] Мариэтта Чудакова "Булгаков и его интерпретаторы, Михаил Булгаков", *современные толкование: к 100-летию со дня рождения 1891–1991: собрание обзоров*, М.: ИНИОН РАН , 1991 г.,с.9.

何试图复兴乌托邦理想的再生政治学的中心部位。"[1]"地下室"与"莫斯科城","手稿"与"官方文学"之间,始终在进行着这样的"游戏",而重归基督教信仰,接受上帝的审判和救赎,则是现代人与现代性和解的终极期待。

尽管人类对完美的"乌有之乡"的想象从有了不完美的国家和城邦就开始了,但这个想象开始成规模地出现在平民(与贵族相对)的脑海中,的确是启蒙运动之后的事情。对乌托邦的未来主义想象成了理性与科学的标志,成了现代化发展的终点站,于是也就成了现代性的一种答案。

乌托邦主义立论的基础,是对现有世界不完善的永恒不满,那么相应地,它所勾勒出的那个此岸世界无法达到的完美国度,应该具有彼岸世界——天堂的性质。所以,在基督教处于绝对权威地位的中世纪,人们并不热衷于对乌托邦的世俗化想象,因为圣奥古斯丁描绘的那种"上帝之城"才是基督徒们的"永福"。但是历经了文艺复兴、宗教改革和民族国家的政教分离等重要的现代化进程之后,基督教丧失了它的传统地位。崇拜进步主义和牛顿机械唯物论的资产阶级渐渐以世俗乌托邦想象代替了天堂期待。因此,乌托邦精神本质上仍然是一种宗教精神,因为"完美"的世界总是具有神性,人类只能无限趋近这个世界,却永远无法真正抵达。

---

[1] 哈维,《希望的空间》,胡大平译,南京大学出版社,2006年,第158页。

从空想社会主义传入俄国，渐渐远离上帝的革命民主主义者和视土地为终极救赎的民粹主义者们就陆续做起了乌托邦之梦。城市书写和乡村书写分别承担了这个梦想中的未来主义部分和田园诗部分。但一个没有经过官方意识形态加持或得到民众全面理解的梦是很容易醒来的，所以车尔尼雪夫斯基被关进了彼得保罗要塞，民粹派运动也日渐式微，田园诗和未来主义则默默地隐匿在帝俄末期的饥饿和革命背后。

无产阶级文化派[1]为20世纪的苏联贡献了"典范"式的乌托邦想象。尽管这一派别企图独立于政党之外、否定传统文化艺术的做法很快受到了列宁的激烈批判，但他们的作品依旧对苏维埃文学乃至中国现代文学产生了长时间的影响。扎米亚京给自己的反乌托邦小说起名为《我们》，显然是对弗·基里洛夫诗歌《我们》(*Мы*)[2]的戏仿：

……

Мы во власти мятежного, страстного хмеля;

---

[1] "无产阶级文化协会"创立于十月革命前夕，是由工厂委员会、教育协会发起成立的民间团体，拥有《无产阶级文化》《熔炉》《未来》等十多种杂志。革命胜利后，其规模急剧扩张，在各个省份、各大城市设有上百个组织机构，成员最多时超过40万人，形成了声势浩大的"无产阶级文化派"。

[2] 无产阶级文化协会的重要成员弗·基里洛夫（В. Гириллов）在1917年创作了著名的《我们》一诗。诗中写道："叛逆而热烈的啤酒花影响着我们 / '你们是美丽的刽子手' ——就这样对我们叫喊吧 / 以我们明天的名义——烧毁拉斐尔 / 摧毁博物馆，熔化艺术之花……我们是全部、我们是一切，我们是火焰和胜利之光 / 我们是自己的上帝、法官和律法。"原文见网页 http://thule.primordial.org.ua/kirilov.htm，笔者自译。

Пусть кричат нам: "Вы палачи красоты",
Во имя нашего Завтра-сожжем Рафаэля,
Разрушим музеи, растопчем искусства цветы.
……
Всё-мы, во всем-мы, мы пламень и свет побеждающий,
Сами себе Божество, и Судья, и Закон.

——*Мы*，1917 年

战时共产主义政策（余粮征集制）对农村经济造成的负面影响渐渐显露，城市的计划经济、官僚主义、住房问题等都促使越来越多的人开始反思各种各样的激进宣传。普拉东诺夫的大部分小说，就是从这个历史语境出发，经过了短暂的新经济政策时期，走向了农业集体化运动……[1]

20世纪以前的乌托邦理想（无论是西欧的还是俄国的），大都表现为知识分子对现实世界的精神上的否定，知识分子以其乌托邦的幻想寄托他们作为个人的理想追求，乌托邦精神体现了知识分子独立的思想个性……当本该属于知识分子个人话语的乌托邦精神为政权所推崇，并作为一种现实的政策加以实施

---

[1] 20世纪50年代之后享誉世界的苏联科幻小说大概是属于俄罗斯乌托邦想象的另一种安全的方式，但已不在本书的讨论范畴之内了。

时，人类面临的就将是一场从精神到肉体的灾难。[1]

各种各样的乌托邦模型和各种各样的失败，终于让人们重新想起了上帝。布尔加科夫经由现实社会中为个体的自由意识营造出"异托邦"之后，仍然看到了它们的软弱，于是他最终选择了上帝之城，以真正的天堂救赎去抵抗地上天堂的空想。

从扎米亚京到普拉东诺夫，再到布尔加科夫，20世纪俄国文学中的城乡叙事以乌托邦反思的镜像模式走向了某种极致，这也是文学的现代性思辨走向后现代性反思的必由之路。城市和乡村在此类小说中被高度象征化了。这种象征化，不同于白银时代对城乡形象的意象化处理，而是将城市与乡村空间本身，作为一则则存在主义寓言中的背景，变成了一个个面目模糊、虚幻无根的所在。不论是扎米亚京的未来国度，还是普拉东诺夫城乡之间的乌托邦模型，甚至布尔加科夫笔下"道貌岸然"的莫斯科城，都已经不具有历史、地理、人文所赋予的独特品质和大地的气息，只是相似的、被神化又被民间解构了的符号化空间。口号和数字的海市蜃楼中飘浮着狂热的理想，大地上依然是庸庸碌碌的众生，政治家与知识分子们还在不知疲倦地上下求索……

---

[1] 董晓，《乌托邦与反乌托邦：对峙与嬗变（苏联文学发展历程论）》，花城出版社，2010年，第19页。

余　论

俄国城乡现代性的文学表现及对中国的观照

　　城市与乡村，不仅是经济学和社会学的研究对象，也是现当代文学的永恒主题。而"城乡对立"则是农耕国家在现代化过程中持久难解的课题，是城里人与乡下人面对"诗与远方"时难以抚平的时代伤痕。

　　从彼得大帝改革至今，俄罗斯在现代化发展的道路上始终经历着难以想象的曲折：西化改革、农奴制改革、资本主义革命、社会主义革命、苏联解体、重建资本主义国家、被西方孤立……地震似的巨变，都伴随着激烈的思想斗争。横空出世的圣彼得堡、重拾领导权的莫斯科分别在 19 和 20 世纪成为世界上最闪耀的政治明星大都市，但 200 年来这两座都市产生出来的享誉世界的文学、哲学、重工业和航天事业，都未能掩盖两个世纪以来农业政策上的重重失败。

　　这些成功和失败都细密地反映在俄国文学的城乡书写中。

　　本书没有为普希金和陀思妥耶夫斯基列专章，是因为他们的伟大不能被狭窄的一扇门所容纳。普希金写出了俄国"前现代性"中所有的美,和步入现代性的懵懂和阵痛。他的两个"奥涅金"是俄国文学史上所有"多余人"和"小人物"的前身,他们的都市焦虑和乡村失意为俄国文学的现代性思辨提供了最初的视角;他的格尔曼和普加乔夫也是资本主义到来的"金钱骑士"与反暴政"革命者"的文学典范。而这四种人物,正是俄国"现代人"的四张典型面孔。

陀思妥耶夫斯基说出了关于俄罗斯现代性的所有问题:欧洲与俄国、理性与非理性、面包与自由、基督与敌基督、水晶宫与蚂蚁穴、宗教与科学、都市的罪恶与土壤的力量、思想者们的罪与罚……陀思妥耶夫斯基的身影伴随着虚无主义者、革命者、空想社会主义者、小市民、地下室人等种种现代人形象,出现在契诃夫的外省,别雷、阿赫玛托娃和曼德尔施塔姆的彼得堡,布尔加科夫的莫斯科,普拉东诺夫的乡村和之后几乎无穷尽的良心之作中。

俄国文学在200年的时间里都一直在思考面包和自由的问题,那就说明这个问题始终未能解决。西欧的现代性并不能给俄罗斯和中国这样的现代化后发且农耕人口占大多数的国家提供合适的样板,而解决不了乡村的现代性矛盾,就解决不了整个国家现代化发展的矛盾。

从选择东正教的那一天起,俄国人就在用别人发明的思想武装统治阶层,并强制向下推行。东正教、西化改革、开明专制、资本主义、社会主义、共产主义、工业化……自始至终,俄国传统精神和土地制度都未能变成国家发展过程中的核心支柱。然而,每当舶来的思想要发挥影响历史的作用时,传统思想又变成质疑和反诘。以村社制度为群众思想基础的社会主义在俄国获得了世界意义上的首胜,但革命胜利之后以掠夺农村为代价疯狂发展城市工业的苏联,最终在城乡发展严重失衡中失去了民众的信任。对外来思想精髓的不求甚解和对传统文化力量的估计不足,让俄国的现代化进程犹如寒热病一样,忽而高歌猛进,忽而停滞衰减。归根结底,是对本民族文化的自信度没有战胜"成为欧洲一部分"的历史心病。

在恰达耶夫发表《哲学书简》的半个世纪之后,中国以梁启超、胡适为代表的西方派和以梁漱溟、章士钊为代表的保守派也开始了以现代性问题为核心的东西文化论战,并由此启动了五四新文化运动。"自1917年以来的现代文学,从整体上看也是以追求现代性为根本目的,和中国社会主流构成相互感应、谐振的关系",但是"自1917年中国现代文学诞生之日起,它就和现代性、反现代性纠缠在一起"。[1]

中俄两国分别在1840年和1812年遭遇鸦片战争和俄法战争。虽胜负结果不同,但这两场战争都成为两个"半开化"国家"睁眼向洋"的催化剂。两个在地缘政治上都具有浓郁东方特色的封建专制帝国,在西方资本主义政治经济理念随着武力席卷全球的过程中,在同样面临救亡图存的历史境遇中,都不得不开始认真思考接受西方现代性的正确方式。但同样作为以非自主性姿态被抛入现代性浪潮的国

---

[1] 汪树东,《论中国现代文学中的反现代性书写》,载《文艺评论》2018年第2期,第63页。

家，中俄两国思想界在理解现代性和寻找进入现代性适当路径的过程中，又都遇到了前所未有的纠结和坎坷。

由此看来，深谙中西现代文化思潮的鲁迅所谓"俄国文学是我们的导师和朋友"，绝不仅仅指俄国"被压迫者的善良的灵魂，的酸辛，的挣扎"可以和命运相似的中国人"一同烧起希望"和"一同感到悲哀"，而是直言两国近代以来被动遭遇现代性的惊人相似的思想史；以及现代化早发于中国的俄国，其文学上充分的现代性思辨对中国"切实的指示"[1]。"导师"指明了在现代化的时间上早发于中国的俄国，对现代性的紧张思考和文学反映层面上的对中国镜像般的借鉴意义；而"切实的指示"，则是围绕着后发国家如何"在这个世界中获得自身的主体身份认同感"和如何"从客体化到主体性复归的历史进程"这两个现代性问题展开的大讨论。

1933年，日本最知名的俄国文学研究者升曙梦在给其《俄国现代思潮及文学》中译本译者许亦非的信中写道："我是个认为在贵国与俄国之间有着很多的共通点的人。在国家的特征上，在国民性上，在思想的特质上，这两个国家是非常类似的。在这意义上，即使说中国乃是东方的俄国，俄国乃是西方的中国，似乎也绝非过甚之词。所以，俄国文化，比之世界任何一国，我相信在贵国是最能接受并最能正当地理解。"[2]

---

[1] 鲁迅，《鲁迅全集》（第4卷），人民文学出版社，2005年，第472页。
[2] 升曙梦，《俄国现代思潮及文学》，许亦非译，上海现代书局，1933年，第2页。

近两个世纪后再看鲁迅和升曙梦的话，非但不觉过时，反而更觉贴切，尤其是从现代性的角度去重新审视俄国文学对中国文学的影响。因此，如果我们以现代性视域切入19、20世纪的俄罗斯文学，将对研究中国现当代文学极有启发。

从五四前后的东西文化论战开始，到20世纪80年代中国改革开放初期的"新启蒙运动"，再到2010年前后"东西之争"战火重燃，在资本现代性话语霸权的背景下，中国作为后发民族国家的现代性困境，与俄国何其相似！正如鲁迅所言："中俄两国间好像有一种不期然的关系，他们的文化和经验好像有一种共同的关系……中国现时社会的奋斗，正是以前俄国小说家所遇着的奋斗。"当下，"两个自信"为中国现代性指明了方向，但思想界对于"现代性"的含混理解仍然需要"他山之石"的经验以助厘清。19—20世纪俄国文学中表达出来的城乡对立之殇，是俄国现代性始终未能得到根本解决的深层问题的表征。或许回归东正教信仰和重拾土地的力量，才能帮助俄国找到本民族的"文化自信"与"民族自信"，也才能超越"硬汉"和"石油"这两种并不稳定的表象，重新确立国人和他人对俄罗斯的双重信任。

主要参考文献

一、中文文献

《马克思恩格斯全集》(第4卷),人民出版社1958年版。
《马克思恩格斯全集》(第10卷),人民出版社1962年版。
《列宁选集》(第1卷),人民出版社1972年版。
《列宁全集》(第41卷),人民出版社1986年版。
《鲁迅全集》(第7卷),鲁迅著,人民文学出版社1982年版。
《鲁迅全集》(第4卷),鲁迅著,人民文学出版社2005年版。
《普希金全集》,普希金著,长江文艺出版社2012年版。
《果戈理全集》,果戈理著,河北教育出版社2002年版。
《托尔斯泰文集》,托尔斯泰著,人民文学出版社1989年版。
《哥萨克》,托尔斯泰著,现代出版社2012年版。
《安娜·卡列尼娜》,托尔斯泰著,译林出版社2011年版。
《复活》,托尔斯泰著,译林出版社2013年版。
《狄康卡近乡夜话》,果戈理著,人民文学出版社2006年版。
《肖像》,果戈理著,解放军文艺出版社2005年版。
《死魂灵》,果戈理著,译林出版社2000年版。
《平凡的故事》,冈察洛夫著,上海译文出版社1980年版。
《奥勃洛莫夫》,冈察洛夫著,人民文学出版社2008年版。
《悬崖》,冈察洛夫著,上海译文出版社1983年版。
《契诃夫文集》,契诃夫著,上海译文出版社1999年版。

《契诃夫书信集》，契诃夫著，上海译文出版社2018年版。

《契诃夫小说全集》，契诃夫著，人民文学出版社2016年版。

《契诃夫戏剧全集·万尼亚舅舅、三姊妹、樱桃园》，契诃夫著，上海译文出版社2014年版。

《死亡的舞蹈——勃洛克诗选》，勃洛克著，敦煌文艺出版社2015年版。

《没有主人公的叙事诗——阿赫玛托娃诗选》，阿赫玛托娃著，敦煌文艺出版社2014年版。

《马雅可夫斯基诗歌精选》，余振编，北岳文艺出版社2010年版。

《穿裤子的云——马雅可夫斯基诗选》，马雅可夫斯基著，四川人民出版社2018年版。

《叶赛宁诗选》，叶赛宁著，浙江文艺出版社1990年版。

《叶赛宁诗选》，叶赛宁著，上海译文出版社2018年版。

《叶赛宁评介及诗选》，叶赛宁著，北京大学出版社1983年版。

《时代的喧嚣》，曼德尔施塔姆著，敦煌文艺出版社2015年版。

《曼杰什坦姆诗全集》，曼杰什坦姆（曼德尔施塔姆）著，东方出版社2008年版。

《彼得堡》，安德烈·别雷著，作家出版社1998年版。

《大师与玛格丽特》，布尔加科夫著，浙江文艺出版社1999年版。

《切文古尔镇》，普拉东诺夫著，漓江出版社1997年版。

《欧洲文学史》，杨周翰主编，人民文学出版社1979年版。

《外国文学史》（欧美卷），朱维之主编，南开大学出版社2004年版。

《外国文学史》，郑克鲁主编，高等教育出版社2006年版。

《现代性》，汪民安著，南京大学出版社2012年版。

《文化现代性读本》，周宪主编，南京大学出版社2012年版。

《现代化的特殊道路》,王云龙著,商务印书馆 2004 年版。

《20 世纪的俄罗斯》,冯绍雷著,生活·读书·新知三联书店 2007 年版。

《改革和革命——俄国现代化研究(1861—1917)》,刘祖熙著,北京大学出版社 2001 年版。

《俄国现代化道路研究》,张建华著,北京师范大学出版社 2002 年版。

《帝国风暴:大变革前夜的俄罗斯》,张建华著,北京大学出版社 2016 年版。

《现代化的特殊道路——沙皇俄国最后 60 年社会转型历程解析》,王云龙著,商务印书馆 2003 年版。

《俄国现代化的曲折历程》,左凤荣、沈志华著,社会科学文献出版社 2012 年版。

《俄罗斯转型与国家现代化问题研究》,陆南泉著,中国社会科学出版社 2017 年版。

《现代性基本读本》,汪民安主编,河南大学出版社 2005 年版。

《俄国文学的有机构成》,刘文飞著,东方出版社 2015 年版。

《从卡夫卡到昆德拉》,吴晓东著,生活·读书·新知三联书店 2003 年版。

《西方文论关键词》,赵一凡编,外语教学与研究出版社 2006 年版。

《文学俄国》(第 1 辑),刘文飞、文导微编,人民文学出版社 2014 年版。

《从中国文化到现代性:典范转移?》,石元康著,生活·读书·新知三联书店 2000 年版。

《20 世纪俄罗斯文学:思潮与流派》,张建华、王宗琥编,外语教学与研究出版社 2015 年版。

《远逝的光华：白银时代的俄罗斯文学与文化》，汪介之著，福建教育出版社 2015 年版。

《现代主义文学研究》（上册），袁可嘉等编，中国社会科学出版社 1989 年版。

《马雅可夫斯基》，岳凤麟著，四川人民出版社 2005 年版。

《都市空间与文化想象》，孙逊、杨剑龙编，上海三联书店 2008 年版。

《十月革命前后苏联文学流派》，张捷编选编，上海译文出版社 1998 年版。

《叶赛宁研究论文集》，岳凤麟、顾蕴璞编，北京大学出版社 1987 年版。

《乌托邦与反乌托邦：对峙与嬗变（苏联文学发展历程论）》，董晓著，花城出版社 2010 年版。

《机械复制时代的艺术作品》，瓦尔特·本雅明著，中国城市出版社 2002 年版。

《发达资本主义时代的抒情诗人》，瓦尔特·本雅明著，生活·读书·新知三联书店 1989 年版。

《现代性的碎片》，戴维·弗里斯比著，商务印书馆 2003 年版。

《时尚的哲学》，格奥尔格·西美尔著，文化艺术出版社 2001 年版。

《启蒙运动的生意：〈百科全书〉出版史（1775—1800）》，罗伯特·达恩顿著，生活·读书·新知三联书店 2006 年版。

《俄国社会史》，鲍·尼·米留诺夫著，山东大学出版社 2006 年版。

《公共领域的结构转型》，哈贝马斯著，学林出版社 1999 年版。

《俄国文学史》，德·斯·米尔斯基著，人民出版社 2013 年版。

《一切坚固的东西都烟消云散了——现代性体验》，马歇尔·伯曼著，商务印书馆 2004 年版。

《俄罗斯现代化之路——为何如此曲折》，米格拉尼扬著，新华出版社

2002 年版。

《现代性的五副面孔》，马泰·卡林内斯库著，商务印书馆 2010 年版。

《波德莱尔美学论文选》，波德莱尔著，人民文学出版社 1987 年版。

《俄国社会思想史》，普列汉诺夫著，商务印书馆 1999 年版。

《苏联史》，涅奇金娜著，生活·读书·新知三联书店 1959 年版。

《苏联通史》，潘克拉托娃著，生活·读书·新知三联书店 1980 年版。

《俄罗斯文化史——历史与现代》，T. C. 格奥尔吉耶娃著，商务印书馆 2006 年版。

《哲学书简》，恰达耶夫著，作家出版社 1998 年版。

《想象的共同体：民族主义的起源与散布》，本尼迪克特·安德森著，上海世纪出版集团 2011 年版。

《文化地理学》，迈克·克朗著，南京大学出版社 2005 年版。

《俄国思想家》，以赛亚·伯林著，译林出版社 2003 年版。

《果戈理与鬼》，梅列日科夫斯基著，华夏出版社 2013 年版。

《杜勃罗留波夫文学论文选》，杜勃罗留波夫著，上海译文出版社 1984 年版。

《别林斯基文学论文选》，别林斯基著，上海译文出版社 2000 年版。

《乡村与城市》，雷蒙·威廉斯著，商务印书馆 2013 年版。

《人论》，恩斯特·卡西尔著，上海译文出版社 2004 年版。

《反潮流》，以赛亚·伯林著，译林出版社 2002 年版。

《新教伦理与资本主义精神》，马克斯·韦伯著，广西师范大学出版社 2010 年版。

《路标集》，基斯嘉柯夫斯基等著，云南人民出版社 1999 年版。

《冈察洛夫、屠格涅夫、陀思妥耶夫斯基、柯罗连科文学论文选》，冯春选编，上海译文出版社 1997 年版。

《俄罗斯文化史》,泽齐娜等著,上海译文出版社 1999 年版。

《维特伯爵:俄国现代化之父》,西德尼·哈凯夫著,远东出版社 2013 年版。

《铁道之旅:19 世纪空间与时间的工业化》,希弗尔布施著,上海人民出版社 2018 年版。

《托尔斯泰或陀思妥耶夫斯基》,乔治·斯坦纳著,浙江大学出版社 2011 年版。

《歌德与托尔斯泰》,托马斯·曼著,浙江大学出版社 2013 年版。

《第三空间——去往洛杉矶和其他真实和想象地方的旅程》,爱德华·索亚著,上海教育出版社 2005 年版。

《俄国史教程》(第 4 卷),克柳切夫斯基著,商务印书馆 2013 年版。

《陀思妥耶夫斯基启示录——罗札诺夫文选》,罗札诺夫著,华东师范大学出版社 2013 年版。

《托尔斯泰与陀思妥耶夫斯基》,梅列日科夫斯基著,华夏出版社 2016 年版。

《论科学与艺术》,卢梭著,世纪出版集团 2007 年版。

《论欧洲文学》,卢那察尔斯基著,百花文艺出版社 2011 年版。

《文学写照》,高尔基著,人民文学出版社 1983 年版。

《二十世纪俄罗斯文学史》,科尔米洛夫主编,南京大学出版社 2017 年版。

《契诃夫传》,别尔德尼科夫著,黑龙江人民出版社 1988 年版。

《重读契诃夫》,爱伦堡著,北京燕山出版社 2018 年版。

《法哲学原理》,黑格尔著,商务印书馆 1979 年版。

《现代俄国文学史》,马克·斯洛宁,人民文学出版社 2001 年版。

《俄罗斯的命运》,别尔嘉耶夫著,云南人民出版社 1999 年版。

《乌托邦》，托马斯·莫尔著，商务印书馆 2018 年版。

《后现代地理学——重申批判社会理论中的空间》，爱德华·索亚著，商务印书馆 2004 年版。

《希望的空间》，大卫·哈维著，南京大学出版社 2006 年版。

《未来考古学：乌托邦欲望和其他科幻小说》，弗雷德里克·杰姆逊著，译林出版社 2014 年版。

《时间的种子》，弗雷德里克·杰姆逊著，漓江出版社 1997 年版。

《圣彼得堡文学地图》，布拉德利·伍德沃斯、康斯坦斯·理查兹著，上海交通大学出版社 2011 年版。

《俄罗斯宗教哲学之路》，弗洛罗夫斯基著，世纪出版集团 2006 年版。

《文学与城市：知识与文化的历史》，理查德·利罕著，上海人民出版社 2009 年版。

《俄国现代思潮及文学》，升曙梦著，上海现代书局 1933 年版。

二、俄文文献

Киреева Р.А., *Государственная школа: историческая концепция К.Д.Кавелина и Б.Н.Чичерина*. Москва: ОГИ, 2004.

Биография, писма и заметки из записной книжки Ф.М. Достоевского. СПб.,1883.

Белинский В.Г., Полн. Собр. Соч. М., 1955.Т. 7.

Фрик Т.С.,*«Современник»А.С.Пушкина как единый текст*.Томск: Изд-во Томского политического университета, 2009.

Фрайман И.О., *Заглавии пушкинского журнала*//Русская филология. 14: Сб. Науч. Работ молодых филологов. Тарту, 2003.

Шкловский В.Б., *Журнал как литературная форма*. Шкловский В. Б. Гамбурский счет. СПб.,2000.Тынянов Ю.Н. Пушкин и его современники. М.,Наука.1969.

Лотман Ю.М. , *Александр Сергеевич Пушкин: Биография писателя*. СПб., Азбука-Аттикус, 2016.

Современник, *литературный журнал А.С.Пушкина*.М.: Советская Россия, 1988. Полн.собр.соч.: В 10т.-л.1977-1979.

Тынянов Ю.Н., *Пушкин и его современники*. М., Наука.1969.

Казанский Б. В., *Западные образцы «Современника»* , Пушкин. Временник Пушкинской комиссии. 1941. Т. 6.

Гиллельсон М. И., *Пушкинский «Современник»* , «Современник» литературный журнал издаваемый Александром Пушкиным, приложени к факсимильному издфнию, изд.: Книга,1987.

Громова Л.П., *История Русской журналистики XIII-XIX веков*. .Изд.СПБ. Санкт-Петербурского Университета, 2003.

Белинский В.Г., Полное собрание сочинени: В13 т., М.:Изд-во АН СССР, 1953. Т. 2.

Прозоров Ю., *«Современник» и современность: К стопятидесятилетию выхода в свет первого номера «Современника»* , Нева.4(1986).

Толстой Л.Н., исследования. Статьи, Б. М. Эйхенбаум, СПб.: Факультет филологии и искусств СПбГУ, 2009.

Первый поезд в России: развитие ж/д транспорта с XIX века до наших дней, https://vokzal.ru/blog/pervyy-poezd-v-rossii-razvitie-zhd-tran.

Большой толковый словарь русского языка, Гл. редактор Кузнецов С.А. С.-Пб.: Изд. Норинт, 2000.

Ленин В.И., *Экономическое содержание народничества и критика его в книге г. Струве*. П.с.с. в 55 т. М.: Гос. Изд-во политической литературы, 1958–1965 Т.1.

Нестеров А. И., *Этимология термина «мещанство»*, Экономика и экологический менеджмент, 4(2013).

Миронов Б.Н., *Социальная История России Периода Империи(XVIII-начало XX в.)*, Т.2, СПб.: Изд-во Дмитрий Буланин. 1999 .

под редакцией Жоржа Нива, Ильи Сермана и др., *История русской литературы.XX век. Серебряный век*, Прогресс ЛИТЕРА, 1995.

Белый А., *Петербург* ,М.: НАУКА, 1981.

Маяковский В.В., *Полное собрание сочинений : Маяковский В.В. Калининград*, Янтарный сказ, 2007.

Троцкий Л., *Литература и ревалюция*, изд. Политиздат, М.1991.

Чуковский К.И., *Ахматова и Маяковский*, Литературные вопросы , 1(1988).

Струве Н., *На смерть Ахматовой, Православие и культура*, М.:Русская книга, 1992 .

Клюев Н., *Иследования и материалы Л.А.Киселева, Есенин и Клюев:скрытый диалог(попытка частичной реконструеции)*, Москва:Наследие, 1997.

Малыгина Н.М., *Андрей Платонов: поэтика «возвращения»*, М.: 2005г. ,сс. 30–37.

Чалмаев В.А., *Андрей Платонов*. МГУ, 1999.

Платонов А.П., *Взвращение* , М.: Молодая Гвардия , 1989.

Шубин Л.А., *Поиски смысла отдельного и общего существования. Об Андрее Платонове. Работы разных лет*. М.:Советский писатель, 1987.

Платонов А.П., *Иван Великий : Рассказы*, М.:Советский Писатель, 2000.

Ипатова С.А., *Муравейник в социальной прогностике Платонова и Достоевского, Творчество Андрея Платонова: Иследования и материалы*.СПб.: Наука, 2008 .

Красавченко Т.Н., *Михаил Булгаков в своем отечестве, Михаил Булгаков: современные толкования: к100-летию содня рождения. 1891–1991: сборник обзоров.* М.:ИНИОН РАН,1991.

Федотов Г. Три столицы, Париж: Вёрсты, 1(1926), c.147–163.

http://www.gumer.info/bibliotek_Buks/History/Fedotov/_3Stol.php.

Гоголь Н.В., *Петербургские записки 1836 года Петербург в русском очеркеXIX века*, СПБ.: Детгиз–Лицей, 2005.

Чудакова М., *Булгаков и его интерпретаторы, Михаил Булгаков современные толкование: к 100-летию со дня рождения 1891–1991: собрание обзоров*, М.: ИНИОН РАН , 1991.

三、其他外文文献

Henry Lefebvre, *The Production of Space*, New Jersey: Blackwell Publishing, 2011.

David M. Bethea, Of Pushkin and Pushkinists. In *The Superstitious Muse: Thinking Russian Literature Mythopoetically*, MA: Academic Studies Press, 2009.

Michel Foucault, *Of Other Places, Visual Culture Reader*, Routledge, 1988.

Angela Livingstone, *A Hundred Years of Andrei Platonov*, Keele: Keele Students Union Press，2002.

Edward W. Soja, *Third Space: Journeys to Los Angeles and Other Real-and-Imagined Places*, Oxford : Blackwell, 1996.

G. McVay, Soviet Poets Discuss Sergey Yesenin, *The Slavonic and East European*

Review, 1970(48).

Karl Borders, Local Autonomy in Russian Village Life Under the Soviets, *American Journal of Sociology*, 1929(35).

Gordon McVay, Yesenin's Posthumous Fame, and the Fate of His Friends, *The Modern Language Review*, 1972(67).

Walter Benjamin, Traum kitsch. In Ders.: *Gesammelte Schriften*. Hrsg · von Rolf Tiedemann und Hermann Schweppenhauser. Bd. 2. Frankfurt a. M. 1991.

Carlo Mongardini, Kultur, Subjekt, Kitsch. Aufdem Weg in die Kitschgesellschaft. In *Kitsch. Soziale und politische Aspekte einer Geschmacksfrage*. Hrsg · von Harry Pross. Munchen 1985.

Broch, Hermann, *Essays*. Bd. 1. Hrsg · von Hannah Arendt. Zilrich 1955.